謹以此書獻給

我的同年代的知青兄弟姐妹

你好，小提琴……

魯蔓 著

壹嘉出版
1 Plus Books

壹嘉出版
1 Plus Books
http://1plusbooks.com

作者：魯蔓/Lu Man
書名：你好，小提琴……/Hello, Violin……
Copyright © 2023 by 魯蔓

2023 1 Plus Books®壹嘉出版® Paperback Edition
Published and Printed in the United States of America

印刷版 ISBN: 978-1-949736-64-9
電子版 ISBN: 978-1-949736-71-7

出版人：劉雁
特約責任編輯：許彬
封面設計：郭亞紅
印刷版定價：$29.99

電子版定價：$19.99
San Francisco, USA , 2023
http://1plusbooks.com
email: 1plus@1plusbooks.com

作者像，攝於2015年冬，舊金山

　　魯蔓，生于1950年代的南中國。自幼喜愛文學與藝術。

　　少時淘氣，歷任"頑童團團長"；當過紅衛兵，但從未參與"打、砸、搶"；做過知青，曾任生產隊隊長及省知青標兵；是"文化大革命"後第一屆全國大學公開招考的本科畢業生；在"開放改革"的大潮中曾暢游，曾衝浪，也曾嗆水……

　　多年前由於機緣巧合，飄洋過海，來到美國。

　　現定居舊金山灣區。

內容簡介

本書通過一個有關小提琴的傳奇故事，反映了一代中國人在二十世紀六、七、八十年代的經歷、遭遇，以及他們的彷徨、迷惘、思考與覺悟。

書中的主人公，本是一個思想單純的琴癡，由於命運的安排，他被拋進了"史無前例"的"無產階級文化大革命"的"大洪流"中：他當過"紅衛兵"，當過"知青"；打倒"四人幫"後，他成了首屆全國招生的大學生，成了"改革開放"　大潮的"弄潮兒"……然而，他最終還是被迫亡命異國他鄉……

本書從一個特殊的視點，真實、生動地再現了當年那場全民投入的"文革浩劫"，和而後的兩千萬知識青年　"上山下鄉"運動、"知青返城潮"、"知青偷渡潮"、一九七七年全國高等院校公開招考、以及接踵而來的"批判資產階級自由化傾向"等一系列的政治運動，直至一九八九年震撼中外的"六四"民主運動，同時反映了那一代人富於理想主義的的精神風貌，和他們對中國命運的不懈思考與探索。

本書是作者的長篇小說系列中的一部。

目　錄

并未隨風而逝(代序)

我從小就與小提琴結下不解之緣。

記得當我還是經常被左鄰右裡的大嬸、大伯們笑罵的"淘氣明星"和"頑童團團長"時，有一天，我例行在外面淘氣一番後，大汗淋漓地趕回家吃飯。

那時我家住在三樓。

當我上到二樓的樓梯時，突然聽到一種很好聽的聲音。我三腳併作兩步，飛快上到三樓，走近我家的大門，小心翼翼地把耳朵貼在大門上，靜靜地聽，直到聲音戛然而止，才敲門進屋。

原來是在外地讀大學放假回來的舅舅，正在我家的客廳拉奏一把叫作"小提琴"的樂器。我不知道舅舅拉的是什麼曲子，只是覺得，那聲音好聽極了。

我懇求舅舅無論如何也要教我拉小提琴，還指天發誓：再也不頑皮，不搗蛋，一定乖乖地做人！

在我父親和母親的示意下，舅舅笑呵呵地答應了，還很快就給我買了一把不記得是1/2還是3/4的小琴。

我如獲至寶，一有時間便拉琴。

從此，我這個"淘氣明星"便"改邪歸正"了。

此後，每逢寒暑假回來，舅舅都手把手地認真教我練小提琴。大約兩年後，舅舅大學畢業分配到北京市工作時，我已能完整地演奏格里亭的《b小調小提琴協奏曲》的三個樂章了。

北上赴任前，舅舅把他那把心愛的琥珀色的歐洲小提琴留給了我——這是舅舅的初戀情人，一個曾留學歐洲的大醫生的千金小姐，把她爸爸用了幾十年的小提琴送給舅舅的。

後來，這把琴伴隨著我進了市的紅領巾樂團。

後來，這把琴伴隨著我投入了"無產階級文化大革命"的"革命大洪流"。我曾"革命串連"到了毛主席的故居韶山衝，和來自全國各地的一百多名戴著紅衛兵袖章的小提琴手一起，熱淚盈眶、激情澎湃地齊奏《東方紅》和《大海航行靠舵手》……

後來，這把琴伴隨著我參加了"革命造反派"組織的大型歌舞《紅衛兵戰歌》的管弦樂隊。

後來，這把琴伴隨著我響應毛主席"上山下鄉"的號召，到貧窮落後的山區插隊落户當知青，常常為貧下中農唱"語錄歌"和跳"忠字舞"伴奏。

後來，這把琴伴隨著我步入大學校園，常常在學校大禮堂舉行的聯歡晚會上表演小提琴齊奏、獨奏，出盡風頭。

後來，這把琴伴隨著我度過了無數沉思的夜晚、無眠的夜晚、奮筆疾書的夜晚。

後來，這把琴伴隨我飄洋過海，來到了美國……

這把琴，見證了我對藝術的熱愛與追求，見證了我青澀、純潔與真摯的初戀；見證了我父親 —— 一個數十年如一日地被"運動"、被迫害、被摧殘的愛國者大半輩子的苦難、悲哀與悽涼；見證了我所處的荒唐、荒謬，甚至荒誕的年代與社會……當然，這把琴，也見證了我們這一代人誓為民族與祖國的進步、興旺與發展而奮鬥的一腔熱血；見證了我們這一代人義無反顧地背負沉重的十字架一步一個腳印地蹣跚前行，見證了我們這一代人孤獨的迷惘、痛苦的思考與艱難的探索……

現在，我的迷惘、思考與探索依然在繼續——在太平洋的略帶咸味的海風裡、在加利福尼亞州温暖的陽光下，在從琥珀色小提琴流淌出來的《隨風而逝》這首曲子憂鬱、蒼涼的旋律的迴響中……

是的，很多人和事，早已隨風而逝；而那些逆風者，那些為我們這個古老而又多災多難的民族虔誠地、默默地奉獻、犧牲的逆風者，卻並未隨風而逝……

作者

於二零二零年深秋·舊金山

　　偉大的意大利小提琴製作天才安東尼奧·斯特拉迪瓦里大師親手製作的小提琴，每一把都是可遇不可求的價值昂貴的瑰寶。他的琴，是兩百多年以來世界頂級小提琴演奏家夢寐以求的珍品。演奏他製作的琴，以及欣賞他製作的琴所發出的天籟般優美的聲音，都是一種"神聖的享受"。他一生製作的小提琴，共有數百把，而迄今保存下來的已為數不多，都散佈在世界各地……

　　下面敘説的故事，也與安東尼奧·斯特拉迪瓦里製作的小提琴有關……

第一章

　　一縷輕輕的小提琴琴聲從緊傍著國家森林公園的住宅區飄來，在深秋的夜空顯得格外悠揚。琴聲，像一片超然、瀟灑的葉子，淡定地、平靜地飄落……

隨風而逝

舊金山音樂學院小提琴專業的林野教授，正徜徉在一幢單層獨立住宅旁邊的小路上。他細心地聆聽從這住宅傳出的那把熟悉的法國琴宏亮、甜脆的琴聲，聆聽著拉琴者平靜地拉奏的、那首他同樣熟悉的小提琴曲《隨風而逝》的旋律，不由頓生感慨：

"易平哥總算走出來了……"

一曲既罷，琴聲戛然而止。

不過，此刻林野最想聽到的，還是自己的學生——易平哥的兒子易寧準備世界維尼奧夫斯基小提琴大賽的練習的琴聲。

他靜靜地期待……

没過多久，琴聲又響起來了。

"是巴赫！"林野高興了。

這是本屆維尼奧夫斯基小提琴大賽規定的必選曲目之一——十八世紀德國作曲家巴赫著名的《無伴奏小提琴曲》。這首公認很難拉好的曲子，如今不僅被演奏者行雲流水般拉奏出來，而且巴赫作品中蘊含的堅強意志、崇高信念、犧牲精神——"巴赫味"，也表達得那麼清晰，那麼深刻，又那麼自然。

雖然臉上終於露出一絲好幾個月以來難得一見的笑容了，但重重地壓在心裡的石頭，卻隨著五年才舉辦一屆的世界維尼奧夫斯基小提琴大賽日子的趨近，反而顯得越來越重了。

真難為易寧這孩子，他還不到十五歲呀，就承受國際大賽沉重的壓力。可惜，借給易寧的這把琴，是林野自己使用多年的法國現代著名小提琴製作師維尼巴蒂斯特製作的一把好琴。但是，它音色宏亮、甜脆有餘，而濃厚、深沉不足，如果能有一把音色更豐富、更理想的琴，這孩子就如虎添翼了……

林野在柯蒂爾斯音樂學院大學本科和碩士畢業後，回到舊金山音樂學院還繼續讀了一個博士學位，畢業後留校任教。至今，已有十多個年頭了。現在，林野已成為一位以培養傑出人才出名的小提琴教育家。多年來，他已把自己無數的學生推上國際小提琴大賽的領獎台。如今的林野，在整個美國西海岸聞名遐邇，不僅以教學出名，他收學費之高，在美國也是名列前茅的。除了到學院給本科生上課，其他日子，林野都在家裡教學生。他的大部分學生來自當地，但有幾位是從外州坐飛機來上課的。至於坐火車，或父母開車送來上課的，就不計其數了。要申請當林野的插班學生，至少要排隊等一年——有學生考上外地的大學，無法在林野這裡學琴了，才有空出的位置。

而這些年來，在林野教過的學生當中，天資聰穎、出類拔萃的孩子，數不勝數，但從來沒有見過像易寧這樣的學生：無論多難的技巧，一學就會，什麼連頓弓、連跳弓，別的學生沒有一個多月的埋頭死練是絕對拿不下來的，而易寧都是僅練一個星期，就完全符合教師的要求；至於雙音：大三度、小三度、五度、八度就不用說了，就是令人頭疼的減七、屬七和弦，即使在高把位上，對於易寧來說，也是"小菜一碟"——用行家的話說：這孩子的"手感"太好了，而且，他天生有一雙對音准、音色特別敏銳的耳朵！還有，別看他年紀小小，但對作品的理解與表達，常常比成年演奏者還要深刻、細膩。尤其是易寧骨子裡的那股堅忍不拔、勇於進取的大氣，刻苦勤練、自覺自勵的精神，更令林野感到驚奇與欣喜。何況，這孩子還是林野三兄弟老朋友易平的寶貝兒子呢。所以，一直以來，林野對自己這位特別出眾的弟子格外關照，實施"特殊政策"，常常為他"開小灶"。而易寧琴藝突飛猛進，也就不奇怪了。

可是現在，自己卻居然至今仍未能為這位得意門生，找到一把在國際大賽中更能發揮水平的好琴，這如何講得過去？

當然，林野最近也一直都在努力：除了向海菲茲基金會、梅紐因基金會等基金會申請借琴外，還向自己當年的老師伸手。遺憾的是，幾把好琴的琴頸屬於偏粗大的那種，而易寧還是孩子，手較細小，要在幾個月的短時間完全適應和習慣，那是不可能的事情。雖然，從理論上講，決定一位小提琴參賽選手水平的，固然最重要的是其秉賦，以及臨場的發揮；但是，在參賽高手林立，素質、水平不相伯仲的情況下，琴，實在太重要了！

"不！我一定要為易寧這孩子找到一把適合的好琴！"林野暗暗下決心。

柯蒂爾斯音樂學院。

林野和老同學米高積遜漫步在草坪周邊寬闊的走道上。

畢業多年來，由於工作忙碌，林野極少回母校。那年，林野偷渡到香港後，在朱萍老師的熱心幫助下，他考進了美國著名的柯蒂爾斯音樂學院，師從世界著名小提琴演奏家、教育家奧迪雷學習小提琴演奏藝術。林野和米高積遜是奧迪雷教授眾多學生中最出色的兩個得意門生。本科加碩士連讀的七年學業完成後，林野回到父母生活的舊金山，而米高積遜則留校當了老師的助教。

為了易寧今年的參賽用琴，林野回到了母校。遺憾的是，奧迪雷老師的名琴，也是琴頸較粗的那種類型，不適合易寧。

與昔日的同窗摯友漫步在鋪滿楓葉的熟悉走道，林野仿佛回到了求學的年代，仿佛回到了很遠，很遠……

午夜了，恩平山區那間四面無窗的"知青屋"，暗淡的黃色的燈光；屋角尿桶頑強外溢的刺鼻的氣味……自製的練琴的" 弱音器"……艱澀、機械、乏味的《舍夫契克雙音練習曲》《克勒最爾練習曲》，還有莫扎特、巴赫、布魯赫的小提琴協奏曲……淋漓大汗……很難，很難，也很暢意，很快樂……

午夜了，自修鈴聲響後，柯蒂爾斯音樂學院的琴房的燈光依然很亮，很亮……技巧高難的《羅德練習曲》、帕格尼尼隨想曲、協奏曲……琴聲在寬敞的琴房交混迴響。人淹沒在聲浪和白光中……

只有光，只有聲音……

午夜了，伸手不見五指的夜，冷風冷雨，涼冽的海水，漂浮在水面的特製的"氣囊"……

時間過得真快！一晃眼，許多年過去了……

新的時代到來了！

這是一個飛速發展的時代，一個信息爆炸的時代，一個瞬息萬變的時代。

當代的藝術世界當然也不例外，小提琴演奏藝術在近二三十年以來，也有了令人難以置信的變化與發展：世界級的傑出演奏家，層出不窮，數不勝數；而小提琴演奏的學派更是五花八門：德國派、俄羅斯派、匈牙利派、法國 比利時派；古典主義學派、浪漫主義學派……　讓人目不暇接。其實說到底，當代小提琴演奏基本上走不出以強調發揮小提琴音色的、著名的柯蒂爾斯音樂學院奧迪雷教授為代表的"音色派"，和以另一位世界著名小提琴演奏家、教育家、法國巴黎音樂學院布倫斯基教授為代表的"技巧派"。前者的學生，囊括了多屆的柴可夫斯基小提琴大賽、貝多芬小提琴大賽、維尼奧夫斯基小提琴大賽等國際大賽的金獎；而後者的學生，則囊括了多屆的帕格尼尼小提琴大賽、貝多芬小提琴大賽、維奧蒂小提琴大賽等國際大賽的金獎。

林野清楚地記得奧迪雷教授的那次經典性的教學公開課……

那天，從外地聞風而來的聽眾——專業教授、在學學生、小提琴演奏家、樂團小提琴手、小提琴音樂愛好者和"發燒友"，擠滿了舊式的圓型階梯教室。人們幾乎摒住呼吸，聆聽響徹在整個教室空間的奧迪雷教授那充滿磁性的男中音：

"小提琴是最接近人聲的樂器。小提琴演奏的魅力當然與鋼琴、豎琴、木管等樂器演奏一樣，在於旋律的力量，節奏的力量……在於演奏家對音樂作品深刻的理解與出色的表達，而小提琴演奏的魅力，更在於它的音色——偉大的上帝賦予小提琴的，是任何樂器都不可能具有的、獨一無二的音色！小提琴的震撼人心的音色！音色！！音色！！！小提琴技術、技巧的運用，演奏者動作、姿勢的配合，其目的只有一個，那就是最大限度地發揮小提琴音色的優勢！……"

奧迪雷教授侃侃而談，兩個多小時的精采報告緊緊地扣住了來自全球各地的慕名者的心弦。

雷鳴般的掌聲在教室經久不息……

從柯蒂爾斯音樂學院回舊金山，一下飛機，林野就到機場的停車場取了自己的車子。

他拿出手機看了看時間：還不算太晚。反正晚上交通不堵塞，他決定找大哥林間再商量商量為易寧找琴的事。

他馬上撥通了大哥的手機。

大哥比他年長十多歲，從小便是自己的偶像。大哥是個比同輩人都更有主見，更有眼光的人："文化大革命"剛開始時，大哥就以批判譚立夫的"出身論"而出名，成為市裡中學造反派的領袖人物；後來知青回城，大多數人都削尖腦袋，拼命往好單位鑽的時候，大哥卻悄悄考進了市二輕局主辦的小提琴製作中專班，師從即將退休的中國老一輩小提琴製琴大師梁國傑老師傅，專心學藝；當大陸國營的、私營的小提琴製造業一哄而起，又一哄而敗，一哄而散的時候，正在美國被譽為"小提琴製作師搖籃"的鹽湖城自費留學，系統學習小提琴製作技術的大哥，在取得一家著名琴行的猶太人老闆的信任後，便出手幫助老闆以低價收購了大陸一家瀕臨破產而又頗具規模的國營小提琴製造廠，又以無人可以取代的斡旋兩地的業務能力，理所當然地成了琴行的股東之一；又過了幾年，完成學業，取得小提琴製作博士學位的大哥，在美西成功地創辦了自己的公司，並在大陸有了自己的生產基地……大哥是典型的白手起家的成功人士，來美國二三十年後，大哥現在已經是美西著名大琴行的老闆了。記得大哥的琴行兩個多月前，進了幾把著名的製琴大師斯特拉迪瓦里後人製作的琴，他第一時間就興致勃勃地拿來給林野試奏，雖然音色不錯，但與參賽的要求還有很大的距離。這次找大哥，就是想和他商量，能否再挖挖既喜歡拉小提琴，又愛好收藏的白薇大姐的潛力——他記得，白薇大姐收藏有一把小提琴製作藝術開山鼻祖老阿瑪蒂製作的琴……

和藍湖別墅區一樣，大哥居住的列治文住宅區，也是舊金山灣區著名的豪華住宅區。這裡簡直就是歐洲風格迥然不同建築師傑出作品的展覽園地，五彩繽紛建築風格，令人目不暇給：意大利式的莊嚴、高大；法國式的玲瓏、精巧；荷蘭式的飄逸、靈動；德國式的壯碩、恢弘……以及結構抽象、造型奇特的後現代建築作品……這些動輒千萬美元一套的新建別墅，無一例外都顯得氣派非凡。在這個住宅區擁有自己私人的房子，絕對是身份高貴的標誌。大哥幾年前買下的這套別墅，雖然略嫌老舊，但首層有一個小型游泳池和一個可容納二三十人的演奏廳，很舒適，也很實用。

“易寧的琴還未有著落？”林間一開門，劈頭就是一句。

“是呀，”林野重重地坐在單人皮沙發上，“大哥，那我就有話直說了，唔？”

“是不是借琴呀？上次不是試過了，都不滿意嗎？”林間反問。

“哈哈，這次不是借琴，而是借人。”林野笑著答。

“借什麼人？”林間覺得很奇怪。

“借大哥你呀，”林野又笑著説，“大哥，我早就聽説白薇姐這大富婆收藏有一把老阿瑪蒂製作的琴，不知道是否適合易寧？所以想借大哥的臉面一用，出頭借琴，可以嗎？因為我跟白薇姐雖然也熟，但還説不上話。”

“‘真是皇帝不急太監急’，人家做父親的都不急，我們急什麼？再説，易平和白薇是老情人了，雖然有情人最終未能成為眷屬，但只要易平開口，白薇也不會那麼小氣吧！”林間笑了笑，一邊説，一邊煮咖啡。

“有誰會想到，當年這個‘美女司令’這麼無情，這麼決絕！可以愛得死去活來，也可以説斷就斷，更可以説‘分’就‘分’，説‘婚’就‘婚’！按理説，你‘婚’就‘婚’吧，但選誰不好，哪怕嫁個‘鬼佬’也好，為什麼偏偏是陳榮輝？換了是你，這口氣能咽得下嗎？這麼多年都過去了，他們有‘解凍’，有互動嗎？依我看呀，那道坎，始終難以跨越。”林野説，“你還記得吧，易平對白薇姐實行‘三不政策’：不再見面，不再聯絡，不再通任何信息。”

“唉，你説的也是。按理説，她與易平各自也已離婚這麼多年了，心無介蒂的話，早在一起了。不過，俗話不是説，‘清官難判家務事’嗎？也許，這裡面還有不為外人所知的巨大內幕呢！”林間也泄氣了。

少頃，林間又説：

　　"不過你還別說，白薇心裡，一直裝著易平呢，不然，怎會把本來為父母準備的新房子，以我的名義，超低價租給易平，還要我發誓永不告訴易平呢！記住，你也千萬別說漏嘴了。"

　　"這樣說來，他倆當年的分手，就更是個謎了。你沒聽說過這當中有什麼'內部'的，或是'特別'的秘密嗎？"林野問。

　　"沒有，沒聽說什麼。他們的事，我看你就別管了。找琴倒是眼下要辦的急事。"林間斟了咖啡，喝了一口說："也罷，為了你的高徒，也為了易平老哥的寶貝兒子，我就去一趟吧！反正，我也很久沒有跟她聊天了。"

　　藍湖別墅區。

　　這是美國西海岸首屈一指的著名的高尚住宅區。它三面環山，面對寬闊的藍湖。一年四季，都有可愛的綠色映入人們的視野。春天，常常可以看到鹿媽媽領著鹿寶寶造訪別墅的後花園；秋天，橙色成了整個住宅區的主調，再襯托著林子裡深淺不一的紅色、黃色、藍色、紫色、綠色，使人們感到了大自然色彩的豐富與溫暖。隱沒在寬闊的小樹林裡。平常，這裡深邃而又不覺陰森，寧靜而又不乏生氣……

　　白薇十分喜愛這裡的自然環境。加上她還打聽到，這些別墅的主人，都是退休的大律師、大法官、警察局局長，還有不少億萬富豪……與這些達官貴人為鄰，安全係數之高，自不在話下。所以，白薇決意把在美國的"窩"築在這裡。多年前，她以比開價高出15%的價錢一次性用現金本票付清房款，擊敗多名競購者，買下這棟別墅；並請了很可靠的老友兼"死黨"幫忙，專門從洛杉磯僱了專業水平和服務質量都超一流的工程隊裝修，化了一百多萬美元來進行房屋改造與裝修，其中重新設計與建造的地下室，是最花錢，最花時間，也是最花心機的。據說，即使是下核彈了，也不易把它摧毀……而從外型來看，這是整個住宅區內唯一用白色大理石作外墻的別墅。別墅主人給這座另具一格的別墅起了一個雅致的名字："白廬"。

白薇在家裡接待老朋友，一般都挑選在書房，這次接待林間也不例外。看到林間這個老熟人進屋，不用白薇吩咐，管家英姐就泡了一壺龍井茶。英姐是白薇的丈夫陳榮輝的表姐，一個無兒無女的寡婦。她來自鄉下，雖然文化水平不高，但心思細密，人又精明，當時留在國內的陳榮輝安排她來美國給白薇當管家，大家當然都知道是怎麼一回事了。最初，白薇對她別說信任了，就連多看她一眼心裡都不舒服。但由於英姐辦事利索，勤快能幹，加上人還算本份，所以日子久了，慢慢地也就被白薇接受了。後來，雖然白薇與陳榮輝離婚了，但"上頭"並無意辭退英姐，另換新人。白薇也就只好作罷了。

"聽説盈盈的學位快拿到手，而且可以提前畢業了，這下該沒理由高唱'晚婚調'了吧！否則我敢打賭，這裡面肯定有問題，而且是大大的問題！作為盈盈的母親大人，你難辭其咎呀！"林間一坐下，就說起白薇的女兒陳盈來。

在朋友圈內，誰不知道，白薇有一個聰明、漂亮，待字閨中的獨生女？

"林大老闆，我們南方人不是有句老話，説'女大女世界'嗎？這事，由不得我老太婆操心囉！再説，這丫頭一直和我對著幹，始終不願與我一起住，她心裡還有我這個親媽嗎？"白薇一臉無奈。

"聽説盈盈的男朋友很不錯呀，年青有為，一表人才，是位深得上頭重用的後起之秀，前途無量啊！不過，他是臨時出公差來美國辦案，還是長期居留？這倒是結婚需要考慮的問題。"林間説。

"那是年青人的事，我既不知道，也不想過問！"白薇顯得很開通。

"你怎麼這樣冷漠？哈哈，難不成你是擔心這位未來的女婿可能是中央的特派員，會來查你這個'紅頂商人'的賬吧。"林間開玩笑說。

"我才不擔心呢，我是在美國做生意，我遵紀守法，準時交稅，經得起聯邦政府的任何審查。再說，我循規蹈矩，唯命是從，帳目清楚，我倒是歡迎中央派人來查呢！"白薇一副滿不在乎的樣子。

"好了，不說盈盈他們了。我今天來登你的'三寶殿'，是想為易寧那孩子參加世界大賽，來借你那把偉大的老阿瑪蒂的琴。"林間開門見山，說明來意。

"哦，既然是寧兒參賽要用，拿去便是。別說是借了，就是送給他，我也樂意。我很欣賞寧兒這孩子，我很喜歡他。"白薇毫不掩飾地表示，"不過，別說是我借的才行。"

林間相信她說的是實話。白薇能把一間閑置的三臥室住宅以他林間的名義超低價租給易平，不就是明證？

"放心！這我知道，這小子不是小氣，他是屬金牛座的，死腦筋！大脾氣！若知道這是你的琴，好事也會被他搞砸，我懂的。"林間心有靈犀一點通。但白薇想的卻是：

不，你們都錯怪他了！他是我惟一的愛，永遠的愛！我太了解他了！對叛變愛情的憤恨，恰恰說明他對愛情的堅貞與執著……是我對不起他，我欠他的，我多想有贖罪的機會啊！可是，我能背離黨，背離無產階級革命事業；而他會放棄他的原則，他的所謂的"馬克思主義原旨"立場和理念嗎？而且，黨的千秋萬代的事業，共和國的根本利益，高於愛情，高於生命！總有一天，你們會明白我的，會諒解我的；易平，也會的。只是，這蠻牛……

白薇一陣心酸。

"什麼金牛座，不！他簡直就是'蠻牛座'的！刀槍不入，軟硬不吃，油鹽不進，百毒不侵，一條直路走到黑，見了棺材也不流淚……"白薇輕輕地說，聲音輕得彷彿只是說給自己聽。

"你說什麼？"林間問。

"沒說什麼。算了，林大老闆，不說他了。"白薇知道自己說多了。

"你不想說了？那我說！司令大人，大家都已是年過半百的人了，還有什麼想不通、看不透的？就拿我們這些當年'以天下為己任'的 '熱血匹夫'來說吧，現在還有幾個像易平、王思哲那樣，來美國了，依舊能'不忘初心'的？本來，老朋友難得相聚一次，但近年的好幾次聚餐，哪一次不變成辯論會、爭吵會？什麼'為六四平反'，什麼'反貪腐'，什麼'中國向何處去？'，沒完沒了，爭個你死我活的！弄得大家乘興而來，掃興而歸。你不也常常在場嗎！"說著，說著，林間就激動起來了。

"是呀，我也常是座上客，不過我無緣恭聽你們那場有名的老話題'中國向處去？'的大辯論，當時我剛好有事去了歐洲。聽說辯論很精彩，傳得沸沸揚揚的，可惜我錯過了。"白薇說。

"中國向何處去？誰能說得清楚？說老實話，我來到美國後才發現，自己根本就不是很了解中國社會、中國政治。中國的政治生態環境實在是太複雜了！太詭秘了！所以我一直反對華人在美國搞中國政治。在美國，要麼你就老老實實地融入主流社會，搞美國的民主黨政治，搞共和黨政治，要麼你就搞美國華裔的合法權益。誰要搞中國政治，回大陸搞，回台灣搞好了！不過，我雖然反對在美國搞什麼中國政治，但我從未忘記自己是炎黃子孫！我的赤子之心從來就沒有改變過。我也關心祖國，關心故鄉呀。大陸賑災，哪回少了我？家鄉修橋補路，扶貧濟困，哪回少了我？還有，‘希望工程’，我有少捐嗎？多年前，我還把邀請我共同創辦中國共和黨的王思哲，罵了個狗血淋頭！把多年的老朋友也得罪了。不錯，我是没有幾滴‘馬列水’，比不上你這位‘紅頂商人’，你這位天生的‘無產階級革命事業接班人’，更遠遠比不上咱們的易平老兄。但我也要為那些‘理論家’和‘革命家’説句公道話：先不説他們的思想和理論是對，還是錯；也不管他們是否幼稚膚淺，脱離實際，但卻絕對是他們自己獨立思考、研究的結果，不要動輒就説人家被‘共濟會’收買，被‘國際反華勢力’利用；動輒就給人家戴上什麼‘帝國主義走狗’、什麼‘民族敗類’、什麼‘賣國賊’、‘漢奸’的帽子！我敢打保票，別人我不敢説，我們的易平老兄絕對是一個正直的人，一個真正熱愛祖國，真正關心民族命運和前途的人，一個有信仰，有頭腦，有水平的人！難道你可以否定嗎？”

林間越説越激動，“不説了，一説起這些我就來氣！不説了，不説了，把琴拿出來吧！”

白薇一直很專注地聽著。她若有所思，發呆良久，才把小提琴拿出來。

林間正想打開琴盒，手機響了。林間聽完電話，對白薇説：

“對不起，我公司有急事，要馬上回去處理。琴，我就先拿回去了，與林野一道琢磨琢磨，看合用不合用再説。”

白薇笑笑説：

“悉聽尊便！你拿去就是，林大老闆。”

幾天後的一個晚上。

藍湖別墅區的湖邊咖啡廳“藍屋”。

整個咖啡廳是暗淡的、藍幽幽的燈光。

林間也常來“藍屋”喝咖啡，有時是約知青老朋友敍舊，有時是與特別的顧客談業務，比如交響樂團的首席提琴手、各種各樣的提琴收藏家，以及圈內的朋友，到這裡喝咖啡、聊天，交流各種各樣的信息。說老實話，這裡二十美元一杯的咖啡，並不見得比遍佈全美的"星巴克"咖啡連鎖店那一美元二十五美分一杯的"國民咖啡"的味道好了多少。

今晚客人特別多，所以咖啡廳沒有往日那麼安靜。盡量壓低嗓音的交談此起彼落。

突然，整個咖啡廳霎時靜了下來。咖啡廳裡所有的人，連同侍者，全把目光投向咖啡廳的入口。

已經開始有點不耐煩的林間突然眼前一亮：只見穿一襲白色連衣裙，外披一條白色緞子披肩的白薇，像從童話裡走出來的一樣，正朝他走近，那張美麗的臉，帶著一絲微笑。

很快，咖啡廳就響起了由當代著名小提琴演奏家帕爾曼演奏的舒柏特的《小夜曲》----每次白薇來"藍屋"，機靈的黑人領班拜特不用吩咐，就一定會在第一時間播放這首樂曲。當然，拜特也不會忘記即時向住在附近的神祕富翁霍夫曼先生通風報信："您的女神在一分鐘前光臨敝店……"

柔和、甜美的琴聲盪漾在整個咖啡廳。

"這首曲子怎麼會有雙音的版本？"林間一見白薇便問道，算是打招呼了。

"孤陋寡聞，坐井觀天！怎麼會沒有？我最近拉的就是這個雙音版本。你來我家借琴那晚，我不正在拉嗎？"白薇反問林間，"但我查過了，你還別說，世界級的小提琴演奏家中，也就帕爾曼拉這個雙音版本，用的還是那只斯特拉迪瓦里1714年製作的寶貝呢。有人還說了——"

"拜托，聽完再說吧。"林間不客氣地打斷白薇的話。

"大師就是大師！多乾淨！不過，那兩段過門絕對是後人續貂的敗筆之作！"一曲剛完，林間就迫不及待評論，"人家舒柏特老兄寫的是一對情人在小樹林裡幽會，而這段過門快板，既不輕快，又欠瀟逸，簡直就是驚慌失措，倉皇逃竄的寫照！斯特恩加的是不折不扣的狗尾巴！」

說話間，林野拎著小提琴到了。

「哇！這幾年很難見到你這位比總統還要忙的大忙人啊！著名大公司董事長、地產大王、慈善基金會主席……你這麼多光環，我該如何稱呼你呢？算了，還是叫司令吧！司令，這幾年我只在報紙、雜誌上看過為你歌功頌德的報導和專訪，但一直緣慳一面。不過，雖然多年沒見，但司令還是青春永駐，美麗迷人，風采依舊呀！」

「就你嘴甜！不過你們也知道，我也是油鹽不進，軟硬不吃的，拍馬屁對我無效！說吧，怎麼把琴拿回來了？難道阿瑪蒂大師的琴也入不了你這位大教授的法眼？還是不適合令高徒？」白薇問道。

「報告司令，這把琴確是好琴，我和大哥足足化了三天的功夫來研究這把琴。你知道的，大哥也算是老行尊了，他認為你的琴確值七位數的高價。不過，恕我們直說，你這把有三百多年歷史的老琴，目前還只有文物、文獻的價值和觀賞的價值，但卻沒有實用的價值。要符合現代演奏的需要，這把琴還必須‘傷筋動骨’、‘開膛剖腹’，進行大修整，尤其是其低音樑需要作較大的改造，甚至要更換。而這可是個大工程呀，是需要花不少時間的。所以，即使整修成功，也肯定趕不上易寧參賽。大哥，我說得對吧？所以，就只好‘完璧歸趙’了。這寶貝今後有沒有大修的必要，再說吧！但無論如何，我還是非常感謝你的，司令。」林野說。

「那你這位當老師的怎麼辦？還需要我做些什麼嗎？你盡管說好了。」白薇問。

「我還在發愁呢，時間無多了，如在一、兩個月內再找不到適合的琴，就只好用我現在的那把法國琴參賽了。"林野説。

"那位偉大的父親怎麼了？他有什麼好辦法嗎？"白薇問。

林野嘆了一口氣，没説什麼。

"他還能怎麼樣？還能有什麼辦法？"林間説。突然，他緊鎖的雙眉微微一展説：

"前幾天我聽一位意大利裔老顧客説，他那世界有名的故鄉克雷蒙那鎮博物館的鎮館之寶——一把斯特拉迪瓦里製作的小提琴一年前被偷了。聽説已輾轉多手，目前琴在美國呢。我記得曾有雜誌介紹過，這把琴呀，音色美，穿透力強，絕對是大賽奪魁利器！易寧這孩子能有這琴參賽，一定可以大概率增加勝算的可能！哈哈，以司令的本事，發動人海戰術去找，肯定有機會！運氣到了，緣分到了，説不好就真讓我們碰上了，就算買不起，高價向琴主借用，也值呀！"

林野聽了，只是苦笑了笑。

説者無意，聽者有心。白薇聽了，心裡不由咯噔了一下，但她不露聲色，没再説什麼。

林家兄弟倆剛離去，她就馬上給約翰發了一條LINE，稍後，又撥了約翰的手機，專門談了這琴的事。

但白薇一直未能打通約翰的電話。回到家後，還未來得及看手機上的LINE，約翰覆電話了。

白薇在電話中給約翰詳盡地布置了"新任務"：找琴，想盡辦法找到克雷蒙那鎮博物館失竊的斯氏琴。白薇又不厭其煩地回答了約翰一堆有關琴的煩瑣提問。最後，白薇口氣強硬地吩咐：

"……請馬上按我的要求去做！不錯，就一週！原先給你安排的其他所有的事，暫時緩一緩，都給這件事讓路！"

白薇十分相信這個猶太人的本事、能量、膽識和操守。在舊金山灣區的上流圈，没有多少人不知道猶太人"萬能約翰"。傳説，就連導彈，他都可以搞到手。而他為朋友或顧主辦事，守口如瓶，滴水不漏，更是聞名遐邇，有口皆碑。而自從多年前白薇徵得"上頭"同意，把"萬能約翰""獵"到手後，許多重要的事務就都交給他去操辦。自然而然地，約翰也就幾乎成了白薇專職的幫手了。

例如，白薇需要的物業管理、期票股票、基金會、投資等各類業務經理人，全都以約翰用老闆或老闆委託人的身份出面請獵頭公司物色，最後由白薇敲定，並由白薇把具體工作經約翰之手轉告業務經理人去執行。而所有業務經理人，都不認識白薇，不知道白薇的任何情況。約翰每次把白薇交辦的事，不僅事無巨細，都辦得麻利、妥當，而且常常還能沿著白薇的思路"畫蛇添足"，多做了一點白薇一時疏忽沒有考慮到或忘記吩咐的重要細節。當然，白薇做事的那種非同尋常的氣魄、高深莫測的背景，還有那令人驚喜的高報酬，也令約翰對這位冷若冰霜的東方美女刮目相看，敬畏有加。

已年過五十的約翰是第二次世界大戰時期輾轉逃難來到美國的第二代波蘭猶太人。他身高6.2英尺，強壯結實，一雙老是泛著笑意的褐色眼睛透著精明的亮光。在中年喪妻後與一對雙胞胎女兒相依為命，在親姐姐艾瑪的幫助下，他含辛茹苦，把孩子養大成人，在孩子各自有了自己的事業和家庭後，約翰辭去了金牌保險經紀的工作，靠豐厚的退休金生活，日子過得美滋滋的。

由於為人熱心，樂於助人，所以約翰的人緣極好。這些年，他利用廣泛的人脈關係，加上機智過人，活動能力超強，倒是幫了不少朋友。

約翰第一次見到白薇是幾年前在白薔薇慈善基金會主辦的，一場為殘疾兒童募捐的慈善音樂晚會。

慈善音樂晚會開得相當成功。到場的一百多位善長仁翁，非富則貴，一捐動輒萬元。

晚會即將結束的時候，突然，一位身材高大、文質彬彬的老人——神秘富翁霍夫曼走上舞台，很有禮貌地向晚會主持人白薇要過無線麥克風，微笑著對白薇說：

"尊貴的白薔薇女士，尊貴的來賓，請寬恕我的魯莽與唐突，我對我們大家敬愛的美女白薔薇女士，有一個小小的建議：能否請您為大家，不，為我們那些極需要幫助的孩子們，演奏一首小提琴曲？如果您答應了，我一定再捐十萬元！"

台下瞬時沸騰起來。

白薇因為事出突然，不由一怔，一下子就滿臉通紅。但她馬上鎮定下來，嫣然一笑道：

"尊敬的霍夫曼先生，首先請允許我代表孩子們，代表在場的各位嘉賓，對您高尚的愛心和您慷慨的捐贈，表示衷心的感謝與敬意！我想，霍夫曼先生以前一定是FBI探員，否則怎麼會打探到我會拉小提琴呢？但很遺憾，您怎麼就沒打探到我今天身邊剛好就沒有小提琴呢？"

"哈哈哈哈！尊貴的白薔薇女士，我還真能當FBI探員呢！我早就打探到了！所以，小提琴也早就給您準備好了 —— 還是市交響樂團小提琴首席的名琴呢！怎麼樣？演奏一首吧？"霍夫曼得意揚揚地說。說完，又對台下大聲問：

"大家不支持我的建議嗎？"

會場馬上響起熱烈的掌聲和一浪接一浪的喊叫聲：

"白薔薇，拉一首！"

"拉一首！"

"拉一首，白薔薇！"

"拉一首！"

……

緊接著，霍夫曼從台下拿了一把小提琴，再走上台，親自交到白薇的手上。

於是，在霍夫曼和大家的期待中，白薇拉了一首埃爾加的《愛的敬禮》。雖然有一、兩個音拉錯了，但效果還是很不錯，捐款的人士也陡然增多自不用説，這一次慈善籌款的數額，遠遠超過了預期的目標。

那晚，約翰也捐了一萬元。

吩咐完約翰後，白薇喝了一口咖啡，接著就打電話給地產公司的私人助理兼銷售經理羅寶儀，向她了解加州分公司最近的銷售情況，並請她做一份統計資料；之後，又接到了基金會執行董事兼理事長查理·托雷斯有關董事會與理事會聯席會議已準備就緒的電話報告。

她又喝了一口咖啡，正想再打一個電話，一抬頭，看見霍夫曼滿臉堆笑，踏著穩健有力的步子朝著自己走過來：

"晚上好，美麗的白薔薇女士，東方的維納斯！我們真有緣！

請問，我可以榮幸地跟您一起喝咖啡嗎？"霍夫曼恭恭敬敬地問。

"歡迎，請坐！"白薇稍微欠了欠身，微微一笑，"不過，很抱歉，我今晚還有一個會談，十五分鐘後便要離開。"她今晚完全沒有心緒跟霍夫曼閑聊。

藍湖別墅區。

白廬。

窗外，繁星滿天，月光如水。秋月的銀光灑遍了別墅區，連同別墅區的小葉桉樹林。偶爾傳來的一兩聲鳥兒凄涼的尖叫，和絲質睡衣輕輕的瑟瑟聲，更令站在窗前的白薇感到秋夜的寂寞，秋夜的深邃……

啊！

也是一個深邃的秋夜，一個繁星滿天，月光如水的秋夜……

疏疏落落長著山稔的山坡。

寂靜無聲的坡頂。秋風肅瑟。

長著山稔的地上，鋪了一塊塑膠雨披，很涼，很涼，也很暖，很暖……

無窮無盡的柔聲細語，沒有休止符的緊密相擁……

時間凝固了，世界凝固了，連風，也凝固了……

也是一個深邃的秋夜，一個繁星滿天，月光如水的秋夜……

南方大都市的秋夜。

沁人心脾的夜風。

昏暗的燈光；寂靜、陰冷的牢房；空氣中令人作嘔的晦氣。

燃燒的眼睛，噴射火焰的眼睛。

溫暖、甜蜜的初吻……

也是一個深邃的秋夜，一個繁星滿天，月光如水的秋夜……

鳥瞰維多利亞港的半山住宅區一幢法式別墅。

透過磨沙玻璃窗，透過厚重的天鵝絨、薄如蟬翅的絲質窗簾

溫柔的月光灑在我們兩個流著熱汗，緊緊相擁的裸體上……

那健碩壯實、雄渾強韌的身軀，

猶如烈焰般直灼人心的目光，

雄渾宏亮、濃烈淳厚、磁性爆炸的男性嗓音，尤其是那令人永遠難忘的

自負的額角！自負的濃眉！自負的雙瞳！自負的鼻準！自負的嘴唇！自負的……

……啊，

瘋狂的交融，一次，一次，又一次……幸福的巨浪，一波，一波，又一波…… 啊，無與倫比的快樂，

直衝雲霄……

秋夜的寂寞，往往能令人比日間更輕鬆地思考繁忙時顧不上的事情。

白薇坐在臥室外陽台的沙發上。

她不由自主又想起了易寧……

當然，白薇心裡很清楚自己為什麼對易寧參賽一事這麼上心。

按理說，兩個曾經相愛的人，雖然分手了，但如果情份還在，因而"愛屋及烏"，也是順理成章的事，但如今既然已分手多年，自己又已有了輝煌的"成就"和"歸宿"，她和易平彼此也已分屬兩個截然不同的世界了，特別是由於當年自己對易平的無情與決絕，令易平在熟人圈裡毅然公佈對白薇"不再見面，不再聯絡，不再交流任何信息"的"三不政策"，也是人所共知的。唯一能解釋的，可能是易寧這個聰明、英俊的孩子特別招人喜歡吧！其實，這裡面也有白薇自己對易平的深深的愧疚……然而，也只有自己明白，最根本的一點，還是心中因易平而點燃，繼而熊熊燒起的愛的烈焰，從來就沒有減弱過。但由於自己的背叛，憤怒的易平草率結了婚，並且很快就有了易寧……

是自己辜負了易平，傷了易平，害了易平！

秋夜越來越涼了。她走回房間，不經意地看到擺放在牀頭櫃上盈盈滿一週歲時的照片，心中又油然生出一股暖流……

白薇想了很多，很多……

第二章

　　白薇和易平初次認識是在三年"文化大革命"期間。

　　公元一九六六年，如火如荼的夏天。

　　一列滿載著紅衛兵的南下的火車，正在京廣線上飛馳……

　　入夜，列車上十多節的車廂裡，唱了大半天革命歌曲的革命小將雖然都很累了，但他們毫無睡意，依然在興奮地交談著不久前在天安門廣場上被偉大領袖毛主席接見的激動人心的情景。

　　坐在過道上的白薇，突然聽到一陣輕微的小提琴聲從前面的車廂傳來。再聽時，卻又没了。

　　自小就跟同住軍區大院宿舍的戰士歌舞團弦樂隊小提琴首席學琴的白薇，這時興奮起來，她豎起耳朵再聽。

　　"噢，是《唱支山給黨聽》！"對樂音特別敏感的白薇，聽得出是幾把小提琴在齊奏。她身不由己地站起來，向著琴聲的方向，在擠滿了人的過道上，艱難地向前走過去。

　　她費了很大的勁才擠到那節車廂的門口。只見車廂裡塞滿了紅衛兵，在窄小得不能再窄小的地方，果然有五、六個紅衛兵正懷著激情在演奏小提琴曲《唱支山給黨聽》。

　　本來柔美、温情的樂曲，這時聽來卻如同演奏者一樣，是如此昂奮、激越。

　　是的，毛主席在天安門廣場接見來自全國的百萬紅衛兵這個歷史的"瞬間"，將影響著每一個被接見的紅衛兵整整的一生……

此刻，革命激情一直在胸間澎湃的演奏者，你叫他們如何不昂奮、不激越？

一曲既罷，一位俊朗的演奏者隔著兩個人，大大方方地問眼露贊賞、羨慕光亮的白薇：

"會拉琴？想拉？"

白薇一看是位男生，不好意思地點了點頭。

這位男生隨即把手中的琴與琴弓遞給白薇，然後又騰出自己的位置給她。

接下來演奏的是《大海航行靠舵手》等幾首革命歌曲。

演奏完後，白薇把琴還給男生。回到自己的車廂時，同伴們都已東歪西倒地睡著了。

第二天，白薇連自己都說不清到底是為什麼，她又擠到昨晚演奏的車廂去。她發現，車廂已空了很多，借琴給自己的那個男生也不見了。一打聽，才知道那個男生和幾位一起從南方大省的省會江州市來的同學在湖南長沙站下車了⋯⋯

"怎麼連人家的名字都沒問？"白薇很懊悔。

她突然感到一陣惆悵。一種失落感，莫名其妙地襲上了心頭⋯⋯

和來自全國各地被毛主席接見的很多紅衛兵一樣，易平也懷著對偉大領袖毛主席無比崇敬、無比熱愛的心情，迫不及待地來到毛主席的故鄉和早年生活的地方，追尋偉大領袖最初的革命足跡。橘子洲頭。

凝望著波濤洶湧，奔流而去的滔滔湘江，易平彷彿看到了當年風華正茂，壯志凌雲，"指點江山，激揚文字，糞土當年萬戶侯"的青年毛澤東，彷彿聽到了他那"問蒼茫大地，誰主沉浮"的豪言壯語。偉大領袖青年時期心懷天下，救世濟民的遠大志向和抱負，深深地激勵了易平。

他想起，在這場史無前例的"文化大革命"到來之前，他曾經抱怨過自己生不逢時：為什麼自己沒有出生在岳飛、陸游、辛棄疾的年代，抑或出生在硝煙彌漫的革命戰爭年代？因為出生在那樣的年代，自己就可以幹一番轟轟烈烈的偉大事業了。

想到這些，他不禁啞然失笑。

現在，不正是我們"指點江山，激揚文字"的千載難逢的絕好機會嗎？不正是自己為祖國，為民族的事業貢獻力量的大好時機嗎？

一回到江州市，易平就馬不停蹄地加入"紅旗造反派"。

從此，"文化大革命"前那個除了上課，就是看書、練武術和拉小提琴的易平變了……

他以從未有過的熱情，廢寢忘餐地投入到這個群眾運動的洪流：參加批鬥各級"走資本主義道路當權派"的活動；參加各種各樣的辯論會；抄寫、張貼大字報；到工廠、鄉村宣傳，發動群眾投入"文化大革命"，幫助他們建立"造反派"的組織……

很快，易平就在這個"革命大熔爐"得到了脫胎換骨的鍛煉。

不久，易平就以其文章能充分代表"旗派"的觀點，而且理論水平高，說服力強，文風強悍、犀利、潑辣，而成為"旗派"隊伍中幾位出色的"文膽"之一。

後來，隨著易平政論文章的影響力越來越大，加上他的認真負責工作精神、踏踏實實的工作作風和出色的社會活動力與組織才能，被推舉為"造反派"的"機關報"——《紅旗論壇》的主編……

公元一九六八年秋。

江濱。

坐落在江州市城郊的中國著名的高等學府華南大學。

全市"旗派"的大本營——"省紅旗造反聯合總部"，就在校園的小紅樓。

　　今天，只能容納三百人學校小禮堂，被擠得水洩不通。一場由"旗派"各山頭首領參加的重大形勢討論會正在熱火朝天地進行。一張比賽用的正規乒乓球枱一分為二，分別擺放在禮堂的東西兩邊。不同觀點的發言人可以自由上枱演講。

　　從下午就開始的形勢討論會已進行了好幾個小時，現在正逐步推向高潮。這時，在鼓噪聲中跳上西邊球枱的，是大名鼎鼎的造反派"三劍客""李意哲"三人組合中的頭號代表李定天，這個胖敦敦的矮個子，平日總穿一雙比他的腳大兩個碼的校官大皮鞋，因而被大家起了個雅號："大皮鞋"；隨後跳上東邊球枱的，則是《紅旗論壇》主編"鬍鬚佬"易平，一位高瘦俊朗、滿臉絡腮鬍子，眉宇之間透著一股英氣的"旗派"理論家。經過兩個多小時唇槍舌劍的反復交鋒，與會者基本上同意易平對當前形勢的分析及對今後發展趨勢的估計，並一致推舉易平起草"旗派"對時局的聲明：《中國向何處去——論目前形勢和我們今後的任務》。

　　第二天一早，在市中心的北京路繁華商業區，自然形成的市裡最具影響的大字報園地就貼出了這份聲明。

　　全程參加討論會的白薇，和林間等一大批戰友一樣，從最初的易平的反對者，到後來都被易平的雄辯所折服，最後變成了易平堅定不移的擁護者。是的，在那個人人平等，靠本事，靠能力，靠群眾威望做事的年代，作為一名年紀小小的普通中學生，易平卻能在"高手林立"，包括大學生、機關幹部在內的千千萬萬的"旗派"中脫穎而出，擔任了可以說是"旗派機關報"的《紅旗論壇》主編，這不能不令人佩服。

　　剛到會場的白薇，乍一看到這位早已有所耳聞的"旗派"著名的"文膽"，就有一種似曾相識的感覺。"在哪裡見過呢？"但沒容白薇再想下去，激烈、精彩的辯論很快就吸引了她全部的注意力。

易平的胸懷大志、堅毅剛強、睿智機敏、鎮定從容、寬宏大度，尤其是那種沉重的使命感，給白薇這位從來就自以為是、目中無人的名牌中學的校花、"旗派"中著名的"美女司令"，留下了深刻的好印象。

而且，白薇終於記起來了：這不就是在火車上把小提琴讓給自己表演的那位男生嗎？可惜，那天討論會的會場太擁擠了，連打招呼的機會都沒有……

後來，針對對立面"東風派"排練與演出《紅衛兵組歌》，"旗派"各山頭領導人聯席會議作出決議：接受原省作家協會副主席、詩人李非和《紅旗論壇》主編易平的聯名提議，以文藝的形式總結"文化大革命"，總結紅衛兵運動，並借鑑"文化大革命"前在全國公演的大型音樂舞蹈史詩《東方紅》，創作、演出大型歌舞史詩《紅衛兵戰歌》，以此贊頌和宣揚文化大革命和紅衛兵運動的偉大意義；而且成立了由《紅旗論壇》主編易平、中山醫學院"旗派"司令陶鏘雲、中學生紅旗聯合造反總部的余勇、以及美術學院、音樂學院、舞蹈學校"旗派"首領組成的領導小組，負責策劃、組織、創作、編導、排練、演出的所有工作。

位於離市中心不遠的荔灣湖畔，有一個專為省、市藝術家建造的住宅區——湖邊新村。住宅區內，有一棟"文化大革命"以來閑置的兩層小樓，它是原省文聯的俱樂部，當時由文藝界的"旗派"掌控。

現在便順理成章做了《紅衛兵戰歌》的工作總部。

那是一個熱血沸騰的年代，純真無邪的年代，自覺奉獻的年代，高能速效的年代。

可作報告，可開音樂會，可跳交誼舞的省文聯俱樂部樓下大廳，舊報紙往地上一鋪，便常常是加班熬夜不回家的工作人員的睡牀；一天三頓，有時只有兩頓的"伙食"——饅頭和廣東開平水口腐乳或四川涪陵辣榨菜，則是全體工作人員的家常便飯了。那時所有的開支，都是由有工資收入的《戰歌》文學編輯李非、茅朗和舞蹈編導、省舞蹈學校教師楊琦掏腰包資助的⋯⋯

愛好文藝的"美女司令"白薇自然參加了《紅衛兵戰歌》的排練工作，還被推舉擔任組織部長。

當了組織部長的白薇，就常常有理由到總部向領導請示工作了。但她的"醉翁之意"，人盡皆知：無非是想多接觸接觸那位對她冷若冰霜，從未用正眼看她的"鬍鬚佬"——三位總編導之一的易平⋯⋯

那時候，遇到工作繁忙，不能回家，俱樂部二樓寬闊的會議廳的嵌木地板，用舊報紙、舊雜誌、拆開的紙箱一鋪，便成了大家的"臨時牀鋪"。而每次，白薇總是搶先佔位，一定要睡在易平的旁邊，而被擠得遠遠的後勤部副部長陳榮輝，和樂隊隊長林間直看得妒火中燒⋯⋯

編創階段很快就結束了，"旗派"佔據的省舞蹈學校成了《紅衛兵戰歌》理想的排練場。經過百日奮戰，大型音樂舞蹈史詩《紅衛兵戰歌》終於在市裡著名的紀念堂上演了！

首演謝幕後，熱烈、瘋狂的舞台慢慢平靜了，易平來到台上司儀的位置，凝望這個寬暢的圓型大堂。看著逐漸離場的觀眾，他熱淚盈眶，久久不能自已。他在想：這場轟轟烈烈的"紅衛兵運動"的歷史意義是什麼？今後，它向何處去？中國向何處去？⋯⋯

不知什麼時候，易平被身後一雙纖細的手緊緊地抱住了，一片溫暖的臉頰，也緊緊地貼在易平的背上⋯⋯

歷史的車輪繼續滾滾向前，"紅衛兵運動"終於結束了。接踵而來的是"知識青年上山下鄉運動"。

易平這種"紅旗造反派頭頭"，在當時是屬於與"地、富、反、壞、右”分子同一等級的“三種人”，是“清理階級隊伍”運動不容置疑的對象。所以，易平被駐校工宣隊提前一個月，就強行押送到陽平山區務農。市裡享受同等“待遇”的，還有“李意哲”三人，以及一批機關幹部、文藝隊伍專業人員等“造反派”的風雲人物，而像易平這樣小小年紀就享受這種“待遇”的中學生，在全市倒是屈指可數，寥寥無幾。

白薇執意要和易平一起到陽平山區務農，但她的現役軍人爸爸卻堅決反對：絕不能跟這種政治上有問題的人在一块。更重要的是，易平也堅決反對，他反對的理由是：沒有任何必要被他連累了；再說，“不服從駐校工宣隊和支左部隊分配”這頂帽子，可大可小，因此，就更沒有必要自找麻煩，甚至為此付出無謂的損失和犧牲了。

白薇勉強被説服了。

很快就到了易平出發的日子。

那是一個下著毛毛雨的陰天。早晨，一輛軍用吉普早早就停在易平家樓下的馬路邊。帶著“工宣隊”紅袖章的司機和兩名押送人員很不耐煩地在抽煙。不遠處隱隱約約傳來歡送知識青年上山下鄉務農的鞭炮聲、鑼鼓聲……

送行的人不多，除了白薇、林家三兄弟，陳榮輝，還有幾個“旗派”的戰友和“戰歌”的骨幹。最後騎著單車趕來的、大汗淋漓的胖子，是詩人李非。

大家依依不捨地輪番與已剃掉絡腮鬍子的“鬍鬚佬”易平道別。

沒有悲傷，沒有離愁；也沒有昂奮，沒有激越……大家的話都不多，而講得最多的一句是：

“中美戰場上見！”聲音都不大，但都鏗鏘有力。

　　年紀較大的送行者都被這些年輕人的豪邁感動了。

　　"好一個'中美戰場上見'！"聽著這句當時紅衛兵最時興的肺腑之言，望著這群意氣風發的年輕人，這些共和國的希望、共和國的未來，李非的雙眼潮濕了⋯⋯

　　雖然易平和白薇最近已見了好幾次面，昨晚兩人也在軍區宿舍大院白薇家樓下站著談到深夜，但今早白薇還是第一個來給易平送行。白薇給他帶來一大包東西，裡面是易平早前托她幫忙到新華書店購買的《論費爾巴哈與德國古典哲學的終結》、《哥達綱領批判》、《法蘭西階級鬥爭》、《英國工人階級狀況》、《路易．波拿巴霧月十八日》、《國家與革命》等單行本；還有一本裡面夾有她自己獨身照片的紅色封面的空白日記本。白薇不顧眾目睽睽，漲紅著臉，緊緊地抱了抱易平。

　　軍用吉普開走了，白薇還呆呆地站在馬路邊，久久不想挪動雙腳⋯⋯

　　白薇昨夜一夜未眠。

　　自"旗派"大辯論的幾個月以來，白薇漸漸發現，易平是一個在同輩人中出類拔萃的人，他有理想，有抱負，有膽識，有氣魄，有能力；就說眼前的面臨人生重大抉擇的緊要關頭吧，與那些憤憤不平，或者悲觀消極，或者自暴自棄、自怨自艾，或者迷惘、彷徨的昔日同道、戰友和同學不同，面對"知識青年上山下鄉運動"，她感覺，易平的內心很平靜，很坦然。她還聽易平說，他很慶幸自己能有進一步紮根中國社會深層、底層的機會，在社會實踐中進一步思考民族、國家與社會問題的機會⋯⋯這些，都讓從小便驕蠻任性、目空一切的白薇感到由衷的佩服。

　　易平像一塊磁力強大的磁鐵，緊緊地吸住了她。

　　半睡半醒中，白薇好像看見易平向自己走來⋯⋯

《紅衛兵戰歌》演出舞台。

燈光太耀眼了。

與他同台任司儀。情感、動作、表情，聲音的抑揚頓挫，輕重緩急，高低起伏，多默契！簡直是絕配！

射燈的光束罩著自己，也罩著他。很亮，很亮……

一切都融進光中，只有光，只有熱，只有二人世界，還有他那宏亮、厚實的嗓音，震撼大堂的嗓音……

……

"易平！"朦朧中白薇大聲呼叫。她醒了。

起牀喝了幾口開水，她又回到牀上，但卻再也無法入睡：耳邊，總響著易平那獨有的嗓音，特別是在那場台風中壓倒雷鳴、狂風和暴雨的嗓音……

那是一場肆虐大陸東南沿海數的超級台風……

白薇永遠難忘，那天，白天的天空暗如黑夜，雷鳴電閃，狂風怒吼，暴雨傾瀉……易平駕駛摩托車，載著自己，率領一隊開摩托事車和騎自行車的隊伍，衝破狂風、暴雨，從《紅衛兵戰歌》總部趕到省軍事體育學院"旗派"的"文攻武衛"總指揮部。

面對幾百名全副武裝，已經整裝待發的"敢死隊"，在"怕死鬼滾蛋！"、"打死叛徒！"的此起彼落的喊叫聲中，在額頭被槍頂著的危急關頭，易平神態自若，沉著冷靜。他義正詞嚴，慷慨激昂地演說，嗓音是那樣宏亮、雄壯、震撼人心！滔滔不絕的雄辯，堪比那 狂風、暴雨與雷鳴……

終於，大義凜然的易平硬是把頭腦發熱，誓為捍衛毛主席革命路線而準備英勇就義的武鬥總指揮、省軍事體育學院"造反派"司令邱浩揚說服、勸阻下來，成功地避免了一場三年"文化大革命"中可能是參與人數最多、規模最大、更可能是最血腥的一場武鬥。

……

黎明時，剛想再睡的白薇突然想起：啊，今天是易平出發到陽平的日子！於是急忙起牀，騎自行車匆匆出門……

軍用吉普在陽平山區的黃土公路顛簸而行，揚起了一陣接一陣的黃色沙塵。剛進入陽平縣的地界不久，兩位押送人員就鼾聲大作了，但易平毫無睡意，他想得很多……

感謝這場史無前例的運動，使自己能進入到社會的深層，在動態中，在切身的實踐中，認識這個社會、認識這個國家，認識毛主席發動這場史無前例的群眾運動的初心----消除資產階級法權殘餘的思想；同時也認識了自己：世界觀、性格、意志、能力的欠缺與不足；以及自己肩上的責任和歷史使命。而廣闊的農村，佔全國絕大多數農民，難道不是紅衛兵運動的"盲點"和"死角"嗎？繼續革命，革除社會的弊端，讓國家迅速強大、崛起，難道不是應該從農村這個基層開始，去了解，去體驗，去探尋，去思考嗎？難道這不就是我們紅衛兵義不容辭的歷史使命和責任嗎？難道這不就是黨和毛主席對我們共和國與中華民族未來發展的重大戰略布署嗎？

想著，想著，易平從隨身掛包裡拿出《哥達綱領批判》，認真地閱讀起來。

窗外，秋風夾著細細的雨點，卷起了鋪滿軍區宿舍大院地面的枯黃的樹葉，發出"沙沙"的聲響。白薇抬頭望著灰蒙蒙的天空，又想起了"他"。

雖然分別不過是短短一個月，卻顯得那麼漫長，那麼令自己牽腸掛肚。她每時每刻都在想"他"，都在為"他"擔憂：為"他"的居住條件，為"他"的飲食，為"他"即將從事的體力勞動，為"他"的政治環境，為"他"的容易得罪人的耿直……

難道，這就是愛嗎？

白薇感到自己臉上發燙了……

易平到陽平縣一個月後，林家三兄弟，以及一批"旗派"的戰友，如"李意哲"中的陳意揚、王思哲，等等，也陸陸續續被分配到陽平山區。又過了一個月，白薇也從別的縣轉到陽平縣。陳榮輝和白薇原來都在部隊子弟就讀的八一中學上學，本來都已分配到同一個縣插隊，但當得知他的"司令"白薇已轉到陽平縣後，便急忙由他在地方部隊當領導的爸爸出頭到市"知青辦"疏通關係，也把自己轉到了陽平縣。

到縣知青辦報到那天，白薇主動要求到條件較差的東湖公社東安大隊鍛煉自己─當然，工作人員是想不到白薇的真正意圖的：易平正是在這個生產大隊。天從人願，白薇終於被安排到了鄰近易平"知青屋"的生產隊，與另一名江州女知青楊秀珍住進了新建在一個小山坡上的"知青屋"。從這裡走山路到易平那裡，走得快的話，只用十多分鐘就可以到了。

易平對白薇的到來，既不冷又不熱。但作為一個敏感的少女，白薇還是感覺得到，不管怎麼說，易平對自己還算是歡迎的。白薇心裡很清楚，雖然開始時，每次提出要到易平的"知青屋""拜訪"，卻總遭易平以不成理由的"理由"拒絕，但白薇她們"知青屋"的門窗壞了，或農具需要修理了，只要讓易平知道了，他絕對二話不說，馬上會在第一時間前來幫忙。而且，雖然易平組織的讀書會，不是任何知青想進就能進的，但白薇剛到大隊沒多久，易平就主動拉她入會了。

其實，易平組織的"讀書會"，全稱是"馬列主義經典著作讀書會"，平日簡稱"馬列主義讀書會"，讀的都是馬克思、恩格斯、列寧、斯大林和毛主席的原著。讀書會每一次活動的內容，都是交流讀書的心得、體會，並聯繫實際，討論問題。

那時的讀書會，大多數都安排在農閑的時候。開始時也没有固定的活動地點，只好四處"打游擊"，到不同的"知青屋"舉辦。後來，易平徵得大隊民辦小學 —— 東安小學的校長 —— 一位回鄉知青的同意，才把讀書會的活動地點從此固定在小學。

白薇第一次參加讀書會的活動，讀書會就給她留下了一個深刻的印象。直到很多年後，還記憶猶新⋯⋯

這是一次農曆春節前的讀書會。雖天氣實在太冷了，但參加者比往常反而多了一些。

一開始，江州市來的知青潘緯達就說：

"易平哥，我好幾次想問你，可又不敢⋯⋯"

易平笑了笑說：

"有什麼不敢的？互相交流，互相學習嘛！說！"

"毛主席號召我們要接受貧下中農的再教育；可毛主席也說過：嚴重的問題是教育農民⋯⋯這不是很矛盾嗎？我們應該如何理解？"潘緯達小心翼翼地說。

這個提問引起了一片附和聲。

易平又笑了笑，不慌不忙地說：

"我不是第一次聽到這樣的提問了。對這個問題，我也思考了很久。列寧說過，小生產者是產生資產階級的土壤。是的，作為一個階級，農民有其革命性的一面，但也有其消極性的一面。無論是在無產階級奪取政權的革命鬥爭中，還是在取得政權後，在進行社會主義建設的事業中，只有改造小生產者身上的狹隘、保守、眼光短淺等固有的惰性，提高他們的覺悟，才能使他們成為產階級可靠、強大的同盟軍，把無產階級革命，把社會主義建設進行到底。這就是列寧和毛主席等革命導師重視教育農民的意义。另一方面，我國的貧下中農身上，體現了我們中華民族幾千年以來形成的戰天鬥地、刻苦耐勞、堅韌不拔的優秀品質，難道我們不應該向他們學習，接受他們的　教育嗎？難道我們這些'四體不勤，五穀不分'的知識青年，不應該'先苦其心志，勞其筋骨，餓其體膚，空乏其身，行拂乱其所为'，才能無愧於歷史賦予我們的'天降大任'嗎？而且，作為毛主席寄以希望的'早晨八、九點鐘的太陽'，作為無產階級革命事業的接班人，我們對廣闊的農村，對佔全國人口絕大多數的農民，又了解了多少？難道我們不應該　到農村這個'廣闊天地'，跟貧下中農打成一片，虛心向他們學習，深入了解他們——了解他們的生活狀況、他們的困難、他們的需要，他們的願望嗎？"

那天的讀書會討論很熱烈。最後，潘緯達心悦誠服地説：

"易平哥，我明白了！'教育'和'再教育'雖是兩碼事，但不矛盾，不矛盾！我們這些'書生'，確實應該好好接受貧下中農的再教育。"

眾人剛想離去，有人又問："易平哥，應如何看待知青談戀愛問題？"易平意味深長地對大家講了一番肺腑之言：

"我也聽説有的知青談戀愛了，這是私人問題，談不上對與錯。但我們還年輕，更應當繼續發揚紅衛兵的革命精神，心無旁騖地思考中國革命的問題，思考農村與農民問題，同時虛心地接受貧下中農的再教育，把自己改造好，鍛煉好，這才是我們上山下鄉，插隊務農的主課。"一邊説，一邊把眼光射向白薇。

白薇一陣心慌，雙頰發熱，不敢抬頭……

春節後，趁著離農忙還有一點空閒時間，生產隊老隊長廣昌伯就邀請作為生產隊學習毛主席著作輔導員的易平到自己家來，一道商量大隊布置下來的"批林批孔"、"反擊右傾翻案風"的"現場會"的準備工作。

經過商量，決定由廣昌伯安排老貧農憶苦思甜，由易平輔導一個在公社中學讀書、現正放寒假在家的學生哥達良作"批林批孔"的發言。

開"現場會"那天，雖然天氣特別冷，但縣革委會"路線教育工作隊"的兩個隊員："老土改"幹部鄭凱雄、解放軍"支左部隊"的段參謀和縣報《陽平通訊》的記者，以及公社和大隊革委會的人，都來了，本來就不寬敞的生產隊隊部，擠得滿滿的。

在人氣暖融的氛圍中，"現場會"按照原定的計劃，有條不紊地進行著。該歌頌的都歌頌了，該批判的都批判了，該控訴的都控訴了。縣、公社和大隊來的幹部，臉上都紛紛露出滿意的神色。眼看"現場會"就可以結束了，只見披著一塊破舊棉被，一直站在隊部門口的七十多歲的"五保戶"張婆婆，由相依為命的孫子傑仔攙扶，顛顛顫顫地擠進會場。只見她一到了會場中心，就大聲說：

"我也要訴苦！我的命，真苦啊！"說著說著，便淚如雨下，泣不成聲。

又矮又瘦的傑仔，攙扶著嫲嫲（南方一些省很多地方把祖母稱為"嫲嫲"），自己也是悲傷痛哭，流淚不止。

易平和大多數在場的人一樣，都無法從張婆婆話音含混模糊的哭訴中聽出什麼具體內容，但聽覺敏銳的易平還是約略聽出張婆婆的哭訴中，有提到"公社化"、提到"饑荒"……這時，會場裡逐漸可以聽到一些老人在低聲哭泣，還有的老人在默默地流著同情的眼淚；而主持"現場會"的廣昌伯，也不時用手背拭去無法抑制的淚水。

易平發現，縣裡來的老鄭，也曾向著沒人的地方偷偷地用手帕擦眼淚……

聽著，聽著，廣昌伯突然走到傑仔身傍，向他悄悄說些什麼，傑仔臉色驟變，馬上阻止嫲嫲再講下去，硬是攙扶著老人家慢慢地朝隊部門口走去，"嫲嫲，你講多了……"

還是剛才發言的學生哥達良聰明伶俐，只見他帶頭振臂高呼：

"打倒資產階級反動路線！"

"堅決反擊右傾翻案風！"

"誓死捍衛無產階級革命路線！"

"無產階級文化大革命萬歲！"

……

當天晚上，滿腹疑團的易平悄悄地來到廣昌伯家裡。

彷彿已經知道易平的來意，易平一進屋，廣昌伯就馬上把大門關緊，並把易平推入厢房，又關好門，然後舒了一口大氣，才抽著"水煙筒"，慢慢地講述張婆婆一家的不幸遭遇……

原來，張婆婆本來有一個幸福的大家庭：老伴有一門好手藝，是遠近有名的泥水匠；兒子已結婚並育有一子一女；女兒也已到了談婚論嫁的年齡……但在三年的自然災害中，這個七口之家就餓死了五口，只剩下一老一少！

"由於這裡土地貧瘠，連草都不多長，我們村，還有鄰近的村，餓死了幾乎一半的人啊！但說老實話，僅僅是天災，還不至於走到這步田地，那年大搞'公社化'，畝產'放衛星'，吃'大鍋飯'，還割'資本主義尾巴'……結果沒多久，便把倉底也吃穿了！先吃穀種，然後吃樹葉，吃樹皮，吃樹根，最後吃'觀音土'……我們出了名的窮山區，畝產從來都沒到一千斤，硬要我們報三千斤！連公糧都交不足，更不要說留口糧了！現在回想起來，心還很痛！"廣昌伯心情沉重地說，"唉！也不知道這是天災，還是人禍！那些報畝產超萬斤的，連禾稈草，連泥一起稱，也不可能超萬斤啊！不知道那時候為什麼上上下下的幹部，都那麼'發燒'，那麼蠢笨，那麼怕死，那麼聽話！"

廣昌伯抽完"水煙筒"，望著易平，猶豫了一下，又說道：

"其實，要不是'包產到戶'來得及時，還不知道要餓死多少人！你從大城市來，知得多，懂得多。你說說，為什麼還要批判'包產到戶'？"

易平沒有回答。

廣昌伯的話讓易平陷入深思……

是的，毛主席認為，在社會主義改造沒有完成以前，小生產這塊土壤，還會每日每時地、大量地產生小資產階級和資產階級。所以他強調，無產階級在奪取政權後，必須限制和消除資產階級法權殘餘，必須堅持繼續革命。這也成為毛主席發動無產階級"文化大革命"的初心之一……他又想起馬克思《哥達綱領批判》、列寧《國家與革命》反復闡述的觀點：社會主義是一個歷史時期，不能在歷史條件尚未成熟的前提下，人為地消滅資產階級法權殘餘……

這是不是有矛盾呢？

搞"公社化"吃"大鍋飯"、"割資本主義尾巴"，這些已被歷史證明行不通的做法，被廣大人民拋棄的做法，算不算"人為地消滅資產階級法權殘餘"？

那麼，消滅資產階級法權殘餘的歷史條件是什麼？其成熟的標誌又是什麼？

易平一時無法理清頭緒……

很快，生產隊就收到一份平常只發到大隊的最新一期的縣報《陽平通訊》。只見頭版頭條的標題是："東湖公社憤怒反擊右傾翻案風——苦大仇深的老貧農張婆婆血淚控訴劉鄧反動路線。"

無論農閑農忙，五天一次的"墟日"是風雨不改的。"趁墟"(北方叫"趕集")，便成了農民生活的重要內容。自然而然，"趁墟"很快也就成了知青改善生活以及跟鄰近知青們聯絡、交流的好機會了。只要生產隊没活幹，白薇和楊秀珍一定跟鄰近大隊的女知青相約，一同去"趁墟"。只是每次"趁墟"都極少看見易平、林家兄弟和其他熟人的身影：易平是忙讀書，忙訪貧問苦；林家兄弟是忙練小提琴；王思哲、余幼軍等人則很少出動，也不知道他們"閉門"造的是什麽"車"……倒是陳榮輝，平日不用出勤時，便游手好閑，東遊西逛；而白薇每次去"趁墟"，他都自稱是白薇的"老部下"和"保鏢"，緊緊相隨，"鞍前馬後"，大獻殷勤。而且散墟的時候還護送白薇她們回家，一直送到村口。

一轉眼，幾個月過去了。那天公社召開知青大會，傳達省知青辦的有關文件。

也是合當有事。

公社知青大會散會後，吃完晚飯，天色已漸漸黑下來了。易平是大家選出來的公社知青頭兒，公社革命委員會龐主任要留易平談話。白薇和楊秀珍提出，要等易平談話結束了，才一起回去。易平考慮，路雖不遠，但要走過好幾個山坡，為安全起見，也就同意了。

"易平半夜三更才談完工作，難道你們也半夜三更才走嗎？我和小潘送你們吧！"陳榮輝對白薇和楊秀珍大聲説，目的是想讓易平聽見。

易平當然聽見了。幾個人一商量，為了在天黑前趕到家，就同意由陳榮輝與潘偉達送兩位女生走。

一路上有説有笑，差不多一個小時的路程，不知不覺已走了一大半。

這時天色尚未完全黑下來，只見前面的山坡上站著三條粗壯的漢子。看樣子他們在此已等候多時。還没等白薇他們反應過來，小潘已被打翻在地，白薇和楊秀珍也分別被兩個壯漢緊緊抱住，雖然大聲叫罵，拼命掙扎，但卻動彈不得。剛開始，陳榮輝還仗著自己身材比對方高大，想搏鬥一番，但挨了一記重拳，鼻血直流後，加上看見對方又拔出一把明晃晃的短刀，便渾身發抖，於是撒腳便跑，一溜煙没了人影。而小潘則迅速爬起來，不顧被拳打腳踢，從地上拿起一块石頭對著緊抱白薇的漢子後脊猛砸。剛才與陳榮輝對陣的漢子，見對手逃遠了，就反過身來要對小潘下手……正在危急之際，突然響起雷鳴般的喝聲：

"住手！"

三條漢子同時一楞。説時遲那時快，拿刀的漢子一下子就重重地被踹了一腳，痛得捂著肚子蹲在地上；緊抱著白薇的漢子急忙撒開雙手，迎戰仿佛從天而降的敵手。然而還没容他出手，一記快掌已當胸襲來，把他震開一米多遠，倒地不起。緊抱著楊秀珍的漢子，見勢不妙，剛想逃跑，就被來人一記旋風腿掃在左側的太陽穴上，即時滿眼現金星，當場暈倒過去，也是倒地不起。

"是易平哥！"楊秀珍興奮地大叫。望著勇鬥歹徒的易平，白薇這個女強人，剛才面對歹徒，毫不怯懦，然而此刻卻説不出話來，只是久久地望著易平，而任由那暖暖的眼淚，像突然決堤的洪水傾泄而下……

這時，易平一聲不哼，只見他慢慢地、一步一步地向前走去。他怒瞪雙眼，目光如炬，直射縮卷在地上的三條漢子。

"別讓我再看到你們胡作非為！否則絕不輕饒！我見一回就打一回，把你們都打殘！我向來説到做到！你們睜開狗眼認準了，我一人做事一人當，老子是東安大隊南安生產隊的江州市知青易平！"望著相互攙扶，狼狽鼠竄的三條漢子消失在夜幕了，易平才深懷內疚，對白薇、楊秀珍和小潘説：

"對不起，我來晚了！"接著，又關切地逐一詢問："傷著哪裡了？"最後又問："陳榮輝呢？"

"他是個孬種！早開溜了！易平哥，你來得太及時了！"小潘高興地説。

"易平，我們都很好，小潘也只受了一點皮肉傷。你今後永遠不要在我面前提陳榮輝！"白薇恨恨地説。楊秀珍在旁，把小潘如何英勇搏鬥，陳榮輝如何貪生怕死、自私、窩囊、臨陣脱逃，一五一十説了個詳盡。

易平估計陳榮輝也差不多到家了，就提議小潘在他那里住一個晚上。

"易平哥，真看不出，你看似文質彬彬，一介書生模樣，想不到竟有這麼好的身手！真精采！我今晚大飽眼福了！易平哥，你可要教我幾招啊！"小潘説得很懇切。

易平也不答話，只是笑了笑。

白薇趁機假裝體力不支，硬是要易平把她背回家。

伏在易平壯實温暖的背上，白薇有一種實實在在的安全感，她感到有一種跟小時候伏在爸爸背上很相似，又不完全相似的感覺，她貪婪地聞著從易平身上散發出來的那濃濃的男性汗味，沉醉在一種從未體驗過的愉悦中……

很快，易平大展身手，懲惡救人的事一傳十，十傳百，很快就傳遍了整個東湖公社和鄰近的公社。易平還因此得到了縣知青辦公室和公社革委會的表揚。有些熱心的江州市知青，經過多方打聽，竟然還摸清了易平的"老底"：原來易平曾經拜在形意拳大師傅永輝和北少林高手陳仁民的門下。於是，向易平學功夫的知青和當地的青年，接踵而來，絡繹不絕。而可笑的是，拜師者中竟還有那晚被易平懲治的陽平本地知青、號稱"東湖三狼"的三條漢子。他們抬著糕餅、水果、燒雞、燒鵝，以及整整一只燒猪，非常誠懇地表示，要拜易平為師，學功夫，學做人，從此改邪歸正，造福梓里。剛剛才當上生產隊長的易平，哪有這閑功夫？所以，來者皆拒。所有拜師、求教者，無一例外，都是乘興而來，掃興而歸。

不久，易平又當上了大隊的學習毛主席著作的總輔導員，白薇也當上了大隊唱"表忠歌"和跳"忠字舞"的教練。由於工作上經常有接觸，兩人走得更近了。而在眾人眼裡，他們簡直就是天設地造的一對，自然也少不了開他倆的玩笑。儘管易平總是迴避這個話題，白薇卻正中下懷，巴不得大家多説。她聽在耳裡，甜在心裡。

自從打那晚以後，陳榮輝由於心虛，很長時間都不敢與白薇碰面了；而有誰在白薇面前提到陳榮輝，她則臉露不屑，只是用鼻子一"哼"了之。

一望無際的丘陵。

連綿不斷的小山。

一個又一個的小山坡。

林間站在山坡上向遠處望去，很難才能看得見一棵比人高的樹。倒是疏疏落落地長在山野上的矮小的山稔，頑強茁壯，給鍺石色、黃色的小山，點綴了些許綠意。每年秋天，風起了，山稔那紫紅色的小花也開了。風過處，是淡淡的山稔花香：有點澀，也有點甜……

天快黑了，收工歸來的林間一邊大口大口地呼吸飄著稔花香的空氣，一邊急步趕回"知青屋"做飯。

一九六八年隆冬，"文化大革命"已進行了三年。林間三兄弟的在中學當教師的父母，被誣陷為"特嫌分子"，打入"牛欄"，後來又被押送到遠離江州市的英德茶場勞動改造。而三兄弟則響應毛主席"到農村廣闊天地鍛煉"的號召，去陽平山區插隊務農。三兄弟臨行前，一起到茶場看望了父母。林野記得，爸爸再三叮囑三兄弟，要把課本帶去，每天都要看書、做作業，要背唐詩、宋詞、古文；還要練好小提琴……爸爸鄭重責成已讀到高三的大哥輔導和督促兩個弟弟學習。還在念小學的林野，按當時的政策規定，本來不用下農村，但除了跟兩位哥哥一起，那年月，能有比這更好的選擇嗎？

在彩色的地貌地圖上，陽平縣大部分的地區都是褚石色的。事實上，陽平全縣土地貧瘠、生產落後，是全省有名的貧困縣。

荒涼的山區，確是鍛煉人的好地方。

那時候，兄弟三人住在一座小山的半山腰，房子是村民用石塊砌成的"知青屋"，裡面分隔開兩間：一間是小房，放著一張自製的大木牀和自製的小書桌，這就是三兄弟的"睡房"兼"書房"；另一間則比睡房稍寬，是集廚房、飯廳、客廳、洗手間多種功能的大房。

剛開始，從未幹過農活的三兄弟，一天下來，摸著紅腫的雙肩，連話也懶得說。而大哥則一回家就去挑水，一邊做飯一邊燒水，讓兩個弟弟用熱水泡腳和用熱毛巾敷肩膀……每日早晚各一頓紅薯、大米摻半的紅薯飯，中午還有一頓薯多米少的紅薯粥。而咸蘿蔔乾配全米白飯就是在田裡幹活時不斷念想的大餐。偶爾，二哥在小水溝撈到的小魚小蝦，和黑豆豉蒸上一碟，則是令人回味無窮的美味佳肴了。那時候，生產隊一個強壯勞動力幹一天的活，能掙一個工分。聽說，去年隊裡年終分紅，一個工分只分到一角二分五厘錢……

山區的鄉村，各家各户住得很分散。走十幾分鐘的路，才能見到人家。平日生產隊派工或通知什麼重要事情，例如全體村民迎接毛主席的"最新指示"，全靠有線廣播。每逢農閑或者不用開工的日子，各家各户的村民平日就在家裡編竹器，等到墟日拿去農貿市場賣。而三兄弟這時就在家裡看書，或用棉布裹著小提琴的琴碼，自製"弱音器"，偷偷練琴。但很多時候，只是林野獨自一人在練琴，而大哥和二哥則受易平的影響，在村裡進行"訪貧問苦"，找老農民拉家常，掏心窩，深入了解中國社會最基層的情況；有時，他們還翻過幾個山頭，到縣裡其他公社去，與那些來自各地的知青進行"革命串連"，"交流思想"。當然，最令兄弟倆感興趣的，還是跟昔日造反派的戰友、現在又同在陽平山區插隊的易平、王思哲、余幼軍、曾淳亮、造反派"美女司令"白薇，以及到農村"勞改"的造反派壞頭頭大學生陳意揚等，在易平組織的馬列主義讀書會上討論當代世界政治和中國政治各種各樣的問題，探討那難有結論的問題——"中國向何處去"……

這天夜晚，林野和二哥眼巴巴地等大哥回家吃飯，很晚了，才見大哥回家，身後還跟著一位背著小提琴，長得很好看的中年女人。

原來，這就是不久前大哥救過的小提琴家朱萍阿姨。

當時全國響應"農業學大寨"的號召，公社組織各生產大隊的"羅成突擊隊"、"穆桂英突擊隊"、"老黃忠突擊隊"到公社的牛頭山集中火力開墾荒地。在連續作戰幾個日夜之後，朱萍體力不支，暈倒並跌下山腳。本已十分疲憊的大哥這時不知哪來的力量，他二話不說，衝下山去，背起朱萍就走。走了半夜的山路，趕到了公社衛生所。由於搶救及時，終於挽回一命。

朱萍畢業於巴黎音樂學院小提琴演奏專業，是我國一個交響樂團的首席小提琴手。她的丈夫是我國駐某國的大使，"文化大革命"開始不久，就被打成外事口的"走資派"，被揪鬥，被隔離審查。而朱萍由於被駐樂團"工人階級毛澤東思想宣傳隊"隊長看上了，這位使盡手段仍未得逞的樂團最高領導，最後老羞成怒，把朱萍打成"壞分子"，發配回原籍——陽平縣勞動改造。

當朱萍和林間知道，拉小提琴是他們共同的愛好時，別提有多高興了。自然，小提琴就成了友誼的紐帶，而朱萍也很快就成了林家三兄弟和易平、白薇的好朋友和小提琴老師。而從一開始，朱萍就按巴黎音樂學院教學大綱規定的嚴格的標準和要求來規範自己的學生。她有句讓林野一輩子都不會忘記的話：

"要麼不學，要學，就必須學好；我要麼不教，要教，就必須教好。"

在幾個學生中，朱萍最滿意的是林野：不僅僅聰明，有悟性，而且刻苦用功；最不滿意的，是易平：雖然琴藝本來就已經有較好的基礎，但幾乎每一次復琴都是勉強通過。

而每當易平"受難"的時候，白薇一定替不敢吱聲的易平，找一大堆工作忙的理由替他說話；而朱萍則總是那句話：

"要麼不學，要學，就必須學好！"

後來，不管多忙，易平也讓自己每天都有練琴的時間。

看著這幾名學生的不斷進步，朱萍感到由衷的喜悅……

日子過得很快，兩年多過去了。

易平當生產隊長也有一年多了，從不懂農活，不懂生產，到成為縣三級幹部會議上介紹水稻大幅度增產經驗的先進生產隊長；從開始受到生產隊大多數社員懷疑、反對，到獲得全體社員的信任和擁戴，易平付出多少心血，只有白薇知道。這一年多，白薇教練特別關照南安的社員，常常來輔導大家跳表忠舞和唱表忠歌。當然，白薇教練"順便"到大隊總輔導員易平的屋裡"請教請教"，也是很正常的事囉。通過跟易平越來越多、越來越深入的接觸，以及生產隊社員對易平的交口稱讚，白薇看到易平人品的閃亮的東西，同時也看到了自己的不足以及和易平的差距。但真正讓白薇和熟人圈裡的朋友進一步認識易平和敬佩易平的，同時也讓白薇從此深愛易平的，是由於當年轟動整個地區十幾個縣的一個案件……

那年的冬天特別冷。夾著塵埃呼嘯而來的北風，又乾又冷，從早到晚，一陣緊接一陣。雖然是農閑時節，但幾乎沒人出門，墟日的集市也就自然而然地取消了。

這晚，易平練完了小提琴，披著棉衣，如往常一樣在煤油燈下看書。屋外，是一陣陣凄厲的風聲。

易平合上書本，想起白天在已卸任的生產隊老隊長廣昌伯家裡，與幾位老農扯家常的情景。

易平當時問大家：什麼樣的生活才算幸福呢？

樹強伯説，每次趁墟，手指頭都能鉤著够吃一輪墟的大肉，灶頭上面吊著永遠吃不完的臘肉、咸魚，每餐能吃不摻番薯的白米飯，就是幸福。

大家都笑了。

柏堅伯説，枕頭下有足夠的錢，不用東借西湊準備兒子們娶媳婦的聘禮，就是幸福。

國雄伯説，哪天耕田、施肥、收割等所有田裡的功夫都像蘇聯的集體農莊那樣，由拖拉機去做，不用牛了，不用人力了，就是幸福。

偉明叔説，無天災人禍，無運動，就是幸福。

廣昌伯的堂兄弟、讀過一年初中的榮昌叔，算是全村最有文化的人了，他插話説：

"依我看，政府的政策只要不是一時一個樣，變來變去，就是農民最大的福！其它説得天花亂墜，都没用！"

大家都表示贊同榮昌叔的話。

這是貧下中農的心聲，中國社會底層的心聲啊！

是的，老百姓的要求其實既實際，又簡單。那麼，中國農業的出路在哪呢？中國農村的出路在哪呢？中國農民的出路在哪呢？……

易平苦苦思索……

突然，一陣急促的敲門聲打斷了易平的思路。

"易平，開開門！"聲音不大，但聽得出叫門人是女的："易平，開開門！"聲音加重了。

易平稍為遲疑，最後還是開了門。

叫門人原來是林家兄弟所在大隊的學習毛主席著作總輔導員、江州市知青鍾麗莎，一個溫柔敦厚，外貌出眾，又會拉小提琴，無論在哪裡出現，都會吸引太多目光的姑娘。易平和她一起參加過幾次公社和縣的總輔導員會議，所以也算是認識了。

然而此刻，鍾麗莎雙眼無神，一臉灰暗。她低垂著頭，雖接過易平遞給她的熱開水，但既不喝，也不說話，不管易平如何變著法子詢問，就是不開口，那雙憂鬱的眼睛一直呆呆地看著手中的杯子……

屋外，一陣接一陣的北風呼嘯而過。易平感到事情不尋常，他耐心地等待……

過了一會，鍾麗莎慢慢地把開水喝完，然後抬起頭，非常平靜的看著易平，輕聲道："易平，你要了我吧……"

"你說什麼？……"易平一下子沒反應過來。

"易平，你要了我吧……"鍾麗莎這時用幾乎是哀求的語調說，"明天我就要被魔鬼糟蹋了！我無法逃避。這個魔鬼已經糟蹋了六十多個女知青了！其中有幾個已經自殺了！但他後台硬，爪牙多，沒人敢告發他，得罪他；即使告發了，上頭也只是不了了之。所以，我没打算逃出他的魔掌，我只是不甘心！我不甘心我的第一次被那個惡魔奪去！我恨，我不甘心啊！要不是為了父母和年幼的弟弟，我寧可一死了之也決不屈服！易平，我知道你是個好人，我不用你擔負任何責任，你就算是幫我吧，我是真心的，易平，你就要了我吧……"說著說著，淚水又流出來了。

易平明白了。

他努力壓下胸中那股怒火。他給自己倒了一大杯涼開水，咕嚕咕嚕幾大口就把它喝光。鍾麗莎走近易平，雙手慢慢地從背後抱住易平……

"我，不能要你。我不能這樣做。"易平把鍾麗莎的手輕輕推脫了，然後説。聲音雖然不大，但口氣很堅決。

"你看不起我嗎？你鄙視我，嫌棄我嗎？"鍾麗莎柔聲問。

"不！你是個很好的姑娘，你很優秀，又很漂亮。但我有我做人的原則。"易平嚴肅地對鍾麗莎説。

"你已有對象了？……"鍾麗莎輕聲再問。"不！不是的。只是，我不能這樣做。我説了，我有我做人的原則。不過，我一定幫你！我一定不會讓那個混蛋得逞！你放心好了。我一定幫你！"

鍾麗莎不由又流下兩行熱淚。

接下來，也不管鍾麗莎同意還是不同意，易平決定連夜送她到白薇和楊秀珍的"知青屋"，先住幾天再説。

一路上，易平抓緊時間向鍾麗莎詳細地了解那個惡魔的罪行和有關資料。

在到達白薇她們的"知青屋"之前，一個大膽的計劃在易平心中初步形成了……

又是一個北風凜冽的寒夜。

易平和白薇、楊秀珍迎著寒風，率先來到王思哲獨身居住的"知青屋"——和易平一樣，"有問題"的知青，都是沒有人願意與其同居一屋的。這屋子雖說比易平的稍為寬大，但卻也是多種"功能"壓擠於一室：卧室是它，客廳是它，廚房是它，只放一只尿桶的廁所，還是它。

易平他們前腳剛到，林家三兄弟倆帶著鍾麗莎，後腳就到了；稍後，潘緯達、余幼軍和陳意揚也到了。

大家團團圍著柴火熊熊的爐子，一邊吃著熱烘烘的烤紅薯，一邊細心地聽易平講解懲惡計劃"12.1工程"。

　　"今天是12月1日，所以，我們的計劃定名為'12.1工程'。看來，白薇這個'司令'並非徒有其名，她能在這短短的時間內高質量、高效率完成調查任務，很好！現已查明，縣革委會派駐東湖公社的　'巡視員'趙耀庭，是個十惡不赦的人渣！光是表示敢於挺身揭發趙耀庭這個奸賊的受害者，就有三十九人！不敢指控奸賊的最少也還有一二十人；身體遭受摧殘至今尚無法康復的，暫時還未能統計；因不堪受辱而自殺的，竟然有五人之多！五條年輕、鮮活的生命啊！其中受害的知青姐妹就佔所有受害婦女總數的百分之八十五強！而且，前後也就這短短的一兩年時間！……下面，請大家聽鍾麗莎詳細說說。"聽得出，易平雖然聲調平和，但他從一開始就極力壓抑著自己強烈的憤怒。

　　接著，鍾麗莎流著淚把趙耀庭"巡視"生產隊時，如何把她關在隊部辦公室，如何又搜又摸，如何惡聲惡氣恐嚇、威脅她，限她第二天晚上七點鐘準時到"喜樂宮""報到"的事說了。她告訴大家，所謂的"喜樂宮"，就是他淫樂的場所。這裡原是公社的招待所，現在卻成了他的"御用"住處。這裡的十多個獨立的房間，每一個房間都住著被他盯上的女知青，這些女知青，表面是被公社革委會招來做勤務員，實際上是被迫做他的"性奴"，輪流供他淫樂。公社革委會大大小小的幹部，要麼一只眼開一只眼閉，要麼敢怒不敢言，要麼為虎作倀！那些不幸的知青姐妹，呼天天不應，叫地地不靈！"喜樂宮"就是人間地獄！

　　屋內靜極了，偶爾響起柴火燃燒發出的噼啪聲。難受、悲憤壓得大家幾乎喘不過氣來。空氣也彷彿要爆炸了！

　　"簡直是肆無忌憚，膽大包天！難道就沒有受害者告發，就沒有人管，就任由這個惡棍無法無天了嗎？"不知過了多久，陳意揚咬著牙問。

"陳大爺，先別急嘛，"剛才還一臉正經的易平，環視了一下全場，為了抑制人們心中越燒越旺的怒火，緩和氣氛，就改用揶揄的口氣說話，"您老哥的提問倒很專業，'聚焦'也很準呀。正因為這個惡棍無法無天了，特殊的問題就要用特殊的方式、方法來解決了。這也就是我們之所以要制訂本計劃的前提和基礎。鍾大妹子，你先講到這裡。下面，請白司令給我們大家爆'猛料'吧。"

幾乎要爆炸的氣氛變得輕鬆了。白薇喝了一口水，清了清嗓子說：

"好的。讓我補充說說趙耀庭這個惡貫滿盈的奸賊吧！按照易平哥的具體布置，我做了一些'功課'。我已查清楚，而且證據確鑿！雖然這奸賊只是一名縣革命委員會派到東湖公社蹲點的巡視員，但他卻以'太上皇'自居，專橫拔扈，不務正業。他最大的嗜好就是追獵女人，最大的'作為'就是殘害婦女！……"

白薇越說越憤怒。"這個人渣之所以知法犯法，有恃無恐，一來是文化大革命前，他一直在縣的公、檢、法部門當領導，現今相關部門的掌權人很多是他的同僚、部下或豬朋狗友和親戚、親信。正如剛才麗莎說的，對這個奸賊、人渣變本加厲、無法無天的劣行，公社革委會的大多數幹部，都膽小怕事，視而不見，避之則吉。而且還有助紂為虐，沆瀣一氣的敗類；二來他老婆是現任縣革委會副主任，她出於維護自己面子的需要，也一定會利用職權把自己老公的問題大事化小，小事化了；三來這奸賊有個舅舅在地區革委會有一官半職，一向包庇他，縱容他。但是，大家先別洩氣，事情還有另外一面呢！事實上，這奸賊已與老婆分居多年，夫妻關係早已名存實亡。據傳，他老婆早就說過，巴不得他早點患重病死掉呢！而以前一直看在親姐分上罩著他的那位在地區政府任要職的舅舅，如今見他劣蹟累累，仍不思悔改，還肆無忌憚，招搖過市，影響越來越惡劣，為了保住自己的烏紗帽，也應當不敢繼續當他的‘保護傘’了。所以，這奸賊早已成了‘神台猫屎’——神憎鬼厭……”

易平接著白薇的話繼續説：

“既然這奸賊已成了‘神台猫屎’，既然對這個人渣不能繩之以法，那就只能施之以暴了！現在，正是懲處他的大好時機。如錯過機會，姑息養奸，今後不知還有多少知青姐妹，多少婦女慘遭他毒手！我們一定要抓住這個機會，為受害的知青姐妹，以及其他受害婦女討回公道！”易平講到這裡，接過白薇遞給的熱開水，邊喝邊繼續講具體的操作細則、人員落實、善後處理，以及“攻守同盟”等等有關的大、小事項。

討論非常熱烈。

“12.1工程”計劃的大膽、慎重和周密得到大家一致的贊賞。但林間卻認為，這可是人命關天的犯法、犯罪的大事呀！況且，也不能完全排除風險。萬一哪一天走漏風聲了，就吃不了兜著走，麻煩大，手尾長呀！所以，是否可以再考慮考慮，找更有用的關係，繼續走越級告發的途徑，這樣風險會小很多。

“什麼‘人命關天的大事’，這人渣也算人嗎？大哥！知青姐妹就不是人嗎？！”林中很衝動地説。他對大哥非常不滿意，“再説，做什麼事情沒有風險？鋤草也有風險：一不小心會把腳趾頭鋤掉了！我就看不慣捧著‘春袋’(男子的陰囊)走路的人！”

林中最後那句鄉下人説的粗俗話，引爆了轟然的大笑——連白薇和鍾麗莎這兩位矜持的女生也忍不住失聲大笑。

“雖然林中説得難聽死了，但我完全同意。易平的這個計劃可以説是滴水不漏，我堅決支持！説到風險，當年我們紅衛兵誓死捍衛毛主席無產階級革命路線，難道就沒有風險？計劃都這麼周密了，還能有多大風險？想一點風險都沒有？什麼事都別幹好了！越級告發有個屁用！我看根本就不必再考慮越級告發了。我認為，這個計劃越早執行越好。"白薇旗幟鮮明地說。

隨後，大家逐一表態，都支持易平的計劃；林間最後也表示跟大伙共進退。

等易平把事情布置停當，已是凌晨四點多鐘。為謹慎起見，大家乾脆就在王思哲這裡坐到天亮才離開。

這時候，一向瞧不起中學紅衛兵，自诩"紅衛大兵"的陳意揚，當年響噹噹的華南大學"紅旗公社"社長，笑著對易平說：

"我一向以為你這個'鬍鬚佬'只是我們黨國傑出的理論家，想不到你還是位謀略家、組織家；你不僅僅是'文膽'、'軍師'，而且絕對是既能運籌帷幄，又能策劃、操作的大將、大帥！真是太可惜了，當年沒把你推到'旗派'的最高層當個司令、老總什麼的，這絕對是我們'旗派'的損失！諸位，這可是我的肺腑之言呀！"

白薇插口道："社長大人，你太孤陋寡聞了！人家易平哥還是大型歌舞《紅衛兵戰歌》的策劃者、組織者和總編導組的老總之一，這你不曉得吧？"

"是嗎？哇哇！我真是有眼不識泰山！'鬍鬚佬'，你太令我驚奇，太令我感到驕傲了！"陳意揚心悅誠服地說。

"易平不是'12.1工程'的'總工程師'嗎？不如我們今後就叫他易總吧！反正'鬍鬚佬'的大鬍子刮掉已是常態了，再叫'鬍鬚佬'，就'貨不對版'了。"白薇笑著向大家提議。

白薇的提議得到大家一致的贊成。

王思哲則陰陽怪氣地朝大家說："喂！大家有沒有發現，今天有兩個人不僅配合默契，而且還在互相吹捧哩！"

"誰互相吹捧呀？王思哲你說清楚！"白薇假裝生氣地說。

"大家知道的，王思哲說的不是我，不過，有人心虛了！"陳意揚得意揚揚地說。

溫暖的小屋又響起了一陣笑聲……

　　不久後的一個墟日，天氣依然陰冷，東湖墟冷冷清清的。臨近黃昏時分，一輛腳踏三輪車上載著公社辦公室主任張國材和一位手捧黑布裹邊的大頭照玻璃相框的青年，從附近的火葬場穿過東湖墟朝公社方向而去。

　　有人認得，相框上的頭像正是不久前“畏罪自殺”、上吊身亡的巡視員趙耀庭……

　　過不了多久，從縣裡下來的巡視員趙耀庭自殺身亡的消息不脛而走，並且很快傳遍全县和全地區。没多久，地區革委會政法部門一個調查組來到東湖公社，宣佈此行目的，是要查清趙耀庭的死因。但没過幾天就鳴金收兵，回去交差了。據說，結論依舊是“畏罪自殺”。

　　這消息馬上就在全縣的知青中傳開了，不少“知青點”還放了鞭炮。而那位助紂為虐的公社革委會副主任，聽説由於驚恐過度，中風了，癱瘓了。

　　林中騎單車專程來到東安大隊，把好消息告訴易平、白薇和楊秀珍。

　　懲惡計劃實施以來，不知道為什麼，白薇內心深處隱隱約約總有那麼一絲不安。不安什麼？為何不安？卻又説不清楚……

　　白薇焦燥、煩惱，心亂如麻。

　　現在好了，事情的發展不僅一如易平所料，而且簡直就像是由易平導演的電影，一幕接一幕地在易平有條不紊的安排下進行……於是，白薇緊繃的神經完全鬆弛下來。她也終於清楚了：自己的不安，是與“他”密不可分的；她還清楚了：這是一個頂天立地的男人，一個一身正氣，膽識過人，敢想敢幹，有勇有謀的男人，也是一個值得自己一輩子信賴和依靠的男人……

　　過了不久，寒冬來了。

小寒以來，從北方襲來的強大寒流一股接著一股，幾乎沒有中斷過。

從今冬開始，地區革委會請了一批廣東潮汕老農到地區下面各縣傳授"尼龍育秧"這項防寒技術，並要求各級領導把工作落實到每一個大隊。各地的知青，很多都被生產隊推派到大隊的培訓班學習這項新技術了。

白薇也被選上了。

大家冒著刺骨的冷風，赤著腳在秧田站了整整一個上午，一邊流著清鼻涕，一邊聽潮汕老農用潮州腔的普通話講解。

第二天，白薇兩腳長了好幾個大凍瘡，又紅又腫，又痒又痛，連鞋都穿不了。她慌忙吩咐楊秀珍去把易平找來幫忙理療。

正在屋裡看書的易平，一見匆忙而來的楊秀珍發，馬上合上書本。聽完楊秀珍講清楚白薇的情況後，並沒有馬上跟楊秀珍走。他把楊秀珍留在屋裡，而自己出去大半個鐘頭後，拿著一大把連根帶葉的草本植物回來。原來，這幾天大隊的"赤腳醫生"到南安生產隊給社員治凍瘡，發現生草藥的療效大大超過藥店的傷凍膏。易平認得這種長在路邊的野草，剛才就是到附近的山野去採摘了。

到了白薇她們的"知青屋"後，易平首先吩咐楊秀珍把野草洗乾净、搗爛成槳，並用火把草槳焙熱，自己用冷水細心地給白薇搓腳，直到把白薇的雙腳搓紅搓熱了，再把冒著熱氣的暖暖的草藥敷在白薇雙腳的"涌泉"穴上——白薇感到一股暖流，從兩只腳的腳底，一直竄上心頭……

"怎麼樣？"過了一會兒，易平關切地問。

"神了！不痒了！也沒那麼疼了！"白薇大聲説。

"嘿嘿！真這麼神？該不是心理作用吧？剛才還叫死叫活的！"楊秀珍乘機取笑白薇。

"去你的！這草藥就是靈嘛！"白薇瞪了楊秀珍一眼說。

"好了！我還有事，我先回去了，有問題再找我。"易平邊說邊走。

"喂，聽林間說，朱老師三天後就要復琴了，D大調三個八度音階、克勒最爾《練習曲》第三十八課，還有波隆貝斯庫的《望鄉》，你行嗎？"白薇本來很想再說些什麼，但挖空心思，才莫名其妙講了這麼幾句。

"知道了。不是還有時間嘛。"易平頭也不回，一邊說一邊大步離去。

楊秀珍瞟了白薇一眼，只見白薇還在依依不捨望著易平的背影，楊秀珍再看看大步離去的易平，不禁暗暗笑了。

第二天傍晚，白薇有心幫易平"過關"，拎著小提琴來找易平一块練琴。兩人專心專意練了整整一個晚上。

復琴那天，大家才知道，這是朱萍老師最後一次上課了，因為這時候，全國吹起了落實政策的暖風，朱萍老師即將調回原單位，擔任樂團的資料員。大家既替老師結束"勞改"而高興，又為即將的分離而難過。一時間你看看我，我看看你，不知道說什麼好。

"先上課吧。"朱萍老師輕聲說。

大家按慣例，一個接一個向朱萍老師交功課。最後復琴的是易平。出乎眾人意料，易平這次復琴比以往任何一次都拉得好，朱萍老師格外高興，她對易平說：

"你今天拉得真好！其實，你本身具備很好的先天條件，雖然因為這場史無前例的運動已白白浪費了不少寶貴的光陰，但憑你目前的基礎，只要勤奮，我相信你完全可以吃專業飯。當然，我也知道，你志不在此。不過，我希望你永遠都不要放棄。

"請大家記住，小提琴演奏藝術是歐洲文化藝術的優秀組成部分，也是全人類優秀的文化遺產。這不是什麼'四舊'，而是歷史寶貴的積澱，人類寶貴的財富！無產階級的革命導師列寧，就十分喜愛歐洲的古典音樂。"

"朱老師，我不會放棄的。"易平說。

朱萍老師一邊拿出家人寄來的糖果請大家吃，一面繼續說：

"小提琴所發出的優美動人的音樂，是一種全人類的，無論是無產階級，還是資產階級都喜愛的美好的東西。真、善、美的東西之所以能被全人類肯定、接受和熱愛，之所以能流傳幾百年、幾千年，具有永不衰竭的生命力，是因為它們具有不以任何人，包括任何民族、任何階級與階層、任何偉大人物的意志為轉移的普世的價值，永恒的價值！例如梁山伯與祝英台這個動人的故事所歌頌的不畏強暴，寧死不屈的愛情，以及《梁山伯與祝英台》小提琴協奏曲所表現出來的那種典雅、動人而又含蓄委婉的民族藝術的美，博大精深的美、永恒不朽的美。所以，我們的眼光要放遠一點，很多現在被粗暴壓制，甚至被無辜摧殘的真、善、美的東西，都擁有無窮無盡的生命力，它們終究會復活，會壯大，會成長，會發光、閃亮；而假、惡、丑的東西，即使今天被視為'樣板'，被當作珍寶，被奉若神明，也終究會被人民唾棄，被歷史淘汰，充其量也只會成為歷史上曇花一現的東西……"

朱萍老師的話深深地刻印在學生們的心上。

易平凝神聆聽。

啊，全人類共同的精神財富！

易平不由想了"文化大革命"初期的一幕……

一九六六年八月十八日，毛主席在天安門廣場接見百萬紅衛兵後，易平從湖南長沙回到省城江州市，並馬上投入到"破四舊"的風潮。

那時候，從首都來到江州市的"聯動"（首都中學紅衛兵聯合行動委員會)"南下串聯隊"，日以繼夜地指導江州市紅衛兵戰友的"破四舊"行動。

很快，首都"聯動"與江州市紅衛兵的"破四舊"行動，便"戰績輝煌"、"碩果累累"：

在市裡著名的千年古剎光華寺，大雄寶殿前面寬闊的空地上，堆起了兩座"四舊"的"大山"：一座是從市交響樂團和省音樂學院等省、市藝術團體、藝術院校搜繳來的大提琴、中提琴、小提琴和其他"洋"樂器，以及各種各樣的樂譜；另一座是古字畫、經書、佛像、古董陶瓷、金銀珠寶，和數不清的"封、資、修"藝術品……

當一個戴著"首都聯動"袖章，穿一身軍裝，腰纏寬闊軍官皮帶的女紅衛兵手腳麻利地往兩座"大山"潑完柴油，並用打火機把火點燃時，團團圍住兩座"大山"的幾十名紅衛兵小將歡呼雀躍、歡聲雷動，"打倒'封、資、修'！"、"橫掃一切牛鬼蛇神！"的口號聲此起彼落。

烈焰熊熊、黑煙滾滾，噼嚦啪啦的爆炸聲接連不斷，嗆鼻的油煙彌漫在這個千年的古剎……

突然，一位戴著深度近視眼鏡、蓬頭垢面、頭髮花白的老人不顧一切地穿過人群，撲向熊熊燃燒的"大山"，拿起還在燃燒的一把老舊的小提琴就走，但點火的女紅衛兵何等敏捷？只見她心急眼快，一手就把抱著小提琴的老人推倒在地，然後迅雷不及掩耳地搶走老人懷中火焰尚未全滅的小提琴，狠狠地丟進大火中……

一片歡呼聲轟然爆起，它蓋過了女紅衛兵拿軍用皮帶無情地抽打老人的響聲，蓋過了老人悲痛欲絕的哭喊……

當時在場的易平，並沒有忘情地歡呼。他認得老人，知道老人是省音樂學院的"反動學術權威"、小提琴專業的湯隆老教授；

而被燒毀的小提琴，則是當年他在歐洲學琴時，偶然在意大利一個鄉村小鎮從一位民間老琴師手中買到的、斯特拉迪瓦里親手製作的作品……

在震耳欲聾的歡呼中，易平對被抽打的老教授突然生起了惻隱之心，他淡定地走到高舉皮帶女紅衛兵面前，雙眼直視她，大聲道：

"他很老了……"説完，在一大群男、女紅衛兵鄙夷、不屑的眼光中扶起了已不能站立的老人，慢慢地走出人群……

現在，朱萍老師的話，讓易平回憶起"破四舊"中那難以忘卻的一幕，易平在想："破四舊"，難道也破全人類共同的精神財富？

他默默地思考：不，不是的，一個源遠流長的民族，一個對自己充滿信心的統治階級，一個"內心"足夠强大的政黨，一定不會拒絕人類的真、善、美，一定可以容納具有普世價值，永恒價值的全人類共同的精神財富……

在朱萍老師離開陽平後很長一段時間裡，易平常常在夜深人靜時回想朱萍老師的話，並反思剛剛告別、但記憶猶新的歲月……

朱萍老師離開陽平後，雖然沒有人指導和督促了，但大家練琴的積極性和自覺性反而更高了，而易平和白薇一起練琴的時間也比過去多多了。

在這年全縣紀念毛主席的《在延安文藝座談會上的講話》的文藝匯演大會上，林家三兄弟和易平、白薇、鍾麗莎六人的節目——小提琴齊奏《紅太陽照亮了爐台》還獲得了一等獎。

這晚，白薇在易平的屋子一起練完巴赫的一首二重奏曲，照例由易平送白薇回家。

走著走著，翻過小山頭就到家了。

　　這是初秋的夜晚，微風吹來，讓白薇感到了一絲涼意，她打了一個噴嚏。

　　"冷嗎？"易平問。

　　"不……冷……"白薇説著説著，卻更挨近易平，雙手抱住易平的手臂，而易平也不由自主地，輕輕地摟住了白薇的肩膀……

　　不知從什麼時候開始，易平已經不拒絕白薇"登門請教"了。起初，白薇還總拉楊秀珍作"陪襯"，後來，乾脆就撇開楊秀珍，"獨來獨往"了——其實，楊秀珍早就在内心默默地祝福白薇和易平了，現在安全也不是問題了：反正晚上好，白天好，易平都會送她回家。所以，楊秀珍也就放心了。

　　也不知從什麼時候開始，每次白薇來易平的屋子一起練完琴，易平一定送她回到和楊秀珍一起住的"知青屋"。而相送時必經的偏僻、荒涼的山嶺，那長著低矮而茁壯的山稔樹的山坡，那長著稀稀疏疏小草的坡地，則成了他們流連忘返的"勝地"。無論是山稔花飄香的深秋，還是酷熱難熬的盛夏，晚上，在這裡遙望月亮，遙望星空；白天，在這裡看山谷中冉冉升起的裊裊炊煙。他們胸懷坦蕩，純潔無瑕，有永遠説不完的話題……

　　冬去春來，這裡的知青，和全國的知青一樣，在"林彪事件"以後，在"農業學大寨"的日夜苦戰中，在没完没了、數也數不清的"批林批孔"、"反擊右傾翻案風"、"一打三反"等政治運動中，在每日千篇一律的忠字舞的演練中，在習以為常的毛主席語錄歌的聲浪中，不知不覺，一天一天過去了，一年一年過去了……

　　這天傍晚，興高采烈的白薇幾乎小跑，頃刻之間便來到易平的"知青屋"，卻見大門上了鎖……

　　白薇心急火燎地跑到南安生產隊隊部，一打聽，才知道：原來今天早上，易平正在生產隊的隊部給社員派工時，突然來了幾名縣"一打三反"辦公室的工作人員，同行的還有兩名現役軍人。在"驗明正身"、確認無誤後，他們以"配合審查"為名，在社員們困惑、詫異的目光中帶走了易平。

白薇好不容易冷靜下來。在與林家兄弟、王思哲、陳意揚等人商量後，她決定去一趟縣城，了解情況。

經過幾天的打聽，白薇把看家的本領都使盡了，終於弄清事情的究竟——原來是有人舉報易平，説他在"讀書會"上大放厥詞，打著紅旗反紅旗。

舉報人還揭發，易平與省社科院哲學研究所阮正、華南工學院研究生袁全等人利用書信進行反革命串連，在信中否定無產階級文化大革命，惡毒攻擊無產階級文化大革命的偉大旗手江青同志……

這些罪名，一旦坐實，不槍斃也會判無期徒刑。

白薇心急如焚，想盡辦法，才得以家人的身份爭取到探視易平的機會。

縣革委會專案組大樓——文化大革命前縣政府的公檢法大樓。

狹窄的房間。暗淡的燈光。陰森的氛圍。渾濁的空氣。

才幾天功夫，易平的絡腮鬍子説長就長出來了。雖然人是明顯消瘦了，但依然不失往常的沉著、鎮定，深邃的雙眼也依然炯炯有神。

易平隔著鐵欄柵見到白薇，俊朗的臉露出了一絲微笑。由於易平是"政治要犯"，所以只能隔著大鐵門的鐵欄柵探視。

白薇迫不及待地問長問短，從這次"進宮"的緣由，到官方贈送的"罪名"與説法，直到生活待遇……

"回去告訴大家，我知道自己做了什麼。我堅信，歷史將宣判我無罪！"

"我也相信你！你不會有事的！……"白薇大聲地説。説著，說著，突然，她把雙手伸進鐵欄柵，緊緊地摟住易平，深情地吻易平，從額頭，到臉頰，到嘴唇……突如其來的初吻，像一股急瀉而至的熱流，滲進血肉，深入骨髓，融遍全身……易平壓抑著胸中洶湧澎湃的波濤，任由白薇把自己引領到一個從未登臨的境界……

臨別，白薇把自己被縣裡推薦為華南大學工農兵學員的事告訴易平；同時表示，她已經決定放棄這個機會。

"為什麼？"易平問。

"因為我擔心你！因為我不想失去你！因為我要永遠和你在一起……因為我愛你！"

白薇熱淚盈眶，對著易平大聲說。

易平一下子怔住了。他幾乎被這突如其來的愛的熱浪淹沒。但他很快就冷靜下來。

"傻丫頭，讀大學，這可是非常難得的好機會。中國革命今後不僅需要熱血，還需要更多、更廣、更專的知識！再說，愛，也並非一定要朝夕相處呀。兩年時間一眨眼就過去了。去吧，去上學吧！"

易平望著白薇認真地說。

"你還沒有說，你愛我……"白薇臉頰發燙，她輕聲說。

"這還用說嗎？真是個小妖精！你知道的。"易平微微一笑。

"你無賴！你的小妖精就是要你說！說！說！"白薇急了。

"我——愛——你！"易平收起笑容，壓低嗓音鄭重其事地說。

在昏暗的牢房，兩雙手，緊緊相握；兩對眼睛，相互穿透；兩顆心，一起燃燒、升騰……

隨後，易平把掛在自己脖子上的一塊光潔圓潤的玉墜摘下來，為白薇戴上，並神色凝重地說：

“這塊老玉是我爸爸給我的。它刻的是一只蓄勁待飛的鳥。爸爸說，它很珍貴，它象徵勇敢，象徵追求，象徵純潔、無畏，象徵漾溢活力的愛情。他要我送給自己最愛的人，我現在就把它送給你。但你要記住：無論你出現什麼情況，無論你是病，是傷，是殘，無論你是生，是死，只要你和它在一起，就說明愛還在，心沒死，緣未盡，我就會為這愛堅守，直到生命的盡頭！……不過，如果哪一天你讓它‘物歸原主’了，就說明，愛，已不存在，已隨風而逝了。我們有機會再見的話，也不再是朋友，只是陌路人了。懂嗎？”

“瞧你說的！呸！呸！呸！不許亂說！沒有‘如果’！我一定會讓它和我的心緊緊地貼在一起！每時每刻，每分每秒，永遠，永遠，直到生命的盡頭！”白薇流著熱淚，激動地說。

易平也熱淚盈眶，他深情地望著白薇，緊緊地，緊緊地握住白薇那微微顫抖的雙手……

接著，易平把自己“知青屋”的門匙交給白薇，托她帶些衣物和書籍來。

白薇連夜趕回去。

可是，當第二天白薇心急如焚地提著一大包衣服、書籍、雜物和食品，坐頭班長途汽車趕到縣城，來到專案組大樓的時候，但見人去房空，哪裡還有易平的人影？向所有上班的人打聽，一概是一問三不知！無奈，白薇硬著頭皮找陳榮輝，請他的在軍區當官的父親幫忙打聽易平的下落。

不知不覺，一個月過去了。

這天一早，陳榮輝踏著輕盈的步子，哼著快樂的小調，來到白薇和楊秀珍的“知青屋”。他告訴白薇，最近地區處決了一大批“現行反革命”，大多數是攻擊、污蔑無產階級文化大革命和中央首長的政治犯。但名單裡面未見易平的名字，而監牢和看守所，也查無易平此人。

"不過，看來易平是兇多吉少了！"陳榮輝見白薇只顧傷心落淚，而不理睬自己，就不痛不癢地說。說完，就不辭而別了。

"幸災樂禍！一等一的小人！"楊秀珍望著陳榮輝的背影，有意大聲說。

此後，白薇發動了所有用得上的關係，包括她父親在部隊的老戰友，發了瘋般到地區、省的有關部門查找易平的下落。可惜，易平像人間蒸發般，杳無音訊。白薇唯有懷著痛苦，懷著遺憾，走進了華南大學的校園……

這一年，但凡有假期，哪怕是只有三兩天時間，白薇都會回陽平縣，繼續打聽與易平有關的信息。但每次都是懷著希望而去，卻帶著懊惱而歸……

不久，知青"回城潮"席捲了整個中國大地。

白薇雖在學校讀書，但也陸續獲悉當年在陽平山區務農的知青好友和熟人回城的情況：

楊秀珍所在街道的服務站給她安排了街道工廠糊紙盒的工作；林家三兄弟中的老大林間進了市二輕局主辦的提琴製作中專班當學員，老二林中被國家一個特殊機構錄用了，老三林野一年多前已偷渡去了香港；陳意揚當了江州市一所職業中專的教師；小潘也偷渡去了香港——是跟林野一塊偷渡的；王思哲被分配到省社科院的圖書室當清潔工；余幼軍成了華南大學政治系的工農兵學員；曾淳亮被分配到省重型機械廠當車間工人；鍾麗莎到法國自費留學；陳榮輝被在省民政廳當領導的叔父安排到廳屬下的一家國營企業，當總經理助理；而令人們深感意外的是，臭名昭著的"東湖三狼"中的老二——"二狼"雷國雄，明明充其量也只是"本地知青"，按政策只能在縣內分配工作，而他居然被分配到省城的省公安廳的服務中心；更令人不可思議的是，一個月後，他竟然還成了省公安政法學院的"工農兵學員"！據説，他有一個很"硬"的"後台"——是的，這年頭，有"後台"就好辦事……

最後，白薇聽到了在陳榮輝等陽平知青圈子裡互相傳遞的、一個她最不想聽到的消息——"易平已死於獄中"。

雖對易平的死是有心理準備的，但當白薇在易平家再一次從悲傷的易平父母口中聽到這一噩耗時，白薇還是情緒失控，在眾人面前放聲痛哭，暈倒過去……

大學的第一個暑假，白薇背著易平留下的小提琴，獨自一人回到了陽平。

白薇首先來到易平當年落户的南安村。

現任村長明哥是老生產隊長廣昌伯的小兒子，聽説來客是易平的朋友，又高興，又熱情。他説："易平哥是好樣的！我那時還小，不過也跟他學過功夫呢！"

明哥按白薇的請求，親自把她帶到易平曾住過的"知青屋"。

明哥打開了門鎖，就忙自己的事情去了。

白薇推門一看："知青屋"如今已成了"雜物屋"：到處堆放著殘缺的打禾機、損壞的水車；生鏽、斷裂的犁、鈀、鑊、鋤；缺輪子的手推車……到處是厚厚的灰塵和大大小小的蜘蛛網。當年用報紙糊成的"牆紙"，如今都已發黃，大部分還剝落了……

白薇眼尖，居然看見一幅"牆紙"上還粘著《隨風而逝》的小提琴手抄譜——那是易平把馬扎斯《特殊練習曲》中的一課改編成小提琴獨奏曲的樂譜。

白薇小心翼翼地把樂譜剝下來，捧在手裡看。

看著，看著，白薇的眼睛充滿淚水，視野漸漸模糊了……

燈光搖曳。雨滴聲聲。

兩把小提琴在共鳴，兩顆心在相融……

赫里美利的三個八度音階、貝多芬的《春天奏鳴曲》、巴赫的協奏曲……

我曾真切地感受到你暖暖的體溫，

曾貪婪地呼吸你特有的汗味，

那麼香，那麼熟悉，那麼醉人……

小屋强大的"磁場"，

一次，一次

把我吸進甜蜜的旋渦……

啊，《隨風而逝》，

隨風而逝……

白薇從琴盒拿出小提琴。她閉上淚眼，輕輕地，輕輕地拉起了《隨風而逝》……

隨風而逝

　　白薇花了兩三天的時間，獨自默默地漫步在當年與易平一道駐足過的地方。

　　回江州市整整一年之後，白薇才從悲痛中慢慢緩過氣來。此後，她把八月十一日，定為祭奠易平的日子，每年的這一天，白薇都會放下一切工作和活動，把自己關在房間裡，擺上易平的照片，點上檀香，然後用易平的小提琴一遍又一遍地拉奏《隨風而逝》……

　　兩年的"工農兵學員"生活很快就過去了，轉眼就到了畢業分配的日子。

　　為了能爭取分配到一份好的工作，白薇的父母絞盡腦汁，找關係，托人情，結果也還是不盡人意。正在一籌莫展的時候，不知陳榮輝如何獲悉白薇畢業分配的情況，便徑直找到白薇的父母，自告奮勇要幫忙。折騰一番，還居然為白薇爭取到一個我國駐澳大利亞某總領事館文員的名額。

　　白薇的父母大喜過望，對陳榮輝千恩萬謝；白薇雖然極不想領這個人情，但拗不過父母的堅持，最終還是去了澳大利亞。

　　後來，白薇和她的上級———一位女參贊，結束了在中領館的工作，並一起接受了新的"國家任務"：在當地註冊了"白薔薇國際貿易有限公司"，當起了"紅色商人"來。憑著白薇在紅衛兵年代造就的超乎尋常的社會活動能力，加上靈活機敏的商業頭腦，無師自通的業務本領，令人一見就難以忘懷的美麗，以及一口流利、標準的英語，白薇她們的生意越做越大；同時，也一次又一次出色地完成了"國家任務"……

　　沒多久，白薇在悉尼買了一套兩居室的公寓，回大陸匯報工作的時候，她勸說父母提前退休，把手續辦了，這次便把他們從江州市接到澳大利亞享福了。但白薇的父親這時不僅官復原職，而且還被調到重要部門工作，被冷落、被排斥、被打擊多年的父親如今很享受這種被信任，被器重的感覺。何況，以他的工作的性質和級別，不是說想退休就能退休，想出國就能出國的。即使退休了，想出國，也要三年以上才有條件申請。所以，他婉拒了女兒的好意。

白薇只好隻身回去悉尼了。

第三章

在陽台練完形意八卦掌後，易平就聽到從客廳傳出的兒子練習布魯赫《g小調小提琴協奏曲》第三樂章的琴聲。

平常，每天清晨五點鐘就起牀的易平，便開始寫作，直到中午。下午才到報社上班，當他的《美西日報》執行副總編輯。待終審、簽發的工作完了，下班時已是午夜了。所以，除了休息日，易平很少有機會聽到兒子拉琴。

易平很喜歡這首布魯赫小提琴協奏曲，尤其是感情熱烈、奔放的第三樂章的旋律。這是兒子參加大賽的規定曲目。經過一段日子的練習，已日趨嫻熟。為了更適應和習慣在鋼琴伴奏下演奏，為了使演奏的節奏更穩定，把曲子表達得更細致，更完美，林野老師要求易寧多爭取有鋼琴伴奏的機會。而值得慶幸的是，自從在潘緯達夫婦"補辦婚宴"上合作成功後，陳盈盈便很樂意做"義工"，擔任易寧的鋼琴伴奏。

今天是星期天，聽説盈盈上午要來為兒子做鋼琴伴奏，易平非常高興。

雖然他早已知道盈盈的父母是陳榮輝和白薇，但並没有影響他對這位既聰明漂亮，清純善良，對兒子幫助又大的小姑娘的喜歡。而且，像盈盈這樣不沾父母的光，不依靠父母的不同尋常的優越條件而獨立自主，刻苦耐勞，奮發圖強，以自己的努力在異國他鄉打拼出一片天地的華裔年輕人，也實屬少見。還在讀中學時候，盈盈就連續兩年奪得全美蕭邦鋼琴比賽的大獎。更何況，這丫頭一直把自己看作可信賴的長輩朋友，無論什麼事情，好的壞的，一概讓易叔叔"分享"⋯⋯

今天來為易寧伴奏，是盈盈前天在電話裡主動提出的，不過她提出"交易條件"：伴奏完了，要易叔叔請吃飯，菜式嘛，要有煎藕餅和牛肉炒蘋果；吃完飯，還要易叔叔當她的牢騷話的"垃圾桶"。

易平二話不說，當即愉快地同意了這樁"公平交易"。

易寧有力、激越的擊弓弓法把樂曲的熱情奔放表達得淋漓盡致；盈盈的鋼琴伴奏，由於是根據協奏曲的樂隊總譜改編的，難度很大，但盈盈游刃有餘，無論是節奏、和聲，還是音量、音色變化，都鋪墊得恰到好處；更重要的是，盈盈能非常敏捷地配合獨奏者演奏過程中任何即興的變動——哪怕是微小的變動。

"真默契！"易平雖在書房寫作，但一直豎長耳朵在認真聽，他心裡不由贊嘆："難怪寧兒就只認定盈盈做他的鋼琴伴奏了！"

飯後，易寧繼續在客廳練他的小提琴，易平和盈盈則在書房邊喝咖啡邊聊天。

"易叔叔，我開始倒'垃圾'了。"盈盈笑著說。

"你倒吧，看你能有多少'垃圾'，易叔叔這個"垃圾桶"，大著呢！"易平說，心裡卻犯嘀咕：這丫頭肯定有事⋯⋯

"易叔叔，我煩死了。"盈盈一臉委屈地說。

"是不是和小徐鬧別扭了？你們要結婚不是板上釘釘的事嗎？難道出什麼問題了？"易平詫異地問。

"倒不是出了什麼問題，小徐很愛我，我也很愛他。但也正因為這樣，所以不知道我該不該把爸爸的事告訴他。易叔叔您是知道的，我一直按媽媽吩咐，對別人，包括對小徐，都說我爸爸已去世了。但到了今天，還要瞞小徐嗎？該不該說清楚呢？說吧，又怕小徐與我划清界線，從此一刀兩斷；不說清楚吧，我能心安嗎？"盈盈愁眉苦臉地説。

"瞞得了一時，瞞不了一世，遲早小徐都會知道的。以其身上背個大包袱，提心吊膽過日子，還不如坦誠相告。我相信，小徐是個明事理的人。是緣份，斷不了；斷得了的，就不是緣份。"易平認真地説。

"易叔叔，你説得對。我不會演戲，遲早會露餡的。易叔叔，你教教我，該如何跟小徐説？"盈盈誠懇地向易平請教。

接下來，易平耐心地指點盈盈。直到盈盈完全明白，心領神會，才告別出門。

還没走到樓下，只見易寧拿著兩個食盒追了下來。

"盈盈姐姐，我爸爸特意多做了些藕餅和牛肉炒苹果，讓你帶給徐滔哥哥那只大饞猫。"易寧笑著説。

"太感謝了！寧兒，你爸爸真好！"盈盈接過食盒説。

晚上。聖荷西市。

一棟不起眼的六層高的商業辦公樓。

雖然已接近午夜，大樓絕大多數的窗門已緊緊關閉，厚重的窗簾艱難地透出長明燈微弱的光，但辦公樓六樓卻有一扇打開的窗户，蕭瑟的秋風恣意闖入屋內深邃的黑暗……

徐滔左手扶著大提琴，右手拿著琴弓，一動也不動地站在仿佛凝固了的漆黑中。

窗外，没有月亮，也没有星星，灰蒙蒙的夜空，也像凝固了一樣……

座落在市郊的這棟半新不舊的大樓，是中資公司——越峰科技咨詢服務有限公司很多年前就置下的物業。那時候，Google總部還没有搬到這一帶來。

由於徐滔是單身漢，而且公司六樓的雜物間又很寬大，在徵得公司頭兒的同意後，他乾脆把雜物間分成兩半，簡單裝修了一下，把一半的空間用作宿舍。這樣，既可節省公幣，又可省去每天在路上往返的時間，何況還可以免去一週少說也有兩三次的塞車呢。住公司，這些煩惱就全沒了。通常，如果沒有需要加班加點的工作，徐滔在四樓的公司飯堂吃完晚飯，或者外出工作回來，不管多晚，徐滔都會拉拉大提琴，哪怕只是拉音階，拉琶音。他很喜歡在足够寬敞的室內空間裡拉琴，而且非常享受這種猶如在"共鳴箱"裡與琴聲"共震"的感覺。而公司在五樓的會議廳，正是這樣的理想的"共鳴箱"——但昨晚徐滔美美地吃完盈盈匆匆忙忙送來的藕餅和牛肉炒苹果後，剛跟盈盈打完贊賞易平叔叔美食的電話，正想拿琴下五樓，卻接到了上級領導打來的電話；領導用約定的暗語發出指令：要他認真作好準備，在一個星期後到香港匯報工作和接受新任務……徐滔拉琴的願望頃刻煙消雲散，於是回到房間，後來乾脆關掉所有的燈，在黑暗中靜靜地站著……

没完没了的測試……

純白色的牆壁、純白色的花板、純白色的地板、純白色的設備、純白色的儀器、純白色的工作服、純白色的測謊器……

一下子全是慘白的燈光，一下子又漆黑一片……

邪惡的小蛇肆無忌憚在全身亂闖，亂竄，亂噬。胸口緊緊收縮，惡心，作嘔；全身的毛孔一個接一個張開，關閉，又張開，又關閉……慘白，漆黑，慘白，漆黑……

印有水印盾牌的優秀學員畢業證書……盾牌，金色的，黃色的，紅色的，白色的，黑色的……一個，接一個，紛至沓来……

我忠於黨！

我忠於黨！

我忠於黨！

宏亮的吼聲在封閉的空間迴盪……

徐滔在國際關係學院本科剛畢業，就被國家某部門選中，繼續在北京進修兩年。而進修的任何情況，尤其是進修的內容，是要絕對保密的——對家人也不例外。兩年後，徐滔以特別優異的成績完成了進修，隨即被派往國外工作。

三年前，領導把他從英國調到美國。近一兩年，他奉命對一些人、事進行了秘密的偵查工作，成績斐然，多次受到領導的表揚。而徐滔的這些工作成績，有不少是與那"綠色來信"及其背後神秘的"貴人"分不開的……

而早上那飄然而至的"綠色來信"，令徐滔感到突然，但卻又不感到意外——

今天上午上班時，當徐滔像往常那樣，拿著一杯咖啡走進個人辦公室時，遠遠就看見唯一的辦公桌上，放著一個既熟悉又陌生的淡綠色的小信封……

他迫不及待地撕開信封，只見一張白色的小紙片上打印有"十月二十七日上午十時東灣希爾頓酒店羅勃倫拍賣行拍賣活動"一行楷體字；而在楷體字後面，還有"Omnipotent John"這行英文。同時，還附有一張如銀行信用卡般的拍賣場出入卡。

這是他來美工作三年以來接到的又一封"綠色來信"。興奮之餘，徐滔心頭也掠過了過去從未有過的疑惑……他很納悶：以往的幾封"綠色來信"，無一例外，簡直都是精準的"工作指導"，憑藉來信提供的信息，徐滔高效、出色地完成了幾個案子的偵破任務。但同時，也無一例外的是：信封上留的回郵地址，每次都不同，但都是假的；而且，除了信封之外，信封裡面的小紙片，也一概沒有留下任何指紋……這充分說明，暗中幫助自己的"貴人"，絕對專業，絕對是行家裡手，也絕對了解他的工作，甚至對他本人，也可能已了如指掌，而自己的一切，似乎都逃不出暗處這雙"眼睛"的視野……

這"貴人"到底是何方神聖呢？難道是同系統的同行，或不同系統的同行，還是……徐滔無法想下去。

但十月二十七日上午十時正的羅勃倫拍賣會，這意味著什麼呢？或者說，這暗示著什麼呢？難道也是與某一個案子，某一個作案嫌疑人有關嗎？以往的"綠色來信"，都把作案嫌疑人詳盡的資料、偵查路線、破案關鍵，等等，提點得清清楚楚。然而這一次，既無提供具體的"獵物"，又無具體的"業務提示"；再說，"Omnipotent John"，顯然是一個再普通不過的美國猶太人的名字——有這名字的美國猶太人，少說也有五位數。難道"Omnipotent John"也跟自己的工作有關嗎？這"Omnipotent John"是某一案件的嫌疑對象呢，還是有用的"線人"？發這封"綠色來信"的"貴人"，是在提供重大線索，還是……而"貴人"這次的做法為何跟以往的風格迥然不同？其真正的意圖又是什麼呢？

徐滔一時想不明白，但不管怎樣，拍賣會還是要去的。

在舊金山附近，一片美國西海岸少見的法國梧桐小樹林旁邊，外墙純白色的、面臨太平洋的典雅、華貴的希爾頓五星級酒店，沐浴在溫柔的陽光裡。今天，兩年一次的羅勃倫藝術品拍賣會，即將在此舉行。

酒店旁邊寬闊的停車場，不知從什麼時候開始，便已陸續開進了了懶洋洋的勞斯萊斯、奔馳、寶馬、凌志……

本來，一般的拍賣會，都是一年兩期，分春季拍賣和秋季拍賣，如著名的拍賣巨頭佳仕得、蘇富比的拍賣會。而以拍品高檔、罕見著稱，以及兩年才一期的羅勃倫藝術品拍賣會，則更吸引全美的，以及國外的各種有心人士。

清晨，徐滔開著他那輛半新不舊的銀灰色凌志面包車，第一個來到停車場。經過一個多小時的觀察，並無特別的收獲。於是，他也來到拍賣大廳。

這時，慕名者、尋寶者、獵物者、好奇者……已陸續來到了金碧輝煌、富麗堂皇的二樓大廳。大廳主台後面寬闊的牆壁設置了巨幅的液晶屏幕；屏幕上充滿動感的主題畫面，亮麗、雅緻、高貴；屏幕的旁邊，是一架史坦威三角大鋼琴，身穿一習白色連衣裙的金髮美少女正在輕輕地彈奏貝多芬的《月光奏鳴曲》。主台前面整整齊齊地擺著數十張有扶手的座椅，而這些座椅後面，寬敞的空地上站滿穿著講究的客人，有的在獨自喝酒，喝咖啡，有的在低聲閑聊，耐心地等候開拍。穿清一色湖水藍短裙的美女侍應端著放滿香檳酒、咖啡或精美點心的純銀托盤，臉帶微笑，在人群裡歡快地穿梭。

戴著變色眼鏡的徐滔，端著香濃的咖啡，似乎漫不經心地瀏覽眼前來來往往的男女。而在離自己不遠處的一個僻靜的角落，一名把圍巾遮住了幾乎整個臉的穿印度服飾的女人和身旁穿著名牌西裝，戴深色太陽鏡，對這名女人必恭必敬的男士，正在低聲交談。徐滔摘下眼鏡，留心望去，發現這名女人額頭紅色的"痣"，顏色已剝落一半……

"假的！"徐滔心裡明白。職業的習慣自然讓他注意起這個女人和跟她一起的男人。徐滔正想走過去……

"老弟，你怎麼也有閑心來這種場所？不是有任務吧？"突然，有人從徐滔身後貼近他耳邊輕輕地說。

徐滔一轉身。"怎麼是這個渾蛋？"徐滔一看是戴著橙色遮陽帽的"二狼"雷國雄，心頭馬上生起一陣厭惡。

他自然想起很久前的那封"綠色來信"引發的一幕幕……

正是那封"綠色來信"，一步步引導徐滔花了幾個月的時間，把雷國雄這個渾蛋偵查了個通透，終於把他"畫皮"撕下，徹底暴露出其"廬山真面目"。

　　然而，當徐滔把雷國雄的斑斑劣跡匯報給領導的時候，大大出乎徐滔意料之外的是，領導出奇地平靜，而且沒有當即表態，兩天後，領導給了他兩點指示：一、這純屬兄弟系統的"家事"與業務，我們不宜評判，更不宜插手，否則會影響團結，尤其是在國外，更須慎之又慎；二、把所有偵查到的有關雷國雄的資料，爛在肚子裡，不得外傳，更不許越級報告。同時一再強調，這是上級部門一位領導人的意見……

　　一個到海外偵查官員貪腐案的政府特派員，竟然高調自詡"欽差大臣"，利用職務與權力之便，抓住偵查對象的"軟肋"，肆無忌憚地威迫利誘，明目張膽地進行敲詐勒索，財色雙劫，並把不義之財肆意揮霍，出入豪華夜總會、大牌賭場，一擲萬金，這算哪門子"家事"與業務？

　　徐滔想不通，無論如何也想不通！

　　後來，在舊金山灣區的中國知青舉辦的活動中，徐滔又有兩次見到年紀雖已很大但仍是油頭粉面，全身名牌的雷國雄。盈盈悄悄告訴他，這就是她父母當年下鄉務農時，被易平叔叔狠狠教訓過的知青敗類——人稱"二狼"的雷國雄。其實徐滔心知肚明，但他卻不露聲色，饒有興趣地聽盈盈講述她媽媽當年那次驚險的故事。當然，講故事的媽媽是不會把當時的所有細節都向女兒講述的……

　　又過了不久，徐滔奉命到香港向領導匯報工作。

　　徐滔入住的光華酒店，地處遠離喧鬧的香港元朗。

　　這間內部稱為"香港國際文化諮詢服務有限公司的接待站"的酒店，是一間年代已久的毫不起眼的舊酒店。不過，雖然外表不怎麼合潮流，甚至顯得"土氣"十足，然而幾年前，酒店內部已悄悄地進行了"革命性"的改造：裝修是按五星級酒店的標準進行的，客房以及功能廳堂的設施、設備、用品，一點兒也不輸香港最高級的大酒店與寫字樓。更重要的是，這裡具有令所有入住者都放心的安全和保密的措施……

作為中央一些"特殊"係統在香港的不公開的上落站，入住者當然都是相關係統內的"自家人"。

這晚深夜，徐滔突然被走廊高分貝的吵鬧聲嘈醒了。職業的習慣使徐滔馬上穿好衣服，走出房間。

只見一個戴著橙色遮陽帽的男人，摟著一個衣著艷麗又暴露的女人正用粗言爛語，破口大罵不讓他強行登記入住的樓層經理。

"同志，你評評理，這位女士既沒身份證，又沒有我們內部的證明，按規定，是不能入住的。"樓層經理是個頭發花白的老人，他望了望徐滔，然後向罵人者耐心解釋。

"請不要罵人，有話慢慢說。"徐滔心平氣和地對罵人者說。

"你少管閑事！去他媽的，我有證件，她是我老婆，怎麼就不能入住了？！"罵人者更來氣了，頭也不回地說。

"没有證明，老婆也不行！"樓層經理也寸步不讓。

"你到底辦不辦？"罵人者掄起拳就要打人。

徐滔正要趨前製止，然而，罵人者不僅拳頭突然被一只有力的大手死死鉗住，而且還被"賞"了一記響亮的耳光。

罵人者被揍得兩眼直冒金星，正要發作，"老師……"他扭過頭一望，馬上洩了氣。

"別叫我老師！你不配！既然能入住這裡，就不是外人，你就更應懂規矩，守紀律！我真懷疑，就你這德性，怎麼就能混進我們的隊伍，怎麼能幹我們這一行！我這是代你的爹媽教訓你，代你的領導教訓你！讓你長點記性！滾！"給罵人者搧耳光的，是一位身材高大、強壯、魁梧的長者，他那憤怒的臉變得怪嚇人的，左眉頭一顆綠豆般大小的痣，在不安地跳動。他轉身對樓層經理笑道："老張，你怎麼就不給機會這渾蛋，讓他好好嘗嘗您的混元掌！我看你也很久沒開葷了，是吧？"

　　樓層經理也笑道："是的。我已忍無可忍了，如果不是你老弟先出手，這渾蛋，我少說也要讓他躺個把兩個月！敢向我出手？也不撒泡尿照照自己！"

　　徐滔定眼一看：與樓層經理說話的長者，原來是行內的一位老行尊，徐滔在一些會議上不止一次見過他；再看看拉著女人抱頭鼠竄的被揍者，也並非別人，正是盈盈曾跟他提過的"二狼"雷國雄。

　　徐滔和"二狼"雷國雄就在這樣的場合正式"認識"了。

　　由於盈盈的緣故，徐滔這兩年參加了不少舊金山灣區中國知青的活動，因而認識了一些移民來美國的知青。他不僅認識了盈盈的媽媽白薇阿姨，還認識了與白薇阿姨當年一起到陽平山區下鄉插隊、現在也移民來美的知青好友林家三兄弟中的大哥林間和老三林野叔叔、王思哲叔叔、易平叔叔等。作為當年北京知青的後代，徐滔對中國特殊歷史時代產生的特殊群體——知青，有著一種很深厚、很特殊的感情，或者說，是一種既親切、又陌生，既敬佩、又惋惜的說不清，道不明的情愫。無論是至今尚在祖國打拼、奮鬥，事業有成、創造輝煌，還是當年偷渡到香港，再輾轉來美國討生活，或是通過自費留學和親屬關係移民到美國發展的，在這些知青，包括自己敬愛的父母的身上，徐滔看到了一種超乎尋常的"韌"性——一種無怨無悔，始終不渝地，背著沉重的十字架默默努力，默默積累，默默奉獻，默默前行的"韌"性……而正是這種"韌"性，鮮明地體現中華民族閃光發亮的內核，正是他們，代表了中華民族的過去、現在與未來；他們，是我們民族的脊梁骨……

　　然而，知青這一群體，居然也有雷國雄這樣的敗類！雷國雄在拍賣會這種場合出現，難保他只是來工作而不是來"獵艷"的。

徐滔收起思緒，慢慢地説：“我喜愛欣賞藝術品，來開開眼界。你呢？”徐滔耐著性子回答“二狼”的問話。

“我也是，我也是。”“二狼”言不由衷地説，“不過，小老弟你想了這麼久才答我，想必是‘醉翁之意不在酒’吧？……”“二狼”眨了眨狡黠的眼睛又説。

正在這時，徐滔突然聽到有人喊：“Omnipotent John ！”

一位和“印度女人”一起的戴金邊眼鏡的男人扭過身子，滿臉笑容向喊他的人走過去。

“Omnipotent John？”徐滔心頭一震。

“抱歉！我約了個朋友，他到了。失陪！”徐滔懶得跟“二狼”糾纏，説完，便逕自離去，留下一臉錯愕的“二狼”在那發呆。

徐滔緊緊地跟在戴金邊眼鏡的男人身後。只見兩人寒暄幾句便分開了。

戴大墨鏡的男人就是 Omnipotent John ！就是“萬能約翰”！徐滔高興得幾乎控制不住自己有意裝成冷凝、板滯的表情。

這時，“印度女人”和“萬能約翰”已在最後一排坐下來。徐滔也在較遠處找個位子坐下了。

剛坐下不久，徐滔就看見又有三個中國人坐到“印度女人”和“萬能約翰”旁邊，而且五個人還小聲交談起來……

這時，拍賣會的主持人，羅勃倫藝術品拍賣公司的副總裁，著名的“冷美人”，高雅、傲慢的戈登夫人，不慌不忙來到會場前台宣佈：拍賣開始。

上半場的拍賣果然不負眾望。包括俄羅斯著名的風景畫家列維坦《秋日情景》系列、古印度章西女皇的鑲鑽寶刀、中國乾隆皇帝的和田玉雕龍玉珮等珍品在内的、交易金額高達三千六百八十多萬美元。毫無意外，與近幾屆的拍賣會一樣，上半場的競拍者，有幾乎75％都是通過電話和網上競價與交易。但令人意外的是，以往上半場與下半場的拍賣，會安排半小時的中場休息，但今天的中場休息，主持人戈登夫人宣佈：

"各位尊貴的客人，各位羅勃倫公司的新、老朋友們，我現在非常榮幸地告訴大家，今天下半場的拍賣計劃，有重大的改變：除了原來已安排的大部分拍品不變外，我們特別安排了一件不尋常的拍品——一把也許是偉大的小提琴製作大師、意大利的斯特拉迪瓦里於十七世紀三、四十年代製作的小提琴！"

話音未完，整個拍賣場霎時間沸騰起來。人們通過手機，通過電腦，在第一時間把這一重大信息發出去……戈登夫人看著激動的賓客，微微一笑。她接著說：

"各位尊貴的客人，各位朋友，我知道在座的，很多是小提琴的資深收藏家和愛好者，以及專業人士、行家裡手。我們本來不必班門弄斧，但我還知道，今天來捧場的，還有幾位非同凡響的新朋友。所以，我特意邀請了史丹福大學藝術系副主任、國際知名的弦樂權威柏格森教授，為在座各位介紹與本場拍賣的這把小提琴的有關情況和資料。下面有請柏格森教授。"

在幾分鐘的熱烈掌聲後，又過了一兩分鐘，一位頭髮、鬍鬚花白、西裝筆挺的男士，拿著一把老舊的小提琴，面帶微笑，慢慢地走上前台，來到戈登夫人身旁。他二話未說，就拉起琴來……

……柴可夫斯基《D大調小提琴協奏曲》第二樂章的慢板旋律，在寬敞的大廳裡迴蕩……

濃烈、淳厚、深沉、寬廣綿延的低音飽含著無窮無盡的感傷、憂鬱與哀怨……

被優美的琴聲陶醉的人們還未反應過來，小提琴高音區甜美、清亮的琴聲就像一股新鮮的空氣，在安靜的大廳裡歡快地游弋。人們不由自主地被帶進了門德爾頌《e小調小提琴協奏曲》

第一樂章熱情、柔美、歡暢的境界……

拉奏完兩首著名小提琴作品的兩個樂章後，柏格森教授終於放下小提琴，他打斷了人們熱烈的掌聲，高舉手中的小提琴，臉泛紅光，不無激動地說：

"各位尊貴的客人，這是我一生中拉過的最好的小提琴！這也許是偉大的小提琴製作大師、意大利斯特拉迪瓦里親手製作的小提琴！而且也許是他製作的黃金時期的傑不知道我剛才不够專業的演奏，有没有影響了大家對這把琴的聲音的判斷與評價？"

"您拉得很好！"

"好！"

"您拉得好極了！"

"好！"

大廳響起了彼起始伏的喝彩聲。

柏格森教授接著說：

"在座的很多朋友可能都知道，我從來不參加商業活動，今天是例外。原因就是因為這把小提琴——我不想錯過這一難得的鑒賞、研究的機會。

"經過十多天的拉奏和推敲，我敢肯定，這絕對是一把不同尋常的小提琴製作中的精品，難得一見的偉大的精品！相信剛才大家都聽到了，這把琴宏亮的聲音簡直爆滿了大廳的整個空間！其聲音的穿透力更令人驚忭！

"當然，宏亮的聲音只是一把好琴必備的基本要素之一，這是不難做到的；而無論是古典的，還是現當代的小提琴演奏藝術家，都十分重視琴的音色，有的小提琴演奏藝術家對琴的音色的要求，甚至到了苛刻的地步。而這把琴的琴音頻譜完整，四根弦發音均勻，琴的音色純净、圓潤、優美，尤其是G弦的淳厚、濃烈、深沉；E弦的清甜亮麗、燦爛輝煌，簡直是無與倫比的！"

這時，戈登夫人從台側走到前台説：

"非常感謝柏格森教授出色的演奏，以及同樣出色的講解！下面，大家可以就有關這把小提琴的資料提問題，並請柏格森教授為大家解答。"

"請問柏格森教授，您剛才説，這也許是'偉大的小提琴製作大師、意大利斯特拉迪瓦里製作的小提琴'。我是不是也可以理解為，這把小提琴也許不是偉大的小提琴製作大師斯特拉迪瓦里製作的小提琴？您能否説明您用'也許是'這個詞的真正含義？"一位不修邊幅的中年男子問。

"請問柏格森教授，這把琴有'出世紙'嗎？"還未容柏格森教授回答，人叢中又有人大聲問。

大廳響起了一陣輕輕的議論聲。

柏格森教授正想回答，戈登夫人對著柏格森教授做了一個阻止的手勢，然後從容不迫，皮笑肉不笑地説：

"非常感謝兩位先生的提問！對於這兩個問題，請允許本人來回答。"

大廳馬上安靜下來。

"首先，我想告訴大家的是，這把已有兩百多年歷史的小提琴，並沒有'出世紙'……"

戈登夫人説。這時，大廳靜得令人窒息。戈登夫人環視了整個大廳，依然臉帶微笑繼續説：

"而且，這把琴裡面，也沒有製作者的簽名、製作時間和產地，甚至連一張小小的商標紙都沒有……"戈登夫人説到這裡，大廳頓時炸了鍋。

"請大家少安毋燥。這把琴雖然沒有'出世紙'，沒有商標紙，但是，享有國際聲譽的提琴鑒定專家，全美提琴家協會評鑒委員會的布迪教授，以及同樣享有國際聲譽的鹽湖城小提琴鑒定中心的終身顧問、著名的提琴鑒定大師康德先生，都為這把小提琴作了具有法律效力的書面評鑒。是的，他們的《鑒定書》都没有明確指出此琴確切的製作者。但是，他們的《鑒定書》對這把琴的評判有著堅實可靠的專業基礎與科學技術作為支撐與保證——這把琴的木材、顏料、油漆，以及各種各樣的技術數據，通過高科技手段嚴格的測定與對比，已證明它與世界公認的斯特拉迪瓦里名琴並無差異。所以，我們的鑒定專家，對此琴評價，堪比他們以往對斯特拉迪瓦里提琴作品的評價。"戈登夫人説完，便向身旁的柏格森教授笑道，"不過我想，還是請柏格森教授為我們作更多的補充説明吧！"

柏格森教授朝戈登夫人回報一笑，向前走出一小步，然後向著大廳不慌不忙地説：

"非常榮幸，能再次有機會為大家再作些補充説明。

"現在，我最想告訴大家的是，作為當今國際知名的小提琴鑒定專家，布迪教授是一名出色的聲學物理學家，一名出色的音樂聲學物理學家；確切地説，是一名國際小提琴聲學研究領域的權威。所以，他以現代科學技術為强力支撐的鑒定，有著不容置疑的權威性！

"多年來，布迪教授已為二三十把疑似斯特拉迪瓦里製造的小提琴作過成功的鑒定。而且，這位經驗已達到爐火純青境界的鑒定大師，為當代小提琴鑒定與製作的最大貢獻之一，就是研究出斯特拉迪瓦里製造小提琴的極其重要的獨門'秘訣'——小提琴'弧形結構系數'，也就是著名的'斯特拉迪瓦里弧形結構系數'。布迪教授在其《鑒定書》中用科學數據有力地證明：我們有幸遇見的這把琴，也完全符合'斯特拉迪瓦里弧形結構系數'。至於一直被世界提琴界採用的、測定小提琴音色個性特點的'揚氏模量'的'波節線'、'振幅線'和'正弦波發生器'的'克拉德尼圖形'，那就更不在話下了。

　　“總之，與斯特拉迪瓦里小提琴製作生涯黃金時期製作的輝煌作品：比如專門為當時的教皇奧爾西尼、為奧地利薩爾維拉伯爵製作的琴，以及有多名演奏大師先後擁有過的著名的‘彌賽亞’琴、用當時風靡歐洲的演奏家維奧蒂的名字命名的‘維奧蒂’琴、在當代享譽國際樂壇的日本小提琴家諏訪內晶子擁有的著名的‘海豚’琴，等等，與這些著名的斯特拉迪瓦里製造的小提琴對比，並沒有差別！

　　“而另一位小提琴鑒定的權威康德先生，則從另一個角度告訴我們：對製作小提琴的材料十分苛刻的斯特拉迪瓦里，在其黃金時期製作的偉大作品，無一例外都採用本地的倫巴第木材——而當時絕大多數的同行則喜歡捨近求遠。於是，倫巴第木材便成了這一時期斯特拉迪瓦里琴的特徵之一。而我們眼前的這把琴，經科學技術檢測，其用料正是地地道道的倫巴第木材！

　　“同時，康德先生還指出，斯特拉迪瓦里的偉大，在於他以上帝給予的天才，創造性地完善了小提琴：他增加了琴體的長度與寬度，側板的外形更彎曲，琴角則更直。而更令我們意想不到的是：這位強調均衡、對稱、和諧的製作大師，他製作的琴，兩個‘f’孔，卻無一例外都是大小不對稱的！根據低音與高音傳遞與散播的不同來決定兩則‘f’孔的大小有所差異，這是斯特拉迪瓦里與同時期的同行截然不同的特点，康德先生認為，正是這一特點，彰顯了斯特拉迪瓦里的天才，並成為鑒定斯特拉迪瓦里琴的重要依據。

　　“所以，我非常認同布迪教授和康德先生對這把琴的鑒定。謝謝大家！”

　　戈登夫人帶著滿意的笑容，向柏格森教授致謝，然後接著說：

　　“當然，我們更看重的，是鑒定專家享譽全球的專業素養、評鑒經驗以及無可替代的藝術直覺！在這裡我就不多說了，因為我們已經有充分的信心與把握，可以大聲地說：我們面前的這把小提琴，是名副其實的精品、偉大的精品！而且，極有可能，就是斯特拉迪瓦里本人的遺世傑作之一。當然，如何評價這把小提琴，見仁見智，悉聽尊便。但我相信，在座的小提琴製作、演奏、教學、鑒賞、收藏、銷售等領域的朋友，都不會懷疑布迪教授和康德先生在這方面的權威性，都不會懷疑我們面前這位同樣也是小提琴鑒定方面的世界級權威柏格森教授，對這把小提琴的高度評價吧？"戈登夫人說完，略為停頓，接著笑道：

"所以，女士們、先生們，我毫不懷疑：這幾位國際公認的權威專家的鑒定，還有諸位在場親耳聆聽的感覺、感受與體驗，一定比那張兩、三英吋的商標紙更重要！"她一邊說，一邊示意早已站在自己身後的兩位西裝筆挺的年輕人走到前台，展示布迪教授和康德先生的《鑒定書》。

人們爭先恐後擠到台前，紛紛用相機、手機拍照。

"十五分鐘後，拍賣正式開始，請大家作好準備。"戈登夫人莊重宣佈。

這時，大廳又進來不少人。

拍賣開始前的場面這時熱烈起來。

"眼觀四路，耳聽八方"的徐滔清清楚楚地聽到，不少人肆無忌憚地議論的話題，都是將這把琴與一年前轟動全球的一則新聞聯繫起來——那則新聞說，小提琴製造業的"聖地"、意大利克雷蒙那鎮博物館的鎮館之寶——一把斯特拉迪瓦里製作的小提琴被偷了。傳說這把琴現正流落在美國……還有人議論，羅勃倫藝術品拍賣公司推出的這把小提琴，很有可能就是那把被偷的克雷蒙那鎮博物館的"鎮館之寶"；而深諳美國法律的拍賣公司聰明的老闆，可能在第一時間就剝除了琴內的商標紙，或有製作者簽名和作品編號的任何紙片……

徐滔當然明白：這在你虞我詐、唯利是圖的商業世界，有什麼不可能？

徐滔還注意到：與近年拍賣會一樣，網拍也成為本場拍賣的特點之一；而與近年拍賣會不一樣的，是網拍已成為近年拍賣的主要方式了。現在，拍賣已到了最後關頭，只剩下2號、6號和7號這三個網上競拍者。

一直在細心觀察的徐滔，早已知道"印度女人"和"萬能約翰"就是三個網上競拍者其中之一。而"萬能約翰"則是"印度女人"的網上競拍的操作者；不用説，與他們一起的三個中國人，肯定都是懂行的"高參"了。

現在，出價已高達 4,800,000 美元……

突然，後排和"印度女人"一起的那幾個人出現了一點騷動：看上去像是"萬能約翰"身體不適，停止了手提電腦的操作。當徐滔急步走近"萬能約翰"，看看是否需要幫助時，竟意外聽到"印度女人"與三個中國人正用漢語輕聲交談……

競拍仍在平靜地進行著。

過了幾分鐘，當"萬能約翰"喝了幾口"印度女人"遞給的礦泉水後醒來時，競拍已結束了：這把令人矚目的小提琴，最終由神秘的7號網上競拍者戰勝6號網上競拍者，以5,080,000美元競得。始終注視著"萬能約翰"的徐滔，敏鋭地捕捉到這個猶太人目光中閃現的自責；以及那個"印度女人"與三個中國人顯現出來的萬般的無奈、惋惜、失落與沮喪……

正在這時候，徐滔看見林間和一位漂亮的女人滿頭大汗地走進大廳。當他們兩人知道拍賣剛剛結束，便又悔又恨，互相埋怨起來。

徐滔記得，女的是在舊金山灣區的中國知青舉辦的一次聯歡活動中，與盈盈合奏貝多芬小提琴與鋼琴《春天》奏鳴曲的拉小提琴的蘇玲。徐滔記得盈盈還講過，她就是易平叔叔和白薇阿姨那些陽平知青朋友，不止一次提過的揮金如土的年輕富婆。聽說，她的丈夫是大陸的一個大官，至於她是元配，還是"小三"，就不得而知了。如今，她是陪讀媽媽——雖沒有兒女，但有一個天生笨拙、貪玩懶散的表外甥，跟林野老師學琴。學了整整三年，居然連兩個八度的音階都沒拉準。林野多次發火，要堅決辭退這個學生。無奈蘇玲曾在省音樂學院學過小提琴專業，又是"琴媽團"的團長，加上大哥的說情，只好作罷。他知道，蘇玲由於小提琴要維修與調音，與大哥一來二往，已經成了好朋友，所以，大哥這個面子，林野他無論如何是不能不給的。

徐滔非常理解林野老師。而林間則成了蘇玲尋找好琴的首選"高參"，那也是再自然不過的事了。至於這場在家門口的拍賣會，蘇玲當然不想錯過，於是第一時間就約了林間來幫忙，就更是順理成章的事了。

徐滔想到這裡，便站了起來，走上前跟他們打招呼。"小徐，你也是為找琴來拍賣會嗎？"林間問徐滔。

"不是的。這可是天價琴呀，我哪敢做夢！我不過喜愛欣賞藝術品，順便見識見識世界級好琴，開開眼界而已。您的目標應該是這把琴吧，為何這樣遲才來？都已落槌了。"徐滔瞄了蘇玲一眼說。

"是呀！我答應幫'團長'找靚琴，這次專場拍賣怎能錯過？可是人算不如天算：在半路上車爆呔了！你說倒霉不倒霉？"林間一臉懊喪，"琴怎麼樣？"林間問。

"棒極了！尤其是低音！"徐滔說。

"是你未來的丈母娘競投得手吧？"林間湊到徐滔的耳邊，低聲問道。

"什麼？沒見她來呀？"徐滔一臉疑惑。

林間向"印度女人"方向使了個眼色，又湊到徐滔耳邊悄悄地說了幾句。

徐滔恍然大悟。"慚愧！自己還是吃專業飯的，真没用！"他一邊自責，一邊把目光投向"印度女人"……

"不過得主不是她。"徐滔對林間說，"是一位没有公開身份的網上競拍者贏了。"接著，徐滔向林間扼要地講述了競拍中幾個重要節點的情況。

林間和蘇玲聽了，連叫可惜。

離開拍賣場後，徐滔一邊開車，一邊思考。他不明白，為什麼白薇要來這場拍賣會，而且還參加了這次小提琴競投？為什麼她要喬裝出現？而Omnipotent John，這個"萬能約翰"，與白薇到底是什麼關係？難道白薇也與"綠色來信"有關？……

一輛白色的寶馬500冒著傾盆大雨在高速公路上以逼近違規的速度飛馳而去……

白薇很喜歡開快車的感覺。早些年在澳大利亞，有時忙工作忙昏了，就上高速公路開快車減壓，因超速被抄牌吃罰單已不止一次，甚至還被停過駕照。來美國後，在高速公路上開快車，還成了白薇一好了。當車子像脫繮的野馬在高速公路上奔馳時，白薇感到自己整個人都釋放了，超脫了，飛騰起來了，而那些不分白天黑夜，没完没了困撓她的壓力、煩惱和困惑，隨著在耳邊呼嘯而過的涼風，消逝得無影無蹤……

雨停了。

競拍失敗滋生的沮喪令白薇多次不顧紅綠燈管製，終於衝上了高速公路。

白薇將車窗輕輕地打開一條小縫，一股帶著水氣的清爽的風馬上吹進了車厢。

此刻，白薇冷靜下來，把車子停在路邊的臨時停泊區，她打開車子的天窗，望著蔚藍的天空，嘆了一口氣，然後給約翰打電話——當然，她首先安慰約翰，請他不必因為身體突然不適而錯失了競拍成功機會的事而自責；其次，她告訴約翰，她對這把琴尚未死心，請他儘快想辦法打聽一下：到底"花"落誰家？有没有可能多花錢就可以讓琴主放手？最後，她請約翰安排下週與她一起到賽班島處理財務的行程……

白薇最近心情很煩躁，而且，幾乎每個夜晚都做夢，而夢中的"主角"，竟然無一例外都是"他"！那張剛毅、俊朗的臉龐，刻板而又陰沉；清澈的雙瞳，不乏憤懣與怨恨。無論是白天，還是夜晚，看書，看一頁半頁就看不下去；看電視，以往每晚必追的熱播的電視連續劇，也趣味索然；唯有由Panasonic環繞聲多聲道音響系統播放的，美國當代著名青年小提琴家Josh Bill演奏的小提琴曲《啊，我親愛的爸爸》那百聽不厭的憂傷的旋律，才能令她積壓得厚厚重的情緒得以渲洩……

當初，以為是更年期綜合症吧，找家庭醫生諮詢，卻說是工作壓力太大，還建議她減少每週工作量，安排一些短期旅行。而最好呢，是多做愛……

白薇被搞得哭笑不得。其實，她心裡明白得很，只是不想承認，不想面對罷了：一切的煩躁、不安，心神不寧，根源就在"他"……

一幕幕不想回首但又難以忘懷的往事，此時卻像脱韁野馬，奔馳而來……

第四章

舊金山音樂學院小演奏廳。

林野為學生們備戰國際維尼奧夫斯基小提琴大賽而舉辦的教學公開課將在這裡進行。他的十幾個準備競逐大賽初選"入場券"的學生，連同他們的家長和其他同學，提早一個多小時就到了演奏廳，加上聞風而來的各方人士，五六十個座位現已座無虛席。

公開課首先由林野老師的兩名學生——十七歲的南韓裔女孩金美妍和十五歲的華裔男孩易寧分別作了維尼奧夫斯基升f小調和d小調兩首小提琴協奏曲的演奏示範。

兩名學生的演奏都非常成功，已習慣了林野老師嚴厲、苛刻，不苟言笑作風的學生和家長們，不約而同地注意到林老師臉上掩飾不住的滿意的笑容。

林野離開第一排的座位走上台。

"家長們，同學們，大家都知道，維尼奧夫斯基小提琴大賽是很重要的國際大賽，每一屆的大賽，世界各國都有傑出的選手參賽。就技術、技巧，以及對作品的理解和表現而言，我看好我們的這兩位同學以及坐座的一些同學，跟這兩位同學同樣具備參賽實力的同學。但是，大家知道本屆大賽的評委會主席是誰嗎？是朱麗雅音樂學院的奧迪雷教授！以重視小提琴音色，重視演奏者對小提琴音色的把握和發揮的奧迪雷教授！"

演奏廳馬上響起了一陣議論聲。

　　奧迪雷教授出任大賽的評委會主席，準確無誤地向所有與參賽有關的人傳達出一個極為重要的信息：參賽者必須是把握和發揮小提琴音色的優秀人才！而參賽者的琴，那就更不必說了。

　　"請大家安靜！"林野繼續説，"其實不用我説，大家都一定明白，本屆大賽不僅對參賽者，而且對琴本身，都有很高的音色方面的要求——不過我相信，這決不只是本屆大賽的要求，隨著人們音樂品味和欣賞水平的提高，今後無論什麼賽事，這一要求，都肯定只會越來越高。

　　"現在，讓我們從這一點切入，一起來分析剛才兩位同學的示範演奏吧。

　　"我們知道，維尼奧夫斯基是僅次於帕格尼尼的偉大的作曲家兼演奏家，他創作的作品，閃爍著熱愛祖國，熱愛人民的波蘭民族主義思想的光芒。剛才大家聽到的這兩首協奏曲，都充分表現出作曲家這一特點。作品的輝煌燦爛、豐富絢麗的色彩，讓我們的兩位同學通過高超、嫻熟的技巧表現得淋漓盡致。應該説，金美妍同學拉奏的力度略嫌不夠，但她的意大利當代名家Antonio 製作的琴，聲音宏亮，穿透力強，在很大程度上彌補了演奏者的不足。再看易寧同學，無論是對斯拉夫民族的豪放、粗獷，還是作曲家骨子裡熾熱、深沉、濃濃的愛和追求，都拿捏得準確到位，表達充分，強弱變化，節奏變化，色彩變化，把握得太好了。尤其是第二樂章的慢板樂段，感人至深呀！可惜，他使用的這把法國當代名家Aldric製作的琴，雖然聲音宏亮，但D弦和G弦的音色不夠渾厚，穿透力也不够理想。如有一把更好的琴，相信易寧同學一定發揮得更好。為了進一步説明我想要説的，現在請康小凱同學上台拉d小調三個八度的音階和琶音。"

　　與媽媽坐在一起，毫無思想準備的康小凱慌忙打開放在媽媽的膝上的琴盒，拿出琴和弓，從演奏廳的最後一排匆匆走上舞台。他一隻手拿著琴和弓，另一隻手慌裡慌張地試圖撫平褪色舊外套上的皺痕。

音階和琶音雖然拉得準確、流暢，但琴的音量很小，而且聲音粗糙、乾澀。

望著拉完琴仍手足無措的康小凱，林野輕輕地嘆了一口氣，然後向台下說：

"相信大家不一定都認識康小凱同學，因為他性格內向、沉默寡言。但我也相信，他剛才準確而又流暢的拉奏一定已給大家留下了深刻的印象。是的，這是一位刻苦用功，勤奮努力的同學，無論羅威爾高中這所名校的功課多忙，他每天都能練琴三四個小時。在座有多少人做得到？而且，康小凱同學天分也不差。但遺憾的是，這把用幾百美元從舊貨商店買的小提琴，已嚴重地妨礙了康小凱同學的提高與進步。試問，由於長期習慣了粗陋、低劣的小提琴音色，因而麻木不仁的耳朵，能為演奏者敏銳地感覺、感受、捕捉音色，從而拉奏出美好動人的音樂嗎？

"所以，在強調人的因素的前提下，請同學們和家長們也重視琴的因素。相信大家都知道，我一向反對認為初學時對琴的要求可以不那麼講究，待水平提高了，再考慮換把好琴的想法。這簡直是莫名其妙，甚至是荒唐的想法！我一向認為，每一位家長都應該明白，孩子從學琴的第一天開始，就有一把音色好的琴，就習慣、熟悉美好的音色，這對於一個小提琴的演奏者，一個小提琴演奏藝術家的成長與成功，絕對有不可低估的重大作用和意義！所以我提議，倘若經濟條件允許，應盡可能為孩子找一把好的琴。當然，不少同學的琴都很不錯了，但也需要定期調一調，讓琴的音色、音量達到理想的狀況。"

隨後，林野解答了一大堆同學和家長有關參賽的提問。

在教學公開課結束前，林野請他的大哥，全美著名的華裔小提琴製琴師林間上台講話。

“首先，請大家不要誤會。我不是藉此機會來做商業廣告，來招攬生意的。因為我的琴行囊括美西數個專業樂團的大、中、小提琴的保養、維修、調理與面向全美銷售的業務，生意十分繁忙，完全没有必要再到此拓展業務。但林野要求我，為他的競逐國際維尼奧夫斯基小提琴大賽初選‘入場券’的學生在最短的時間内免費調琴，把琴的音色調到最佳狀態。我答應了。此外，我的琴行最近有幾把樂團琴手寄售的琴，都是歐洲老琴，價值不菲，但我分文不賺，原價售出。本琴行其他的琴，也七折出售。請有維修、調音與購買需要的同學和家長與我聯絡。這是我的名片。”説完，把一盒名片放在舞台的邊上，就匆忙走出演奏廳。

林野眼尖：一位並不陌生的時髦女士離開座位，在演奏廳大門口追上了林間，然後手挽手一起離去。

“唉！到底還是粘上了……”林野嘆了一口氣。

當人們離場後，康小凱和媽媽商量後，一起來到正在關閉場燈的林野老師跟前。小凱用幾乎哀求的語氣，請求林老師在感恩節大假期間務必抽時間家訪，説服他爸爸，為他買一把好的琴。

林野忖思：雖然來美多年了，但當汽車保管站夜班收費員的小凱爸與當大酒店廁所清潔工的小凱媽，收入並不高呀，能有多少錢買琴……

“我們有……錢……我們……有……但……他爸……”小凱媽搓著雙手，語無倫次地説。

林野想了一下，答應家訪，並商定了家訪的時間。

林野想不到康小凱的家是在舊金山市區邊上這個治安出了名不好的海豚住宅區。他寧願提早把車停在保管站，多走一些路，也不敢把車子停在這附近。

在走過一段飄逸著大麻氣味、髒亂不堪的人行道之後，林野好不容易才找到康小凱的家。

林野敲門幾乎有十分鐘後，康小凱的高大健壯的父親才慌失失地把門打開。

這是舊金山常見的用車庫改成的住房。為了解決近年住房奇缺，房價、房租不斷飈升的嚴重問題，舊金山市通過了車庫改成住房合法化的法例。相對正常的住宅，車庫住房的房租會低廉很多。

"林老師，您不是説，明天才……"康小凱的父親小心翼翼地問道。

"不好意思，康先生，是的，我跟小凱同學約定的是明天，但我明天另有安排，只好提前了。由於您家沒有電話，無法知會，對不起了！"林野連忙道歉。

林野坐下後，康小凱的父親依然慌失失的。他翻箱倒櫃，始終找不出一只茶杯，哪怕是塑料的或紙的。

"林老師，讓您見笑了，因為我們家從來沒接待過客人……"小凱媽拿出一隻小的飯碗權當茶杯，給林野倒了一碗開水，漂亮的臉龐流露出愧疚與不安。

"就你話多！"康小凱的父親狠狠地瞪了妻子一眼，輕聲地罵了一句。

"這也好呀，請不必介意。"林野説，他端起飯碗，喝了一大口開水。他環視四周，發現從天花板到四面墻壁，都裝置了材料高檔的隔音設備；連玻璃窗和門，也是雙重隔音的。

"哇！我看就算是FBI探員，也絕對無法在外面竊聽你們家的秘密！"林野開玩笑説。

"什麼？林老師，您剛才在外面看見FBI探員？"康小凱父親的臉色瞬間煞白，他不無驚慌地問。

"没有！没有！我只是開玩笑罷了。"林野笑了。

「真的？」康小凱的父親認真再問。

「真的！」林野不得不嚴肅再答。

康小凱的父親這才舒了一口氣。

康小凱和媽媽面面相覷，顯得十分尷尬。

「我有很嚴重的神經衰弱，一點點的聲響，我都會驚醒，無法再入睡，所以，寧可少吃點，少穿點，也把隔音裝了。」康小凱的父親故作輕鬆地解釋。他想，隔行如隔山，林野老師怎可能知道，這裡裡外外的隔音設置，是花了好幾萬美元才搞好的……

在整個空間都彌漫的濃烈的咸魚頭煲豆腐氣味的客廳中，林野直話直說，表明來意：康小凱是學琴的眾多同學中較為出色的一位，希望家長能盡快為這個既聰明又勤奮的孩子買一把好的琴，讓他參加本屆國際維尼奧夫斯基小提琴大賽。

「林老師，真的很感謝您的好意！但我們收入有限呀！請容我們考慮考慮。」康小凱的慌失失的父親可憐兮兮地說。

「林老師，要買一把較好的琴，大約需要多少錢……」康小凱媽膽怯地問。

「公開課那天，你們不也聽到了嗎？我大哥的琴行有幾把寄售的好琴，最貴的，恐怕要幾十萬元，便宜的，也要十萬、八萬元吧，但我大哥已經說好了，我的學生要到他的琴行買這些寄售琴的話，一律按原價出售。此外，我大哥琴行也有好琴，一律七折出售。」林野回答，「不過，如果你們實在有困難，我今晚再找他說說，私下請他再優惠些。到時候，你們拿上我的名片到他的琴行就可以了。但不能張揚呀。」林野誠懇地說，並遞上一張名片。

康小凱和媽媽一聽，同時把熱切期盼的目光投向小凱的爸爸。

康小凱的爸爸一直皺著眉頭。他想了想，很不情願地說：「既然林老師都幫到這份上了，好吧，我試試，找親戚朋友想想辦法。」

康小凱和媽媽頓時心照不宣，相視而笑。

"謝謝爸！"康小凱高興得一下子抱住了爸爸。

"好了，好了！我要上班了。"康小凱的爸爸推開小凱，和林老師道別，他對妻子和兒子不斷打眼色，並再三叮囑，不要耽誤林老師太多時間。然後才顧慮重重地戴上帽子、口罩和超大的墨鏡，拿著一把大雨傘，極不放心地出門而去。

"林老師，我家有錢，只不過我爸不想讓人知道罷了。他也從來就没什麽朋友，也從不與親戚來往。我爸以前是當領導的⋯⋯"康小凱正要說下去，小凱媽連忙笑著插話：

"哈哈！其實，我們也没很多錢，在大陸時也好，現在來美國也好，打工一族，能有多少錢？他爸是怕小偷認得和惦記呢！"

林野一點兒也不覺得好笑。他腦海裡，突然浮現出俄國大作家契訶夫著名的小說《套中人》中，那個每天都如履薄冰，在恐慌中度日如年的主人公。他難以想像：没有家居電話，没有手機，不與任何人聯絡、交流，把自己裹得嚴嚴實實的，關在密不透風，幾乎窒息的巢穴，没有陽光，没有享受，没有快樂，這叫哪門子生活？在中國大陸六七十年代城市居民普通之家餐桌上的咸魚頭豆腐湯，幾十年後居然在幾乎是全球最富裕國家的最富裕城市，當作美味佳肴出現在一個三口之家⋯⋯從昔日"當領導"的"貴族"，到今天不得不喝咸魚頭豆腐湯的"低端"人家，林野為這家人感到悲哀，也感到十分困惑：這到底是"崇洋媚外"的"流行病"作祟，令他們不顧一切，爭相來美國逐夢，圓夢；還是另有隱情與苦衷？⋯⋯

直到一年多以後，林野看見前來復琴的康小凱，手臂上戴著黑袖章。一問，才知道是他的父親去世了。原來，康小凱的父親本是大陸的官員，攜帶了連妻兒也不清楚的一大筆錢輾轉來到美國。但始終一直低調做人，低調生活，生怕"露富"。没多久，就患上恐懼型精神分裂症，開始時病情尚輕，但後來越來越嚴重，加上又忘記了有大數額存款的賬號和密碼，於是又急又驚，中風死了。

這是後話了。

離開康小凱家，林野來到大哥林間的別墅，一進門就說明來意。

林間把弟弟帶到琴房，關上有機玻璃大門說：

"老三，你來晚了！連寄售的在內，六把好琴已全部被買走。簡直是供不應求呀！怪你自己好了，也不先來個電話！"

"這麼快？想不到！六把啊！才三兩天工夫！"林野感到十分意外。

"想不到吧？你想不到的，多了！"林間告訴驚愕不已的林野，"第一，全部買主都不約而同，張嘴就要買'最貴的'而不是'最好的'，而且都不要折扣，都是用現金支付，也不要收據；第二，全部買主都不約而同不要'出世紙'，而且都要求把琴裡面的商標紙、製琴師簽名統統剝脫；第三，全部買主都是一個比一個漂亮的美女，而且都沒有懂行的人陪著前來試琴、挑選，全憑同來的小屁孩定奪！此外，還有兩位女士，來晚了，買不到'貴琴'，但都留下電話，要求如若'貴琴'到了，務必在第一時間就通知她們。真想不到，真想不到啊！我真他媽的服了，徹底服了！"

"是的，是想不到！最貴的那把琴多少錢？"林野問。

"三十六萬。"林間回答。

"最平宜的那把呢？"林野再問。

"十五萬！"林間說，"如果不是我亲身經歷，我真的難以相信：她們買琴，簡直就像買一件玩具！付這麼多錢呀，就那麼扔過來，就像扔一包擦手紙！別說不用皺眉頭了，就連眼睛也沒眨一下！哈哈，真是大開眼界了！"

"是啊，真是開眼界、長知識了！大哥，剛才你是說，一個比一個漂亮？"林野笑著問。

"你這是怎麼了？"林間用疑惑的眼光瞧了弟弟一眼。

"大哥，你想多了。我敢肯定，這些買主都是我的學生家長！因為那些'陪太子讀書'的琴孩的媽媽，哪一個不漂亮？你不知道，這些漂亮的'琴媽'，絕大多數都有高學歷吶！我是想，年輕、漂亮、多金、高學歷，會不會是非權即貴的……"林野還沒説完，林間就高聲大笑起來，"我知道你想説什麼。一點不錯！告訴你吧，我有絕對可靠的信息證實，這些漂亮的'琴媽'，都住在著名的'二奶'別墅區——海倫住宅區……"

"果然不出所料！大哥，你這'絕對可靠的信息'，難不成是來自'候補大嫂'吧 ？"林野透過有機玻璃大門，向外環視了一遍，然後笑了笑，插話説。

林間霎時間滿臉通紅，一時語塞。

"大哥，恕我直話直説吧：大嫂走了都有好幾年了，你又無兒無女，爸媽又不願來美國，你也怪孤單的，大家自然希望你趕快結束這種孤苦的日子。你要再找個伴，我們不僅理解，而且還一定會舉雙手贊成。但你找什麼人不好，偏偏看中那狐狸精！"林野壓聲音，很坦率地説。雖然看見大哥默然不語，而且已臉露慍色，但他還是繼續説道：

"大哥，我今晚找你，本來是求你關照康小凱，按六折給優惠以外，還想請你再辛苦辛苦，進一步調動你的人脈關係，多方打聽上次拍賣會那把意大利小提琴的去向——那把琴確實很適合易寧，如能向琴主借來參加這次大賽，肯定會給易寧這孩子大大加分。但今晚更要緊的，還是跟大哥談你的'大事'。我是想給大哥提個醒，不管你愛聽還是不愛聽……"林野心平氣和地説。林間很不耐煩，他打斷了林的話：

"老三，我可以按照你的要求關照康小凱，下批琴一到，我馬上通知他；拍賣會那把意大利小提琴的新主人，有人說是洛杉磯一位金融大亨；也有人說是灣區一位房地產開發商，反正眾說紛紜，一直沒有一個準確的說法。對了，白薇也一直在關注這把琴。有什麼消息，我再告訴你。"林間說，"至於你說的什麼'大事'，林野同志，我看就不必浪費時間了吧！我多謝你的'提醒'，多謝你的好意！你多慮了！我心中有數。你說，兩個單身男女，互相欣賞，互相吸引，自然而然地走到一起，這難道有什麼不妥嗎？我與蘇玲兩情相悅，真心相愛，別說什麼'狐狸精'，就是魔鬼，我也娶定她了！"林間語氣非常堅定地說。

"大哥！你接觸她才多久？你對她真的很了解嗎？是的，從表面上來看，她年輕、漂亮、聰明、活潑大方，而且還財大氣粗。但她有沒有風流史，你知道嗎？她的錢從哪來，你知道嗎？她是不是一肚子壞水，你知道嗎？大哥，你不要嫌我囉唆，你只是她的一碟'點心'罷了！我敢保證，你既不是她的第一碟，也決不會是最後一碟！還有……"林野越說越激動，嗓音也大了。

"你今天怎麼了？"林間更不耐煩了，他"忽"地一下子站了起來，再次打斷林野的話，　"是的，也許她過去的很多情況我都不清楚，甚至一點都不了解，但我也不想知道！現在，我只知道，她愛我，她要與我攜手同行，共創輝煌，她要與我共度餘生，白頭偕老！我只知道，為了愛我，她敢與天下為敵！"林間也越說越激動。

林野聽到這裡，無可奈何地搖了搖頭。接著，雙手做了一個運動場上使用的"暫停"的手勢，便徑自走出書房，走向大門。

林野真的為大哥擔心。

在蘇玲身上，林野看到了一顆對任何人都缺乏真誠，缺乏信任，毫無情義的冷酷的心，看到了一個毫無道德底線，毫無羞恥心、毫無責任感的畸形的靈魂，一個缺乏自知之明，只懂得以自我為中心、極大限度地滿足私欲的人格障碍者。而漂亮的外貌、異乎尋常的聰明、高水平的外交手腕與出色的辦事能力，更是給這種人增添了迷人的色彩。

林野暗暗下決心：一定要幫助大哥跳出這個"温柔的陷阱"！

林間呆呆地望著大步離去的林野，直到大門"呼"的一聲響起，林間才轉過身來，而一直在偷聽兄弟倆談話的蘇玲，關門聲一響，便穿著性感的睡袍，從臥室衝出來，撲進林間的懷抱，嬌滴滴地説：

"老公，我愛死你了！"

第五章

午夜的香港。雖然五彩繽紛的燈飾依然輝煌燦爛，但即使是八十年代的國際大都市，一天的喧鬧到此刻也漸漸式微了；半山住宅區蜿蜒的山間車道上，柔和的路燈照射著初冬微風輕輕地吹送的細細的雨粉，雖不至於令人感到寒冷徹骨，但也涼意沁人。而把易平從國際機場接回來的鍾麗莎，心裡卻是暖融融的。和當年勇鬥三"狼"，智懲色魔的知青頭兒相比，已十多年不見的易平，雖說那臉龐不失過去的剛毅，但已不再年輕；那深邃的雙眸仍然炯炯有神，但眼尾那細細的"魚尾紋"已分明編織出一種男人的"成熟"與"老練"。但整體而言，易平卻依然還是那樣陽光十足，那樣充滿活力，那樣熱情漾溢。有意緊緊挨著易平坐在的士後排的鍾麗莎，一直處在一種既昂奮又惆悵，既高興又不乏懊喪的，說不清，理還亂的狀態中。她一直臉頰發燙，手足無措，心慌意亂，語無倫次，掌心微微出汗……而久別重逢的喜悅，則驅散了易平因為趕稿子整夜未眠帶來的疲憊。兩人在車上興致勃勃地交流著這些年來各自的人生際遇。

這時剛好遇到交通意外，車子不得不停下來。鍾麗莎不失時機地向易平問了一大堆有關中國大陸政局的問題。

被交通意外折騰了差不多半個小時後，他們才回到別墅。

易平指著別墅大門上刻著"逸廬"兩字的石匾笑了一笑，問道：

"這個'逸'字，是'安逸'的'逸'，'飄逸'的'逸'，還是'逃逸'的'逸'？"

“哈哈，這我還真不曉得，易平哥，以後我搞清楚了，一定告訴你。”鍾麗莎也笑了。

在樓下的客廳喝完一杯咖啡後，鍾麗莎説：

“易平哥，先休息吧。參加電影展的安排，明天再説，而且我們還有很多話未説呢，不過我們有的是時間。”

她把易平領到二樓的一個房間門前，説：“易平哥，你自己進去吧。”

説完，眼睛露出一絲狡黠。

門“咔嚓”一響自動關上了。看著易平進了房間，鍾麗莎才回到自己的臥室。她背倚著房門，寬慰、祝福，夾雜著隱痛、酸楚，一下子都涌上心頭。她思緒萬千，腦海不斷穿插出一個又一個難忘的鏡頭……

那年，知青“回城潮”是中國最大的新聞，“知青回城”是中華大地千家萬户的頭等大事。

本來，鍾麗莎與陽平山區好幾千名插隊務農的江州市知青一樣，回到城裡，等待各自所在的街道辦事處分配工作。但回城才兩個月不到，在法國巴黎一所大學當教授的舅舅來信問她願意不願意到法國留學。那時，出國留學還是新鮮事，鍾麗莎對此毫無認識，跟退休在家的媽媽和親朋好友商量後，鍾麗莎決定做一回時代的“弄潮兒”。

在舅舅的幫助下，鍾麗莎先是以辦理繼承舅舅財產的名義申請到法國，到了法國後，舅舅又為她辦理了自費留學。在補習半年的法語後，她考進了巴黎的一所藝術大學。

鍾麗莎住在巴黎郊區舅舅的家裡。

舅舅家境很好，自從兒女成家立業在外省生活後，舅舅和舅母深居簡出，看書、聽音樂成了他們每天生活固定的內容。雖然自動音響系統整天輕輕地播放著歐洲古典音樂，播放著舅舅特別鍾意的巴赫小提琴曲和鋼琴曲，但偌大的別墅還是顯得太靜謐、太清涼……而今，外甥女甜脆的笑聲取代了巴赫，給別墅帶來了生氣，給兩位老人帶來了歡樂。

在學校，聰明、漂亮、溫柔文靜的鍾麗莎自然成為同學們追求的目標。追求者的隊伍中不乏歐洲裔、華裔的精英、帥哥、富二代，甚至連外校的在學學生也聞風而來。但鍾麗莎心中愛的空間早已被易平完全佔據，容不下任何男性了，雖然她也知道，當年暗戀易平的陽平縣女知青，不會少於一個排，其中不乏聰明、能幹，有文化，有內涵的美女，但她一直相信自己與易平有不一般的緣份……

然而，到了法國不久，鍾麗莎就接到媽媽從國內發來的易平逝世的噩耗，她想方設法與國內的知青朋友聯絡。她多想打聽到更多的消息，來證明易平的"噩耗"不過是謠言啊。然而，當她聽了白薇幾度泣不成聲的那通越洋電話，知道"噩耗"已被易平的家人證實後，鍾麗莎痛不欲生。很長一段日子，她都是在極度的悲傷中艱難地度過每一天的。

也搞不清過了多長時間，鍾麗莎終於慢慢地恢復過來。但由於缺課太多，更重要的是，校方認為她根本就"不在狀態中"，所以，儘管她的作業、考試的成績勉強通得過，但校方還是給了她一個"留級察看"的"苦果子"吃——要不是年老的舅舅為她上下奔走，也許鍾麗莎就連"留級察看"的幸運也沒有，而要"打道回府"了。

好不容易熬到這年的暑假。一放假，鍾麗莎就迫不及待地飛回中國；到中國的第二天，她就來到陽平縣。

全身縞素的鍾麗莎隻身來到熟悉的東湖牛頭嶺。在當地村民的指點下，她很快就找到了易平的墳墓。

落日的餘暉淡淡地灑遍了荒涼的墳地，也染紅了山頂一塊粗糙但卻整齊的無字墓碑。

　　鍾麗莎半蹲在墓碑前，默默地流淚。她細心地用礦泉水衝洗墓碑上的沙塵，然後從掛包取出一本厚厚的日記本——這是鍾麗莎多年來寫的詩歌，而這些浸透著濃烈、熾熱的愛的詩篇，無一例外，都是寫給易平的。鍾麗莎多麼希望有朝一日，自己能有機會親手把它交給易平，或者親自朗誦給他聽啊！可如今，斯人已逝……

　　她痛定思痛，一邊流淚，一邊把日記本，慢慢地、一頁一頁地撕下來，放進墓碑前不知什麼人早就挖好的圓圓的淺坑——淺坑還有被水澆熄的紙灰。

　　是有人來祭奠過易平了……

　　當整部日記本都撕完後，鍾麗莎從掛包掏出打火機，一頁一頁地把日記點燃。

　　微風徐來，揚起了沙塵，揚起了紙灰。隨風而起的紙灰，輕輕地飄上空中，又輕輕地飄落下來，飄向遠處……

　　鍾麗莎的心，也隨風而飄，飄向遠處……

那雙男人的大手，粗壯、有力、溫暖……

那個北風凄厲的絕望的寒夜……

那突如其來的災難……

那雙把我從無底的冰窟拉上來的男人的大手……

那令人永生難忘的灼熱如火的雙眸，

那擲地有聲的男子渾厚的嗓音……

啊，我的恩人，我今生惟一的摯愛，

我永遠懷念你……

那雙男人的大手，粗壯、有力、溫暖……

那雙男人的大手……

鍾麗莎追著漸去漸遠的紙灰，追著，追著，她感到一陣接一陣的心痛。她停下來，放眼向遠處望去：天邊一片火紅，太陽下山了⋯⋯

當鍾麗莎轉身往回走的時候，只見陳意揚、余幼軍、楊秀珍三人已祭奠過易平，一起在易平墳墓前面的空地上席地而坐，默然無語，就像三尊石像。但一見鍾麗莎到了，都不約而同地站了起來。

"我說呢，這城市姑娘怎麼會有閒情逸致來這荒山野嶺遊覽？原來是我們的鍾大妹子！"陳意揚邊說邊趨前給鍾麗莎一個"熊抱"。

剛才還縈繞眾人心間的陰雲，現在一下子就掃去一大半。

稍後，王思哲也上山來了。

大家有一兩年沒見面了，一見面自然就親熱。

原來，陳意揚昨晚在陽平縣城，剛好遇上從江州市結伴來祭奠易平的余幼軍與楊秀珍，相約在今天一起來墓地。

陳意揚昨天了解確鑿，此前，清明節前後已有不少知青來祭奠過易平了，其中有的還是當年易平主持的馬列主義讀書小組的成員。而牛頭嶺的這塊無字石碑，是今年年初放寒假時白薇親自挑選，請人鑿好的。當時為了減少不必要的麻煩，這塊由淡淡的藍紫互滲、堅硬無比的石块鑿成的石碑上什麼都沒有刻。

陳意揚還向大家報告：他聽說，沉重的石碑是由一位漂亮的城市姑娘從山腳下一步一步背上山頂的——不用說，鍾麗莎和大家都知道這"漂亮的姑娘"是誰了。

"唉，真是沉重的愛！"不知誰輕輕地感嘆。

一陣沉默。

"愛得真深！"鍾麗莎也十分感慨。

接下來，大家互相訴說了各自的"幸運"：

楊秀珍所在街道的服務站給她分配了一份收入穩定的工作：

每週星期一到星期六，從上午八點半鐘到傍晚六點半鐘，在臨時設在被政府没收的資本家大宅大客廳的小小的街道工廠糊紙盒，雖說每月的工資不多，但也改善了父母、幼小的妹妹與自己這個四口之家拮据的財務狀況；余幼軍成了華南大學政治系的工農兵學員，還被選為全校的學生會主席；王思哲被分配到省社科院圖書室當清潔工，在讀書人對國家和民族前途茫然不知，個人前途難卜，因而未能靜下心來讀書思索的這種日子，圖書室難得有人來閱覽和借書，所以，王思哲的工作十分清閑。更開心的是，幹完清潔工作，還有很多時間自由看書；陳意揚當了一所職業中專的教師；曾淳亮則到他父親工作了大半輩子的省重型機械廠當了車間工人；最令人羨慕的，當然是到法國留學的鍾麗莎了。

"哎呀，差點忘了，有誰知道林家三兄弟和小潘的消息？"鍾麗莎問。

"我知道，"楊秀珍說，"林家老大林間進了市二輕局舉辦的小提琴製作專修班，師從我國第一代小提琴製作大師梁國傑；老二林中則運氣不一般，聽說被國家一個特殊機構挑中了，現在已開始接受三年的'專業培訓'；老三林野呢，與小潘一起偷渡去了香港，很快又去了美國自費留學——幸好没有影響林中的'運程'。"楊秀珍從小喜歡小提琴，但家境清貧，一直没條件學琴，所以很羨慕林家三兄弟，並且跟他們一直保持聯絡。

"麗莎，你可以介紹一下如何辦理出國留學嗎？"王思哲認真地問，"有什麼竅門嗎？"

"怎麼，你也想出國？"鍾麗莎也認真地反問。

"當然！因為我不想哪一天突然就失蹤了，就像易平那樣……"王思哲心情沉重地說，"你們知道的，易平在讀書小組上所有的發言，都不外乎是關心我們中華民族的命運，思考'中國向何處去'這個大課題，不外乎是探討毛主席發動無產階級文化大革命的原由，探討馬克思、恩格斯和毛主席關於在社會主義社會階段消除資產階級法權殘餘的論述呀，根本就沒走出馬列主義的框架！他況且落得如此的下場，而我的思想，絕對是離經叛道的，再不走呀，只怕……”

大家當即沉默了。

微風吹來，帶著山村人家炊煙的氣息，令人感到是那樣熟悉，那樣親切，那樣溫馨。

還是鍾麗莎打破了沉寂的氣氛：“如何辦理出國留學？一言難盡呀，我的理論家，還是回江州再說吧！因為巧得很，這次我從法國帶回不少辦理出國留學的資料，原本是為弟弟準備的。你們有誰需要，來我家拿呀！老陳，老余，小潘，你們要不要？”

“我想，我未來的‘學校’和‘戰場’在國內，所以，我不考慮出國。”余幼軍很明確地表示。

“回到江州我找你約會好嗎？你不會很快就回法國吧？”陳意揚笑著對鍾麗莎說。

“嘿嘿，單獨約會就免了吧，我們沒那緣份，懂嗎？”鍾麗莎笑道，“不如這樣吧，今天是星期五，下週星期二早上八點，到花園酒店荔灣廳飲早茶，我請大家。怎麼樣？小潘，代我把林家兄弟倆也請來吧，拜託了！就這樣定了！天色不早了，你們先下山吧，我想一個人跟易平哥再說說話。”

回到江州，鍾麗莎約白薇見過一次面。見面地點是在江濱新城臨江的凱旋華美達大酒店頂層的咖啡廳。

這兩個都深愛著易平的女人，愉快地交流自陽平一別後各自的生活。但只要一碰觸到跟易平有關的內容，兩人便都心口堵得很辛苦，要不，都有意避開話題；要不，都言不由衷，語無倫次。其實，就憑女性的敏銳，她們彼此心裡都很明白：原來不僅僅自己深愛易平，易平還是她們共同的愛，終生的愛……

在會面的整個過程中，鍾麗莎的眼睛，一直望著白薇用來束髮的白色的蘇巾——那是南方有些地方用來悼念逝世親人的一種風俗習慣……

白薇對易平的愛，從此給鍾麗莎留下了深刻的印象。

分別時兩人沒有說話，只是緊緊相擁，默默流淚。

這次見面後不久，鍾麗莎就回法國了。而剛回到法國，鍾麗莎就收到了白薇寄給她的《隨風而逝》的小提琴譜。白薇在電話裡說："譜子是易平哥根據馬扎斯的《特殊練習曲》其中的一課改編的，《隨風而逝》的名字也是他起的。曲子改編得很好，我很喜歡。只要我在家，或雖然不在家，但只要有琴，我每晚睡覺前都拉這首曲子。否則，我是不會睡覺的。我相信，你也一定會喜歡它的。"

是的，跟白薇一樣，鍾麗莎也很喜歡這首易平改編的小提琴曲。此後，思念易平了，只要環境許可，鍾麗莎就會深情地拉奏《隨風而逝》……

從中國回來，鍾麗莎慢慢把心思放在學習上。

這天看書累了，她走上圖書館的天台，久久地，久久地望著藍天白雲深思、遐想……不知不覺，一個開始慢慢形成，而且變得越來越清晰的願望讓她激動，讓她昂奮：她要用電影、電視藝術，來表現中國歷史上也許是獨一無二的特殊的社會群體——知青，表現他們的遭遇、苦難、無奈、掙扎與奮發，表現他們在歷史長卷中無可替代的濃重的一筆，表現他們當中像易平那樣的精英……她要用特寫鏡頭攝下陽平山區牛頭嶺上堅硬無比的"無字碑"！想到這裡，她感到熱血沸騰！感到渾身充滿力量！她矇矇矓矓地意識到，也許，這也就是易平曾多次講過的"使命感"吧！

"易平哥，我知道，你一定贊同我，支持我的，對不？"鍾麗莎望著天空潔白的雲朵，輕輕地說，"易平哥，你保佑我，保佑我成功吧！"

　　鍾麗莎當然不會想到，此時此刻，就在同一個天台，不遠處正有一雙純潔得與藍天一般的眼睛，正在深情地望著她……

　　"藍眼睛保羅"是藝術學院年輕教師中有名的美男子。而他的出名，卻並非他的顏值，並非他能講一口標準、流利的漢語，並非他是一個在戀愛問題上對己、對異性的要求幾近苛刻的"另類"，也並非他有一個熟悉東方文化的法國中法文化交流協會會長的父親；他的出名，主要是在於他——一個從未到過中國的土生土長的法國人，對中國，對中國歷史，對中國文化的摯愛與癡迷，對中國文化鍥而不捨的學習與勤奮不懈的探索。而由他開設的《中國文化史》課程，由於生動、活潑，深入淺出的講授，深受藝術學院學生的歡迎。每次上課，教室都擠得爆棚。

　　剛入學的第一年，鍾麗莎偶然被室友硬拉去聽了保羅的一節課，下課後，鍾麗莎很虛心地向保羅請教，並提了不少問題；而保羅則不厭其煩地耐心解答。這一次，他們都給對方留下了良好的印象。

　　在文化大革命中讀中學的鍾麗莎，在學校的大部分時間都是在"搞革命"，讀書只是"走過場"，根本就沒學到什麼知識，別說歐洲文化了，就是中國文化，鍾麗莎也懂得不多。所以，到了第二個學期，鍾麗莎乾脆就選修了保羅的中國文化史課。

　　保羅對中國文化的熟悉，就連鍾麗莎也欽佩不已。而既聰敏、好學，又靚麗出眾的鍾麗莎，也自然令保羅愛慕有加。只是，保羅一次又一次的約會，總被鍾麗莎一次又一次婉拒……

　　也不知道過了多久，終於在一次下課後，保羅叫住了鍾麗莎。兩人一起漫步在教學樓與圖書館之間的林蔭大道上，進行了一次沒有一絲兒浪漫的坦誠的交談。保羅很艱難地壓住自己激動的心情，極力用平靜的語氣對鍾麗莎說：

"麗莎，用你們中國的話來說，我花了‘九牛二虎’的努力，終於知道了，你把感情的大門關住了，是因為你一直不願意面對失去摯愛的現實，你至今未能走出痛苦的陰影。其實，我理解你：不僅是因為你執著，而更是因為‘他’值得。我說得沒錯吧？當我知道了你的情況，看到你對愛情如此真摯的堅守後，我更敬重你，更欽佩你，也更愛你了！麗莎，給我機會，我一定能讓你幸福！讓我跟你一起，告別過去吧！用你的幸福，來告慰你的那位‘他’的在天之靈吧！你能幸福，難道這不也就是‘他’的願望嗎？再說，愛情也不應局限於民族，局限於國度吧？”

鍾麗莎從保羅越來越不平靜的，顯現無遺的西方民族式直率的表白中，聽到了真誠，聽到了善良，更聽到了滾燙的愛。

"保羅老師，我真心謝謝您！謝謝您向我敞開心扉！是的，您，很優秀；我，其實也不是‘冷血動物’。再說，我也並沒有認為愛情是不可以超越民族與國度的。但是，請原諒我，我不能接受您的愛。"鍾麗莎平靜地說。

"為什麼？！為什麼？！為什麼？！"保羅抑制住自己激動的情緒，打斷了鍾麗莎的話，聲音雖小但語氣強硬。

"保羅老師，你知道中國知青嗎？"鍾麗莎反問。對著保羅咄咄逼人的眼光，顯得出奇的沉著和冷靜。

"中國知青？……我知道一點點，但沒做過研究。怎麼？難道這與你的愛情有關嗎？"保羅有些不解。

"是的，因為我的那位‘他’，和我一樣，也曾經是一名中國知青。請保羅老師您耐心聽我說。"鍾麗莎低著頭，看著林蔭大道上的落葉，緩緩地說：

"在紅衛兵運動後，緊接著在中國大地上掀起了又一場波瀾壯闊的運動——上山下鄉；而這場運動的主體，就是中國知青。無論現在還是將來，也無論人們對中國知青這個整體有何評價，但其中不乏不為名，不為利，自覺地肩負民族和國家命運的沉重的十字架艱難前行的精英——而我的那個'他'，就是其中之一。他們是我們這一代人的傑出代表和驕傲！我佩服他們，崇敬他們，我以他們為自豪！但遺憾的是，由於命運多舛，他們的勇敢的探索和追求，不僅沒有被理解，被肯定，被讚揚，反而被歪曲，被污蔑，被打擊，他們從肉體到精神，都慘遭迫害與摧殘……"鍾麗莎停了停，繼續説：

"同時，我也深深知道，雖然我和他是共過患難的知青戰友，但跟他比，無論是眼光、水平、能力、綜合素質，我都差他一大截。所以，他令人遺憾地永遠離開我們後，雖然我也曾想通過艱辛的努力，提高自己，來繼續做他沒來得及做好的事。但經過反復考慮，我知道這是自己無法做得到和做得好的。而且，我終於想好了：我決定用我的所長——用我的筆，用我的鏡頭，把包括我的那個'他'在內的中國知青精英們的探索、奮鬥、追求與奉獻，把他們閃光發亮的人性與人格，把他們寶貴的精神財富，真實地表現出來。這是一項多麼有意義，有價值的事業啊！而且這樣一來，我就可以每時每刻都能感覺到和他在一起了！每當我想到這一點，我就格外振奮，我就熱血沸騰！您説，我能忘掉對他的愛嗎？在我的情感世界裡，能沒有他嗎？在這種狀態中，我能接受除了他以外的任何男性嗎？保羅老師，您能理解我嗎？"鍾麗莎説完話就離開了保羅。但走了兩步，又回過頭來説：

"保羅老師，不知道您有沒有讀過我們中國唐朝詩人元積寫過的名句：'曾經滄海難為水，除卻巫山不是雲'？如果您讀了，而且讀懂了，我相信，您最終會理解我的。"鍾麗莎望著保羅認真地説。

若有所思的保羅，一直目送鍾麗莎離去，直到她走進了學院圖書館的大門，保羅還在呆呆地站著……

幾年後的一個不眠之夜。藝術學院音樂廳。

午夜了，但電影系的同學們和老師們，以及一些熱心的朋為慶祝鍾麗莎的畢業作品榮獲法國"羅曼·羅蘭"藝術大獎而舉辦的盛大的晚會，還在如火如荼地進行。

晚會的會場是保羅老師發動他的學生一起布置的：浪漫而不失莊重；活潑而透露喜氣。

歡聲。笑語。搖滾樂。

彩帶。鮮花。霓虹燈。

以追憶六七十年代中國知青運動和報導今日知青精英奮鬥足跡為題材的寫實電影《並未隨風而逝……》，是鍾麗莎花了三年全部寒、暑假的時間，一次又一次回中國，走訪了北大荒、西北黃土地、新疆建設兵團、海南建設兵團等當年的"知青點"，以及散佈在全國各地和已僑居海外的不少"知青人物"，歷盡艱辛，嘔心瀝血才完成的。

作品首先在法國的文化圈引起了轟動，繼而在整個法國產生了巨大的反響。所以，榮獲當年法國"羅曼·羅蘭"藝術大獎，那是順理成章的事了。鍾麗莎成了法國有史以來第一位榮獲法國"羅曼·羅蘭"藝術大獎的華裔藝術家。

從入夜就正式開始的晚會首先放映了鍾麗莎的這部獲獎電影。

放映前，晚會的主角鍾麗莎作了一個簡要的發言。她動情地向大家坦露了自己創作的初心：

"首先，我非常抱歉地告訴大家，我創作這部電影的目的，並不是像有些同學、老師和朋友想像的那樣，我不過僅僅是想利用畢業創作這個機會，來表達我對'中國知青'這一中國特定歷史環境下產生的特殊群體的肯定與讚頌，以此為'中國知青'正名，為他們樹碑立傳，使他們流芳百世；而作者，也可以藉此完成畢業創作……

"我不想否認，這也是我創作的目的之一。但事實並不完全是這樣的。説到創作的初心，其實很簡單：是愛，一種刻骨銘心的愛自始至終推動著我全心全意完成這項工作。我可以告訴在座各位，我今生唯一的摯愛，正是一名'中國知青'，一名出類拔萃的'中國知青'。雖然他已不幸離世，但他和他的戰友，為了自己的民族、自己的祖國和人民美好的未來，無私無畏，艱難探索，勇敢追求。而他，甚至為此而過早地失去了自己年輕的生命。不過，他的行為、他的思想、他的精神，永遠激勵著我，鞭策著我。他，並未隨風而逝——這就是我創作的初心，也是我的作品題目的涵意。"已經淚流滿面的鍾麗莎結束了她的講話。

"那鍾麗莎小姐，你會為你高尚的愛堅守一輩子嗎？"有人用澀生的漢語大聲問。

"我——會——的！"鍾麗莎也用漢語大聲回答。

熱情的保羅不失時機地把這一問一答的漢語翻譯成法語，自然，也就引發了又一陣熱烈的掌聲。

"鍾麗莎小姐，您的電影的主題音樂很好聽。據說，這源於一首小提琴曲，是嗎？你能為大家演奏嗎？"又有人問。

"果然不出保羅老師所料！所以，我早就把琴準備好了。"鍾麗莎一邊笑著説，一邊接過了保羅老師遞過來的小提琴和琴弓。

大廳霎時安靜下來。

沒有樂隊，沒有鋼琴，沒有任何樂器伴奏，輕柔的琴聲宛如飄逸的晚風，飄呀，飄呀，飄進了夜空……

隨風而逝

　　雖然無論是在公眾場合，還是在私底下偷聽，保羅已不是第一次聽鍾麗莎拉這首曲子了，但不知為什麼，現在聽著，聽著，他還是被感動得熱淚盈眶。

　　自從明白鍾麗莎的心思後，這些年他和鍾麗莎之間的互動明顯少了，但他們依然是互相信任的好朋友。

　　鍾麗莎大學畢業後，保羅通過他的父親幫助鍾麗莎在法國一家頗為有名的電影公司找到一份工作。

　　憑著聰明能幹，加上心無旁鶩、刻苦勤勞，不出三年，鍾麗莎已成為法國著名的華裔電影藝術家。

　　這天，鍾麗莎接到保羅的電話，問她有沒有時間為最近由法中文化交流協會舉辦的"中國文化週"中，由他老爸組織的中國著名青年詩人北鳥的法文版新書發佈會暨北鳥詩歌朗誦會做義工。

　　鍾麗莎二話不說，當即答應下來。

　　北鳥新書發佈會暨詩歌朗誦會的會場設在巴黎市區中心的法中文化交流協會大樓寬闊的大廳。

　　詩歌朗誦會開始了。

　　一位金髮中年教師以法語用深沉、蒼勁的男低音，大聲朗誦《我不相信》：

> 卑鄙是卑鄙者的通行證，
>
> 高尚是高尚者的墓誌銘。
>
> 看吧，在那鍍金的天空中，
>
> 飄滿了死者彎曲的倒影。
>
> ……
>
> 告訴你吧，世界，
>
> 我不相信天是藍的，
>
> 我不相信雷的迴聲，
>
> 我不相信夢是假的，
>
> 我不相信死無報應。
>
> ……

　　一直在門口迎接客人的鍾麗莎，顧不上找座位坐下，就在最後一排座椅後站著聽，直到這首詩朗誦完。

　　雷鳴般的掌聲之後，是此起彼伏的法語和漢語交混的歡呼聲：

　　"北鳥！"

　　"北鳥！"

　　鍾麗莎也被這火辣辣的氣氛感染了。她深切地感到：當深刻的思想一旦和藝術——包括色彩、聲音、語言等藝術結合後，那種震撼人心的力量是無窮的……

　　在朗誦了幾首詩後，有人向詩人提問：

"請問，您的如此深刻、敏銳地切中中國時弊的作品，為什麼能在當時的中國公開出版呢？"

會場一陣騷動——顯然，這是一個大多數與會者都很感興趣的問題。

"這個問題提得很好！本來，在十年文化大革命後，在'撥亂反正'的政治大氛圍下，批判'十年動亂'的'傷痕文學'已成了文學的主潮，包括'朦朧詩'在內的現代主義詩歌，也在文壇上有了一席之位。但誰也沒有料到，我的詩稿剛剛交給出版社，'批判資產階級自由化運動'就席卷了整個中國大陸。我心想，這下可碰到槍口上了！ 但更沒料到，當時一位年輕的編輯，在一位副總編輯暗地支持下，擔任責任編輯。他花了大量的業餘時間把我的詩集編輯好，並在那位副老總的幫助下，與有關業務人員配合默契，最終使詩集得以出版。只是，這位年輕的編輯卻為此付出了很大的代價，'新賬老賬'被一起算，當時日子很艱難……"北鳥難過地説。

"這位編輯後來怎樣了？"保羅問。

北鳥接著説：

"去年，我在美國遇見這位編輯，他現在已定居美國舊金山，是一家頗具影響的中文報紙《美西日報》的記者。您有興趣的話，我可以另找時間為您提供有關他的更多的資料。"

這次活動搞得很成功，一百冊的法文版和二十多冊中文版的《北鳥詩選》一下子便被搶購一空，連鍾麗莎和保羅都空手而回。幸好，北鳥還有一些書留在下榻的酒店。這幾天保羅有課走不開，於是，鍾麗莎與北鳥相約第二天早上在酒店見面。

在酒店的咖啡廳，兩人侃侃而談。

談話自然离離不開北鳥的這本詩集，離不開當時讓詩集能僥倖問世的兩位"貴人"——責任編輯和副總編輯了。

當北鳥提到"李非"這個名字時，鍾麗莎笑了："他是我的老朋友！"接著就把她與李非的情誼説了。

"至於責任編輯楊凡，他絕對是一個傳奇人物！我有一張他與李非的合照……"北鳥邊説邊從一個本子中拿出一張照片。

鍾麗莎一看照片便愣住了：這不就是易平嗎？

啊，沒錯，楊凡就是易平！易平就是楊凡！

當鍾麗莎從北鳥口中獲悉，《北鳥詩選》的責任編輯楊凡的的確確是易平之後，這個矜持、穩重的女人，馬上激動得難以自已，熱淚直流。她貪婪地打聽有關易平的一切。

北鳥記得，當年，在出版社招待所與易平促膝長談的不眠之夜，他就知道易平深愛著白薇。但當他面對鍾麗莎時，還是被她的坦誠感動了，被她對易平的真摯、熱烈、純潔而又執著的愛感動了。他非常耐心地，不厭其煩地回答鍾麗莎提出的所有有關易平的問題——細致到幾近苛刻的提問；他一次又一次地允許迫不及待提問的鍾麗莎打斷自己的講話。

他能理解鍾麗莎，能理解那種從冰冷的死亡深谷躍上陽光燦爛的山峰的感覺，那種在絕望中突然重燃希望火花的感覺……

整整一個上午過去了，口乾舌燥的北鳥，才送走了"滿載而歸"的鍾麗莎。望著她離去的背影，望著這個不乏詩人情懷的藝術家，北鳥把自己帶回了當年省出版總社招待所的那個不眠之夜，回遡易平對自己侃侃而談的那段頗具傳奇色彩的經歷……

那時候，又一個政治風暴——"一打三反運動"，正在全國如火如荼地展開……

易平先是被縣一打三反運動辦公室逮捕，關押在縣革委會的"公檢法"大樓臨時監禁；繼而又被遞解到省的"一打三反運動"辦公室的拘留所等候處置。不久，"四人幫"垮台了，但各級政府的功能不僅沒有恢復到正常的狀態，甚至還更亂了。而且，有些工作本來就毫無章法可言，所以，易平的消息就更無從打探了。

易平突然人間蒸發了！

心急如焚的白薇當時動用了一切可能動用的關係，到處打聽易平的消息，依然是一無所獲。但白薇不死心，連在讀大學期間，也不放過任何機會尋覓易平的下落，直到後來從易平家人口中得悉噩耗才罷手。

但在這段時間裡，有一個人被驚動了——此人並非別人，他，就是原省文聯和省作協的副主席、文化大革命期間與易平同是"旗派"親密戰友的著名詩人李非。時任省人民出版總社"三結合"領導小組成員的李非一聽到這個消息，便連夜冒著冷風冷雨，急匆匆地找了在省革命委員會政法部門當軍代表的南方大學同窗好友嚴頌明。

當時已是深夜，李非以令同窗好友感到吃驚的嚴肅口氣鄭重其事地強調易平這個年輕人的重要。他要求嚴頌明馬上查明易平的去向；如尚活著，務必想辦法搶救！

"李非老哥，就算是省革委的領導，都不敢用這種語氣命令我辦事，敢情這個易平是你相中的未來女婿？"嚴頌明打趣地說。

"去你的！我只有紅光、紅纓兩個兒子……"李非火了。

"那就是——乾兒子囉……"嚴頌明打了一個哈欠欠，繼續調侃這個相交、相知數十年如一日的大學同窗好友。

李非也不生氣。

"我非常了解這個年輕人。你知道的，我是大型歌舞《紅衛兵戰歌》的文學編輯，而他是三個總編導之一，是我的領導！他太有才華了，太有思想了，人才難得呀！……"李非感慨萬分地說。在千叮囑萬叮囑後，茶也不喝，就冒著冷風冷雨步行回家了。

兩天後的一個清早，一輛軍用吉普停在省出版總社的大門前面。一位身穿厚絨軍大衣的軍官從車上走下來，直奔總社領導辦公室。

來者正是李非已焦灼地等待多時的嚴頌明。

"老哥，總算辦妥了。為了今後少點麻煩……"嚴頌明一進李非的辦公室，就關好門，然後小聲地說，"易平的姓名要改。他今後就用'楊凡'這個名字。有關程序、手續我已吩咐手下辦妥了。"

"也好。現在'四人幫'剛剛垮台，路線鬥爭還相當複雜，還是你老弟想得周到呀！我會告訴小易，讓他暫且改名換姓，待日後局勢明朗了再改回去吧。"李非心中沉重的石块總算可以放下了。

李非怕有人進來談工作什麼的，於是两人走上辦公大樓的天台，又交談了整整一個鐘頭……

不久，省出版總社文學編輯部新來了一名叫楊凡的年輕的編外編輯……

又過了不久，華夏大地迎來了"十年動亂"後全國高等院校第一次公開招考。

易平也以"楊凡"的身份參加高考，並如願考進了華南大學。可是，他填報的志願是中文系文學專業，但不知因為什麼緣故，卻被哲學系錄取了。

易平馬上找李非求助。

不用說，又是李非親自出面，到華南大學找了中文系、哲學系，以至大學的領導。對於以著書立說來體現教師學術研究水平與能力的大學而言，還有什麼比搞好與出版社的關係更重要的事情呢！更何況是出版社如此肯定重視，如此鄭重推薦的考生，又是已高分入圍的考生！

問題毫無懸念地解決了。

……

開學的第三天，華南大學中文系姍姍來遲的最後一名新生——楊凡報到了。

　　就像一個饑餓感已接近麻木的人，突然來到食物豐盛的大堂，楊凡無比激動、興奮，他幾乎成了一個病態的貪婪者。如饑似渴、爭分奪秒地汲取知識，已成為楊凡整整四年大學期間，包括假期、週末的每一天生活最重要的內容。偶爾，楊凡也會出現在學校的聯歡晚會上——揮灑大度的小提琴演奏，讓他收獲了不少女生愛慕的目光……

　　四年很快就過去了。

　　在百廢待興、百業待舉的年代，十幾個單位，甚至幾十個單位搶一名名牌大學“七七級”畢業生——十年“文化大革命”後的首屆畢業生”，那只是平常事。

　　但楊凡沒有這種“殊榮”，因為，作為當年帶薪讀書的楊凡，其“娘家”——省出版總社，野蠻地干預了大學的畢業分配計劃，理直氣壯地把楊凡接回“娘家”。楊凡不知道，當年省裡給省出版總社的新增人員編制指標只有一名，而華南大學文、史、哲文科諸系應屆畢業生填報第一志願為省出版總社的，居然佔了總人數的四分之一多——這還未包括填報第一志願的其他院校的應屆畢業生呢！

　　楊凡知恩圖報。到省出版總社工作的頭三年，他把鋪蓋也搬回編輯部，甚至連星期天也很少回家。

　　楊凡出色的業務能力：選題策劃能力，組織稿件、與作者溝通的能力，文字編輯的能力，以及編外編輯的工作經歷，使楊凡破例不必經過見習編輯的程序，直接成為一名獨當一面的文學專業編輯。

　　幾年過去了……

　　這天上午剛上班，出版社文學編輯部年輕的主任楊凡接到跌傷在家休息的出版社副社長兼總編輯李非打來的電話，囑托他接待一位來投稿的外地作者。

　　下午，一位風塵僕僕的作者來到出版總社文學編輯部。這位一手提旅行袋，一手提塑膠袋，穿一身"堅固呢"工作服，頭髮亂蓬蓬的青年，一進編輯部便說："我找楊凡編輯……"

　　沒有客套——甚至連通常少不了的握手也沒有。"這是我的詩稿……"青年作者遞上塑膠袋，有點不好意思。

　　楊凡迫不及待地接過塑膠袋。

　　他小心翼翼地打開塑膠袋的死結一看：塑膠袋裡面裝的是寫滿了潦草、雜亂詩稿的香煙盒包裝紙、手紙、報紙邊角等零碎的小紙片。

　　他從亂紙中取出一張縐巴巴的小紙片，認真地看，還輕聲地念了起來。

　　接著他又看了另幾張寫有詩稿的小紙片。

　　很快，楊凡雙眼露出興奮的光芒。他走到作者面前，雙手緊緊地按住作者的雙肩，興奮、激動地說：

　　"你的詩寫得太好了！謝謝！謝謝你把這麼好的詩稿給我們！"

　　"書稿很亂，要讓你多費心了！"作者誠懇地說，"如能出版，請用'北鳥'這個筆名。"

　　"你就是北鳥？！難怪詩寫得這麼好！"能有機會為現代主義著名詩人北鳥編輯、出版個人詩集，楊凡自然喜出望外。

　　北鳥這時才從上衣的口袋裡拿出文化部文學研究所所長、全國知名文學理論家劉復給出版社的推薦信，一邊拿，一邊說："其實我也是慕名而來——是劉復老師告訴我，你就是《論寫真實》的作者'亦風'。"北鳥坦誠地說，"劉復老師還說，他很欣賞你的'能否容許寫真實，這是衡量一個執政黨、一個統治者對自己有沒有信心的重要標誌'的觀點，這在當時是很具膽識的觀點。他還說，你是'七七級'中的精英呢！這是劉老師的信。"

"劉老師過獎了！我那本書的序，就是劉老師寫的。至於推薦信嘛，就不必了。"楊凡想了想，又說："不過，留下也好，也許哪天會用得著。"楊凡接過縐巴巴的推薦信，看也没看，就把它放進抽屜，笑了笑道。

两人一見如故，相見恨晚。他們整整談了兩個多小時，直到下班了，意猶未盡。楊凡按照李非的吩咐，把北鳥安排在總社的招待所住下。當晚，楊凡也乾脆不回家，與北鳥整夜促膝長談，直到凌晨。

他們從文化大革命談到上山下鄉；從普希金、泰戈爾談到王維、李賀，從戴望舒、徐志摩談到顧城、舒婷、李非；從個人的愛情，事業、理想談到民族與世界……

清早，楊凡用出版社的面包車，把北鳥送到省火車站，直到北鳥上了火車，才依依惜別。

一上班，楊凡就打電話到李非家裡匯報工作。李非很高興。

"北鳥是你們這一代文學人的傑出代表！"李非說，接著又告訴楊凡，最近政治空氣恐有大的變化……要抓緊時間，用最高的效率完成北鳥這本詩集的編輯工作，以儘快出版、發行。

楊凡就像當初剛到出版社工作時一樣，乾脆把被鋪帶回辦公室，除了吃飯睡覺，一天工作十多個小時……

在李非的過問和關照下，《北鳥詩選》終於提前出版、發行了。

而與此同時，"批判資產階級自由化"運動，也在全國範圍更深入地展開了。

這天夜晚，李非突然上門找楊凡。

"恐怕要出大事了！北京市爆發了以大學生為主體，以反貪腐和政治改革為訴求的悼念胡耀邦逝世的活動，他們連日在天安門廣場靜坐……"李非悄悄地說，"聽說軍隊已經介入了……"

李非同時告訴楊凡，各級"公(安局)、檢(察院)、法(院)"已接到"上頭"指示，開始布置大行動……

李非吩咐楊凡要冷靜，要靜觀待變。

嚴頌明也不失時機地到李非家，當面提醒老同學：已收到矛頭直指楊凡的匿名舉報；舉報者揭發楊凡是改名換姓的反革命在逃犯；舉報人還自稱是楊凡的知青朋友，很熟悉楊凡，絕對錯不了，等等。

嚴頌明再三叮囑，千萬千萬要按住楊凡這匹烈馬，不要讓他參與跟這次學運有關的示威遊行和其他任何活動。因為，已有專門的眼睛在緊盯著他……

其實，憑著對政治氣候超敏銳的感覺，一種並不陌生的憂慮早已悄悄地襲上李非的心頭。在見過老同學，和請教過不少相關的問題之後，李非又找楊凡，推心置腹地談了一次。

最終，楊凡接受了李非的建議——馬上申請出國自費留學。

由於有"貴人"相幫，楊凡被美國舊金山柏克萊加州大學東亞學院錄取了。

而這時，"批判資產階級自由化"運動，也越來越深入了；一張巨大的網，也已在全國張開……

香港。

由香港"三聯書店"、"中華書局"、"商務印書館"合建的大樓——"三中商"大廈的頂層會議廳，正在召開"傳統與現代"學術研討會。

來自大陸和世界各地的專家、學者、教授，以及出版界一百多人出席了研討會。

省出版總社參加研討會一行七人，由副社長兼總編李非率領。楊凡是台灣學者康乾《傳統與現代》一書的責任編輯，自然在被邀請之列了，他雖因出國留學已停職在家補習英語，但還是到會了。

為期十天的研討會正在有條不紊地進行。

這天清晨，還沒起牀，李非就接到出版總社的"老死"（老朋友兼"死黨"）電話……

一放下電話，他就來到易平的房間。

李非與楊凡心情沉重地交談後，終於達成共識：嚴頌明的警告很有道理——"知青戰友"對易平的舉報，絕對是有來頭，有份量，更是致命的；而且，"六四"後，一場全國性的、巨大的政治風暴已經來臨。所以，事不宜遲，走為上策。

在北鳥的親戚等"貴人"的幫助下，易平到美國駐香港辦事處順利地辦好了到美國的加急簽證。

李非則用私款幫楊凡買了第二天由香港直飛美國舊金山的機票。

不出李非所料：由楊凡擔任責任編輯的《北鳥詩選》、《傳統與現代》等書，以及其他編輯最近編輯、出版的一批思想新穎的著作，已被列入查封、回收書目的"黑名單"。很快，這些書便被全國各地書店下架並封存。而李非始料未及的是，楊凡等幾位編輯，及其主管領導、副總編輯李非本人，均同時受到停職反省的處分。

研討會結束後，李非剛回到江州市，當天就按上級通知攜帶行李到"學習班"報到，住進了有軍人守衛，不能自由出入的省委招待所。

不過，處分通報下達前，楊凡就已飛抵美國舊金山，所以對楊凡的處分也就不了了之了。

易平到舊金山後，就由北鳥、王思哲他們安排，暫時住在王思哲一位親戚家。

這天，王思哲開一輛銀灰色的"寶馬"四驅車，把易平接到了舊金山著名風景區之一的海狗山森林公園。

落日的餘暉淡淡地鋪灑在寬闊茂密的松樹林，鋪灑在公園靠海的一間小木屋——這間遠近馳名的法式咖啡老店，鋪灑在臨海露天座位的易平和王思哲的身上。

微風吹送來一陣陣遠處海浪衝上灘頭，然後又緩緩退回大海的有節奏的聲響，彷彿要給這安靜的環境增添些許動感，些許生氣。

"易老總，你的《中國向何處去？》，寫得怎麼樣了？'六　四'後，思路應有所改變了吧？"王思哲關切地問。

"還在寫呢。思哲兄，不瞞你說，"易平望著衝到岸邊的海浪，認真地說，"'六　四'的確讓我思考了更多的問題，但我基本的思路並無改變，當然，難度就更大了，思哲兄。"

"那是，那是。難度小才怪了。"王思哲點了點頭，又問："難點仍然是當年你在陽平的知青讀書會上說的：無產階級奪取政權後如何消除資產階級法權殘餘？也就是說，無產階級專政條件下如何繼續革命？"

"不完全是。這牽涉到執政黨自身的不斷完善和如何讓人民對其有效的監察、監督；牽涉到執政黨如何防止在黨內產生赫魯曉夫這樣的資產階級代理人。我想，毛主席他老人家發動文化大革命的初衷也一定是這樣吧。但是，正如我在陽平讀書會上對你們說過的，我認為文化大革命並沒能解決這個問題，"易平望著遠處的海面說，"很可惜，'六四'也沒能解決這個問題……我想，這也許正是中國革命最糾結的問題吧！"

"易老總，對自發的學生愛國運動，竟然不用民主、和平的方式與途徑，而動用軍隊來解決。這難道不是更說明孫中山先生吸收西方成功經驗而創造的‘民生’、‘民權’、‘民主’思想，值得我們學習，值得我們借鑑嗎？難道這不正是中國政治改革的目標和路子嗎？”王思哲問。

“思哲兄，你知道的，在陽平時，我就不認同你們類似的主張，現在，我也還是不認同你們共和黨的綱領和做法。你們為何至今不明白：我們中華民族幾千年形成的東西，跟西方的傳承是極不相同的。思哲兄，我們民族固然有很多優點和長處，但也有很多劣性、很多歷史的惰性。我們這個古老的民族、古老的東方大國，確實有它與世界其他民族不同的寶貴遺產，但也有它與世界其他民族不同的短板和包袱，甚至是沉重的包袱。而這次‘六四’運動，或者說，這場民主運動的結局，不正好說明，必須選擇一條揚長避短，適合我們中國的民主之路嗎？不過難呀，思哲兄。”易平長嘆了一口氣。

“易老總，我知道很難說服你——你的宏論在我們的圈內，可有影響了！本來中國共和黨籌委會很多人都急於想見你易老總，但你又不肯賞臉，只好托我找你易老總先聊聊了。”王思哲轉了話題，一臉誠懇地說。

“思哲兄，我們是老朋友了，你是知道的，不是我刻意要提高身價，要‘吊起來賣’，而是‘道不同，不相為謀’呀。”易平笑了笑說，“思哲兄，先不論正確與否，誰對誰錯。我呢，絲毫不懷疑你和你的同志、戰友對我們的民族、我們的人民，以及對我們祖國的真摯的愛。不過，來美國之前，我雖然知道得不多，但也早就聽說，在美國籌建中國共和黨的人，籌辦時間雖短，人數雖少，但卻已山頭林立，四分五裂；個別‘領袖’沽名釣譽，爭權奪利，不一而足。你說，你們能成什麼氣候？”與老朋友說話，易平很不客氣。

“哈哈，易老總，你的消息還挺靈通的！那你不就等於說，你是不會與我們‘同流合污’囉？”王思哲望了望越來越暗的天穹，惟有苦笑。

“哈哈，哈哈！”易平仰天大笑。

“是的，我不否認你説的情況，籌委會內確實不很團結。哎，打住吧，来日方長，你初來乍到，先安頓好了，再慢慢交流。對了，易老總，聯繫上你的‘白雪公主’了嗎？”王思哲突然問。

“還没有。我到過她的舊居，但她家早已搬走了。聽説，她出國了，還是公派；她父母的工作也有變動。你知道的，出國為國家做事嘛，資訊一般都保密，因而難以打聽。加上我當時的處境，也無法太張揚。”易平有點無奈，“也許，人家早已結婚了，早已生兒育女了。”

“我想不會。”王思哲堅定地説，“這丫頭愛死你了！這在我們的圈子裡，没有誰不知道的。她絕不會的——除非你死了。不！就算你死了，也不會！”

“也許吧。”易平淡淡一笑，輕輕地説。其實他清楚地知道，白薇心裡，絕不會没有自己；而自己内心深處，也一直有那個堅守愛情的冰清玉潔的“小妖精”。

海邊，幾只海鷗在自由自在地飛翔，偶爾還發出深情的長嘯……

“愛情是創作的土壤。易老總，你這個中文系的高材生，一定已給白薇寫了好幾本情詩了吧？要不，如何打發對她的思念？”王思哲打趣説。

“這你就錯了。想她了，我會拉墨西哥作曲家龐塞的小提琴獨奏曲《我的小星星》。我想，她會感受得到的。她呀，不就是我的小星星嗎！怎麼樣？比寫情詩更浪漫吧？”説完，易平甜甜地笑了。

“能有一份值得堅守的愛情，真令人羨慕！”王思哲由衷地説。

接著，王思哲向易平提了一些工作和生活上的建議，他和他的美國朋友，包括為易平來美出力的朋友，都特別希望易平能考慮到柏克萊州立大學亞太研究所任中國問題研究學者——而且，中國共和黨籌委會有幾位委員也在那裡工作，他們都認識易平，如易平也到此工作了，今後就可以有更多的機會交流。更重要的是，這是美國有關方面非常重視的"特別"的研究所。再說，工資、福利也特別優渥……

握手道別時，王思哲又再鄭重其事地要易平好好考慮到研究所工作的建議。

跟王思哲分別後，易平回到住處，什麼事也不想做，整整一個晚上，一遍又一遍地拉奏《我的小星星》……

"我的小妖精，你在哪呀……"易平望著天空中忽明忽暗的星星輕聲地說。

這時，北京持續不停的學運，已蔓延到了整個中國大陸。

"六四"後不久，王思哲又安排籌委會幾位重量級的大佬和易平進行了多次交流。

之後，易平正式答覆王思哲：經過認真的考量後，他決定不去柏克萊州立大學亞太研究所任職了；同時，他已找到《美西日報》採訪記者的工作。

"我剛到美國，對一個完全陌生的環境需要有一個了解、熟悉、適應的過程，而報社新聞記者的工作，恰好為我提供了這個便利。請代我向你背後那些幫助我，安排我來美國的所有朋友致歉，我令他們失望了。但無論如何，我都真心地感謝他們！"易平在電話跟王思哲說。這理由確也實在，王思哲一時也無話可說。

其實，易平有他更多的考慮。

首先，他希望能有一個盡量不受外界影響的空間，來繼續進行自己的獨立的思考和研究；其次，他也不想在政治上、經濟上受到某種"關照"；還有，他覺得自己已很難融入這個"老熟人"的圈子了……

"嗚呼！中國共和黨爭取不到易平加入，絕對是一個重大的損失啊！"王思哲放下易平的電話，長嘆了一口氣，自言自語地説。

時間在舊金山灣區四季如春，令人舒服得不願清醒的感覺中，悄悄地過去了……

這些年，中文報紙《美西日報》採訪記者、採訪部主任、報社副總編輯的身份，使易平很容易就接近了不同的人群，並有效地進行了很接"地氣"的社會調查。

在對美國主流社會和華人社區有了較多的了解後，易平就以表現美國華裔如何從不問政治，遠離主流社會，到關心社會，積極參政的系列跟踪報導，而榮獲著名的美國普立兹獎、喬治·波爾卡獎以及連續兩年的全美中文傳媒大獎，成為多年來美國華裔文化人當中難得一見的、事業有成的典型。

這些年，易平與七位華南大學的校友——後被大家戲稱為"八大金剛"，共同策劃、組織，成立了華南大學美西校友會。

這些年，易平以一些在美國從事法律工作的華南大學校友中的老校友為骨幹，聯絡、組織了全美華裔法律同盟，發動了一些維護華裔同胞合法權益的行動。

這些年，易平還發動新、老僑領，策劃、組織，成立了旨在弘揚中華民族傳統文化的北美炎黃子孫文化發展基金會，組織了一些中國書法、武術的交流活動。

這些年，易平還與華南大學的校友策劃、組建了海外粵港澳聯誼會。

但一直費盡心機考慮、醞釀的，還是籌劃建立以援助大陸有困難的知青為宗旨的中國知青基金會……

而圍繞"中國向何處去"這個問題而勤奮讀書，苦苦思索，專心寫作，則是易平來美後生活的主旋律。

在易平的書桌上，總可以看到擺放整齊，插滿小紙片的馬克思、恩格斯、列寧、斯大林和毛澤東原著的單行本：《費爾巴哈與德國古典哲學的終結》、《哥達綱領批判》、《黑格爾法哲學批判》、《路易·波拿波霧月十八日》、《法蘭西階級鬥爭》、《英國工人階級狀況》、《國家與革命》、《共產主義左派幼稚病》……當然，也有不少研究中國問題的學術著作——包括否定馬克思主義的著作。而這都是在大陸無法看到的。

清晨。
法國大巴黎郊區的一幢別墅。
一陣輕柔的小提琴聲從寬敞的大廳飄逸到後花園……

隨風而逝

後花園的小亭，舅舅和舅母像往日一樣，早餐後在這裡一邊品嘗咖啡，一邊欣賞外甥女的小提琴演奏。但今天的琴聲所抒發

出來的依依不捨與無奈，卻令兩位老人感到迷惑。因為他們早就聽外甥女講過當年到陽平務農時的往事，也早就知道易平這個男孩在外甥女心中的份量，以及由於誤以為易平逝世而遭受的打擊有多沉重。但現在既然知道易平已經"死而復活"了，為什麼外甥女還那麼糾結呢？……

是的，老人的感覺一點沒錯——鍾麗莎的確很糾結。

還在陽平當知青的後期的日子，白薇深愛著易平，已是鍾麗莎和知青朋友圈中人盡皆知的事。但當時鍾麗莎認為，那只是白薇一廂情願罷了。而她自己，同樣也有愛易平的權利。但是，當鍾麗莎在牛頭山"祭奠"易平期間，聽到大家贊嘆白薇對易平沉重的愛後，她也深深地被感動了，尤其是當她又從大家口中知道易平對白薇那刻骨銘心的愛之後，從此，她就把對易平的愛，深深地埋在心底了……盡管如此，但易平的"逝世"，當時還是給了她沉重的打擊。

如今，易平還活著！

突如其來的喜訊，讓鍾麗莎感到無比的欣喜。但在欣喜之餘，她想起了白薇。她陷入了五味雜陳、難以自拔的困惑中……

鍾麗莎整整一個星期沒去上班，她請病假待在家裡，除了用餐，她整天把自己關在房間。

幾天過去了。

這天，晚餐過後，舅舅叫住了想回自己房間的麗莎，一起來到後花園。

風過處，橙色、黃色的樹葉從高大挺拔的梧桐樹上飄落下來，散落在小徑上和草地上。

今年的秋天，提前到來了，悄悄地，輕輕地……

舅舅和麗莎，漫步在用紅磚鋪成的小徑上，一遍又一遍地走著，小聲地交談著……

　　當後花園定時點亮的路燈亮起來的時候，鍾麗莎輕輕地拭去睫毛上的淚珠，平靜地說：

　　"舅舅，您的話是對的。我現在想通了。您放心吧，易平和白薇的愛，真的打動了我，我會成全他們的。正如您說的，如果放下，能讓自己愛的人更幸福，那麼放下，也是愛。那放下就放下吧！我會把對他的愛，永遠藏進心底，我會永遠遙望他，牽掛他，祝福他！但您建議我跟保羅老師發展關係，說心裡話，我無法接受，起碼目前還不能，甚至永遠不能！舅舅，我知道自己應該怎麼做，您放心好了。"

　　看著熱淚盈眶的外甥女，老人儘管很心痛，但他知道，人生道路上的這道坎，外甥女總算是跨過去了，老人也終於如釋重負了。

　　當晚，鍾麗莎想了很多，很多。

　　最後，她決定利用最近在香港舉辦的一個國際電影節的機會，促成易平和白薇的相會。於是，在差不多凌晨的時候，鍾麗莎首先聯絡北鳥，把自己這個想法告訴他。在達成共識後，決定由北鳥和王思哲共同"陰謀"策動、說服易平參加電影節，但不把"內情"告訴他；接著，鍾麗莎又撥通了正在香港"度假"的白薇的電話……

第六章

香港九龍。

黃埔花園別墅區。

小葉桉林子深處唯一的三層法式別墅。

白薇奉命回香港匯報工作，往往這同時也是領導布置新工作的時機。白薇明白，階級鬥爭、路線鬥爭的複雜性，是上級領導選擇在香港作為聽取匯報，布置任務，交待工作的主要原因。然而，這次到香港，却令白薇感到詭譎：當她剛從機場的特別通道出來時，便一眼看見路旁倚著奔馳四驅車車頭的陳榮輝，正朝她詭譎地笑；更令她不可思議的是，陳榮輝擺出一副極其夸張的謙卑恭敬的姿態，點頭哈腰、嬉皮笑臉地向白薇道：

"歡迎來自澳大利亞的白小姐！在下奉命接白小姐到黃埔花園八號樓——頭兒要單獨見你。白小姐，請上車吧，請！"接著，又殷勤地幫白薇拿小提琴和行李箱。

一時沒反應過來，還在詫異的白薇，正不知所措的時候，掛包裡的摩托羅拉手機響了——是領導的來電：

"我是周元。你旅途辛苦了！請隨榮輝同志來我這裡，其他見面再說吧。"

這是白薇熟悉的話音。領導的話，讓她感到親切，感到溫暖。作為國家領導機關的局長，一位數十年如一日為共和國默默奉獻的老前輩，一位爸爸的老上級，一位看著自己長大的親切的長輩，白薇非常敬重他。這些年，和同事一起與周局長的工作會面，這對白薇來說，已經是家常便飯了；只是與周局長一對一的工作會面，這可還是第一次，可見這次會面的重要性。但陳榮輝竟在今天這個時機出現，並以這樣的方式與自己交集，白薇還是大覺意外，十分反感，而且還隱隱約約有一種不祥的預感。與陳榮輝已多年不見了，雖說自己出國工作時，陳榮輝常常主動關照她的父母，而且那次白薇的爸爸因心臟病做手術，也是陳榮輝忙前忙後，裡裡外外，一手料理的。但她始終對他沒有一絲一毫的好感，她打心眼裡鄙視他，厭惡他。在車上，無論陳榮輝如何問長問短，如何想著法子討好她，白薇就是緊緘金口板著臉，一聲不響沒反應。

白薇懷著忐忑不安的心情被陳榮輝帶到五樓的一間她並不陌生的辦公室。

陳榮輝對站在辦公室門口猶豫不決的白薇又故作神秘地笑了笑，然後才轉身走了。

"周伯伯，您……"白薇進辦公室剛一開口，連問候話還未說出來，就聽到周元劈頭一句：

"你為悼念易平而用來紮頭髮的蔴巾可以除下了，因為易平還活著！"

還未容白薇反應過來，周元再劈頭一句：

"組織上知道你很愛易平，但白薇同志，你必須從此與他一刀兩斷，劃清界線，永遠離開他，而且，你必須按組織的要求去做——如果你不想他從此在這個世界徹底消失的話！"

"什麼？您說什麼？！"白薇瞪大眼睛大聲問，"這是為什麼？為什麼！！！"

"因為他的反動立場！因為他的反動思想！因為他反動的巨大的負能量，因為他的所作所為已嚴重地構成對國家安全的威脅！

對於共和國來説，他已經没有任何存在的理由了！"周元一反常態，臉色鐵青，左眼眉頭上綠豆般大小的黑痣跳動了幾下，然後一板一眼地厲聲回答。

"我不相信！我——不——相——信！易平在哪？他在哪？他在哪？"白薇像一頭受傷的獅子，兩眼冒火，聲嘶力竭地吼叫。

周元也不答話，高大魁梧的身體像一尊硬邦邦的石雕。他只是靜靜地看著白薇。良久，他左眼眉頭上的黑痣又跳動了幾下，隨後拉開辦公桌中間的抽屜，拿出一個文件夾，粗暴地摔到白薇跟前的地板，然後嚴肅地説：

"這是他部分的反動材料。你是個聰明人，希望你看完材料後，對他的反動本質，以及他對國家的危害有一個清醒的估計和正確的認識。你抓緊時間看，待會組織上還有重要的工作指示要傳達。"説罷，頭也不回就徑自走出辦公室。

"砰"的一聲，門關上了。

白薇呆住了。

過了好一會兒，白薇給自己滿滿地倒了一杯白開水。她一邊喝著燙嘴的開水，一邊梳理紛亂的思緒。

對白薇來説，這個消息來得實在是太突然了！太不可思議了！但無論如何，易平還活著，這是壓倒一切的最大的消息，最好的消息！她沉浸在極度的喜悦與興奮中；然而，領導的話，又像一把鋒利的刀子，剜進她的心窩，令她疼得幾乎窒息。一種從未有過的不安和憂慮襲上心頭，驅趕了好消息剛剛帶來的喜悦和興奮。

喝完水，白薇的心情才慢慢地平復下來，她撿起了周元摔到地上的文件夾，開始一頁一頁地翻看。

白薇越看越氣憤，很快，她就再也無法看下去了。

"哈哈哈哈！什麼'中國共和黨的領袖'，什麼'中國民運靈魂人物’，根本就不可能！易平跟那群共和黨人和‘民運人士’，從來都格格不入！欲加之罪，何患無辭？太可笑，太卑鄙了！”白薇悲憤地大聲苦笑，淚水奪眶而出……

> 一張剛毅的臉，
>
> 一張絡腮鬍子又濃又密的臉，
>
> 一張兩眼目光深邃，炯炯有神的臉，
>
> 振聾發聵，慷慨激昂的發言，
>
> “中國向處去？中國應有自己的道路！”

當白薇喝完第二杯開水的時候，周元回來了。

而令白薇意想不到的是，跟隨周元進來的，還有自己的父母……

“老白，你們一家子難得一聚呀，好好聊聊吧！我待會兒再來。”周元冷冷地說。說完，便走了出去。

白薇發覺，父母臉上並沒有流露出往常見到自己時的那副親切、欣喜的笑容。她知道，父母一定被牽連了。

爸爸好不容易才在媽媽的補充、提醒下把話說完。

白薇明白了。

原來，這一切都和文化大革命後整個社會力量的重新“排列與組合”有關，與“黨和國家的重大利益”有關：同在部隊系統工作的陳榮輝父母與白薇父母，不僅同時因“組織需要”須轉業到地方重要部門工作，而且要求他們攜手合作，共同肩負一項重大的任務……而仗著與“上頭”有“特殊關係”的陳家父子反復考慮後，提出陳、白合作的先決條件必須是陳-白聯姻：陳榮輝和白薇結婚。領導當時認為這更有利於工作，立即表態支持，並努力說服白薇的父母，接受陳家要求。

　　沒多久，在毫無懸念的情況下，由領導主持的"協調"工作圓滿完成，有關的方面終於達成共識，剩下的難題，就只是做通白薇的思想工作而已。

　　看著惴惴不安的父母，白薇不由想起了一位偉人說過的話：當代世界上最錯綜複雜的政治關係，都可以用最簡單的利益公式演算清楚……

　　而現在，一筆赤裸裸的"利益演算"已經完成並開始要"套現"了……

　　白薇感到屈辱，感到悲哀，感到憤懣。

　　面對領導和父母的輪番"轟炸"，白薇始終不低頭。她明確地表示，對於工作，對於合作，她服從組織安排。但她依然相信易平，深愛易平，哪怕易平死了，也絕不接受陳榮輝，即使因此會受到組織的處分。

　　時間過得真快，白薇和父母住在元朗光華酒店已有一個星期了。

　　在白薇與父母相處的這段時間，完全沒有了過去的那種與親人久別重逢的喜悅，那種家庭的溫馨和暖融。

　　其實，一直以來，白薇的父母都很清楚，自己的女兒深深愛著易平；而易平的善良、正直，有膽識，有能力，尤其是他的使命感，他的理想和抱負，也已給他們留下深刻的好印象。他們由衷地贊同女兒的選擇，而且一直為兩個年輕人純潔無瑕、真摯熱烈的愛情祝福……

　　但如今，卻風雲突變……

　　突如其來的打擊，讓猝不及防的白薇的父母，一下子懵了。

　　雖然他們深信，易平是無辜的，這當中一定有什麼誤會……

　　但領導的意圖、組織的需要，作為一個黨培養多年的老共產黨人，能不考慮，能不服從嗎？所以，在令人幾乎窒息的壓力之下，白薇的父母最終還是"理解""領導意圖"，接受"組織安排"了。是的，愛情怎能脫離政治呢？又怎能脫離從來都是殘酷無情的政治鬥爭呢？要知道，如今易平已成了站在"黨和國家利益"對立面的"另類"了！

但強烈的內疚，使白薇的父母，很難面對女兒，更無法完成上級領導交給的"任務"了。

又一個星期過去了。

這天，從北京剛飛抵香港，便匆匆忙忙來到光華酒店的周元，在白薇父母房間坐談差不多半個小時後，他敲開了白薇的房間，把白薇叫出來，然後一起坐電梯到了頂樓的"空中花園"。

頂樓的"空中花園"，其實是在某一年，香港"新華社"為來自中央最高層的一位"特殊客人"而專門設建的"蘭圃"。

這裡簡直是蘭花的世界，一座座用玻璃纖維建造的透明的溫室裡面，培植著數也數不清的千嬌百媚的蘭花：君子蘭、劍蘭、胡蝶蘭、報歲蘭、墨蘭、四季蘭、公主蘭……

一盆盆美麗的蘭花，還有身旁周元關於蘭花的如數家珍的介紹，根本就沒有引起白薇一絲一毫的興趣。她只是凭著頂樓不銹鋼欄杆，神情木然地看著遠處。

那些有高有低，色彩不一的建築物，多像幼時玩砌積木建起的高樓大廈……

坍塌了，坍塌了，
高樓大廈一棟，一棟地坍塌了……
深灰色的塵埃飛揚，吞沒了眼前的世界……
塵埃散了……
一棟陰森森的大樓……
一個沒有窗戶，只有鐵欄柵的房間……

一張剛毅的臉，

一張絡腮鬍子又濃又密的臉，

一張兩眼目光深邃，炯炯有神的臉……

幾個鐘頭過去了。

周元今天很有耐心。他以一個長輩的身份苦口婆心、語重心長地從不同的角度展開話題，開導白薇。

白薇始終一言未發。

這樣一直到夜幕降臨，周元才悻悻然離去。

這晚午夜時分，元朗光華酒店的一個窗門緊閉的房間隱隱約約地傳出了連綿不斷、如泣如訴的小提琴聲，那哀怨、悲憤，傷心慾絕的小提琴聲……

隨風而逝

一對老夫婦房間的長長的嘆息，似乎是對琴聲的呼應：

"哎——你說什麼？不很清楚？這不就是《隨風而逝》嗎？"一個女人的聲音在說，"是，是，是白薇那丫頭在拉。"

"哎，我聽不太像。"一個男人的聲音說。

"什麼不太像！我敢保證，這絕對是《隨風而逝》！"女人的語調很肯定，"而且絕對是白薇在拉！"

"哎，想來也是！有誰能拉成這樣呢？哎，太難了……"是男人的歎息。

一陣呼嘯而過的秋風，帶走了琴聲，帶走了嘆息……

白薇抱著琴，臨窗眺望秋夜灰暗的天穹。她推開窗戶，涼颼颼的秋風讓白薇的精神清爽了許多。

此刻，她的心在滴血，她一遍又一遍在心裡呼喚，呼喚那個能給她智慧，給她信心，給她力量的愛人。

她想得很多，很多，從過去，到眼前……

可以說，自來到人世間開始，就深受正統教育的白薇，從小就聽父母的話，聽老師的話，在學校，她歷任班長、少先隊中隊長、大隊長、團支書、學生會主席，絕對是父母和老師的乖孩子……

但是，人是可以變的。"人類在改造客觀世界的同時，也改變了自己的主觀世界。"在文化大革命這個史無前例的"熔爐"裡，就像千千萬萬純潔、善良，熱血方剛的中學生一樣，白薇也脫胎換骨，從一個人見人愛的"乖乖女"，一個柔弱、愛害羞的美麗的學生妹，鍛造成一個衝鋒陷陣、叱咤風雲的"造反派""美女司令"。是那動蕩的年代，和那翻天覆地的社會現實，打開、拓展了這些學生哥、學生妹的視野，點燃了他們胸中從未有過的關心國家和民族命運的火焰，啟動了他們對社會、對政治的熱忱，培養了他們的眼光、胸懷、膽識、氣魄與才幹……

　　是的，白薇慶幸過自己在熱血沸騰、壯志凌雲的非常年代，遇上了易平，慶幸過自己終於從此擁有了一個有愛情滋潤的充實的人生……後來，雖然她也承受過失去愛人的悲傷與哀痛；眼下，也剛剛經歷過"逝去"的愛人突然"復活"產生的失而復得的驚喜；然而，自己能否再一次承受得起得而復失，甚至永遠失去愛人的痛苦呢？而且，領導的真正意圖、最終目的是什麼呢？……

　　但是，領導白天在"空中花園"那番肺腑之言，和言語間透出的如慈父般的鍾愛、呵護、關照和扶持，又顯得如此實在與真誠——這又令白薇感到困惑、迷惘。

　　整整一天了，白薇耳邊總響著周元那直擊自己心窩的話語：

　　"如今，文化大革命結束了。舊的秩序打碎了，新秩序的建立已刻不容緩，國家正處於百廢待舉的重大關頭，各種政治力量，錯綜複雜，各種政治人物，正在重新站隊……我們必須清醒地認識到，'四人幫'的覆滅，並非等於黨內的路線鬥爭，就從此結束了，黨內產生資產階級的可能性，產生'赫魯曉夫'的可能性，也就從此一勞永逸地消失了。所以，我們必須居安思危，每時每刻都必須保持高度的警覺性，在我們黨內部要出現'赫魯曉夫'的時候，在我國政局要發生不以我們的意志為轉移的重大變化的時候，在我們要被踢出局的時候，我們還有反擊的能力，還有扭轉大局的能力！'六四動亂'就給了我們一個深刻的啟示！而目前一系列的重大布局與安排，就是上頭為今後可能出現的重大變數，而未雨綢繆，規劃實施的一步高瞻遠矚的'大棋'。明白地説吧，我們的工作，就是這步'大棋'的重要組成部分。這也是無產階級繼續革命的重要組成部分。

　　"而你們這些當年誓死捍衛毛主席革命路線的紅衛兵小將，又是堅決響應毛主席號召上山下鄉，插隊落户的知識青年，是黨和國家的寶貴財富，是無產階級革命事業的最可靠的接班人！革命事業很需要補充你們這些‘新鮮血液’，黨和國家很需要你們！能遇上我國歷史發展的重大機遇，成為一名擊波搏浪的弄潮兒，為黨的事業作出自己的貢獻，我真羨慕你們這一代人！我曾看過不止一位紅衛兵小將的日記或記事本，扉頁上都整整齊齊地抄錄著蘇聯作家奧斯特洛夫斯基的長篇小說《鋼鐵是怎樣煉成的》裡面的句子：‘人最寶貴的是生命，生命屬於每個人只有一次。人的一生應當這樣度過：當他回憶往事的時候，不會因為虛度年華而悔恨，也不會因為碌碌無為而羞愧；當他臨死的時候，他能够説：我的整個生命和全部精力，都獻給了世界上最壯麗的事業——為人類的解放而奮鬥。’而今天，能為這一具有偉大歷史意義的事業貢獻自己的力量，不枉此生啊！

“我相信你也一定讀過匈牙利詩人裴多裴那著名的詩句：‘生命誠可貴，愛情價更高，若為自由故，兩者皆可拋！’我想説的是：如果一段感情，一段緣分，建立在两個人不同的信仰、不同的世界觀、不同的政治價值取向的基礎上，這感情，這緣份，能長久嗎？充其量，這‘緣分’也只不過是一種屬於更有价價值，更有意義之緣的‘助緣’而已，跟黨和國家的利益相比，跟無產階級的壯麗事業相比，個人，包括個人的生命、愛情，永遠是渺小的。當組織上出於事業的需要，要求個人作出犧牲的時候，任何人都必須懂得如何考慮並毫不猶豫地作出抉擇！尤其是對於共產黨人來説。

“組織上非常信任你，你將繼續留在海外工作，但與過去的工作不同的是，你要獨立工作，做一名‘孤膽英雄’。由於工作的重要，因而組織上考慮所有參加這種工作的同志在政治上、思想上、社會關係上，都必須絕對可靠。這是要查三代的！因為這是國家機密，國家機密！懂嗎？況且，易平的問題，已經不僅僅是思想、立場反動了，已有材料翔實的實名舉報，揭發易平在陽平縣當知青的時候，言論反動，還曾經謀殺過一位當地的革命幹部，此案還在審查之中。易平是否清白，需要在審查後才能作出。更何況，還有人揭發他與海外的'民運'分子有千絲萬縷的聯繫。當下，組織上要求你的，就是跟他劃清界線，一刀兩斷！所以，你不要辜負了組織對你的信任和器重。有機會成為黨和國家這麼重要的一枚'棋子'，你真的要好好珍惜！你應該感到幸運，感到自豪，感到光榮！"……

白薇一想起周元這些話，就感到自己的腦袋，都快要炸了！

雖然深秋的夜很涼，但一直頭昏腦脹，無法冷靜的白薇，還是一次接一次地洗冷水浴。

白薇把掛在脖子上的玉墜解下來，捧在手心。晶瑩圓潤的老玉沐浴在浴室淡紫色的燈光裡，振翅欲飛的"鳥"此時顯得是那麼溫柔，又那麼無奈……

"易平，你在哪裡？你知道嗎？我太難，太難了！易平，你的小妖精相信你！愛你！需要你，你的小妖精不能沒有你啊！易平，你說過的，我們要心連心，肩並肩，一起實現自我，一起幹一番有意義的事業，共度有意義的人生！現在機會來了，為黨，為共和國，為民族發展的偉大事業奉獻自己力量的機會來了！但是，老天爺不公平啊，這機會只屬於我！而我能離開你，去幹一番有意義的事業嗎？孤零零地去追求理想，實現自我嗎？可這是千載難逢的大好機會，我真的不想放棄啊！易平，我該怎麼辦呀？易平，你在哪裡？你有人身自由嗎？你在受苦嗎？你還好嗎？我好想，好想你啊！"白薇在心裡一遍又一遍向易平呼喚。

由於強烈的思念、極度的憂慮，加上巨大的精神壓力，白薇精疲力竭，她挺不住，終於病倒了。

這隧道也太長太暗太冷了……
易平，快抱抱我，

抱抱我！

我冷……

易平，

易平，

易平……

　　高燒昏睡了三天三夜後，白薇退燒了，終於醒了。她艱難地向四下張望，用十分微弱的聲音說：“易平，易……”

　　“唉，哪裡有易平呀，傻丫頭。”做媽媽的心痛地說。

　　“不是易平一直在握著我的手嗎？”白薇有氣無力地說。

　　“哪裡是易平？那是周伯伯的手！”白薇的媽媽把女兒扶起來，靠在牀頭上，一邊給她倒了杯熱開水，一邊說，“你呀，可把周伯伯急死了！為了你，他親自安排醫生、護理人員，連他主持的會議都因此改期了。周伯伯來好幾次了，周伯伯夫婦無兒無女，他們一直把你看作是自己的孩子，難道你一點兒都感覺不到嗎？又是領導，又是長輩，他會害你不成？你就聽周伯伯的話吧，嗯？他兩個鐘頭前說了，大約兩個鐘頭後會再來看你，現在該快到了。”

　　白薇雙手捧著燙熱的水杯，一動也不動地望著杯裡的水。她切切實實感到自己從身體到精神的那種極度的衰弱。她不想說話，只是抬起頭，失神地望著媽媽和爸爸。望著，望著，她想起《鋼鐵是怎樣煉成的》中那段著名的話，她慢慢變得昂奮起來……她想：人的生命多麼脆弱！生命是有限的，我應當毫不猶豫地為無產階級壯麗事業奮鬥，讓有限的生命發出無限的光芒！

　　白薇跟媽媽說，想喝一杯熱牛奶。

　　白薇剛喝完熱乎乎的牛奶，周元到了。

　　“周伯伯，”白薇的聲音小得幾乎讓人聽不見，“我想和您談談……”

"不急，不急！先恢復恢復，我們明天再談。"周元左眼眉頭上的黑痣跳動了一下，深沉的眼睛閃過了一絲不易覺察的亮光……

第二天。

還是頂樓的"空中花園"。

並未完全康復的白薇，在早秋日溫暖的陽光下，貪婪地吸著淡淡的蘭花的清香，她看著並不刺眼的朝陽，心情開始輕鬆起來。

在進一步了解到這項工作的重要性和特殊性，並已認識到任務的光荣，和機會的難得之後，白薇表示願意認真考慮組織的工作安排，但她需要時間，因為她目前還不能確定，自己是不是可以為了黨的事業，犧牲"小我"，包括犧牲和易平的愛情，甚至永遠失去易平，去接受組織交給的任務，去接受毫無感情基礎的"政治聯姻"，去和一個自己十分鄙視、十分厭惡，連多看一眼都不願意的男人組建家庭，共同生活——哪怕只是一種"有名無實"的"家庭生活"；她希望組織上尊重她的意願，更希望組織上有一種"兩全其美"的安排。但無論做出什麼選擇，她還是堅持認為易平絕不會反黨，易平只是站在馬列主義的立場，從理論上探索我國在無產階級專政下繼續革命的途徑與方式。如果連這也算"反黨"，那她白薇也已到"反黨"的邊緣了；再說，如果連黨內都可以有民主，可以允許不同的意見暢所欲言，為什麼不可以對關心黨和國家前途，勇於探索，大膽追求的熱血青年多鼓勵一點，多愛護一點，對他們在追求真理道路上出現的不成熟甚至是偏差、過失、過錯多寬容一點，網開一面呢……她還表示，如果易平是謀殺幹部的罪犯，那她白薇就是第一同案犯。如果易平受到不公平對待，她的心永遠都不會安寧，而且任何時候都不會平靜地生活，安心地工作！

一談到扣在易平頭上的"中國共和黨領袖"和"謀殺幹部"這些"帽子"，白薇就來氣。她越説越激動，終於把控不住自己的情緒。她不顧一切，把内心的不滿，甚至是憤怒，一下子淋漓盡致地發洩出來。

也不知過了多久，悲憤的、嘶啞的嗓音才在"空中花園"美麗的蘭花世界慢慢靜止下來。

白薇説完話，便倚在欄杆上不停地喘氣。

她望著一臉驚愕的周元，望著這位談工作時從來都是嚴肅、不苟言笑的領導、長輩，喘著氣問：

"周伯伯，周局長，難道我説得不對嗎？"

周元一時沉默，只是左眼眉頭上的黑痣又跳動了一下，深不可測的雙眼，顯得更深沉了⋯⋯

白薇一直望著沉默的周元。過了一会，周元終於開口了：

"組織上會重視你的想法。有一點我現在就可以答應你：我會用我認為最好的方式去關注，處理易平這個個案，並且立即阻止草菅人命、草率結案的任何做法。我還可以⋯⋯好了，不説那麼多了，總而言之，事不宜遲，要改變易平命運的前提是，你必須顧全大局，服從組織安排。換句話説，易平的命運，掌握在你的手裡⋯⋯"

白薇又陷入了深思⋯⋯

周元的話，令白薇感到十分意外。但再細想，又好像挺自然。她知道領導話中有話，也聽得出這當中的"弦外之音"。説是威脅吧，還不如説是"交換"。這像是我們黨的一貫的作風嗎？想到這裡，白薇不由生出一絲反感；但再一想，如果這一切可能的話，那不正好説明，易平的事可大可小，而自己還有機會幫助他，改變他倒霉的命運嗎⋯⋯想到這裡，白薇又不由生出一絲欣慰，一絲喜悦。

　　於是，白薇説：

　　"要我接受組織的安排也行，但組織也要接受我提出的條件。"

　　"白薇同志，你知道你在説什麼嗎？"周元很不高興地説，"你這是在向組織討價還價！

　　"你只有在百分之一百地、絕對地服從組織安排的前提下，才可以提出個人的要求。只要是合情合理，又不違反原則，組織上也會考慮，會盡量滿足你。好吧，你説説看。"周元又説。

　　"可以讓我跟易平見面，盡量做他的思想工作，説服他，挽救他嗎？可以給他一個工作的機會嗎？"白薇又問。

　　"不行！這是原則！"周元斬釘截鐵地斷然拒絕，"你無權選擇！不要得寸進尺！你要明白，我答應對他網開一面，從寬處理，已經是你能争取到的'最大值'了。"

　　"周伯伯，再給我一點時間好嗎？"白薇絕望了，蒼白的臉上流淌著淚水，她用幾乎是哀求的語氣説。

　　"形勢逼人，時不我待，不可能再拖延下去了！"周元的語氣沒有一點點緩和，但眼裡分明多了一點憐憫，一點温柔……

　　"好了，這事就這樣定了！我很清楚你的願望。相信周伯伯，我知道應該怎樣做。還有，你聽好了：一旦你最後決定了，在新工作正式開始之前，你還有十天的時間，用來交待原來的工作和處理好各種瑣事、雜務與關係，特別是要卸除各種對今後工作不利的'包袱'和'尾巴'。十天的時間足夠了，至於如何使用時間，組織上沒有特別要求，沒有'硬性'規定。懂嗎？還有，與這工作有關的任何情況，包括任何細節，絕對不能跟任何人透露——我説的是'任何人'。否則，只要洩露一點點情況，我們便將遭受毀滅性的打擊！洩露者亦將作叛徒，作叛國罪論處！懂嗎？"周元嚴肅地説。

　　"聽懂了嗎？"周元緊接著又問。

白薇想了想，勉強點了一下頭。

"真聽懂了嗎？"過了一會，周元認真再問。

白薇再次點了點頭。

"很好！聽懂就好。"周元説完，看了看腕上老舊的手表説，"要記住，你決定得越快，就越有利於對易平'網開一面'。我還有事，明天要回北京。有事要找我，可跟劉主任説，讓他轉達。好了，你也下去吧，這裡涼。"

"我想單獨再待一會。"白薇説。

白薇一直看著周元，直到他那高大的背影走進電梯間。

淡藍色的天空，萬里無雲。附近的林蔭大道，是零零散散的法國梧桐黃色的落葉。幾只不知名的小鳥，在一個温室的房頂上嘰嘰喳喳地歡鬧，與深秋的肅穆、蕭瑟顯得是那麼不和諧。

白薇放眼晴空，心情雜亂，説不上是煩躁，也説不上是平靜；説不上是難過，也説不上是舒暢。反正她不知道，自己這身不由己的"抉擇"，是不是真的可以救助易平，而且，她更不知道，這將給她，給易平，給他們的未來帶來什麼……

易平，你在哪裡？易平啊，如果我們能够互換，以你的才智和能力，一定可以做得比我更好，為黨和國家的貢獻也一定比我大！老天爺呀，你怎能如此不公平！

白薇感到從未有過的疲倦。但她没坐電梯下樓，只是帶著沉重的心情，拖著沉重的步子，從樓梯一級，一級地下樓，慢慢地走回房間。

一到房間，白薇倒頭便睡，一直睡到第二天清晨。

還没起牀，白薇就接到悉尼的來電：有項很大的業務一定要白薇立即回去處理。而周元則明確表示：在做出最後決定之前，白薇不能離開香港。

　　睡了十多個小時的白薇，早上起來，精神好多了。她先看望了父母。然後到中環逛商場，買了些日常生活用品。

　　回到住所，看時間還早，白薇打算好好泡個熱水澡。她脫好衣服，開始調試浴缸的水溫……

　　突然，白薇被一雙粗壯有力的手從背後緊緊地抱住了，她本能地努力掙扎，但一點用也沒有，她被箍得死死的，動彈不得。她抬頭向浴室的大鏡子一望：抱住自己的，竟然是一絲不掛、赤身裸體的陳榮輝！她急了，拼盡全身的力氣用右腳腳跟在陳榮輝右腳的腳背上使勁一砸！

　　陳榮輝慘叫一聲，鬆開了雙手。

　　白薇轉過身來，只見陳榮輝激動得滿臉通紅，全身微微發抖，身下那灰暗的話兒，半軟不硬，且明顯彎曲，就像變了質，剝了皮的香蕉……

　　白薇感到憤怒，感到惡心！"流氓！人渣！滾！你滾！……"白薇大聲喊道。

　　陳榮輝像一只饑餓的惡狼，把白薇撲倒在地，然後重重地壓在她的身上。

　　白薇被壓得喘不過氣來。她的雙手被陳榮輝死死按在地上，她用盡全身的力氣拚命掙扎。突然，她感到一股熱呼呼、黏稠稠的東西流到自己的腹溝和大腿上，而陳榮輝則像泄了氣的皮球。白薇趁他稍為鬆懈，掙脫出右手，朝陳榮輝的左眼狠狠地揍了一拳。陳榮輝猝不及防，被揍得滿眼金星。他喘著氣爬起來，捂著左眼，跌跌撞撞地走出浴室。還未容白薇把浴室的門關上，赤條條的陳榮輝又衝進浴室，惡狠狠地說："白薇，你囂張什麼！？你已經是我的合法老婆了！你囂張什麼！？"說著，把手中紅色的《結婚證》，朝用浴巾裹身的白薇一揚，得意地說，"告訴你吧，白薇，你想跟易平那小子好？你死了這條心吧！他就是我告發的！怎麼樣？

我就是要整死他！怎麼樣？你囂張什麼？！你囂張什麼？！"

白薇雖然知道自己的身子並沒有受到傷害，但強烈的憤懣和屈辱感，像烈焰在燃燒著她。加上病後還未完全康復，白薇現在衰弱得連說話的力氣都沒有了，她感到呼吸困難，她扶著洗漱台，也不再說什麼，只是怒目圓睜，血紅的雙眼燃燒著憤恨的火焰，射向一絲不掛的陳榮輝。

陳榮輝慌了，胡亂穿上衣服，匆匆離去。

白薇流著眼淚，用很熱很熱的水，不斷衝洗自己，一遍又一遍，一遍又一遍……

白薇在從未有過的悲憤而又沮喪的心境中度過了這一天。

第二天下午，白薇接到了鍾麗莎的越洋電話。

鍾麗莎首先把易平還活著喜訊告訴白薇，但白薇一時還沒有反應過來。過了一會鍾麗莎才把"陰謀"告訴困惑中的白薇。

鍾麗莎的電話讓白薇感到突然，感到意外，感到詫異，甚至感到有點不可思議。人們說，愛情是自私的。而白薇知道，鍾麗莎也深愛易平。而現在卻由她來安排易平與自己見面，這是鍾麗莎在試探自己呢，還是她仗義"割愛"？還是……白薇一時難以判斷。而陳榮輝手中的結婚證，已分明透露幕後的佈局一直在有條不紊地進行。白薇知道，組織上一切都已安排好了，她答應，還是不答應，已經沒有任何實際意義了……

白薇不知道對鍾麗莎說什麼才好。

當天午夜，白薇再次接到鍾麗莎的電話——原來，鍾麗莎已決定馬上來香港安排白薇與易平的會面，現已在巴黎國際機場的候機室，馬上就要登機了。

苦苦思索了一整夜後，白薇決定與易平會面。

白薇打的到機場接到了鍾麗莎，一起回到鍾麗莎表叔在半山住宅區的別墅——"逸廬"。

　　當晚，兩人在為白薇準備的房間，喝著鍾麗莎特意從巴黎帶來的法國咖啡。

　　在法國咖啡濃濃的香味中，她們一直談到深夜。

　　鍾麗莎的真誠終於打動了白薇。

　　白薇也把陳榮輝的劣行一五一十地告訴了鍾麗莎。得知白薇自衛成功，鍾麗莎十分高興，但她又很不明白，於是問：

　　"白薇，既然你不愛那渾蛋，不可能跟那渾蛋結婚，況且你又不在場，他怎麼可以辦結婚證？難道這裡面有……"

　　"麗莎，你別傻了，也別問了，事情比你想象的要複雜得多。但我話只能說到這裡了……結婚證？哼，這算什麼，小菜一碟罷了！別說辦個結婚證了，什麼證不能辦？什麼事不能做？"白薇苦笑道。

　　"怎麼？這也行？這到底是為什麼呀？這到底是怎麼回事呀？白薇，你和易平今後怎麼辦呀？易平很快就來香港了，你和易平這次……"鍾麗莎也感到事情很不簡單，她瞪大眼睛望著白薇，焦急地問，正想還說些什麼，白薇打斷了她的話：

　　"麗莎，謝謝你，謝謝你安排我和易平見面。見面是一定的，不要改變，其他呢，容我好好想想。還是先睡覺吧，現在已經是半夜三更了，我也很累了。"白薇說。

　　鍾麗莎走後，白薇又喝了一杯不加糖，不加奶的純咖啡。她靠在牀上，慢慢地呷著苦澀的咖啡，苦苦地思索，徹夜未眠，直到天亮……

　　是的，易平說過，人們的一生有很多重要的關節點，它可以把人們引向不同的目標。而人們的選擇，既可能令自己千古流芳，也可能令自己一失足成千古恨；既可以把自己推上勝利、成功的高峰，也可以把自己推下萬劫不復的深淵……

　　現在，命運已把自己逼到進退兩難，又避無可避的關節點……

白薇把掛在脖子上的玉鳥除下來，放在手心反復撫摩，止不住的淚水，一滴一滴地滴在晶瑩、圓潤，展翅欲飛的玉鳥上……

凌晨，她終於艱難地完成了自己一生最重要的抉擇：為了不錯過為無產階級壯麗事業大展身手，貢獻力量的大好機會，也為了救助易平，為了愛，她決定接受組織的任務……

……望著冉冉升起的橙色的朝陽，一個大膽的想法突然從白薇的腦海蹦了出來！她為自己的"靈感"感到激動，感到興奮！

接著，她抓緊時間為自己的這個想法制訂了周密的計劃……

如果不是北鳥和王思哲兩人極力挑唆，輪番慫恿，易平是不会會考慮來香港看國際電影週的。而在赤鱲角機場，當他看到接機的是鍾麗莎時，他才慶幸自己的決定。因為一來老朋友多年未見面，意外重逢，總是一件令人高興的事；二來北鳥此前已和易平談到過鍾麗莎，知道鍾麗莎如今已是在電影藝術事業上業績輝煌的藝術家了，這對於同樣也酷愛藝術的易平來說，不啻是難得的交流的機會，增長知識的機會！

在機場，鍾麗莎告訴易平，他們這幾天會住在她姑姑的半山別墅——"逸廬"。

因為姑姑和姑父生意做得很成功，還不到六十歲，夫婦倆便退休了，一年起碼有一多半的時間到世界各地旅遊，目前正在加拿大滑雪呢。而他們的一對兒女：女兒前年與一名德籍華裔結婚，已在德國定居；兒子則還在美國攻讀醫學博士學位。別墅裡，長年累月只有一名中年菲律賓女傭在打理。

鍾麗莎把易平帶到一間臥室的門口，然後詭譎一笑說：

"祝你睡個好覺！"

易平進了房間，正要轉身關門，但房門已"咔嚓"一聲自動關上了。與此同時，易平被一雙溫柔的手從身後緊緊地抱住了……

易平慢慢地轉過頭一看：眼前正是他朝思暮想的、身穿睡袍的白薇!

"薇！我的小妖精！……"易平怔住了。他剛想再說，但已被白薇燙熱的嘴唇緊緊地封住了口。易平轉過身，一下子把白薇緊緊地抱住了，他瘋狂地吻白薇。

幸福的熱淚，從白薇美麗的臉上流下來……

突然，易平一把抱起白薇，急步走向大牀，他放下白薇，迫不及待地解開白薇睡袍的腰帶……只見白薇潔白如玉的胴體，是那樣亮麗，那樣溫潤，那樣柔暖，那樣馨香；飽滿、堅挺、鮮嫩的乳房，正隨著白薇越來越急促的呼吸一起一伏；而掛在脖子上的玉鳥，晶瑩、圓潤，展翅欲飛……易平熱血沸騰，全身發脹。他看著白薇燃燒的雙眸發射出來的熱切的光芒，慌忙脫去自己身上所有的衣服……

白薇把易平使勁拉進懷抱，溫柔的目光深情地望著易平，流露著欣喜，流露著期盼。她慢慢地張開了雙腿……

……易平緊張，慌亂，無奈，像一頭四處碰壁的迷途小鹿，他焦急得滿頭大汗。

"你真笨！……"白薇臉頰泛紅，低聲微嗔。她用溫柔的手引導著蓄勁待發的小鹿，進入溫軟、暖融、柔潤的洞天……

心慌意亂的小鹿瞬間變成一頭闖進林子的狂喜的豹子……易平沸騰了，燃燒了，排山倒海般的熱浪，頃刻之間一波接一波地衝擊著白薇……白薇不由自主張開口微微喘氣，她貪婪地、大口大口地呼吸著易平身上散發出來的，男性的濃濃的體味，她感到自己的身體逐漸在發燒，在顫慄，從微弱到強烈，從局部到全身，她感到快要被那熱浪淹沒了，融化了……

易平望著白薇柔情漾溢的眼睛，越來越激動，越來越昂奮，越來越衝動，動作也越來越強勁，越來越急促……終於，火山爆發了！岩漿噴薄而出……

"啊！……"白薇大叫一聲，腦海一片空白，她全身癱軟，就像無牽無掛，升騰在萬里晴空的一片浮雲……一種從未有過的充實感、滿足感和幸福感，在膨脹，在急竄，在迅速擴展……她緊緊地抱著易平强壯的身腰，久久地，久久地抱著。她流著熱淚，用略帶顫抖的聲音忘情地説：

"易平哥，我愛你！永遠愛你！"

"我的小妖精，我也愛你！永遠愛你！"易平輕輕地為白薇抹去淚水，溫柔地撫摩著白薇的臉頰説。

"我永遠是你的！永遠是你的！"白薇激動地說。

易平被深深地感染了，一股暖流又再油然而生，很快，易平又一次沸騰起來，燃燒起來。他果敢地放任自己，又一次和自己心愛的女人一起奔向幸福的巔峰……一次，又一次……

"易平，你怎麼可以做到這樣！你怎麼可以做到這樣！"白薇一次，又一次被鋪天蓋地而來的快樂吞沒，她感到驚奇，感到驚訝，感到驚喜。

……

柔和的月光透過落地玻璃窗，與房間淡淡的幽藍的燈光一起，沐浴著兩個光潔、滾燙，融在一起的胴體……

他們沒有説話，一動也不動，只是緊緊相擁。

月亮升高了，月光如洗……

溫暖的臥室彌散著他們用激情"製造"出來的特別的氣味。這氣味令他們迷醉，眷戀……

白薇突然想起了什麼。她輕柔地從易平暖融融的懷抱中"溜"了出來，披上睡袍，起牀倒了一杯熱開水給易平，然後默默地看著易平大口大口地把水喝完。

喝水後，易平感到困了，而且越來越困了……

“小妖精，我們睡吧，好嗎？”易平深情地望著白薇，望著白薇掛在脖子上的玉鳥，溫柔地説。

白薇咬著嘴唇，輕輕地點了點頭，靜靜地看著努力想撐開眼皮的易平。

她心如刀割，熱淚盈眶，大步撲向瞬間已然“入睡”的易平。她流著淚，忘情地狂吻易平，吻遍他的整個胴體：從頭到腳，又從腳到頭，一遍又一遍，一遍又一遍……

然後，白薇小心翼翼地給易平蓋上被子，才坐到寫字台前，發抖的手從抽櫃拿出昨晚就準備好的筆和紙……

易平醒了。

漆黑的臥室寧靜、溫暖。易平沒睜開眼，他一邊用手四處摸索，一邊輕聲叫喚：

“小妖精，小妖精！”

然而，沒有任何回應。

易平走下牀，拉開厚重的枣紅色窗帘，午後的太陽透過玻璃窗把易平照得睜不開眼睛。還不算太猛烈的陽光照射在臥室寬闊的大牀上——哪裡還有白薇的人影？只見鋪在牀上的雪白的浴巾上面，鮮紅的血蹟，是那樣的艷麗，就像春天燦爛的薔薇……

易平不由一陣感動。

他繼續四處張望，映入眼帘的，是牀頭櫃上晶瑩的玉鳥與字條。

易平把冰凉的玉墜拿在手裡，迫不及待地看那字條：

易平，我永遠的愛人：

　　請接受我的不辭而別。

雖然我深深知道，這對你是殘酷的。但如果我再不痛下決心，離你而去，我就再也無法掙脫你強大的愛的'磁場'，再也無法離開你了。這樣，我就將與意義重大的壯麗事業失之交臂；也將無法幫助你改變厄運。而在黨和國家的事業與你純潔的愛情之間，我選擇了背離你，放棄你。既然要做一名黨和國家的忠臣，無產階級革命事業的忠臣，我就只能背叛你，做愛情的叛徒了。

無論如何，都是我辜負了你，傷害了你，對不起你！

我永遠愧疚於你！

但願你最終能理解我。

把逸廬之夜當作一場夢吧，就像《廊橋遺夢》……

雖然，夢已碎，緣已'隨風而逝'，但逸廬之夜的點點滴滴，將是我全部生命記憶的最高點；而我，卻不值得你記憶！忘掉我吧，今後我們就不再聯繫，不再交流，不再見面了——即使再見，也不再是朋友了——這是我們的約定，你記得的：因為純潔如你的玉鳥，已'物歸原主'……

我不敢奢望得到你的寬恕與原諒，但願幸運從此隨伴著你；但願你早日'鳳凰涅槃'，修成正果……

衷心祈盼你永遠健康、平安、幸福！

最後，艱難地跟你說聲：

別了，我今生唯一的愛人！

永遠遙望你，牽掛你，祝福你！

（你的小提琴，我就不還給你了，就讓它永遠陪伴我吧！）

你永遠的小妖精 泣書

易平讀完字條，痛徹心肺，難以自已。他仰天長嘆了一聲，淚如雨下。他輕輕地撫摩圓潤的玉鳥，痛定思痛，陷進了隨痛苦而來的悲切、失落與惆悵的巨大的旋渦……

啊，漫山的山稔花開了，真香！
相依相偎，暖融！
牢房的鐵閘打開了，
鳥兒飛回了，又飛去了……鐵閘又關了……

整個白天，易平都把自己關在臥室，直到夜闌人靜，他才披著外套，走出房間，來到二樓的陽台，依欄眺望。

遠處的維多利亞港，燈火漸漸暗淡了。依稀傳來有氣無力、疏疏落落的汽笛聲。

秋夜的涼風吹拂著易平凌亂的頭髮，俊朗的臉龐迎著涼風，顯得更加剛毅、冷峻。握在手心的玉鳥，涼了又暖了，暖了又涼了……

易平沒有心情參加電影節。第二天一早，他把牀單、被子、浴巾……一股腦丟進洗手間前的洗衣機，然後在洗衣機那節奏平和的輕輕聲響中，與鍾麗莎匆匆告別，打的直奔赤鱲角國際機場——他已打電話諮詢清楚，上午有直飛舊金山的航班。

鍾麗莎望著神色黯然，臉容憔悴，黯然無語，匆匆離去的易平，自然想起昨日早上，雙眼又紅又腫，同樣也是黯然無語，匆匆離去的白薇，她感到困惑："為什麼是這樣？為什麼是這樣？……"她反復地問自己。想著想著，最後，鍾麗莎也搞不清自己的心情為什麼凝重起來，惆悵起來……

第七章

激情過後。

疲乏不堪的林間終於憩然入睡了。在牀頭燈暗淡的燈光下，蘇玲凝望著身旁健碩、強壯的胴體，望著這個每一次對自己都能交足"功課"，真正令自己"欲仙欲死"的男人，這個對自己不堪的過去不僅不歧視，不介意，不嫌棄，反而小心翼翼，百般憐惜，體貼入微，呵護有加的男人，這個對自己一往情深、毫無保留、義無反顧的男人，這個既"乾净"又陽光的成功人士，突然生出了一種從未體驗過的感動，她甚至希望，這是她此世今生最後的一個男人，一個與他共度餘生、白頭偕老的男人……

是的，在她看來，全世界的男人無一例外都是愚蠢的動物，唯一不同的，只是他們愚蠢的程度；而全世界的男人同時也無一例外都是罪惡的魔鬼！唯一不同的，是他們貪財好色、自私自利的程度……

其實，她從心眼裡鄙視那些佔有過自己——或者說，被自己佔有過的男人：位高權重、富可敵國的"高官"和"權貴"，"四大皆空"的出家人，熱愛中國文化和中國女人的洋教授，生命科學研究的"權威"專家，把表現美作為終身使命的年輕畫家、麻木不仁而要價奇高，"技術"超群的"小鮮肉"，低智、癡鈍與強壯、慓悍融為一體的"黑鴨子"，還有那專對"二奶住宅區"富婆們掠財劫色的"中央辦案專員"……

但是，難道，難道這是一個"另類"？

不，不！沒有任何一個男人值得信任，值得交心，值得犧牲——對於我蘇玲來說，這些笨蛋和色鬼惟一的價值，是滿足我的需要！

寬敞的臥室，温暖、馨香。全身赤裸的蘇玲，走到臥室寬大的玻璃鏡前。鏡中那如芭蕾舞蹈演員般的修長裸體，那被蓬亂的長髮半遮半掩的雕塑般的臉，在暗淡燈光裡，更是別具一種"朦朧美"……

"這是我嗎？"

蘇玲第一次這樣仔細地欣賞自己，望著鏡子中的裸體，她突然悲從心生……

像千千萬萬幸福的獨生子女一樣，蘇玲也有温暖的家，也有快樂的童年。從在媽媽的肚子裡開始，蘇玲就像公主一樣受到百般的關愛和呵護。她是看著爸爸和媽媽温柔的笑臉，聽著他們甜蜜的話語長大的。在中學當教師的爸爸和在市委機關幼兒院當院長的媽媽，也因為有一個聰明、伶俐，又美麗、可人的女兒被親戚、朋友、同事羨慕和祝福。

拉著小提琴，跳著芭蕾舞成長的蘇玲，在笑聲中步入省的重點高中……

蘇玲不僅學習成績在班上出類拔萃，而且還考進了市裡的中學生管弦樂團。而無論是在學校，還是在樂團，温柔、文靜而又聰明、漂亮的蘇玲，招來了越來越多男生仰慕的目光。

那年樂團一年一度的夏令營，在風景秀麗的南湖舉辦。

連日來，樂團大提琴首席與蘇玲在綠草如茵的湖邊，促膝談心，流連忘返。這位比蘇玲大兩年的高大、英俊的高幹子弟，剛剛考上大學，即將要到外地讀書了。這是一個很多女生暗戀的高傲的"白馬王子"。

　　在夏令營即將結束的最後日子，他們惺惺相惜，依依不捨。兩顆年輕、幼稚的心越貼越近……終於，在皎潔的月光下，大提琴手向蘇玲表達了自己的強烈的愛。像一股突如其來的熱浪，猛烈地衝擊著蘇玲。她手足無措，感到全身灼熱，感到昏暈。在驚惶、害怕、不安、猶豫而又滿含期待的複雜、紛亂的心境中，蘇玲獻出了自己的第一次……

　　不久，蘇玲發現自己懷孕了。六神無主的蘇玲趕快找到即將到外地讀大學的大提琴手。

　　大提琴手一聽，俊美的臉龐，當即扭曲，變得非常難看。他兩手插在褲袋裡，不以為然地把頭轉向一邊。最初，他表示不相信，繼而表示抱歉，表示對不起。在略加思考後，他那冰冷的目光瞟了蘇玲一眼，然後口氣堅定地説：

　　"打掉吧！費用我出。"説著，從褲袋拿出錢包，把所有錢都掏出來："我看夠了吧！不够，我也没辦法了，你自己想辦法吧。因為雖然我父母有錢，但他們是領導幹部，而且馬上就會被委以重任，所以我不想讓他們知道，免得他們有壓力，更不希望因此事影響他們的前程。"

　　大提琴手冷冷地望了一眼在昏暗的路燈下默然無語、淚流滿面的蘇玲，然後把目光移到腳下的地面，認真地説：

　　"其實，這是你情我願的事，我們都没有對與錯，只有需要。就當作是一場夢，一場不合時宜的夢，把它忘了吧！今後我們不要再糾纏，不要再交流，也不必再見了。就此別過，保重！"説完，頭也不回就走了。

　　蘇玲把手上的錢往地上一摔，哭著走了，帶著不斷加重的驚恐，帶著無窮無盡的哀怨，帶著熊熊燃燒的憤恨。她挪著沉重的腳步，在漫漫的長夜，一步，一步，艱難地走回家。

第二天一早，蘇玲急急忙忙找到在醫學院讀書，現在剛好放寒假在家的表姐，向她求助。

熱心的表姐很同情這個可憐的小表妹，她連忙找到在醫院婦產科實習的同學，幫助蘇玲很妥當地做好了"善後"……

蘇玲終於大大地舒了一口氣。但是，從這一天起，一個濃重的陰影，便籠罩在她的心頭；而且，這一切並沒有隨著自己年齡的不斷增長，隨著自己的美麗與日俱增，隨著愛慕者、追求者的越來越多而消失……也從這一天起，大提琴手那冰冷的目光，就像一個讓蘇玲無法掙脫的魔鬼，如影隨形，永遠地與她的生活相伴……

蘇玲大病了一場。

沒過多久，同學、老師、父母，還有那個熱心幫助蘇玲"善後"的表姐，也都感覺到蘇玲變了：原來那個性格溫柔、敦厚、文靜、內向，孤芳自賞的柔弱女孩，漸漸變得剛強、果敢、外向和張揚了。

是的，蘇玲也感到自己變了：大病過後，一種莫名其妙的力量，一種連自己也難以駕馭的力量從內心深處慢慢地滋生……在學校裡，她常常在晚飯後、晚自修前，獨自走到傍山而建的學校的最高處，站在那棵歷經滄桑的百年老榕樹下，俯瞰遠處的市區而暗暗發誓：

"我一定要向世界證明，我蘇玲並不比任何人差！任何人能得到的，我蘇玲一定能得到，而且一定能得到更多，更好！"

在全市中學生體運動會，蘇玲以12秒8的成績獲得女子100米短跑冠軍；從小就認真學習小提琴的她，以正規、熟練、高水平的技術、技巧和充滿自信，淡定、大氣的台風，毫無爭議地當上了市中學生管弦樂團的小提琴首席；全市中學生作文比賽，她獲得了銀獎……

　　過了兩年，蘇玲以高分考進了省音樂學院，就讀小提琴演奏本科專業。

　　走進大學校園的蘇玲，很快就成了省音樂學院的校花。而重拾自信的蘇玲，也很快就適應了對自己"羨慕、妒忌、恨"的氛圍。

　　這幾年，改革開放的春風吹暖了神州大地。

　　人們發自內心歡呼"讓一部分人先富起來"的偉大口號。"四人幫"剛垮台時，人們提起追求財富的話題，尤"琵琶半遮臉"，羞羞答答，不好意思。但這種情況，很快就被以富為榮的風氣所取代。人們爭先恐後搶當"先富起來"的那"一部分人"。財富，已成為判斷一個人的事業是否成功的標誌，成為衡量一個人有多少價值的標誌。人們不知不覺融進了一種信仰模糊，甚至沒有信仰的空間，"無信仰"已成為人們自我標榜、提高身價的一種"時尚"。

　　這是一股強大的潮流，它尤如浩瀚的長江，滾滾向前⋯⋯

　　蘇玲暗暗慶幸自己趕上了一個好時代。

　　蘇玲和她的同學，也被捲進這歷史的大潮。她和不少同學利用課餘時間，到那些如雨後春筍般瘋長的酒吧、卡拉OK廳去拉琴，賺取外快。

　　自然，這一個個都如花似玉，含苞欲放的音樂學院學生妹很快就被關注了；而那些氣宇軒昂、出手大方的"大佬"，也自然成為這些學生妹羨慕、仰視的星星了。

　　從五彩繽紛的霓虹燈燈光四射的卡拉OK大廳，到隱秘隔音的貴賓包廂，到大酒店的豪華套房，最後到了"大佬"別墅的大牀；從為每場演出區區幾十塊的"出場費"斤斤計較的窮學生，到夜進千金的"先富起來"的"一部分人"，對於才貌俱佳的音樂學院的學生妹來說，這條路並不漫長——但命運卻用另一種方式眷顧蘇玲⋯⋯

那是蘇玲進音樂學院後的第一個暑假。

在音樂學院一個聯歡晚會上，剛獨奏完，在掌聲中正要走到後台的蘇玲，被一名急步走上舞台的獻花者攔住了。

那是蘇玲有生以來接受的第一次獻花。

當一手拿著琴、弓，一手捧著鮮花走到後台時，學院的黨委書記和他的夫人已滿面笑容在那裡等候她。

"小蘇同學，你今晚拉得真好！你人也跟這花一樣，真漂亮！"書記夫人笑著說，"可你知道花是誰送的嗎？"

蘇玲搖了搖頭。

"這是一個來江州市開會的一個中央部門的首長，特意叫秘書送給你的。首長就在前座聽你演奏。他意猶未盡，想請你今晚在小島賓館繼續為他演奏。"書記夫人說完，又走近蘇玲，附在她耳邊輕聲地說："首長十分欣賞你，你的好運到了！恭喜你！"

書記和夫人始終笑意漾溢，在他們的目送下，難抑興奮的蘇玲走上了停在學院後門的首長的小轎車。

……幾天後，疲憊不堪、臉色蒼白的蘇玲回到家裡，整整睡了一天一夜。

此後，"坐飛機出外表演"便成了蘇玲暑假活動的"常項"……

一眨眼，新學年快開課了。這天上午，蘇玲剛下飛機就直接從機場打的回家。一進門，她就把放假在家的爸爸和媽媽，扶好坐好。蘇玲向他們恭恭敬敬地叩了三個響頭。然後，她雙手遞上了一個沉甸甸的旅行袋。她忍住眼淚，說：

"爸，媽，女兒要出遠門去做生意了……我遇到了一個很大的機會，我不想錯過，所以我退學了……女兒不孝，今後不能在家親自照顧你們了。旅行袋裡的都是錢，你們拿去買一套好的房子吧！感到累了，就退休，去旅遊，千萬別省錢。什麼時候我有條件了，再來接你們。我已跟表姐說好了，她答應代我多來看望你

們。爸，媽，多多保重！"說完，蘇玲默默地環視了一遍這間陪伴
自己成長的房子，慢慢地，一格一格地觀看客廳"博古架"上自己
放置的大小不一的芭比娃娃，以及各種各樣的小玩具和小擺設，
然後就離開一臉驚愕、呆若木雞的雙親，迎著大門外酷熱的風，
堅定地走了——沒有依戀，沒有遲疑，也沒有感傷……

> *"舊我"死了，*
> *"舊我"的時代，*
> *也隨之徹底結束，*
> *一去不覆返了……*
> *命運之神啊，*
> *祈求你把我引向生命的巔峰——*
> *哪怕焦頭爛額，*
> *哪怕遍體鱗傷，*
> *哪怕粉身碎骨，*
> *哪怕死無葬身之地……*

透過的士的玻璃窗，蘇玲冷冷地望著超市林立、車水馬龍、
喧囂熙攘的南方大都市的市中心鬧區，她腦海突然浮現出首長那
張滿口黃牙、永遠瘀紅的臉……她搖下車窗，狠狠地朝窗外吐了
一口唾沫。

在江州市繁華熱鬧的著名的"西關"商業區逛了大半天，極大
地滿足了購物慾後，蘇玲來到讀書時一直想去，但始終未去成的
全市聞名的下九路清平飯店。她點了一只一斤二兩重的、垂涎已
久的江州名菜——"清平雞"和一尾清蒸活鱸魚。吃完飯，蘇玲看
看天色不早了，連忙打的趕到白雲機場酒店。住了一晚後，第二
天凌晨就飛回北京了。

時間，捆綁著酒和性，一天一天地過去了⋯⋯

從開始時感到屈辱、痛苦、憤恨、度日如年，到慢慢適應，到後來，蘇玲從精神到肉體，已全然麻木，"做一天和尚撞一天鐘"。現在，蘇玲已經習慣了這種真正的"籠中之鳥"的生活：自己光滑潔白的美膚，每晚都被那張皮笑肉不笑的瘀紅、醜陋的臉粘貼著；層出不窮的性變態花樣，難以忍受，又不得不忍受；價格高昂的環繞聲音響播放的首長愛好的時尚歌手聲嘶力竭的嚎叫和超大屏幕上不堪入目的"進口"DVD節目；由京都著名的大廚師們輪流上門掌勺做出的名符其實的宮廷美食；還有首長晚上盡興時恩賜的、數字令人心動的銀行卡或一紮紮厚厚的百元面額新鈔⋯⋯

而唯一令自己感到愉悅、愜意的"小天地"，便是在首長出差在外了，自己要麼在花園裡跟奇花異草訴說衷情，要麼在特別寬敞的客廳，肆無忌憚地拉奏柴可夫斯基的《憂鬱小夜曲》、薩拉薩特的《流浪者》第二樂章凄惋、哀怨的慢板等曲子，讓那聽了叫人落淚的琴聲，在大廳裡迴蕩，淋漓盡致地渲洩自己內心的感傷⋯⋯

而連蘇玲自己也想不到的是，雖然做過幾次"人流"，她的美麗也沒有減少半分，年輕嘛，恢復得就是快！然而沒多久，蘇玲發覺，那張瘀紅的臉，慢慢變得冷漠了。她感覺得出，首長對自己已經厭倦了——因為自己被"寵幸"的機會，從最初的每天不止一次，到後來幾天一次，到幾週一次⋯⋯憑著女人特有的敏感與直覺，蘇玲清楚得很：自己已經不是首長唯一的"野花"了⋯⋯

終於有一天，別墅來了首長的三位有難同當，有福同享的"鐵哥們"——首長不久前無意提過，有位"鐵哥"還是知青出身呢！這三位稱首長為大哥的"貴客"，連寒暄都顧不上，便迫不及待地要見蘇玲。一看到蘇玲，三個人不約而同地驚呆了，都把嘴巴張得大大的，連眼睛都沒有眨一下。

不用猜，蘇玲就知道這三位"貴客"，絕對都是位高權重的"大人物"。三個人一邊目不轉睛地盯著蘇玲，一邊肆無忌憚、臉紅脖子粗地爭吵起來：第一晚到底誰先"拜訪"蘇玲。最後，在大哥不偏不倚，"嚴守中立"的主持下，才以抓鬮的辦法解決了這個難題。

從此，蘇玲便開始了被幾個男人輪流"拜訪"的"新生活"。

這期間雖然也做過幾次"人流"，但由於剛懷孕就發現，處理很及時，所以也沒有出現什麼太多的麻煩。而蘇玲更慶幸自己遇到的，都是掌擁有巨額財富而又慷慨大方，視金錢如糞土的男人。每次出了"麻煩"，她都得到數額可觀的銀行卡。

但"新生活"很快就結束了，原因是蘇玲最近的一次懷孕：由於事前疏忽了，發現時，醫生認為太遲了，做"人流"已不可能，否則會出人命的，所以主張把孩子生下來再說。

幾位"鐵哥們兒"在一次喝著茅台酒，商量"路線鬥爭"和財務大計之餘，略為提了一下這件"小事"。往常，這樣的"小事"都是由秘書出面處理的。不過這一次，慈悲為懷的大哥親自出頭，給了蘇玲一張瑞士銀行的金卡，一本出國護照，讓她帶著不確定父親的孩子，從此永遠離開，永遠閉口。

"真他媽的漂亮！可惜了！"哥們幾個異口同聲地說。

蘇玲毫不猶豫地接受了這一仁慈的安排。孩子出生後的第二天，蘇玲連一眼也懶得看，便把嬰兒送給了前來探視的表姐夫婦。沒有生育能力的表姐夫大喜過望。表姐夫婦完全接受蘇玲的要求，他們當著蘇玲的面對天發誓：一定把孩子視為己出；永遠保守秘密；孩子與蘇玲永不相認。

留下孩子，留下那把與自己相伴多年的小提琴，留下一張大數額的銀行卡之後，如釋重負的蘇玲便頭也不回地離去。從此，就像消失在茫茫大海中的一葉孤舟，沒了踪影……

峨眉山。

好一個萬山紅遍、層林盡染的金秋！

肩負背囊，頭戴白帽、腳穿白鞋、全身穿著雪白羽絨運動服的蘇玲從山腳拾級而上。

秋日的陽光不時透過茂密的參天大樹，照射在石階上紛亂的落葉上：紅的、橙的、黃的、褐的、綠的⋯⋯

當蘇玲走到山頂時，遊客早已下山了。她走近山頂的護欄，憑欄遠眺：但見雲海茫茫，一望無際。她感到蒼涼，感到孤寂；而華藏寺宏大、沉悶、悠長的鐘聲，更添加了蘇玲內心的悲戚⋯⋯

出國旅遊的機票早就訂好了。但蘇玲想在臨出發前先還了“佛門問道”的心願。還好，距離出發的日子還有足夠的時間，於是蘇玲獨自來到中國四大佛教名山之一的峨眉山。

“阿彌陀佛！敢問施主有什麼需要幫助的嗎？”一個濃重的嗓音從身後傳來，打斷了蘇玲的遐想。她轉身一看，原來是一位身穿袈裟，高大壯實，眉清目秀的中年大和尚。蘇玲不由嫣然一笑，而大和尚抬眼一望蘇玲，不由嘴巴一歪，久久不能復位；而且，那雙眼睛竟然再也不敢再望蘇玲。他胡亂寒暄幾句後，就滿臉通紅，慌忙離去。

蘇玲望著急步匆匆的大和尚，開心地小聲笑了起來。

此後幾天，蘇玲不止一次找過大和尚，她畢恭畢敬，敞開心扉，柔聲傾訴，虔誠問道。無奈大和尚總是心不在焉，答非所問，讓蘇玲始終未得要領。

這晚，夜闌人靜，潔淨、舒適的客房彌漫著馥郁的檀香，蘇玲睡意漸濃⋯⋯朦朧中，她感到門被打開了，一陣涼風吹進房裡；很快，門又被輕輕地關上了。接著，她感覺到一個壯實、發燙的赤裸身體一下子就鑽進了她的被窩。

心中有數的蘇玲沒有絲毫驚慌，她鎮定地伸出溫暖的手伸往來人的頭上摸去，然後發出會心的微笑。她聽著粗獷、急促，大口大口的喘氣聲，平靜地任由那雙手心出汗，僵硬、發顫的笨手，艱難地脱光自己的內衣褲。然而，氣急敗壞的不速之客折騰了半天，仍然找不到"竅門"……突然，蘇玲感到一股熱流從對方的身體噴射而出，她連忙把還在噴射的滾燙的"發射源"引入自己體內……剛一完事，尚氣喘如牛的"不速之客"便使勁掙脱死死地緊箍自己身體的蘇玲，急急忙忙下了牀，在黑暗中手忙腳亂地穿好衣服，然後喃喃自語，奪門而去，高大的身影，剎那間消逝在茫茫的夜幕中……

蘇玲依稀聽到，喃喃自語説的是："罪過！罪過！……"

蘇玲披上衣服，推開磨砂玻璃窗户，但見漆黑的夜空閃爍著時亮時暗、稀疏寥落的星星……

難道這就是自己要尋找的"道"？

難道這就是"佛門問道"的結果？

蘇玲感到惘然，感到悲凉……

她輾轉難眠，第二天天未大亮，就下山了。

幾隻早起的鳥兒吱吱喳喳的歡鬧聲打破了山林的寂靜，也感染了蘇玲。她的心情也好了起來。

"早上好，美麗的姑娘！"剛走到半山腰，迎面來了一位也是穿一身雪白運動服的，金髮、藍眼的中年白人，向蘇玲問安。字正腔圓的標準國語讓蘇玲感到驚訝。

"美麗的姑娘，除了我們兩人，現在還没見到更多的遊人呀。為了安全起見，就讓我陪你下山吧。"還未容尚在驚訝中的蘇玲開口，"不知我能否有此殊榮？"中年白人又説了，善良、誠摯的眼睛流露著仰慕，流露著期盼。

蘇玲有些感動，她答應了。於是，两人結伴下山。

　　原來，白人叫威廉·波特，德裔美國人，是美國加州UCLA藝術學院的教授，他酷愛中華文化，為了更多、更深入地接觸和學習中華文化，他來到四川，目前是成都音樂學院作曲系的三年合約期的客座教授，今年是最後一年了。

　　共同的音樂藝術愛好使他們一見如故，相見恨晚。所以一路上情投意合，相談甚歡。

　　不知不覺，他們來到山下。

　　蘇玲向威廉·波特教授要了聯絡電話和住址，然後兩人才依依不捨地告別。

　　但沒走幾步，當蘇玲回眸一望，看見威廉·波特教授依然在呆呆地望著自己時，她突然甩脫背囊，不顧一切地撲向威廉·波特教授。

　　兩人緊緊相擁，久久地、久久地，直到好奇的遊客一圈又一圈地把他們圍住，蘇玲才一步三回頭地走出人圈。

　　"來美國找我！"威廉·波特教授在眾目睽睽之下，朝人圈外的蘇玲大聲說。

　　"一定！一定！"蘇玲也在人圈外大聲回應。

　　深秋的麗江。

　　早起的蘇玲，順著一條流水潺潺的小溪，踏著長滿雜草的溪邊小徑，穿過一片小樹林來到江邊。展現在蘇玲眼前的是廣袤、寬闊的水面。沒有陽光，也沒有雲彩。灰色的天穹下，升騰著薄薄霧氣的江面上，偶爾有幾隻無精打采的大雁和天鵝似乎在尋覓著什麼。望著與天空連成一片的白茫茫的江水，蘇玲的心底忽然生出一絲惆悵……

　　漫無目的的蘇玲沿著水邊，踏著鬆軟的沙灘，不知不覺來到一堆崢嶸的岩石前，只見在一塊稍為平整的岩石上，一位陽光氣十足的年輕男子正站在畫架前聚精會神地畫畫。蘇玲走近一看，原來畫的是：朦朧的遠山、一望無際的江水、光怪陸離的江邊岩石、灰褐色岩石縫隙長出的幾棵野草，鮮嫩、茁壯、頑強……

"真美！"蘇玲輕聲讚嘆。

正在畫畫的年輕人回頭一看，呆住了：眼前是位一襲白衣的年輕女子，彷如仙女下凡……

年輕人一時說不出話來，只是扶著近視眼鏡，目不轉睛地看著蘇玲。

"你畫得真美！"蘇玲微微一笑，再次稱讚。

隨後，兩人作了簡單的自我介紹。原來，年輕人本是雲南省民族藝術學院的講師，目前是當地小有名氣的專業畫家。但不知怎麼搞的，此時此刻，年輕畫家的手突然僵硬，一時無法揮筆。於是，他熱情邀請蘇玲到他在市區的畫廊參觀。

蘇玲爽快地答應了。

年輕畫家確實很有才華。蘇玲在畫廊裡，走著輕盈的步子，挨次欣賞每一幅油畫、水彩畫、水粉畫和水墨畫。

年輕畫家步亦趨，緊隨蘇玲，認真地向她介紹自己的畫作。當兩人走到最後一幅油畫——男性的裸體寫生的時候，蘇玲看著這幅畫，略為猶豫了一下問道：

"為什麼沒有女性的裸體寫生？"

"因為一直沒有找到理想的女性模特……"畫家有點無奈地說。

"那麼，我能進入你這個名畫家的法眼嗎？"蘇玲臉頰微紅，垂下頭低聲問。

"什麼？你……你願意當……當我的模……模特？"畫家有點不相信，"那麼，你要多少酬金？不知道我是否付得起……"

"我不要你一分錢酬金，我免費做你的人體模特，只要你答應我一個要求。"蘇玲望著一臉惘然，驚詫莫名，而又眼露期望的畫家說道。

"請說，快請說！我答應，我什麼都答應！"畫家迫不及待地回答。

"你要發誓，這幅畫永不示人，也不贈送，更不出售。能做得到嗎？"蘇玲認真地問。

"我發誓！我發誓！……"畫家激動地發誓。

歡喜若狂的畫家把畫廊的大門關了，接著把寫生用的畫室一絲不苟地清潔、布置一番，又反復調好室溫，然後才戰戰兢兢、如臨大敵般開始寫生……

然而，畫家一直無法進入狀態，他異常緊張、躁動不安，始終無法集中精神。

這樣一直拖到天黑。

最後，由畫家開車送蘇玲回賓館。

第二天，半天又過去了，但情況依然如故。蘇玲心裡暗暗發笑。

直到下午，蘇玲笑著對心神不寧的畫家說：

"你就不能放鬆一點嗎？"說著說著，赤裸裸的蘇玲走到畫家面前，大大方方地脫掉了畫家所有的衣服……

終於，畫家高水平地完成了這幅人體油畫。

而蘇玲，也又一次驗證了自己對於異性的非同尋常的魅力……

第二天，依依不捨的畫家用摩托把堅決要離去的蘇玲，送到了機場。

"既然你欣賞我的藝術才能，又能為我以身相許，為什麼卻又如此決絕？是我做錯了什麼嗎？難道你就不能給我機會，讓我作為一個真正的男人來對你負責一輩子嗎？"傷心的畫家扶著摩托，用微微發顫的聲音說。

　　"不，不是的，你没有錯。這是你情我願的事，我們都沒有對與錯，只有需要。說到負責，你想多了。這逢場作戲的事兒，又何必認真，何須負責？充其量，也就把它當作一場'廊橋遺夢'好了，盡快把它忘掉吧。"蘇玲平靜地説。

　　"'廊橋遺夢'……'廊橋遺夢'……你……能……不能……把……把您的……姓名告訴我？"畫家兩眼閃著淚光説。

　　蘇玲笑了笑，然後用輕蔑的眼光掃了可憐兮兮的畫家一眼，輕鬆地説：

　　"沒有必要。再説了，我也不想知道你的姓名。拜拜了！"説完，便留下發呆的畫家，頭也不回就走進候機廳。

　　在波音747飛臨的萬仞高空上，望著窗外的藍天白雲，坐在頭等艙的蘇玲心情愉快。她要了一杯法國紅酒，一邊品嘗，一邊用自帶的高級耳機欣賞正在播放的美國電影《教父》的插曲《柔聲傾訴》的小提琴獨奏——演奏者是世界當紅的演奏家穆特。這位迷倒千千萬萬男人的小提琴女神，也是蘇玲崇拜的偶像。但她給蘇玲最深刻印象的，不是技藝精湛、感染力超強的演奏，也不是她那堪稱歐洲經典的無與倫比的女性美——蘇玲印象中最深的是，被這位小提琴女神征服的那些男人，無一例外都是歐洲文化、藝術界精英圈裡一等一的精英……

　　蘇玲聽著音樂入睡了……

　　當蘇玲一覺醒來，飛機已到達終點站——北京。

　　蘇玲費力、艱難地從行李架拿自己的旅行袋和背囊。這時，從頭等艙後面的普通艙第一排，一位身穿風褸，很有風度的中年男人，趕快走過來出手相助，幫蘇玲取拿好行李。

　　"謝謝您！"蘇玲鞠躬道謝。

　　"不必謝。能為從天界下凡的美女服務，這是我的榮幸！"中年男人彬彬有禮，還以一鞠躬。

蘇玲一邊道謝，一邊發現，此人跟自己一樣，在左邊腮下，有一塊皮膚的顏色特別暗……

"請原諒我的唐突，請問您這……"蘇玲不好意思地指著中年男人左腮下的皮膚，有点膽怯地問。

"哈哈哈！何須問呢？姑娘，你不是也有嗎？"中年男人笑著說，"難道我們是'同病相憐'？哈哈哈！"

他們相視而笑。共同的特征一下子把他們的距離拉近了。

原來，這位中年男人就是當下中華大地高居不下的"氣功熱"當中小有名氣的人物、一所全國知名大學生命科學研究院的副院長凌暉教授。這次他專程來昆明參加一個國際生命科學學術研討活動。同時，凌暉教授自我介紹，他是一名"無師自通"，業餘拉琴歷史已有三十多年的典型的小提琴"發燒友"。

两人拖著各自的行李箱，邊走邊聊，從帕格尼尼到馬思聰；從柴可夫斯基的《D大調小提琴協奏曲》到《梁山伯與祝英臺小提琴協奏曲》；從意大利的小提琴製作大師斯特拉迪瓦里的天價名琴到凌旭教授自己那把視如心肝寶貝的歐洲老琴……最後，還談到蘇玲陌生的領域：生命科學、人體特異功能。

蘇玲著實被神奇而又神秘的人體特異功能，同時也被眼前這個風度翩翩而又學識淵博、前途無量的專家吸引住了。

凌暉也為這位會拉小提琴的年輕、漂亮的姑娘所傾倒。

一個想學習正規的小提琴練習的方法，一個想滿足自己對完全陌生領域的好奇心，也許，還有那莫名其妙的"磁性"吧，互相吸引的两人終於"心有靈犀一點通"——"來電"了……

為了避開教授夫人 —— 一個盛氣凌人、專橫霸道的女強人可能帶來的種種干擾和麻煩，他們決定一起住到凌教授在學院加班用的臨時宿舍，以方便進一步"交流"……

在安靜、舒適的宿舍，在柔軟溫暖的被窩裡，凌暉坦誠地告訴蘇玲，他不想隱瞞：他的太太是一位開國將軍的千金小姐，一位手握大權的軍隊高級領導的獨生女兒。雖然有兩位數的年輕貌美的情人，但身板肥碩，"外強中乾"的將軍大人，遍尋良方，吃盡補藥，仍未再添有一男半女。所以，將軍的千金小姐，自然要多寶貝有多寶貝。這"刁蠻公主"自小嬌生慣養，專橫任性；長大後又恃仗自己有兩分顏色，自視甚高，目空一切，一再錯過結婚的良機，把自己拖老了，所以才"下嫁"他這個窮教師。盡管雙方毫無感情可言，又不知為何一直都沒有孩子，夫妻之間也是既少交流，更缺"浪漫"。還好，兩人各有各的人脈、社交圈，各有各的"興奮點"，雖說不上互相支持、互相捧場，也仍能做到各自精彩、互不干涉，相安無事。但即使是這樣，就算給他一個豹子膽，"離婚"二字，卻是萬萬不敢提的。所以，他與蘇玲，只能是永遠的情人和愛人。

這是一個胸懷坦白的男人的肺腑之言。蘇玲聽了，非但不反感，反而不無感動。她使勁地抱住凌暉，越抱越緊，越抱越緊，直到凌暉又一次激情勃發……

他們誰也沒有想到，這一萍水相逢，會結出如此豐碩的果實：

凌暉終於掌握了兩個八度和三個八度音階和琶音的正規、正確的練習方法；終於實現了夢寐以求的，在悍妻那裡絕不可能得到的對女性人體的深切體驗與感知；終於初"猜"到了有關"男女雙修"的"玄妙"與"奧秘"。而蘇玲則除了再次證明自己的無可抗拒的女性的魅力之外，同時也極大地滿足了自己對生命科學，對人體特異功能的好奇心，而且也極大地提高了對這一領域的興趣，以及對道教、佛教，對修行，對東方養生等領域的認識。蘇玲甚至突發奇想，將來如有機會，她很想以十年、二十年的時間來專心致志從事弘揚生命科學和東方養生學的事業。

凌暉聽到蘇玲的這一想法，自然十分高興。他在暖融融的"溫柔鄉"裡向蘇玲承諾，在"文憑萬歲"的社會，要想被接受，就必須有"堅硬"的文憑，而只要蘇玲需要，他隨時可以招她為自己的生命科學的碩士，甚至是博士的研究生；蘇玲要舉辦與生命科學和東方養生學有關的任何活動——小到專題座談會、討論會和當下時髦的、趨之若鶩的"論壇"，大到建立生命科學和東方養生學的"研究基地"、"推廣中心"……他都保證無條件支持並提供有力的援助。

最後，凌暉還笑嘻嘻地補充：無論在任何時候，只要蘇玲一聲令下，他都可把自己貢獻出來，供蘇玲進行"人體科學""研究"……

凌暉的"補充"，引發了蘇玲肆無忌憚的開懷大笑。於是，暖融融的"溫柔鄉"又一次迅速升溫，爆發了新一輪"人體科學"的激情"研究"……

雖然在北京逗留的時間不多，但蘇玲還驚訝地發現，凌暉不僅僅是一個名符其實的專家學者，他還是一個社會活動能力很強的人：因為僅一天工夫，凌暉便叫好友找來了每一把都價值人民幣六位數的三把歐洲老琴，蘇玲買了其中一把較滿意的法國琴；也僅一天功夫，凌暉便利用"鐵哥們"的關係，通過當時並不多見的"地下錢莊"，把蘇玲十幾個銀行卡裡的錢，除了留給她自己這些天要用的，和給凌暉的一筆數額不小的現金以外，全部都悉數成功地轉出香港。

蘇玲抱著鼾聲如雷的男人，有一種很實在的感覺。是的，自己懷裡的這個男人，絕對是一個很有實用價值的男人，一個很符合自己需要的男人，一個乾脆利落、不會有"尾巴"，也不會給自己帶來任何責任、任何麻煩的男人——這，真的是一個理想的"備胎”，一個令自己拿得起，放得下的“備胎”……

當送琴來的好友和其他所有的客人走後，蘇玲在只剩下她和凌暉的生命科學學院大樓頂層的大禮堂裡，耐心地調校已經屬於自己的小提琴。

沒多久，一度寧靜的大禮堂響起了小提琴獨奏曲《柔聲傾訴》的旋律。深情、柔美的琴聲在空蕩蕩的大禮堂裡共鳴，迴響……

凌暉半眯著雙眼，像一個聽經者一樣，虔誠地聆聽每一個樂句，甚至是每一個音符，而眼淚，卻不知不覺在流淌……

一曲既罷，蘇玲望著凌暉，望著空蕩蕩的大禮堂，眼前也漸漸模糊起來……

刺眼的射燈，

震耳欲聾的低音喇叭，

彌漫到每一個角落的香煙的濃霧……

瘀紅的臉，

色迷迷的眼，

帶黑的黃牙，

粗魯、生硬的手……

滿嘴的酒氣，

濃烈的古龍水也掩蓋不了的體臭……

既刺激又反感，

既風流又悲哀……

首都機場。

這是一次愉快的告別。沒有擁抱，沒有親吻，蘇玲和凌暉只是像老朋友那樣握了握手。

“我未來的導師，我十分期待我們下一次的相聚，期待將來在對的時間、對的地點，再次和你做對的事……”蘇玲心情舒暢地說。

“我也期待和你教學相長的機會，一起合作、共事的機會，更盼望在不久的將來再次和你一起進行生命科學的‘深度’探討……”凌暉故作嚴肅地說。

“咯咯咯咯咯！決不食言！決不食言！”蘇玲背著琴，踏著輕快的步子走進候機廳，身後留下一串清脆的笑聲。

多年後。

舊金山灣區。

與威廉教授離婚後，單身的蘇玲在定居東灣的表姐住家附近的地方，買了一幢獨立屋。

蘇玲與威廉教授結婚——兩年後，蘇玲取得留美的合法身份——取得留美合法身份一年後離婚——這“按部就班”的安排，是蘇玲與威廉教授婚前講好的“君子協議”。結婚期間，蘇玲曾以威廉教授夫婦的名義，向UCLA在舊金山的亞洲文化中心贈送過一筆二十萬美元的專項捐款，用來推廣和弘揚包括中華養生學在內的東方文化。如今兩人雖然離婚了，但他們“再見還是朋友”，彼此單身的兩人，仍然還“藕斷絲連”，不時也會到對方的寓所，進行小提琴和鋼琴二重奏。晚上，自然會“順便”共度良宵。

當初，表姐一家三口是在蘇玲當時還沒離婚的丈夫威廉教授的幫助下，由蘇玲出資，通過投資移民的方式辦來美國的。一向很會讀書的表姐一到美國便考進加州的醫學院，讀了一個既便宜又快捷的護理專業，她的丈夫梁堅，也同時讀了一個財務專業。如今夫婦倆先後畢業，並且都幸運地找到穩定的工作。而他們唯一的“兒子”志偉，已讀小學了，在蘇玲“表姨”的關心和幫助下，好不容易擠進了舊金山著名的小提琴教師林野的小提琴班。

自從聽了林野老師為學生們備戰國際維尼奧夫斯基小提琴大賽而舉辦的教學公開課後，和當天與會的"琴媽團"的其他家長一樣，蘇玲也很想為自己的"表外甥"志偉找一把適合他用的琴：不計成本，但求琴靚——從品相到音色。

盡管蘇玲會拉小提琴，但找琴、選琴、買琴，都不是她之所長。所以，在這件事情上，她很自然就想到她最新斬獲的"獵物"—— 一位事業如日中天的成功人士，美國著名的華裔小提琴製作大師林間了。

其實，林間認識"琴媽團"團長蘇玲，也不是一朝半日了。聰明漂亮、熱情大方，為人仗義，又喝過小提琴"專業水"的年輕少婦，早就吸引了林間這個清高傲慢的"金牌王老五"。所以，當蘇玲很誠懇地請他為自己的"表外甥"梁志偉找琴時，林間沒有絲毫猶豫，便爽快答應了。

隨後，林間帶著蘇玲跑遍了舊金山灣區的琴行，還找了不少私人收藏家，可惜也沒有找到合意的琴。而當他們知道彼此都是單身時，一點小小的火花便碰撞出熊熊燃燒的大火……他們一起飛到洛杉磯、紐約，展開了浪漫的找琴之旅。雖然琴沒找到，但卻收獲了愛情，收獲了滿滿的甜蜜與快樂！

至於舊金山那場羅勃倫藝術品拍賣會拍賣的小提琴，本來他們是志在必得的，誰想頭天晚上無休無止的纏綿，令精疲力盡的他們第二天早上無法按計劃起牀—— "爆呔"之說，不過是臨場的"即興創作"而已。

如今，拍賣會的機會也錯過了。

林間安慰蘇玲：他會千方百計追踪在拍賣會被拍去的小提琴，並看能否說服琴主轉讓；同時，也不放棄尋找圈內傳說紛紜的那把神秘的克雷蒙那博物館失竊的小提琴。但林間一個要求：

無論是哪一把琴，只要一到手，都要先借給自己弟弟林野的得意門生易寧參賽用。

蘇玲勉強同意了。

其實，林間真心愛自己，蘇玲是真切地感受到的。但在蘇玲的意識裡，有一點也是很清晰的：俘獲男人，享用男人，用江州人的話來說，只不過是"吃生菜"罷了。蘇玲記得，在吃林間這棵"生菜"前，她還吃過一棵頗為特別的"另類生菜"。

與這棵"另類生菜"結緣，是在著名的拉斯維加斯賭場……

當時，一個是賭場貴賓室裡揮金如土，傲視全場的成熟老練的男人，一個是一擲千金，艷壓全場的年輕美女；一個風流、瀟灑而又強壯、大氣，一個飄然若仙而又落落大方。兩人互相欣賞，相見恨晚。

這對默契的新賭友，在深夜時分，一起住進了一家海邊的民居。

近年來，豪賭客們都住膩了賭場提供的五星級酒店，而附近內部裝修更為講究的民居，早已成了他們度假的"新寵"。

經過一夜的浪漫，第二天分手的時候，他們都感到了彼此的"未了情"，於是相約擇日到"藍屋"咖啡廳聚談。

幾天後的一個晚上。"藍屋"咖啡廳。

在幽藍、暗淡的的燈光下，蘇玲與坐在對面的這位新賭友海闊天空、無話不談，直到午夜，咖啡廳裡只剩下他們二人。

這時，新賭友把手機遞給蘇玲，一邊面露詭秘的笑容說道：

"這是用我們浪漫之夜的錄像復製的。"

他先是揚揚得意地望著蘇玲，見蘇玲臉頰飛紅，默不作聲，他突然臉色一變，用嚴肅的口吻說："我想，作為'二奶豪宅區'裡高級別墅的樓主，你大概也不想讓你的高官老公有機會欣賞這段錄像吧？"

蘇玲不由心頭一顫，但她很快鎮定下來。她没看手機，只是把手機慢慢地放到桌上，很認真地問：

"那你想怎樣？"

"很簡單：一、按我指定的方式三天內支付三百萬美金；二、隨叫隨到，招之即來……美女，我想讓你知道，我是奉命到海外調查、追蹤官員違法亂紀，貪污外逃情況的大陸中央特派員。你這種貪官太太、貪官'二奶'、'三奶'，我見多了。所以，你別無選擇。"回答也很直接、乾脆。

但是，他等待的驚恐、慌張、求饒、討價還價等情況，並没有隨之而出現。

"我這裡也有一段錄像，是我和奉命到海外調查、追蹤官員違法亂紀，貪污外逃情況的大陸中央特派員，雅號'二狼'的雷國雄先生浪漫之夜錄像的複製品，你要不要欣賞欣賞？"

蘇玲輕描淡寫地説。

雷國雄一下子驚呆了。還没容他反應過來，只見蘇玲站起來，居高臨下向癱坐在對面的雷國雄勵聲説：

"利用職權敲詐勒索，貪贓枉法，騙財騙色，知法犯法，簡直是狗膽包天！你也太惡劣、太卑鄙、太離譜、太猖狂了！不過，諒你大概也不想讓你的領導和有關部門，有機會欣賞這段錄像吧？"

猶如平地一聲驚雷，把雷國雄炸得魂飛魄散。他張大嘴巴，久久説不出話來。眼前這位優雅温柔、宛若天仙的美女，一下變成殺氣騰騰的羅刹！過了好一會，驚魂未定的雷國雄戰戰兢兢地問：

"那……那……你……你要怎樣？"

"向你學習唄！我的想法也很簡單：按我指定的方式三天內支付三百萬美金；但'隨叫隨到，招之即來'就免了，因為我現在看見你就惡心！要不是我昨天剛好偶然遇到被你坑害了，又不敢吱聲的官太太堆裡的一位憤憤不平的受害者，跟我哭訴你這個人渣的劣行；要不是你這個渾蛋又剛好撞在老娘手裡，原形畢露，不知道你還要坑騙多少人，斂多少財！那樣的話，老天爺就真是不長眼了……"蘇玲臉色煞白，她繼續說，"不過我警告你，'好奇心，害死貓'，你也不用打聽我。不摸清你的臭底，手中又沒有'金剛鑽'，我敢動你嗎？這下你明白了吧？還有，我們剛才精彩對話的錄音，我已通過互聯網發到適當的地方備用了。"蘇玲狠狠地盯著雷國雄屬聲說，"如再不思悔改，立即收手，你會死得很難看！你信不？"

蘇玲的話音，在空蕩蕩的大廳裡顯得特別響亮。

雷國雄不敢再望這個凌厲、狠毒而又深不可測的女人。他撿起蘇玲扔下的資料，就耷拉著腦袋，唯唯諾諾，然後小心翼翼地開了門，又小心翼翼地關好門，才悻悻而去。

隨後，蘇玲走出"藍屋"咖啡廳的大門，她拿出一張面額100美元的鈔票，打賞守在門口的雜工強叔。在強叔的道謝聲中，蘇玲慢慢地抬起頭，望著高空的星星在想：是的，這場小小的較量，她虛張聲勢，不費吹灰之力就贏了。勝利者的快感，強者的快感，在她心中油然而生。她不由慨嘆：生活催人老啊，自己老了，也真正成長了……

第二天下午，蘇玲的一個瑞士銀行賬戶，多了一筆三百萬美元的進賬……

蘇玲走到窗前，掀開厚重的窗簾，但見天邊已開始發白了……

她回到牀上，很快就睡著了。

一覺醒來，已近中午。蘇玲提醒林間，別忘了下午一點鐘有個飯局，他將聽到有關拍賣會那把小提琴的重要信息，所以，林間心急如焚，才喝了半杯牛奶就出門了。而今天剛好也是"琴媽團”五天一輪的“麻將日”，她這個“團長”，遲到尚還可以，但缺席就不好了。加上今天她要帶一位“新琴媽”入“團”，所以，蘇玲連水都來不及喝，也急忙出門，直奔“麻將點”而去。

幸好這裡距離“麻將點”也没多遠，都在同一個住宅區。當蘇玲帶著“新琴媽”出現在“琴媽”們面前時，才遲到了幾分鐘。

“麻將日”由“琴媽”們輪流在自己的住宅做東接待大家，東主除了提供舒適的環境，安排兩三張麻將枱以外，最重要的是要為大家準備一煲令人“過舌難忘”的靚湯——不管東主是親自動手，還是另請高明，必不可少。所以，也有知難而退，不敢做東的。但每次總有幾個既不會打麻將，也無心思做東煲湯的“琴媽”參加“麻將日”的活動，原因除了饞那口湯，更重要的是，這一活動無形中已成了她們生活中互相溝通，互相交流，互相幫助的重要平台，尤其是對於兒女都去了幼兒園、學校後，整天對著空蕩蕩、靜悄悄的豪宅，百無聊賴，閑得發慌的少婦，不啻是翹首以待的盛大節日。就連丈夫已提前退休，一家大小已在美國幸福團聚，讓那些獨守空房的“二奶”們都十分羨慕和妒忌的富婆，也很想鑽進“琴媽團”這個小圈子。無奈“琴媽團”有條不成文的“團規”：“琴媽團”不接受在美國有老公的“琴媽”，所以她們無緣參加“麻將日”這一活動。於是，被拒絕“入團”的“幸福”的富婆們，背地裡就把這個由“不幸福”的“二奶”組成的“琴媽團”小圈圈，起名為“怨婦俱樂部”。

今天“麻將日”的東主是潮汕籍少婦馮太，是大陸某沿海大城市一位海關關長的夫人。

“琴媽團”裡，會做菜的並不多，她們雖然無一例外都“出得廳堂”，但大多數都從未必“入得廚房”，甚至從未進入過廚房。無論在國內還是國外，她們都是有專廚侍候的貴婦，一個比一個講究，一個比一個挑剔——都是典型的“眼高、嘴尖、手低”的貨色。所以像馮太那樣，能"出得廳堂，入得厨房"的，並不多見。
她不僅能在隆重、盛大的歡樂場面落落大方，交誼舞、拉丁舞跳
得"一級棒"；而且還做得一手好菜：不僅會做潮州菜，而且南方
的客家菜也做得很地道。至於川菜、湘菜、蘇菜什麼的，更是被
她融會貫通，隨心所欲，還常有靈感爆出，露一手來叫人嘆服。
每次"麻將日""輪值"到馮太了，她都親自下厨，"高烹"班畢業的
家厨也只配當她的下手。今天，她為大家特意準備了用水魚、花
膠、烏雞、瑶柱煲的"老火湯"。大家還記得，馮太上次被大家交
口稱讚的，是用剛從大海釣捕的活黑斑，加上南非花膠和海蔘煲
的湯。

今天，前來參加聚會的，除了往常在三桌麻將枱上上陣廝殺
的十二員"戰將"及幾名"高參"外，還有幾位"麻將盲"。蘇玲走進寬
敞的客廳時，十幾二十個"琴媽"正團團圍住在一起，神色凝重、
臉露驚恐地在談論什麼。蘇玲擠進去好一會，才聽清楚：原來，
"神秘殺手"又作案了！但大家都記不起，這是第幾次作案了，只
記得上次被"塞口"——被殺的是某省侵吞了巨額救災金，攜款潛
逃的省民政廳長。而這次倒霉的，則是某省財政廳的副廳長，
當然，也是攜巨款潛逃的在任官員；"待遇"跟過去幾位倒霉蛋一
樣：也是被"塞口"——嘴裡被塞進了滿得不能再滿的百元面額的
人民幣，也是用寫有"嚴懲貪官，為民除害"八個紅色大字的膠布
封住口鼻，窒息而死。還有，殺手同樣非常專業，不留尾巴：連
指紋也沒有。而令人萬萬意想不到的是，這位廳長級的死者居然
就是她們當中很多人都給過小費的"藍屋"咖啡廳的雜工強叔！

更令人意想不到的是：在強叔租住的"土庫"——由車庫合法
改成的簡陋住所裡，厚厚的牀墊下，是一叠一叠有條不紊地鋪放
得整整齊齊、比牀墊還厚的百元面額美鈔；超大的冰箱裡，放滿
了威州花旗蔘、高麗蔘、鹿鞭、鹿茸、鹿筋、燕窩、魚翅、鮑

魚……以及數不清的高級中藥和不知為何物的東西；而最為令人驚訝的是一個不顯眼的小膠盒裡裝了滿滿一盒的鑽石！

有人曾聽強叔本人說過，原本他是與家人一起住在紐約的，但由於無法適應那裡的氣候，便獨身來到舊金山灣區。他身強力壯，並不顯老，中學、大學時又學過英文，能講一口還算流英語的他，很快就在"蓝屋"咖啡廳找到了這份工作：守門、清潔、打撈咖啡廳前面的藍湖湖邊的水草、落葉和其他垃圾。強叔平日勤勤懇懇，沉默寡言，也從來未見他與什麼人交往。

至於殺手身份，有人說是自發的"愛國人士"；也有人說是"政府行為"的執行者；還有人說是知青，理由是有一次案發現場，雖然膠布上也是寫有"嚴懲貪官，為民除害"八個紅色大字，但還有一個落款，上寫"中國知青"……

"小道消息"傳播完後，"琴媽"們滿腹心事，沉默無言。寬大的客廳一時靜得連廚房抽油煙機排氣扇的響声，隔著廚房那關得嚴嚴實實的玻璃門也聽得見。

沉寂一會後，憂心忡忡的"琴媽"們又七嘴八舌，沒完沒了地議論起來，直到信奉基督教的馮太硬是帶領大家完成特別長篇的餐前祈禱，開始品嘗靚湯，和享用一位"麻將盲"兼"厨盲"的"琴媽"專門訂購的菊花杞子糕後，壓在"琴媽"們心頭的陰霾才漸漸散去。

燙嘴的靚湯實在受人歡迎。

"姐妹們，怎麼沒聽到我們團長大人發表高見呀？團長，你這是咋啦，没精打采的？"一位"琴媽"突然發話。

"是呀！團長你咋啦？"

"昨晚忙著開'夜工'没睡好呀？"

"團長呀，你可要悠著點啊！嘿嘿！"

"琴媽"們紛紛調侃、打趣，快樂的氣氛說來就來了。

……

　　"哈哈哈哈，承蒙姐妹們關懷！放心好了，我昨夜'被'睡得很好！你們就妒忌、羨慕、恨吧！"蘇玲以牙還牙，笑罵回敬，"我只不過是對剛才這類新聞沒有太大的興趣，所以談不上有什麼見解，更不要説有高見了。我一向認為，來人世間一次不容易。有能力、有機會，就轟轟烈烈幹一番事業；没能力、沒機會，就憑藉上帝給咱的這副好皮囊，快意江湖，享受人生，快快樂樂地度過人生的每一天、每一小時、每一分鐘、每一秒鐘，千萬別虧待了自己！這就是我的人生哲學！其實我的要求也不高：出外住五星級酒店，坐飛機坐頭等艙，衣食住行，吃喝玩樂，都可以隨心所欲，永遠不怕刷爆卡，這就足够了！就是極樂人生了！當然，當然還有……哈哈，還有，隔三差五，能有愛情的'甘露'滋潤，能享用那'極致補品'，就不枉來人世間一趟了！姐妹們，我説得對嗎？哈哈哈哈！"蘇玲一口氣説完，便開心大笑。

　　"虧你這死蹄子説得出口！"有位"琴媽"笑罵道。

　　"這有什麼説不出口的？團長説得對呀！我完全同意！'今朝有酒今朝醉'嘛！"馬上有"琴媽"旗幟鮮明地支持蘇玲。

　　"團長高見！"

　　"高！實在是高！"

　　"高見！"

　　"團長吉祥！"

　　"我百分之一百贊成！"

　　"琴媽"紛紛附和。

　　"多謝大家理解和支持！好了，都不説了，趕快趁熱喝靚湯吧！來！姐妹們，'三碗不過崗'，別跟馮太客氣啊！"蘇玲喝了兩口熱湯，又故作神秘地説，"大家知道不？這湯很補女人哩……"

　　蘇玲一邊喝湯，一邊向大家宣佈了近期的"快樂計劃"：週三晚上安排 一場高素質、高水平，絕不低俗而又極其刺激、保證"有反應”的電影；本月“二奶住宅區”内“紅玫瑰俱樂部”組織的、戴著面具交流性生活經驗、探討“高端性愛”的月會進場券，分給“琴媽團”的僅有五張，有興趣者最遲今天報名，早到早得。

接著，蘇玲又提供了一些“琴媽”們關心的信息：一對一美式英語家教可隨時聯絡，隨時授課；林間的琴行昨天又到了三把單價六位數的歐洲老琴，先到者得；東灣“豹屋”新來了兩只“黑豹”，都是年輕俊美、有高學歷，又彈得一手好鋼琴的“肌肉男”，她已“驗證”過，“身手”確實不輸亞裔“黃牛”與歐裔“白牛”，只是費用不菲，還要提前五天預約；住宅區内的“快樂按摩院”因吸毒事發，已被警方取締，好在幾名專門服務女性的專業“按摩好手”都已“化整為零”，進行分散經營，還可以上門服務，她有這幾個“按摩好手”的聯絡電話，有需要的姐妹可以私下先跟她聯繫；最近網上勁吹的什麼“最新式高級成人情趣用品”，絕對名過其實，中看不中用，只是“銀樣蠟槍頭”而已，還比不上一些舊牌子、老字號的，姐妹們不必費時費力，“浪費感情”；拉斯維加斯大賭場近日請到了當紅流行曲天后麥當娜前來開演唱會；由她蘇玲本人出資籌辦了大半年的“東方養生中心”，後天便正式開張，請“琴媽”們鼎力捧場……

“哎呀，該死，我真該死！”蘇玲突然叫了起來，“我差點兒就忘了向姐妹們介紹新　‘入團’的姐妹了。好啦，讓我來介紹一下：這是當今大陸著名的‘反美鬥士’、‘東風哥’的太太梁美芹！她的兒子是北京市‘蓓蕾樂團’的首席小提琴手，林野教授已把他收為學生了。請大家鼓掌歡迎！”

蘇玲聽掌聲零落，便示意梁美芹說幾句。

“大家好！我很認同玲姐的人生哲學，我們一家三口就是衝著加州的藍天、陽光和空氣才移民到美國的。我老公一兩個月來美國一次，他說了：跟不少‘反美鬥士’一樣，‘反美是工作，移民是生活’，工作生活兩不誤！今後，請團長和姐妹們多多關照！”

“哼！好一個‘反美是工作，移民是生活’！”一位“琴媽”不無譏諷地笑道。

“難得你能這麼坦率！歡迎你！”另一位“琴媽”道。

“歡迎你！”又一位“琴媽”道。

蘇玲很高興，“琴媽團”今後又增添了一位“志同道合”的“階級姐妹”了……

今天的“麻將日”比往常的要熱鬧許多。

像每次的聚會那樣，“琴媽”們團團圍住被大家戲稱為“購物導師”、“美食導師”、“女同胞幸福導師”的蘇玲，爭先恐後，事無巨細地向她請教，而蘇玲也總是樂呵呵地有問必答；至於耐心為個別有難言隱私“問題”的“琴媽”，指點迷津，排憂解難，想計謀，出“高招”，對蘇玲來說，那也只是“家常便飯”罷了。

當然，蘇玲的小提琴獨奏也是每次聚會必不可少的節目，這次也不例外。她今天拉是的薩拉薩特的《流浪者之歌》。蘇玲熱烈奔放、激越昂奮的演奏，一下子就調動起這些年輕的和不年輕的“琴媽”們的熱情。她們和著小提琴曲第三樂章快板旋律的節奏，興奮地擊掌，敲打碗筷，拍打桌子。

快樂的氣氛漾溢在這個特殊的“女人世界”裡……

蘇玲演奏完，一邊放好小提琴，一邊望著這些典雅、漂亮，錦衣玉食、揮金如土，被人羨慕、妒忌的女人，這些被送到異國他鄉，在單調、寂寞、孤獨、壓抑，沒有安全感的環境中，既無愛情，又無“性福”，獨守空房，“孤芳自賞”的“二奶”，心想：這樣日復一日，年復一年地消耗著自己寶貴的青春芳華……難道這說得上是幸福嗎？

蘇玲為她們感到悲哀。

同時，蘇玲也慶幸自己能早早就“看破紅塵”，因而活得這麼瀟灑、這麼超脫、這麼快樂……

“團長！”一位年輕的“琴媽”打斷了蘇玲的思路，她走到蘇玲身旁，笑著説了幾句悄悄話。

“什麼？我不是帶你去嚐過……”蘇玲有點詫異。

這位年輕的“琴媽”也不害羞，指著蘇玲的鼻尖小聲説：“虧你還是團長！都不懂得體恤下情！那已是猴年馬月的事了！真是‘飽漢不知餓漢饑’！就許你天天過節，夜夜笙歌！你還讓不讓別人快活了？自私！我不過是想領略領略你剛才説的‘黑豹’的魅力而已……一道去，我請客，怎麼樣？”

“好啦，好啦，就你牢騷多！你等等，我記得最近已安排得滿滿的，讓我看看有沒有時間，”蘇玲拿出手機，查看了近期的行事曆後才勉強答應了。“就依你吧。説好了，後天晚上，十點正，你開車來我家接我。”

夜。

　忙了一整天的白薇有點累。但她還是不由自主地拿出易平的琴，輕柔地、反復地撫摩。然後，她用比往常慢的節奏，拉起了《隨風而逝》……

隨風而逝

也搞不清自己究竟拉了多少遍《隨風而逝》了，突然，她奇怪地想：這簡單、樸實而又深沉、濃重的旋律，當它緩慢、淡定，有條不紊地行進的時候，多像坦然面對生命終結的《死亡進行曲》……

她拉完琴，繼續輕柔地撫摩懷抱裡這把曾陪伴易平走過童年、少年、青年的小提琴，這把經歷過"文化大革命"風風雨雨的洗禮，和陽平山區的無數日夜的小提琴，這把留下過易平無數汗水的小提琴。是的，白薇確實已"儲蓄"了好幾把價格不菲的歐洲古舊的好琴，偶爾也會從欣賞的角度拉拉這把，拉拉那把，但它們永遠無法取代易平的這把小提琴——她熟悉它，喜歡它，癡迷它——它的粗獷而又清晰的虎皮紋，它的淳厚而又寬宏的音色……每天不管多忙、多累，哪怕是生病了，她都要拉一拉它：拉艾爾加的《愛的致敬》，拉電影《教父》的主題曲《柔聲傾訴》，拉舒伯特的《小夜曲》，拉克萊斯勒的《愛的憂鬱》《愛的歡樂》……而拉得最多的，還是易平改編的這首《隨風而逝》……

白薇放好琴，心想：也不知道易寧那孩子有沒有找到適用的琴？距離大賽的日子，可是越來越近了。

想到這裡，白薇不由心急起來，便打電話給約翰，詢問追蹤拍賣會那把琴的進展情況。

約翰激動地告訴白薇，拍賣會那把琴，正是克雷蒙那丟失的那把大師製作的琴！一把價值七位數美元的古董級琴！傳說買主是舊金山灣區一位數十年如一日的"琴癡"，但其身份隱蔽，目前尚無法了解。善解人意的約翰還說，他"偶然"得知，鮑羅廷射擊俱樂部年過八十的老闆歐文家中，有一把已有兩百多年的意大利老琴。據熟悉他的人說，歐文早年還是灣區舊金山一個專業樂團的兼職小提琴手呢！

白薇一聽，大喜過望：正苦於沒有一個與歐文"正當"接觸的機會，而機會説來就来了！而且，這還是一舉兩得的好機會哩！白薇暗暗高興，但卻不露聲色。她吩咐約翰：除了盡快弄清楚拍賣會那把琴新主人的情況，並不計成本，把琴弄到手之外，還要盡快把她正在找琴的信息"偶然"讓歐文知道。

"你知道的，我不問過程，只要結果。"白薇説，"我期待你的好消息。"

約翰心領神會，他答應白薇，一定竭盡全力做這件事。

白薇又分別與林間、林野兄弟二人通了電話，也是詢問拍賣會的那把琴的信息。她也不忌諱，明明白白地表示，以高價從新琴主手中購得拍賣會那把琴是上策，但也可以通過其他途徑為易寧找一把能參賽的好琴，希望林家兄弟大力幫忙——她一再强調：錢，不是問題。

舊金山灣區一片遠離都市塵囂的樹林深處。

著名的美西射擊俱樂部旗下的鮑羅廷射擊場。

白薇剛摘下耳機，粗壯結實的俱樂部老闆歐文，就笑容滿面地走過來了。

"不知女神降臨，有失遠迎。抱歉，抱歉！"歐文學中國人那樣抱拳作揖道。

"哇！好厲害！簡直是神槍手！想不到，想不到！"年輕時曾在海軍陸戰隊服役多年，後來又當了西點步兵軍校教官的歐文，看了螢屏上顯示的白薇的射擊紀錄，連聲稱贊。

"謝謝！"白薇微微一笑，心想：和當年接受"特殊訓練"期間的射擊水平相比，這算得了什麼？

歐文畢恭畢敬地把白薇領到一間特意準備的貴賓室，親自現磨現煮超濃的法國咖啡。

射擊場是白薇常來的地方。與那些把射擊作為消閒、消遣活動的普通客人不同，射擊是白薇在工作最繁忙、精神壓力最大時的最愛。

她常常是帶著煩躁，帶著憂慮，心情沉重而來，而帶著自信，帶著愉悦，輕輕鬆鬆地離去。

其實，手下很早就告知歐文，射擊場來了一位槍法奇準而又有點神秘的美女客人。在遍佈全國的眾多射擊場中，鮑羅廷射擊場的消費水平是特別高的，到此的每一位客人，當然也絕不普通，而尤為令人感興趣的是：這是鮑羅廷射擊場建場以來的第一位女客人……

此後，白薇又來過鮑羅廷射擊場好幾次，而每一次，歐文必定在場，哪怕是人在外州，也會趕回來。由於凡是來射擊場的客人都要提前一天預約，所以，有關美女貴賓要來的"情報"絕對及時，而歐文每次都會準時出現，也就毫不奇怪了。每次白薇射擊完畢退場了，依然是歐文親自現磨現煮超濃的法國咖啡，在貴賓室熱情招待。

但今天是例外——白薇並非為"減壓"而來，因為這是她早有預謀的計劃……

白薇一邊喝咖啡，一邊應對歐文漫無邊際的話題，而腦子卻在思考，如何開口提那把小提琴……

而令白薇既沒有感到意外又感到高興的是，在喝完一杯咖啡後，歐文用狡黠的眼光看了看白薇，然後輕輕地拍了一下手掌。

一位早就在門外等候的穿軍服的侍應生，馬上拿著一個陳舊的小提琴盒走進來，小心翼翼地把小提琴盒放在一張雙人沙發上，然後又輕手輕腳地走出貴賓室。

"尊敬的白薇小姐，聽說您對老舊的歐洲小提琴很有興趣，不知道這把琴是否合您的意？"歐文微笑著說，"這是我青年時代的寶貝。只是，它已經安靜地睡了整整半個世紀了，您，就把它喚醒吧！"

　　白薇迫不及待地打開琴盒，拿出小提琴。她用自己拭抹太陽鏡的絨布小心翼翼地擦去琴上的灰塵……

　　一把琥珀色的小提琴呈現在白薇眼前：

　　面板木紋細密、整齊；背板的"虎皮紋"清晰、漂亮；側板、琴頭的斑紋，與背板的"虎皮紋"，協調、統一……透過"f孔"，一塊陳舊的小紙片上標記的產地與年份依稀可辨："1765　佛羅倫薩"……

　　白薇拿著小提琴認真查看。

　　雖然琴弦已長出綠繡，琴碼亦已彎曲變形，但憑著直覺，白薇就知道這很可能是一把好琴。"但願這把琴適合寧兒……"白薇暗暗祈禱。

　　一直在細心觀察白薇的歐文，表示堅決要把琴贈送給白薇。他說：

　　"尊敬的白薇小姐，如能在半個世紀的沉睡中被您喚醒，是這把琴的榮幸；而如能有機會將這把琴贈送給您，這更是我莫大的榮幸！只是不知道，這把琴是否合您的意？"

　　"歐文先生，我很喜歡這把小提琴。真的，我很喜歡它。我尤其欣賞它的琥珀般漂亮的油漆！既然歐文先生願意割愛，那我就恭敬不如從命了！謝謝，謝謝您啦！"白薇便言不由衷地客氣兩句後，連聲道謝。

　　然後，兩人懷著愉快的心情，喝著香濃的法國咖啡，繼續海闊天空，無所不談，直到白薇要趕下一個約談，才高高興興地離去。

　　白薇馬上把琴交給林間維修。但估計即使修好了，符合參賽要求了，也不曉得時間來不來得及。但白薇已不在乎，因為她是"醉翁之意不在酒"，她最重要的目的，已經達到了……

　　這以後，白薇又來過兩三次。因為琴的緣故，她與歐文越發熟絡了。而最近的一次，退場後的白薇沒有到貴賓室：歐文和她一起到了射擊場外的林中小道，兩人低聲細語，徘徊了兩個多小時。在分別的時候，兩人的臉上都露出了那種對合作成果滿意的笑容⋯⋯

羅勃倫拍賣會結束後不久，徐滔又收到"綠色來信"了。

但這次的來信，除了" Omnipotent John "這行英文以外，就什麼也沒有了。看來，這"綠色來信"的"指導"意義，應該是提醒徐滔繼續關注"萬能約翰"這個人。

不久，徐滔就掌握了約翰近期的行蹤：

光顧了美東專門拍賣高級藝術品的幾所世界聞名的大拍賣行，詳細諮詢了世界名畫、古董和小提琴的行情；拜訪了幾個著名的藝術品收藏家，其中一名還是全美聞名遐邇的小提琴收藏家；成功地為舊金山灣區有名的慈善家白薇女士策劃、組織、舉辦了兩場規模不大不小的慈善募捐活動；陪同"印度女人"去了塞班島，在島上瑞士銀行的貴賓室進行了一次不尋常的操作；動用了舉足輕重的"大人物"安排白薇女士以從小就崇拜、仰慕西點軍校為名，與某退休的資深教練見面，表達敬意並在多方面虛心請教⋯⋯

徐滔既為約翰超強的社會活動能力感到意外，更為白薇的一系列不尋常的做法感到疑惑與驚愕。敏銳、細心的徐滔聞到了一種不尋常的"氣味"，也多少猜到了，白薇一定也有不尋常的圖謀和背景。雖然徐滔對白薇的工作熱情和辦事的高效率由衷地感到佩服，但當把這一切與"綠色來信"聯繫在一起思考時，徐滔還是感到很迷惘、很困惑，也很不理解，甚至感到驚愕。難道⋯⋯徐滔真的不願想下去。

本來，作為盈盈的母親，作為中國知青中的精英，作為美國主流社會中耀眼的華裔，徐滔向來對白薇阿姨非常欽佩、信任與尊重，甚至還有些崇拜。而且，這一兩年他們交流的機會雖然不多，但白薇阿姨對共產主義信仰的堅持，對黨，對共和國的忠誠，對工作的認真負責，以及在錯綜複雜的社會大舞台長袖善舞、游刃有餘的能力，更是給徐滔留下了深刻的印象。

在這些方面，徐滔和盈盈是有共識的。但他發現，這些年一路走來，自己和盈盈在不少問題上，看法並不完全一致。

徐滔對盈盈這個既刻苦自勵，又漂亮可愛的姑娘，打心眼佩服和愛慕。自從他受邀在一次舊金山灣區有家眷參加的中國知青聯歡晚會上表演大提琴獨奏，認識了為全場所有表演節目當鋼琴伴奏的盈盈之後，徐滔就對盈盈一往傾心，窮追不捨了。而盈盈也被正直、善良、剛毅、勤奮的徐滔吸引住了。

就這樣，鋼琴和大提琴在一起，自然地、悄悄地奏起了純潔、甜蜜的愛的旋律……

對祖國社會現實見解的差異，並沒有影響他們感情的發展。雖然外派工作有很多紀律，徐滔也向領導報告了，但組織上了解情況後，對兩人的交往，實際上是默許的。

白薇對女兒的選擇，也感到滿意，感到高興。而徐滔的背景，也讓白薇放心。

其實，她早就知道女兒是易平的兒子易寧的鋼琴伴奏，而且常到易平家，與"易叔叔"很談得來；也知道"易叔叔"不僅僅很喜歡盈盈，同時，還很欣賞陪同女兒去伴奏的徐滔，並已成為"忘年交"的好朋友。

易平對兩個年輕人的肯定和親近，也讓白薇放下了心裡的一塊石頭……

其實，白薇也很想與年輕人多交流，她認為自己有責任從治上、思想上幫助他們。她不厭其煩地告訴盈盈和徐滔，中國社會正面臨重大的變革，政治力量的重組是不可避免的，也是不以人們的意志為轉移的。只有為建立無產階級政權而拋頭顱灑鮮血的老一輩革命家和他們的後代，才有資格成為主導歷史大潮的中流砥柱。紅色江山，是屬於他們的；社會財富，也應由他們掌管。

徐滔開始也認為白薇阿姨的想法，很有道理。

而盈盈則百分之一百反對媽媽的這些觀點。她明確質疑掌權者的合法性。她認為，這是一種野蠻、霸道、專橫、無理的思想，一種極端狹隘、極端錯誤、極端荒唐的思想，它簡直就是"普天之下，莫非王土"的封建社會統治者"皇權"思想的"現代版"。這是對歷史發展的反動！

"你們有什麼資格'重組''政治力量'，'掌管''社會財富'？你們的合法性在哪兒？人民群眾有授權給你們這些統治者愚弄他們，欺壓他們嗎？你們能够解釋'掌管''社會財富'的'政治力量'越來越嚴重的貪污腐敗嗎？"盈盈曾面對面地質問媽媽。

"作為一個建國黨、執政黨，我們的成績是主要的，存在缺點與不足，甚至出現過失、過錯，產生少數敗類，都是難免的。試問，哪一個政黨可以解決十多億人口的吃飯問題？哪一個政黨可以讓社會穩定、持续發展，讓老百姓安居樂業？只有我們黨！還有，傻丫頭，別'你們'、'你們'的，不要忘了，你也是革命的後代呀！"白薇覺得好笑，"你應當慶幸自己出生在一個革命家庭，還有一個好爺爺、好公公，慶幸自己天生就是一個紅色的接班人！你更應該為此感到自豪，感到驕傲！你應該為此而感恩！"

"媽媽，你錯了，你們都錯了！一個居高臨下對待老百姓的統治者，一個習慣了領導老百姓，運動老百姓，哪怕是大發慈悲，賜福給老百姓的統治者，也是和歷史發展的大潮格格不入的。"盈盈說得有點激動，"請問：老百姓如何監察和監督高不可及的'紅色江山'的'開創者'和'掌管者'？如何杜絕我國已越來越嚴重的貪污腐敗現象？如何鏟除易平叔叔所説的，中央產生'新生的資產階級'的土壤？"

最後，盈盈還鄭重其事地説：

"我不懂政治，更不喜歡搞政治。我只想將來能有機會為祖國作出貢獻。我不想成為你們的一部分，更不想成為你們的'接班人'。你們也許很不認同我們這一代人的思想，但我要聲明：我絕對沒有受什麼'外國勢力'和'反共思潮'的影響，我的思想，與很多很多普普通通的同齡人一樣，僅僅是一個有正常思維能力的人獨立思考的結果。不瞞你説，我的獨立思考，其中有一部分是源於長大後，對困擾自己多年的爸爸入獄一事的困惑、不解和好奇，我至今仍在思考有關的問題……但有一點我自始至終都是非常明確的：貪污是對人民的犯罪！所有的貪污罪犯，都是中國人民的死敵！中華民族的罪人！無論是什麼人，哪怕是我的親人，我也反對他，仇視他，鄙棄他！你們別指望用什麼'山頭之爭'、'派系之爭'為藉口來欺騙、搪塞、胡弄、忽悠老百姓。如果你們不從根本上，從體制上去反省，去改革，去杜絕產生貪污腐化的根源，共和國遲早要被你們葬送！我真為共和國擔憂！……"

自小個性獨立的盈盈，還在求學其間，就不願意與媽媽一塊住，她寧願課餘打工掙錢，跟兩個要好的華裔女同學合住政府廉租屋，也堅決不要媽媽一毛錢的資助。無可否認，盈盈思想的早熟，與爸爸入獄給她帶來的巨大衝擊，是分不開的……

在盈盈的記憶中，百般寵愛自己的爸爸，從慈父變成"數額巨大的貪污犯"，被判終身監禁的過程，也就是盈盈不斷成長的過程。那天，當戴上手銬的陳榮輝被幾個兇巴巴的人帶走時，當時才幾歲的盈盈大哭大鬧，吵著要跟爸爸一起去"坐牢"，當場就把陳榮輝感動得淚流滿面。

如今，她以父親為恥！

盈盈的話令白薇感到意外，感到震撼。

白薇雖然不認同女兒的政治觀點，但她理解女兒的憤怒。

白薇對陳榮輝入獄的事，也是早有思想準備的。白薇心裡明白，隨著國家改革開放的發展，"山頭"之間圍繞權力的鬥爭，也愈演愈烈，而無德無能，錯漏百出，人望極低的陳榮輝成為殘酷的政治鬥爭的犧牲品和"替罪羊"，確實沒有令她感到意外，因為那只是遲早的事。但白薇的心情是矛盾的：既為自己所在的"山頭"被打擊，被削弱而感到憤憤不平；又為從此徹底結束這一令她反感，令她痛苦，令她尷尬的婚姻而高興。組織上"安排"她和陳榮輝離婚後，她甚至曾一閃念傻傻地重新燃起了與易平重新開始，一家三口幸福團聚的強烈願望。

當年，婚後的陳榮輝並不幸福。除了知道自己永遠都不可能得到白薇的愛之外，雖廣尋名醫，仍久治無效的性無能也更增強了他本來就嚴重的自卑。

是的，當年雖然他到處散佈易平"死訊"，對白薇造成幾近崩潰的打擊，但白薇對易平的愛始終沒有絲毫的改變——他無奈。

白薇與他結婚，不過是"奉子成婚"——他知道。

使白薇懷孕的"播種者"是易平——他猜到。

領導不希望這樁"政治婚姻"為此徒生枝節，因而強迫自己"接受現實"，要求他忍讓，忍辱——他做到。

在陳榮輝的不忿、委屈與無奈中，盈盈出生了，慢慢長大了。

聰明靈俐，人見人愛的盈盈很快就改變了陳榮輝。不知不覺中，陳榮輝居然喜歡上了盈盈；而盈盈在熟人圈子裡成為一道亮麗的風景線，也確實在很大程度上滿足了陳榮輝的虛榮心。所以，陳榮輝也常常不失時機地大秀"父女情"。而陳榮輝入獄時對盈盈的依依不捨，也確是真情的流露……

但白薇絕對不可能接受陳榮輝。跟這個自己鄙夷的人組成家庭，更令她感到是一種恥辱，哪怕是"革命工作需要"。

同時，白薇也十分清楚，"愛得越深，恨得越切"，當初自己對愛情的背叛，以及自己當時對易平的那種決絕，已對易平造成了巨大的傷害與打擊。她還知道，好友圈中曾流傳，易平還為此制訂了專門針對她白薇的"三不政策"：今後不再見面；不再聯繫溝通；不再向白薇發出，也不再接收白薇發出的任何形式和内容的信息。她為此感到十分痛苦。就連越來越重大的任務，越來越艱辛的工作，越來越出色的成績，越來越閃亮的獎勵，也難以磨滅對易平刻骨銘心的愛，以及對易平深深的愧疚。

白薇也不止一次地想：如果能放棄各自的政治思想，重新走到一起，那該多好啊！但她也明白，自己和易平已是两個世界的人，他們的人生軌道，也已是两條再也不可能相交的平行線……白薇深知：回不去了……

也不知道過了多久，有一天，白薇聽林間説：易平結婚了。那天，白薇取消了全部早已安排好的活動，放下了手中所有的工作，拒絕了一切的來訪，獨自在家，把易平的小提琴抱在懷裡，呆呆地坐到深夜……

"易平，我永遠的愛！原諒你的小妖精吧！讓小妖精回到你的懷抱吧！不能做你的妻子，就做你的情人，做你的愛人吧！"白薇拭去淚水，望著深邃的夜空默默祈求……

不過，無論如何，她有盈盈——她與易平純潔愛情的結晶。雖然孩子長大了，獨立了，有她自己的思想了，很多問題母女都想不到一塊了，甚至不時還會鬧矛盾了，慪氣了，但女兒實在是太優秀了，而且，在她的身上，有太多易平和自己良好的基因了……

想到這些，白薇又感到慶幸，感到欣慰。

隨著國內改革開放的深入展開，複雜、詭祕而又激烈、尖鋭的政治鬥爭，也在向縱深發展。有段時間，白薇甚至還聽到了不同版本的"政變論"、"陰謀論"。她在為共和國憂慮的同時，也深切地體會到那種為共和國奮鬥的戰士的快感，就像在迎風奔馳的戰車上向前疾進的那種快感。愈來愈強烈的使命感，激勵著白薇義無反顧地大步向前……

"六四"後，從上級領導無法掩飾的焦躁不安，以及一而再，再而三打破"常規"的做法，還有處事節奏的突然加快，白薇敏銳地捕捉到一種"泰山壓頂"般的逼迫感。工作的需要，讓她頻頻往返於州際間、國際間。大多數的出差任務，都是由白薇獨自一人完成的，除非是業務繁雜、操作難度特大，她才叫約翰一起去。

白薇這次到歐洲，通過幾個銀行操作的一筆重大的轉賬，就是在約翰的協助下完成的——當然，約翰只是從操作的方法、程序和注意事項方面提供幫助，關鍵的資料和有關的情況，她是不會讓約翰掌握的。而聰明的約翰也表現得十分"知趣"，從不去了解不該自己知道的任何資料和情況。

忙了整整兩天，工作總算完成了。白薇如釋重負，心情愉快。到第三天，白天，白薇和約翰又一次參觀了倫敦的大英博物館；晚上，他們又一起聽了愛樂樂團的整場音樂會。

回到酒店，白薇半浮半沉地泡在浴池散發著玫瑰花香的熱水中。悠然、輕鬆、愉悅……突然，她感到自己的身體深處，一種既陌生，又熟悉；既盼望，又害怕的躁動在滋長，而且越來越明顯，越來越強烈！終於，她渾身發熱，軟弱無力……

她掙扎著撥通了隔壁約翰房間的電話……

以為白薇病倒的約翰，急匆匆穿著睡衣和拖鞋，就進入白薇套房沒關好的客廳。當走到敞開的臥室門口時，他愣了：只見披著浴巾的白薇，慢慢地向他走來，身上的浴巾，也慢慢地褪落，掉到地上，雪白的胴體一覽無遺，那灼灼閃爍的雙眸透露出熱烈的渴望⋯⋯

約翰稍為猶豫了一下，馬上大步向前，一把抱住了一絲不掛的白薇，手腳麻利地把她放在寬闊的睡牀上。約翰一邊脫衣服，一邊狂吻白薇微微顫慄的身子。白薇感到自己的腦子凝固了，她彷彿到了一個無邊無際的火熱的世界，彷彿看到了那個日夜思念的身影⋯⋯

　易平，
　我的愛人，你答應過我，
　永遠給我幸福，給我快樂⋯⋯
　我永遠的愛，
　我只屬於你，
　永遠只屬於你⋯⋯
　啊，逸廬，
　難忘的逸廬之夜⋯⋯
　啊，你的眼睛真清澈，真明亮！
　但你的眼光，
　又是那樣冷峻、鋒利⋯⋯

"易平！"白薇突然大叫一聲，同時使勁把約翰推開。

剛脫完衣服的約翰，猝不及防，被推到牀下。他驚愕地看著赤裸的白薇拼命衝進浴室⋯⋯

"你走吧！"過了一會兒，從浴室傳來白薇冷漠的話音。

赤身裸體的約翰，抱著衣服，連鞋子也顧不上穿，便喘著粗氣，狼狽不堪地跑回自己的房間。

第二天，两人卻像什麼事情也没發生過一樣。只是，約翰發現，自己的銀行账户當天多了一筆可觀的進賬⋯⋯

白薇一下飛機就打電話回家，吩咐英姐為她準備好皮蛋瘦肉粥。

在浴缸泡了整整兩個小時的牛奶浴之後，白薇吃了滿滿的一大湯碗粥。而後，她没有像往日那樣接著吃一小杯奶酪，就拿出易平那把小提琴，出神地凝望著，凝望著，而淚水，也在不知不覺中流淌……

我親愛的蠻牛，

我又想你了。

我看到你了，

不要繃著臉，

不要走。

讓我們打開鐵門，

讓我們拋棄一切。

我們都不要再錯過了，

這輩子我就跟你過吧。

不行，

再等等，再不行，

再想辦法……要不，

讓我們再次緊緊相擁，一起隨風而逝……

白薇擦乾淨眼淚，拉起了《隨風而逝》：

隨風而逝

凄美的琴聲在寬敞的客廳裡孤獨地迴旋，飄蕩……

這幾天，正在徐滔考慮要不要把最近發現的有關白薇的種種"不尋常"向上級領導匯報的時候，他又接到了跟上次一模一樣的只寫有"Omnipotent John"字樣的"綠色來信"。

其實，上次匯報"二狼"劣跡後，上級領導的處理，就已當頭一棒把徐滔打醒了：他的工作已超越了偵查、緝拿外逃貪官及其家眷的"反貪"範疇，他，觸"雷"了；同時，他也敏銳地意識到"反貪"的背後，也許正在進行著關乎共和國存亡的重大博弈……

經過再三考慮，徐滔決定暫時不向領導報告有關白薇的情況，並決定在追查其他目標的同時，繼續按"綠色來信"的提示，死死盯住"萬能約翰"。

不久，徐滔發現約翰又幫白薇大手筆地簽署了開發矽谷高科技城一大片商業用地的重大投資項目。除此之外，他還驚異地發現，約翰多次找人調查美西射擊俱樂部老闆歐文的底細，特別是歐文在秘密訓練營培訓職業殺手的情況；同時，他還為白薇接近歐文，在幕後鋪墊，並最終安排兩人"自然而然"地見面、洽談合作……

隨著"綠色來信"越來越精準，越來越頻繁的提點與引導，徐滔掌握的有關白薇的情況、資料也越來越多；而他自己也因此感到越來越困惑，越來越煩惱了。有時候，他甚至感到自己的思想停滯了，凝固了，僵硬了——就像一部停止運行的機器……

最近這段日子，就連盈盈，也已覺察出徐滔的焦慮與不安。但無論盈盈想什麼辦法，都沒能撬開他的口。於是，盈盈找了個易平叔叔不用上班公眾假日，不由分說，硬是把徐滔拽到易平叔叔家。

在路上，盈盈已用手機通知易平，但由於是"突然襲擊"，不知道盈盈和徐滔要來，易平無法提前準備。不過，雖然徐滔不能吃上最愛吃的藕餅和牛肉炒蘋果，易平做的皮蛋瘦肉粥和蔥油餅還是令連日來吃不香睡不甜的徐滔胃口大開。

徐滔連自己都忘記吃幾碗粥了，反正一大煲皮蛋瘦肉粥被他一個人就幹掉了一多半。蔥油餅呢，由於同時開了兩個爐頭，用兩只平底鍋，易平才勉強趕得上供應三個年輕人。

飯後，盈盈為易寧彈伴奏。曲子是參賽必選曲目——薩拉薩特的《卡門幻想曲》；而易平和徐滔則在書房邊喝咖啡邊聊天。

"易叔叔，您認為世界上有不以人們意志為轉移的意識形態嗎？或者說，有超越哲學，超越政治，超越階級、政黨、國家，超越歷史的思想、道德、真理嗎？"徐滔很認真地問。

"當然有。這也就是馬克思主義的基本原理之一。"易平想也不想就回答。

“易叔叔，那您認為有超越哲學，超越政治，超越階級、政黨、國家，超越歷史的真、善、美嗎？”徐滔繼續問，“或者説，不同的階級有共同的真、善、美嗎？”

“當然有。馬克思主義的世界觀充分肯定真理的客觀性。”易平答道。

“那麼價值觀呢？”徐滔想了想，接著問，“人類有共同的價值觀嗎？”

“怎麼没有！”還未容易平開口，向書房走來的盈盈便搶著説，“例如，‘勇敢’，它可以是高唱《馬塞曲》的法國資產階級革命者崇尚的優秀品質；但它同樣也可以是高唱《義勇軍進行曲》的中國無產階級革命者崇尚的優秀品質！崇尚勇敢，這就是全人類共同的價值觀！又例如，清朝乾隆皇帝懲治貪腐，如今中國懲治貪腐，俄羅斯也懲治貪腐。可見反貪腐是全世界普遍的、共同的價值觀！”

盈盈端著茶杯，邊説邊來到書房。她拿過咖啡壺，往自己杯裡的茶添加了咖啡，然後朝易平和徐滔做了個鬼臉説：

“這叫‘咖啡茶’，味道好極了！哈哈哈！我看它就有超越政治，超越階級、超越政黨的價值。易叔叔，你認為我説得對嗎？”

“但是，魯迅不是説過，美國的煤炭大王是不可能理解北京拾煤渣老太婆的苦楚嗎？所以，我堅持認為，不同的階級，還是會有不同的價值觀。”徐滔想了想説道。

“我知道你是怎麼想的了。你呀，真笨！煤炭大王的苦楚，的確不能等同拾煤渣老太婆的苦楚，但關鍵在於，雖然他們各有各的‘苦楚’，但他們都不會認為‘苦楚’是好東西吧？也都不希望‘享受’‘苦楚’吧？這應該是他們共同的願望吧，這‘共同的願望’，難道不就是共同的價值觀嗎？”盈盈走到徐滔身旁，用手指使勁擢著徐滔的額頭説。

"小徐，盈盈説得對！但我們還可以進一步思考。"易平説道，"馬克思和恩格斯在《共產黨宣言》裡説，無產階級肩負著解放全人類的責任，無產階級打碎的是自己身上的枷鎖，得到的是全世界！未來是屬於無產階級的，所以，也只有無產階級最能代表和體現全人類的價值觀。而問題在於：無產階級如何才能做到這點呢？如何在社會主義條件下，在無產階級的政黨成為執政黨以後，繼續進行革命呢？這給人們很大的思考的空間，毛主席在這個問題上也有很多想法和探索。還有，我國的社會主義，從計劃經濟到市場經濟，到全球化的過程中，也同樣存在著這個必須面對的問題。但無論國内的情況多麼複雜，國際社會的發展、變化多麼迅速、巨大，有一點可以肯定的是，不管有多麼冠冕堂皇的'理由'，執政黨一旦貪污腐化，它便失去了體現和代表全人類價值的資格，而最終會被歷史淘汰。當年國民黨丟失政權，就是今天中國共產黨的前車之鑒呀！"

"易叔叔，你説得太好了！"徐滔和盈盈異口同聲地説，説完，相視而笑。

離開易平家後，徐滔感到一陣輕鬆。這段日子一直緊緊地縈繞他的焦慮與不安，好像一下子都煙消雲散了。令他感到十分欣慰的是：他已深深感到，盈盈與自己，現在已經沒有原則性的分歧了。他，沒有後顧之憂了。是的，把國家的財富轉移到少數人的手上，無論有多麼冠冕堂皇的'理由'，也是違反人類共同的價值觀，違反無產階級偉大歷史使命的行為。

他知道自己應該怎麼做了。

他想起了"綠色來信"。一種戰士才有的昂奮的激情很快就充滿了他的整個胸腔……

但是，徐滔萬萬想不到："螳螂捕蟬，黃雀在後"，他這只"螳螂"已被"黃雀"緊緊地盯死了……

第九章

　　往常，林野跟潘緯達的兒子曉毅上完課後，這個獨自一人從佛羅里達州坐飛機來上課的學生，課後便有專車接送他到下榻的酒店，第二天再坐飛機回佛羅里達。但潘緯達和林野這個患難朋友已很久未見面了，彼此都很想有機會好好敘敘。所以這次潘緯達改變主意了，他和兒子一起來舊金山，並要在林野家住一個晚上。

　　上完課後，曉毅就與林野的两個兒子玩去了。

　　潘緯達和林野便在書房開懷暢談——照例是"席地而坐"，潘緯達喜歡盘腿坐在厚厚的波斯毛毯上。

　　話題自然就從孩子參賽開始。

　　"林野，你也不必有什麼顧忌，就說實話：犬子能'扶得上牆'嗎？"潘緯達一臉嚴肅地問。

　　"潘老兄，你知道的，我什麼時候對你們這些'二十四孝'的'慈父'有顧忌，不敢說實話？你的'犬子'岂止'扶得上牆'？曉毅絕對是我手中的王牌之一！你還別說，在我門下參賽的亞裔孩子中有希望入圍的，竟有一半都是我們知青的後代！你可能不認識，有個叫江梓永的河南籍東北知青夫婦，是辦親屬移民來舊金山定居的。他們的男孩江豪，與你的'犬子'，水平也不相上下。這次參賽就看易寧、曉毅他們了。"林野頗有感觸地說。

　　是的，林野深知，每一個當過知青的，都想把當年自己未圓的一個個夢想，在下一代把它圓了。哪怕達不到自己的理想，也算是一種安慰吧！誰不想"望子成龍"？但又有多少知青能為下一代提供優渥的條件，讓他們心無旁騖，專心奮鬥，成為龍鳳呢？

當年的知青來到美國後，像徐夏儀、潘緯達和大哥林間那樣，憑著堅毅頑強，憑著刻苦耐勞，憑著聰明才智，能在異國他鄉打出一片天地，有了自己輝煌事業的，畢竟是鳳毛麟角啊。

"既然犬子還算爭氣，那就有勞老弟你費心了。說心裡話，我一向認為，如果自己的孩子資質平庸，做父母的就不必在他們身上花費太多精神，不必浪費太多社會資源了。但如果自己的孩子素質、天賦較好，'扶得上牆'，那就應該用心培養，讓他們將來能成氣候，能為社會做出貢獻，為知青爭一口氣，這也算還了我等之心願吧。自己沒能做或沒做好的，由自己的孩子去做了，做好了，此生也就沒有什麼遺憾了！"潘緯達也十分感慨地說。

"我很理解你剛才關於培養孩子的話。在我們的傳統觀念中，孩子是父母的私有財產，而且，養兒，是為了防老；培養孩子，'望子成龍'，是為了光宗耀祖。但是，我不認同這些陳腐的觀念，我兩個小孩，平平庸庸，難以造就，所以我的精力沒花多少在他們身上，而那些天資優秀的孩子，像易平哥的孩子寧兒，我是悉心培養的。至於好好培養自己資質好的子女，你老哥當然可以說得響亮，但有心無力的知青家長居多呀！聽說在國內，連孩子上課後輔導班、才藝班的錢都沒有的，多了去了，其中就包括我們都認識的那些陽平知青好友。更不要說那些無學歷，無技藝，體弱多病，又無收入、無靠山的知青了！"林野嘆了口氣說，"所以，易平大哥發起建立以幫助貧困知青為宗旨的知青基金會，很有意義，是行大善、積大德的事，你我一定要大力支持啊！"

"那是肯定的！你忘了嗎？上次我在'喜臨門'酒家補辦婚宴，大家不是推舉我為負責基金會成立活動籌備工作的總幹事嗎？我一直跟'總舵主'易平哥，還有王思哲老兄和麗莎姐有聯絡呀！"潘緯達急道，"為此，我還跟當年一起'督卒'的知青朋友經常聯絡。我知道，他們當中很多都'發'了。我會發動他們，也相信他們一定會熱心支持，慷慨解囊的。這次我想見見你大哥和'總舵主'再走，你幫我約約，我跟他們聊聊基金會成立活動的籌備工作，好嗎？"

"他們雖然也很忙，但一定會抽時間見你的。不過現在太晚了，明天一早我就給他們打電話。"林野說。

"對了，你還記得當年一起'督卒'，抱著情侶的尸體泅游，最後一個上岸的姑娘嗎？"潘緯達問。

"當然記得！她叫徐夏儀，是英德茶場文藝宣傳隊拉小提琴的江州知青，男生叫王煜，對吧？我還記得，徐夏儀當時還把香港人民事務處的女警察都感動得哭了。徐夏儀後來怎麼樣啦？"林野腦海馬上浮現出抱著情侶尸體，在海浪中艱難前進的形象。

"徐姑娘在香港白手起家，後來到了美國發展，經過多年奮鬥，如今已是美東一家經營醫療器械大公司的老闆了！"潘緯達贊嘆道，"我佩服徐姑娘，不僅因為她是一位成功人士；更令我佩服的，是她對愛情的忠貞與堅守！你知道嗎，王煜死後，她發誓終身不嫁。當年和我們一起偷渡的，個個都很爭氣，個個都事業有成。其中敬仰她、愛慕她的，還真不少。只是，無論追求者多麼優秀，她都不為所動。'曾經滄海難為水，除卻巫山不是雲'嘛，我理解她。一聽說要創立知青基金會，便表示一定大力支持；我相信，為知青基金會捐款，她一定不甘人後！"

停了一會兒，潘緯達又說：

"林野，別嫌我囉唆，我知道你很忙，但還是希望你也能參與進來，一起分擔些工作吧，反正擠一擠，時間還是有的。"

"好吧，我答應你！"林野有些感動地回答。望著眼前這位一起上山下鄉，一起偷渡，如今又一起在美國發展的患難好友——農友、"卒友"（廣東人說的"督卒"，是取中國象棋"卒子過河"之

意，即越過深圳河這條"楚河漢界"，偷渡到達彼岸——香港），
他感慨萬分，彷彿又回到了那段難以忘卻的日子……

沒有月亮，沒有大風，也沒有大浪。

平靜的海面上，閃爍著微弱的鄰光。偶爾傳來或輕或重、彼
起始伏的劃水聲。迎面吹來的海風，夾著海水咸腥氣味的細細的
雨點，使林野感到有些涼意。他下意識地把髮罩向下拉了拉，繼
續推著特別的"氣囊"——包封得嚴嚴密密的裝有小提琴的塑膠匣
子，朝著前面遠處隱隱約約的光亮向前游進……

這次結伴而行的十幾個"卒友"，都是來自全國各地的廣東籍
知青。其中有六個"卒友"還是琴友呢：當年結緣於《紅衛兵戰
歌》樂隊的省英德茶場知青、文藝宣傳隊的"情侶檔"徐夏儀和王
煜都是江州知青；祖籍廣東省東昌縣的江州知青宋秉衡是黃土
高原上一個縣的毛澤東思想宣傳隊的台柱、小提琴手；在江州出
生、在北京長大的新疆建設兵團知青唐曉韻；海南生產建設兵團
的江州知青、當年《紅衛兵戰歌》樂隊第一小提琴首席、弦樂隊
隊長陳恒；還有他自己——當年《紅衛兵戰歌》樂隊第二小提琴
首席……

林野本來並無"督卒"的想法。

在農村的那些日子，絕大多數的知青，早已不知不覺把"農村
是廣寬天地"、"革命青年要紮根農村幹一輩子革命"的思想成為自
己唯一的"理想"和"抱負"，他們把辛勤的汗水揮灑在農村的土地
上，在麻木中消耗著自己的青春……沒有人想到會有日後的"知青
回城潮"。

當時有些思想覺悟較高的女知青，革命的決心更大——自願
自覺嫁給了當地祖祖輩輩種地的貧下中農，有的還為貧下中農生
養了"革命的後代"，把"根"牢牢地紮在了農村。

　　林家三兄弟也跟絕大多數的知青一樣，在陽平山區這片"寬廣天地"上，默默地度過每一天。但和很多知青不同的是，林家三兄弟一直堅持讀書學習，一直堅持練琴。因為他們始終相信父母的話："文化大革命"後，國家百廢待舉，非常需要各行各業的有用之材。

　　他們在朦朧的冀盼中，沿著命運給自己鋪設的軌道，一步一個腳印地走下去……

　　是朱萍老師改變了林野人生的軌道。

　　改變是從林野收到朱萍老師的來信開始的。

　　這天，正在地裡施肥的林野，收到鄉間郵遞員送到田头的一封掛號信。林野簽收後就迫不及待地打開一看，原來是朱萍老師寄來的。信的內容很簡單：叫林野馬上到江州市取她贈送的小提琴。

　　林家三兄弟反復商量後，決定接受朱萍老師的饋贈。在費了九牛二虎之力後，林野獲準請假五天，回江州看望"病重垂危"的父親。

　　交接很順利。朱萍老師委託她的弟弟攜琴專程坐火車從北京來到江州市。但令林野意想不到的是，朱萍老師贈送的，竟然是她自己那把已用了三十多年的小提琴，由法國名師Aldric製作的價值昂貴的小提琴！更令林野意想不到的是，朱萍老師還委託她的弟弟轉達了她的明確意願：希望林野先偷渡到香港，然後在香港報考美國的柯蒂爾斯音樂學院，師從她當年同在莫斯科音樂學院學小提琴演奏專業的學長、現已成為知名教授的奧迪雷先生學琴深造。朱萍老師還把香港和美國親友的聯絡方式告訴了林野；而且再三說明，留學的費用，由她幫助解決。

　　當時，"知青偷渡潮"方興未艾，而偷渡到香港，則是可以株連親人的"叛國投敵"大罪。

　　所以偷渡之事，事關重大。於是，林野拿到朱萍老師贈送的小提琴後，便急忙打長途電話回陽平，和兩位兄長商量。兩位兄長都覺得朱萍老師的建議很好，但提議林野去探望父母，聽聽他們的意見。

林野就在當天立即坐末班長途汽車，趕去英德茶場，找在那裡進行"勞改"的父母商量。

父親當然並非"病重垂危"，但風濕嚴重，"周身骨痛"，則一點不假；而且，母親的哮喘病，也越來越嚴重了。為了不讓孩子們擔憂，父母在通信時對他們健康情況總是輕描淡寫。這次見到父母，林野才知道實情，他感到十分心痛和深切的內疚。

"孩子，朱老師的建議很好呀。現在國家正處在動亂時期，即使將來有朝一日撥亂反正了，也是猴年馬月的事了，我們能不能等到那一天，誰知道呀？"父親憂心忡忡地說，"你從小就那麼熱愛小提琴演奏藝術，依我看，在這裡，你難有什麼機會了。走吧，孩子，有朱老師幫忙，你會實現夢想的。聽說，連馬思聰都偷渡到香港了。從今年開始，茶場也先後有幾十個知青偷渡走了。我記得世界乒乓球冠軍容國團說過：人生能有幾回搏？孩子，走吧，去搏一回吧。"

在父母的鼓勵下，林野終於下了"督卒"的決心，同時還商量好了以到英德茶場照顧病重的父母為由，長期請假，以便回江州作"督卒"的準備。

林野在父母居住的木棚屋住了一個晚上，第二天天沒大亮，就帶著一大沓"有分量"的醫生證明，坐最早的班車回陽平縣了。

回到陽平縣，林野在很短的時間內便辦妥了請假手續。

在一個漆黑的夜晚，兩個哥哥送林野上了一輛到省貨運站的大貨車，回到江州市。

"督卒"要"過河"——過深圳河。和所有的偷渡者一樣，林野馬上投入了最要緊的準備工作：掌握過硬的游泳本領。

從江州市郊的小梅沙到石門的江面，是偷渡者雲集的天然的"游泳訓練場"。林野在這裡遇到了正在刻苦訓練的潘緯達和他的表妹何淑娟，以及潘緯達"領導"下的幾個東昌知青好友；更令林野感到意外的是，在這裡還見到了陳恒！

陳恒有一個學過大提琴的工程師父親，和一個能彈一手好鋼琴的醫生母親。從小就受歐洲古典音樂熏陶的陳恒，特別喜歡小提琴。還不到四歲，父母就請了當時江州交響樂團的首席小提琴手王偉斌做他的老師。聰明而又勤奮的陳恒後來成了紅領巾樂團、中學生弦樂隊的首席小提琴手，他立志要當一個出色的小提琴演奏家。

然而，"文化大革命"粉碎了他的夢想。

他跟所有的中學生一樣，響應毛主席的號召，上山下鄉幹革命。他到了海南島，在種植橡膠的建設兵團當了一名割膠的知青。

陳恒除了幹活、開會，一有時間便拉琴。一次因為拉琴，忘記了上工，誤了割膠，被連長把左手打殘廢了，不能再拉琴了。憤怒的陳恒後來伺機用石塊打破了連長的頭，並當即逃離農場。

他"倒流"回到江州市。在親友的幫助下，成了一名有希望"轉正"的"街道服務站"塑料廠的臨時工，每天用三輪腳踏車汗流浹背地運送沒完沒了的材料與產品。

一次偶然的機遇，同是"戰歌"人，又同是江州市第二中學"老三屆"校友的陳恒和崔耀庭，在一位老師家裡不期而遇。崔耀庭受陳恒鼓動，就一同做起了聯絡"戰歌"人的工作。

崔耀庭當年因為一次偶然的跌傷，造成腳踝粉碎性骨折，很遺憾沒趕上當年全國上山下鄉的大潮，當一名光榮的知識知青。不過，這次"塞翁失馬"，倒成就了崔耀庭：被當年《紅衛兵戰歌》的演員和工作人員，不約而同地推舉為"戰歌"人在江州市的聯絡人。很多人都忘記他的大名了，但無一例外，都親切地稱這位為人仗義、熱情豪爽，在《紅衛兵戰歌》管樂隊吹Oboe的熱心人為"Oboe"；而Oboe崔耀庭的住所和工作單位江州市二中，自然也就成了大家聯絡和交流的理想地點和名符其實的"聯絡站"了。他那間還算寬敞的住所，客廳和走廊常常都睡滿了臨時到江州市的外地知青或"戰歌"人。好在Oboe的父母沒和他同住，他一個人生活，沒人管，倒也自由自在。而"聯絡站"的名聲，慢慢地，也越來越響了。當時，除了"戰歌"人外，很多知青都知道這個互愛互助，融和、温暖的"知青之家"……

　　王煜和徐夏儀，本來也和當時絕大多數的上山下鄉知青一樣，決心在農村的廣闊天地裡幹一輩子革命。除了在茶園幹活，農閑時的排練和演出，給王煜和徐夏儀他們一群愛好文藝的知青們千篇一律、平淡無奇的生活帶來了快樂，帶來了歡笑。

　　但是，自從温柔、漂亮的徐夏儀斷然拒絕了茶場的惡霸、遠近聞名的色鬼場長的"求婚"之後，厄運便從此降臨：先是徐夏儀被開除出茶場文藝宣傳隊，接著，特別"關照"的粗重、勞累的工作，每天都把徐夏儀累得幾乎喘不過氣來。雖然有王煜關懷、守護，但一直度日如年，活在提心吊膽的日子中。一次，對徐夏儀強奸未遂的場長被及時趕到的王煜痛打了一頓，場長的三根肋骨都被王煜打斷了。眼看大禍臨頭，王煜和徐夏儀商量後，便連夜雙雙逃離茶場。他們怕連累家人，所以沒有回家。兩人走投無路，只好在江州市找當年《紅衛兵戰歌》管樂隊的首席Oboe、如今的江州市二中的門衛崔耀庭。

　　王煜和徐夏儀找對人了。

　　在"聯絡站"，他倆見到了林野、陳恒等不少"戰歌"的老朋友，也新結識了不少經輾轉介紹、慕名而來的各地知青朋友。

一九六八年年底，宋秉衡來到陝北插隊當知青。

幾年下來，西北高原火紅的太陽、火紅的高粱把文靜、孱弱、來自南方的知青宋秉衡，從一個手無抓雞之力的"白面書生"，打造成一個黑黑實實，粗獷、強壯的庄稼好手。這年國慶節，從小就酷愛拉小提琴的宋秉衡，剛剛慶幸自己能被縣的毛澤東思想宣傳隊吸收為臨時工，當宣傳隊的"多面手"——小提琴手、大提琴手、二胡手、鑼鼓手，以為總算可以結束關在密不透風的窄小窰洞裡偷偷摸摸練琴的日子，總算有機會大大方方地拉琴了，誰知道好景不常，還不到一個月，縣革命委員會政工組就正式通知宋秉衡：由於他的回原籍接受勞動改造的大右派父親和陪伴父親的母親，突然一起"畏罪潛逃"，不知所踪，因而他的"政審"沒通過。他不僅被打回原地——繼續下地幹活，而且幹完繁重的農活後還被分派去開窰洞，打磚，燒磚……

周圍的人也突然像避瘟疫般躲避宋秉衡。加倍的汗水換來的，都只是人們鄙夷、蔑視、憎厭的眼神——就像看一個十惡不赦的罪犯那樣。

出於對父母的擔憂，和看著長滿厚繭，像樹皮般的越來越粗糙、越來越沒有感覺的雙手，還有那種每時每刻都實實在在地感覺得到的壓抑感，使宋秉衡絕望了，他毅然告別了本來懷著雄心壯志，決心要在這裡貢自己的青春甚至一生，幹一番轟轟烈烈事業的黃土高原，回到了家鄉——南方大省的東昌縣。

但家鄉的祖屋已被封了，而且，雖然想方設法，到處打聽，但父母仍然毫無音訊。宋秉衡只好離開東昌縣，來到江州市。

只見市區裡東阜大道上自家的獨立小樓，在樹蔭中依然是那麼亮麗，但也不知道從什麼時候開始，已住進了什麼大官。但見花園的大門前，有兩個佩槍的衛兵在站崗。

　　這棟有前後花園的兩層獨立小樓，是早年出洋經商回國的爺爺出資自建的，寬敞、舒適，環境怡人。但如今卻說沒就沒了……

　　垂頭喪氣的宋秉衡，背著小提琴，提著沉重的行李，表面上看似是漫無目的地在市區閑逛，其實內心非常焦灼：前路茫茫，何處是歸宿？

　　他掏出越來越癟的錢包，花一角錢買了兩個五分錢一個的拳頭般的大饅頭，走到市政府前面的中央公園，一屁股坐在公園大門前的大理石梯階上，大口大口地吃起饅頭來。

　　剛吃完一個饅頭，宋秉衡突然聽到小提琴的聲音：噢，是《新疆之春》！

　　宋秉衡不由自主把剩下的那個饅頭胡亂塞入行李包，然後提起行李，背著琴，循聲而去。

　　在公園前面不遠的人行道上，宋秉衡看見幾十個行人在圍觀一個正在演奏小提琴的姑娘。不用看，宋秉衡就已聽出這是一位基本功紮實、訓練有素、水平較高的演奏者。

　　一曲既完，熱烈的掌聲過後，大部分的聽眾便紛紛離去，只有少數的聽眾，把錢放在打開的琴盒裡。還有的聽眾，依然站在原地，饒有興趣地等候姑娘下一曲的演奏。

　　宋秉衡放下行李，拿出錢包，挑出內中面額最大的那張一元錢的鈔票，恭恭敬敬地放進姑娘的琴盒。

　　看到施舍者是位衣衫襤褸的流浪者，姑娘淚光閃爍，聲音哽咽地說：

　　"謝謝你，大哥！"

　　"不必謝，"宋秉衡輕輕地搖了搖頭，微微一笑說，"姑娘，你拉得真好！"

　　"大哥你也拉琴？"姑娘這時才注意到宋秉衡背著小提琴，她高興地問。

宋秉衡伸出長滿厚繭的粗糙的雙手，沒有説話，只是望著姑娘，苦笑了一聲，接著又長長地嘆了一口氣。姑娘看後，便默然無語，慢慢地低下了頭。他們很自然就交談起來。

原來，姑娘叫唐曉韻，是新疆生產建設兵團的知青，父母都是中央音樂學院的教授，在"文化大革命"中被打成"資產階級反動學術權威"，進了"牛欄"。而唐曉韻本人，是師部毛澤東思想文藝宣傳隊的小提琴手，曾被評為全師"可以教育好的子女"的標兵。但在今年年初執行突擊任務時，她意外從馬背上摔下來，造成左脛骨粉碎性骨折。於是，唐曉韻辦了"病退"。她先是回到北京中央音樂學院的宿舍，但宿舍已住進了駐院工作隊隊長一家，而父母卻還在"五七幹校"接受"改造"。她到幹校與父母見了面，全家經過商量，決定讓曉韻暫時去江州市，投靠在中學當教師現已退休在家的姑姑和姑丈。

到江州市後，唐曉韻沒找到適合的工作，又要治傷，她不想增加姑姑和姑丈的負擔，所以就在街頭拉琴，賺點錢幫補姑姑和姑丈。

宋秉衡也向唐曉韻講了自己的際遇。

一種"同是天涯淪落人"的感覺，在兩人的心中油然而生。宋秉衡看著面前這位臉無血色、文弱清瘦的姑娘，胸間充滿了說不出的憐憫與同情。

這時，圍觀的行人漸漸又多了起來。姑娘接連又拉了幾首中、外名曲。

不知不覺，天色漸漸晚了。

兩人一道回到唐曉韻姑姑的家。熱心腸的姑姑和姑丈在了解宋秉衡的情況後，主動提出，在宋秉衡沒有解決住宿前，可以讓他每晚睡在他們加建在屋外的儲物間。

　　就這樣，宋秉衡白天到大沙頭碼頭當臨時搬運工，用汗水賺兩頓飯錢；晚上，吃完飯後，帶著一身疲憊回到唐曉韻姑姑的家。同時，宋秉衡接受唐曉韻姑丈的建議，每晚都用加熱的白醋泡手，以便去掉雙手的厚繭，使粗糙的皮膚變回柔軟。

　　慢慢地，宋秉衡可以恢復練琴了。唐曉韻從小就學琴，專業水平較高，在她的輔導下，宋秉衡的小提琴演奏水平很快就有了明顯的提高。到後來，碼頭週日休假時，他還可以陪唐曉韻上街拉琴：拉馬扎斯的小提琴二重奏曲，拉巴赫的雙小提琴協奏曲……宋秉衡也開始有較穩定的收入了，可以交伙食費了，於是他每天晚上和假日就在唐曉韻的姑姑家吃飯。

　　這天晚上，唐曉韻高興地告訴宋秉衡：今天下午在街頭拉琴時，一個匆匆路過的穿工作服的行人，他把口袋裡所有的錢都掏出來給了唐曉韻，說他以前也拉過琴，是造反派創作、公演，聞名全國的大型歌舞劇《紅衛兵戰歌》的參與者，當時他在樂隊拉琴。後來響應毛主席的號召到海南島當了種植橡膠的知青。他還告訴唐曉韻，當年的"戰歌"人，絕大多數都到各地上山下鄉當知青了，目前只有很少的人生活在江州市。不過，倒是有一個"戰歌"人的"聯絡站"。也許在那裡可以見到志趣相投的"琴友"，可以結識到能幫助他們的"貴人"。他還說，他叫陳恒，跟"聯絡站"的"站長"崔耀庭是中學校友，關係熟絡。"去找他，就說是我陳恒介紹的。"說完，沒忘記把"聯絡站"的地址告訴唐曉韻。

　　果不其然，唐曉韻和宋秉衡在"戰歌"人的"聯絡站"裡，通過Oboe結識了王煜和徐夏儀；通過陳恒，結識了一些當年"戰歌"樂隊的小提琴手、如今"倒流"回城的知青。在這裡，他們還認識了東昌縣老鄉潘緯達和他的表妹何淑娟。

　　潘緯達是被早年去香港做生意的姨媽、姨父來信說服他"督卒"來港的。當時，"學大寨"運動正在廣大農村如火如荼地進行。

潘緯達在生產隊組織了青年突擊隊，到牛頭山開荒造梯田。一天，潘緯達突然接到了姨媽、姨父的來信。為了"安全"，這封早就寄出的信，幾經周折，轉到潘緯達手中時，已差不多過了半年了。

一看姨媽、姨父的來信，他怔住了。

姨媽、姨父在信中告訴他：最近才獲悉，小姨夫婦早已自殺身亡了，他們唯一的孩子——從小抱養的女兒淑娟，被逼回到家鄉東昌縣的農村當知青，沒有親友，孤苦伶仃，飽受歧視，勞苦不堪，而且還落了一身病，生活異常艱難。信中千叮萬囑，要潘緯達無論如何都要盡快帶淑娟"督卒"到香港來。

潘緯達看完信，便連夜在省道上攔截了一輛去江州市的貨運大卡車，坐順風車回家。心急如焚，一夜未眠的潘緯達第二天一早，就坐最早的班車趕到東昌縣。

他記得，小姨夫婦是市衛生防疫站的醫生和技術員，在"文化大革命"中被污蔑為"現行反革命"，關进了"牛欄"。但他怎知道，就在自己被分配到陽平山區插隊當知青的時候，小姨夫婦由於不堪虐待，已雙雙含冤自殺，留下才剛剛考上初中的女兒淑娟。舉目無親的淑娟，在街道居委會幹部軟硬兼施，輪番"動員"之下，在熱烈的鑼鼓聲、炮仗聲中，戴著大紅花，回原籍東昌縣務農了……

當潘緯達在東昌見到表妹的時候，只見臉色蠟黃、體質孱弱的表妹正叫停了一個挑著一擔豬食路過家門口的老伯，在熱氣騰騰的豬食桶裡翻來翻去尋找番薯時，這個自進幼兒園以後，就再未流過淚的男子漢，淚水忍不住嘩啦嘩啦地流了下來。他把表妹緊緊抱在懷裡，失聲痛哭，不停地說："淑娟，哥來晚了！對不起！哥來晚了！"

當天，潘緯達就把表妹帶回江州市。

潘緯達首先想方設法跟香港的姨媽、姨丈聯繫上，讓他們放下心來。

在潘緯達父母的悉心照料下，淑娟的健康也慢慢恢復了。

於是，潘緯達和淑娟每天都到越秀山登"百步梯"增強體能，還到珠江邊練習游泳，做"督卒"的準備。

潘緯達的父母，大半輩子都在江州鋼鐵廠當車間工人，為人老實巴交，安分守己。但他們理解年輕人，對於兒子和外甥女"督卒"去香港這種"叛國投敵"的事，他們既不反對，也不支持。而潘緯達和淑娟則以"開弓沒有回頭箭"的決心，爭分奪秒，鍛鍊身體，學好游泳，積極準備，侍機而動。

潘緯達和淑娟第一次"督卒"走的是陸路……

這次同行的都是來自全國各地的知青，一群不折不扣的"烏合之眾"。在一個沒有月亮，沒有星星的夜晚，十幾名偷渡者，白天走上一個山頭，躲在比人還要高的草叢裡，忍受著蚊子、螞蟻的叮咬，全身紅一塊、腫一塊的，又痒又痛，但由於害怕被路人發現，連大氣也不敢出一口。好不容易挨到天黑了，才在草叢中鑽出來，三三兩兩，踏上荊棘叢生的山間小路。大家牢記"黑石、白路、反光水"的走夜路的"訣竅"，逢山過山，遇水過水，走了幾個鐘頭，倒也順利。眼看快要接近邊界了，突然，淑娟尖叫一聲倒下了——原來是淑娟被蛇咬了！

轉眼之間，淑娟左腳被咬的地方已開始發黑；很快，黑色就已擴散到膝蓋；人也開始軟弱無力了。潘緯達急忙從背囊裡找出兩顆"蛇咬丸"一顆讓淑娟馬上服下，然後用嘴使勁把淑娟傷口的毒液吸出吐掉，再把另一顆"蛇咬丸"咬爛後敷在淑娟的傷口上。

這時，淑娟已處於半昏迷的狀態了。潘緯達再掏出一顆"蛇咬丸"，硬是灌給淑娟服下。

看來，這次行動只好提前結束了，當務之急是救命！萬分焦急的潘緯達馬上背起淑娟，離開隊伍，朝大路走去……

　　幸好搶救及時，淑娟終於轉危為安。在當地一個生產大隊衛生站休息了不到一個小時之後，潘緯達和何淑娟和另幾名互不認識的偷渡者被押上了開往江州市的囚車，遣返到市區內的黃華路收容所。

　　潘緯達和何淑娟第二次"督卒"走的是水路。

　　遺憾的是，當他們歷盡艱辛，已來到離海邊不遠的小叢林中隱藏好，正在耐心等候夜幕降臨，便下水泅游的時候，被邊防巡警的狼犬發現了。潘緯達和何淑娟再一次被遣返回江州市。

　　在珠江邊，"督卒"已接連兩次失敗的潘緯達很高興地與陽平縣的知青好友林野相逢，並通過林野，認識了陳恒。陳恒自然就把潘緯達和淑娟引進了Oboe崔耀庭的"聯絡站"。

　　隨著交往的深入，沒多久，共同的際遇、共同的願望，還有共的鄉音——"同聲同氣"的江州話，就把王煜、徐夏儀、宋秉衡、唐曉韻、潘偉達、何淑娟、陳恒、林野，以及一些知青琴友凝聚在一起，使他們成為志同道合的"卒友"。無論處境多麼艱難，也無論心情多麼沮喪，只要到了這裡，每一個人都感到溫暖，感到快樂，感到有希望、感到有信心。他們常常在Oboe家一起拉琴，促膝談心，交流著各種各樣的"小道消息"，爭論時下的社會問題，一起商量如何幫助有困難的知青朋友。當然，最受大家關注、交流最多的，還是與"督卒"有關的信息了。

　　這天，前些日子受大夥委託，結伴回東昌縣打探"情報"的潘緯達和宋秉衡回來了。他們從家鄉帶回一個重大的消息：正要大力發展經濟，又勞動力匱乏的香港，現在正實行"抵壘政策"，對偷渡來港的知青，網開一面，大開綠燈，凡是偷渡到香港的知青，不僅都能拿到合法身份，而且還被優先安排工作。

　　機會難得！

　　當時，這個好消息對於那些悲觀、無望、迷惘、茫然，焦灼不安的知青，不啻是"及時雨"和"興奮劑"！一個由全國各地知青自發的大規模的"偷渡潮"，即將形成……

之後的一段日子，"聯絡站"每一次聚會交談的，幾乎都是圍繞籌備"督卒"行動的話題：從有關香港的信息，到"督卒"的行程路線、沿途環境、行裝配備，到前驅者的經驗、教訓，等等。

不久，林野提議，由潘緯達和兩、三位有過"督卒失敗史"的"過來人"，詳盡地向大家講述了各自"督卒"的經歷與體會。

對大家幫助最大的，是已失敗了兩次的潘緯達。他失敗的經歷，成了大家寶貴的"財富"。

潘緯達總結出，當時，供偷渡者選擇的路線有三條：

西路是水路，從東昌進入寶安後，越過南山一帶的山區，渡過深圳灣；或從蛇口渡過後海灣，到達香港的市郊。

中路是陸路，從梧桐山、流浮山到沙頭角，翻山越嶺，越過鐵絲網，直接進入香港市區。

東路也是水路，從惠州到龍崗，渡過大鵬灣，到達香港的市郊。

三條路線，各有利弊。

水路的風浪、鯊魚，直接威脅生命；但較少機會遇到民兵與邊防軍警。

陸路不用下水渡海，但山路崎嶇，荊棘叢生、毒蛇野獸出沒，而且關卡重重：路路設卡、村村設防，而且到處是民兵、軍警，還有兇悍的警犬。

經過反復、認真討論後，大家一致同意潘緯達提出的行動方案：從東昌進入寶安，當晚十二時出發越過南山一帶的山區，渡過深圳灣的海面上岸，到達香港的市郊。

接著，潘緯達和大家商量好了分組的方案：由潘緯達本人，以及陳恒和宋秉衡各帶幾個知青分三組行動。

最後，按潘緯達的"預謀"，林野和幾位早就有準備的"琴友"為大家齊奏了激勵人心的小提琴曲《查爾達什舞曲》。

節奏熱烈，感情激越、昂奮的琴聲，在這個有限的空間迸發、轟鳴、迴響……

在回家的路上，何淑娟對潘緯達笑了笑説："表哥，你真行！你太有領導才能了！難怪大家背地裡都尊你為'頭'了。"

"別瞎説！"潘緯達連忙説。

"什麼瞎説？你就是一副'領袖格'嘛！"何淑娟打心眼裡佩服表哥，她説的是真心話。

"我算什麼？比起我們陽平的知青頭易平哥，我差遠了，他才是'領袖格'。可惜他……"一説到易平，潘緯達就難過起來。他在心裡動情地説：

"易平哥，我好懷念你啊！"

幾天後，行動開始了。

為了減少暴露的機會，潘緯達讓十多人的"大部隊"化整為零，分三個小組各自行動。

寶安南山。

白天，林野和潘緯達、何淑娟，以及同組的另三個知青，一起躲在草叢裡；直到夜幕降臨，他們才沿著崎嶇蜿蜒、凸凹不平的山間小路，翻山越嶺，艱難前行。在荊棘叢生、亂石遍布的山路上行走，稍不留神，便會滾下山去。比別人多背了一把小提琴的林野，更是小心翼翼，不敢有絲毫的疏忽。

就這樣晝伏夜出，幾天過去了，三個小組會合的那晚，毛毛雨一直下個不停，氣溫一下子降低了好幾度。在離下海處不遠的叢林裡，等待最佳下海時機的時候，潘緯達一再提醒大家：在低溫中游水很容易抽筋，所以要充分做好準備運動，最好利用是利用下水前的機會，多做做他在出發前教大家的按摩動作。

大家都很聽話，馬上就抓緊這短暫的時間，照潘緯達説的去做按摩：有的自己做，有的互相幫著做。在朦朧的夜色中，林野看見，離自己最近的王煜，正一絲不苟地為徐夏儀做手和腳的按摩。

夜幕下，細雨中，寒冷，在這裡，一點、一點地被融化，被驅散了……

大家在潘緯達的指揮下，有秩序地下水了。

漆黑的夜幕，茫茫的海面……

緩緩而來，又緩緩而退的海浪聲，和人們划水的聲音，以及偶爾從遠處傳來的汽笛聲，劃破了夜空的寧靜。

冷冷的海風，夾著冷冷的雨點，打在一張張剛毅、頑強的臉上，變成一滴滴溫暖的水珠……

"餓嗎？"林野身旁的潘緯達問。

"有點。"林野回答。

漆黑中林野一邊推著"氣囊"，一邊接過潘緯達遞來的一块牛奶巧克力。在物質匱乏的年代，這幾乎是當時所有"卒友"為偷渡而準備的最理想的乾糧了：它熱量足，體積小，易攜帶，而且吃起來方便。

林野其實早餓了，很快就吃完巧克力。

"還要嗎？"黑暗中潘緯達又問。

"不要了。你吃吧，還有兩三個鐘頭呀。淑娟呢？她的食物和水夠嗎？"林野問。他心裡明白，由於下水沒多久，自己的食物包就被水衝走了，所以兩人現在只有潘偉達的那份剩餘有限的食物；他更明白，潘偉達其實一直在省著吃……

"我還有。"何淑娟在黑暗中一邊説，一邊把一瓶水遞了過來。

這時，突然傳來了夾在風雨聲中輕輕的哭泣聲。

"好像是徐夏儀……"林野説。

"我去看看。淑娟，你要靠緊林野，不要游遠了。林野，你跟跟眼（廣東方言，意即"看著點"），我去去就回。"潘緯達説著，便朝哭聲游過去。

過了很久，在林野和何淑娟焦急的等待中，潘緯達游回來了。黑暗中，林野只聽到潘緯達斷斷續續的哽咽聲：

"王煜……他……他……"

原來，王煜由於抽筋，在水中沉没了。當徐夏儀和兩個游在附近的知青撈到王煜時，他已經停止了呼吸。

徐夏儀知道，王煜抽筋，是因為他下水前把全部的時間都用來幫助自己做按摩了。徐夏儀一邊痛哭一邊把自己的氣囊和王煜的氣囊捆在一起，然後抱著僵硬的王煜繼續向前游去。

深受感動的林野和潘緯達、何淑娟以及其他幾個知青，不約而同像護衛般地把徐夏儀圍在中間，默默地，在冷風冷雨中繼續前進……

在太陽升起前，潘緯達、陳恒、宋秉衡率領的三個小組的全部成員，都上了岸。接著，大家穿過一片菜地，終於來到了一條整潔、寬敞的馬路。馬路上，正停著一輛有"勒馬洲差館"字樣的黑色警車和一輛大巴士。二三十個"卒友"没有歡喜若狂，也没有迫不及待走向臉帶笑容、和藹可親的男女警員。他們無一例外，都回過頭來，熱淚盈眶地望著堅決不要別人幫忙，始終獨自背著王煜的徐夏儀，望著這位咬緊牙關，挪著沉重的步子，一步，一步，艱難地最後一個走到馬路的堅毅的女性。

一到馬路，徐夏儀便雙腳一軟，跌倒在地。

一男一女兩個警員馬上走過來。

衰弱的徐夏儀連説話的氣力都没有了。林野走近警員，向他們説明情況後，年輕的女警禁不住流下了兩行既同情又欽佩的熱淚。

在辦理"自首"登記手續的時候，女警員悄悄地答應了徐夏儀的"無理"懇求：為了實現王煜生前的願望，也為王煜辦理了"自首"登記手續，使王煜也取得了香港的"合法身份"……

當天，潘緯達和何淑娟的大姨丈——人稱"金爺"，在香港、澳門開金鋪的大老闆，就親自帶著家人，拿著點心、牛奶和水果，到人民入境事務處探望大家。隨後，大姨丈接走了兩個外甥，還幫忙外甥的"卒友"們聯絡在港的親友；那些在香港舉目無親的"卒友"，則被他安排食宿與臨時的工作。令大家更為感動的是，大姨丈還忙前忙後，一手辦妥了王煜的火化和祭奠。

那天，從火葬場的殯儀館出來，手捧骨灰盒的徐夏儀，向大家恭恭敬敬地鞠了三鞠躬，然後跪在金爺前，也不說話，只是擦乾眼淚，向他叩了一個頭，便跟大家一一道別，默然離去。

林野當天就聯絡上朱萍老師的那位親戚，在他的幫助下，林野順利地辦好了到美國自費留學的手續。

過了沒多久，林野要去美國留學了。

出發那晚，在赤鱲角機場的候機大廳，已被香港交響樂團弦樂隊錄用為"替補"小提琴手的唐小韻和被香港交響樂團聘任為樂器室保管員的宋秉衡、在大姨丈手下正式上班的潘緯達和何淑娟表兄妹、在一家台灣人開的琴行做店員的陳恒，以及五、六個已找到工作的"卒友"，約好在下班後，一起來為林野送行。

可惜沒能聯繫上徐夏儀。

心情愉快的林野為大家演奏了薩拉薩特的小提琴曲《卡門幻想曲》。

在林野和大家的鼓動下，唐小韻演奏了門德爾頌的小提琴曲《乘著歌聲的翅膀》。

最後，林野請一位也正在大廳候機的陌生姑娘為他們拍了一張十幾個人緊緊地抱成一團的照片——這張照片，後來一直放在林野的臥室……

潘緯達回佛羅里達州前，林野終於安排他與易平、林間和王思哲見了面。

大家都被潘緯達的熱心感動了，於是一致同意，把負責海外中國知青基金會成立活動籌備工作總幹事這頂"烏紗帽"，給潘緯達"戴實"了。

第二天，潘緯達戴著"烏紗帽"興高采烈地回佛羅里達州了，但他卻把兒子曉毅留在舊金山，而且就住在林野家裡，讓林野為兒子的參賽開開"小灶"。

林野毫不猶豫就應承了。

第十章

　　這晚，易平剛剛合起馬克思的《哥達綱領批判》，就先後接到了美國華裔法律同盟副主席、華南大學美東校友會會長劉健學長和潘緯達的電話。

　　一個多月以來，易平發動美國華裔法律同盟和華南大學美西、美東、美南校友會，參與了聲援被冤枉錯判的華裔警官梁大衛的全美示威大遊行活動的籌備與組織工作。

　　潘緯達和劉健的來電，正是要商量有關示威大遊行的工作。

　　美國華裔法律同盟是多年前年易平從華南大學學法律專業的歷屆校友入手組建的。從組建工作開始，易平就得到六十年代早期就畢業於母校法律系的劉健學長的熱情鼓勵與大力支持。這位大學畢業後移民來美國的學長，在哈佛大學取得了博士學位後，他就創辦了自己的律師事務所——華美律師事務所。如今，他已是美東聞名遐邇的亞裔律師。多年來，作為同盟的秘書長，易平在劉健學長的積極參與下，如虎添翼，以同盟的名義策劃和組織了不少支持華裔爭取合法權益的法律行動。現在，美國華裔法律同盟已成為越來越受到美國主流社會重視的力量了。

　　易平知道，這次聲援華裔警官梁大衛的全美示威大遊行活動，是向全美國展示美國華裔力量，提高華裔在美國社會地位的大好機會。所以，易平積極地投入這次大規模的活動，成為活動的共同發起人。易平通過網絡和電話與各州的校友聯絡，除了上班，他夜以繼日親自進行發動工作，又是打電話，又是走訪，又是派發傳單，又是張貼海報……

易平和他的"鐵桿"支持者忙了整整一個多月。

在易平的動員下，王思哲他們的圈子也積極參與了這次盛大的活動。

全美聲援華裔警官梁大衛的示威大遊行活動終於如期舉行了。

這天，當一二十個七、八十歲的退休老法官、老律師舉著"聲援華裔警官梁大衛"的橫額，領著身後有近萬人的示威遊行隊伍出現在舊金山市中心主要的大馬路——商業大道時，當聲援華裔警官梁大衛的口號聲響徹市區時，手拿擴音機在馬路邊領呼口號的易平，感到一種說不出來的滿足感和自豪感……

排山倒海般席捲全美的聲援華裔警官梁大衛的浪潮很快就有了令美國華裔歡欣鼓舞的結果：法官終於正視並接納示威大遊行所爆發出來的強烈訴求，將警官梁大衛的誤殺重罪改判為行政疏忽輕罪，並免受牢獄之災。

這是美國華裔為維護自己合法權益的一次重大的勝利！

這次活動剛剛結束，易平就抓緊與潘偉達、鍾麗莎、王思哲、林間，和他採訪過的，以及這幾年認識的知青朋友聯絡，在電話裡討論建立海外中國知青基金會的事。

通過兩個月的籌備，現在工作已告一段落了。這天，鍾麗莎打電話告訴易平，她最近會代表自己任職的電視臺到洛杉磯談一個業務合作項目，工作完成後，會以海外中國知青基金會籌備小組成員的身份來舊金山和總幹事潘緯達一起，向"總舵主"易平匯報有關籌備的工作。

其實，鍾麗莎除了匯報工作，還另有目的……

自從"逸廬"一別，很多年過去了，鍾麗莎雖然也斷斷續續地從好友的圈子內聽到了白薇與易平突然分手，又閃電般快速與陳榮輝結婚的消息，也知道易平因為白薇的背叛，而產生過巨大的痛苦和強烈的憤怒，並曾在一段日子裡消沉過。

她一直都很牽掛易平。

於是，她以詢問《中國向何處去》一書的寫作進展為由，打了不少電話給易平。鍾麗莎當然是"醉翁之意不在酒"，她"意"在易平——她是真的為易平擔憂。所以，她費盡心思，小心翼翼地對易平進行試探、揣摸。但當她了解到，即使易平後來聽說白薇和陳榮輝結了婚，生了女兒，也已心如止水，沒有多少反應時，她發現，易平是一個"拿得起，放得下"的男子漢，他的心理素質，比自己想像的要好得多。她感到欽佩，感到欣慰。

她放心了。

後來，她又聽說，易平結婚了。

最後，她又聽說，易平離婚了……

當初鍾麗莎聽到易平離婚的消息，著實高興，深埋在心底的對易平的愛的火種，一下子又點燃起來。

但她同時又想，易平與白薇那刻骨銘心的愛，絕對難以磨滅。只要有機遇，他們一定還可以"破鏡重圓"。

她失眠了。

連續好幾個晚上，無論是閉上眼睛，還是睜開眼睛，易平那張剛毅、俊朗的臉孔，都不停地在鍾麗莎的腦海浮現，時而清晰，時而模糊……她突然陷進了一種既滿懷希望又無限心虛，既興奮、激動，又無限惆悵的矛盾的旋渦。

鍾麗莎苦苦地，艱難地掙扎……

易平哥，

你太重了，

我想放，又放不下，

但想舉，又舉不起！

易平哥，

從那個冷風呼嘯的山村之夜開始，

我就是永不離棄你，

永遠屬於你的女人。

易平哥，

我永遠的愛人，

我多想從此進入你的殿堂啊……

不，不！

還是讓我成全你，

還是讓我化作一道堅實的橋，

連接相望相隔的你們；

讓我化作一團燃燒的火，

融化分離你們的寒冰……

鍾麗莎終於釋然了：幫助自己所愛的人獲得摯愛，不也是一種愛的昇華嗎？

鍾麗莎又一次戰勝了自己。

她決心幫助易平和白薇"破鏡重圓"。

於是，她打算先從白薇入手。

一條連接巴黎和舊金山的熱線，悄悄地建立起來了……

"逸廬"一別，鍾麗莎和白薇就再也沒有見過面了。偶尔也會通通電話，電話裡也親親熱熱，無話不談——當然了，與"逸廬之夜"有關的"敏感"話題，她們一直都會很默契，很小心地避開了。

白薇接到鍾麗莎從巴黎打來的電話，感到很高興。說心裡話，白薇知道鍾麗莎也一直深深地愛著易平。但"逸廬之夜"的安排，讓白薇看到钟鍾麗莎靈魂深處的亮光，她既感動，又感激。

　　雖然白薇從未減弱對易平的一絲一毫的愛；雖然這些年來，出色的工作、傲人的業績使她越來越得到高層領導的信任、重用和褒獎，她本人有時也由於自己能够投身到決定共和國命運的，有重大歷史意義的搏鬥中，為無產階級的壯麗事業做出貢獻而感到沾沾自喜；但更多的時候，她的內心充滿了矛盾——那既拋不開，又放不下，如影隨形的矛盾。而且，這些年來，政治鬥爭的殘酷與無情、詭秘與險惡，她看多了，經歷多了，自然也就漸漸滋生出厭惡與反感，有時甚至感到不寒而慄。加上自從自己背叛愛情，離棄易平，與陳榮輝結婚後，內疚、愧恨、自卑、自責，便像濃厚的陰影一直籠罩在白薇的心頭，有時甚至像一塊沉重的石塊，把她壓得透不過氣來。

　　輾轉難眠的白薇常常在夜深人靜的時候，披著睡袍，抱著易平的小提琴，倚靠在牀頭，一直坐到天亮……

　　好在這幾年有鍾麗莎這些漾溢著善意與熱心的越洋電話，才讓她忘卻煩惱，感到寬心與安慰。尤其是在最近，鍾麗莎明確提出要幫助自己與易平"破鏡重圓"，而且她已決定趁到洛杉磯出差的機會與易平相見，面對面地說服這只"蠻牛"。這令白薇既感動又興奮，她看到，多年後的今天，鍾麗莎仍然為了使自己和易平冰釋前嫌，重歸於好搭橋鋪路，讓她更深切地感受到鍾麗莎厚重的大度和真誠的善意，以及鍾麗莎深蘊心底的那種對易平的超乎尋常的愛。

　　還在鍾麗莎飛抵舊金山前，白薇就接到了鍾麗莎在洛杉磯打來的電話，鍾麗莎在電話給她交了"底"。

　　但白薇對結果一點兒也不樂觀：一是對那頭"蠻牛"的"三不"還記憶猶新，對他能否被鍾麗莎說服心中無數；二是即使"蠻牛"願意"破鏡重圓"了，組織這一關又不知能否通過？所以，鍾麗莎的好意一提出，白薇就為此鄭重其事地向周元請示。

果然不出所料，周元的態度一如既往，毫無改變：

"這是立場問題！原則問題！白薇呀白薇，想不到這麼多年過去了，你的小資產階級思想感情依然還是這麼嚴重！不錯，易平的的確確是美國華裔的精英和傑出代表。但是，他充其量也只能是我們的統戰對象！更何況，他雖然沒有參加中國共和黨的籌備工作，但他一直和王思哲他們有來往，難道這還不能說明，他始終就沒有和我們黨一條心嗎？白薇同志，你醒醒吧！"周元說。他左眼眉頭上的黑痣接連跳動了兩下，然後一改語調，溫和地說：

"好了，不說他了。我敢保證，只要你徹底地告別過去，願意打開感情的大門，那麼，和你一樣正在出色地為共和國工作的海內外精英當中，你至少有一個加強連的追求者。我很樂意做'紅娘'哩！"

白薇對周元的好意非但不領情，而且還有些反感。她冷冷地推卻道："謝謝了！請領導今後不必再在這件事情上費心了。"語氣非常堅定。

周元看了白薇一眼，失望地離去。

果然，"蠻牛"就是"蠻牛"！

鍾麗莎想不到，自己的熱臉竟貼上了易平的冷屁股！

在結束了兩天的海外中國知青基金會成立籌備小組工作會議後，鍾麗莎和易平在舊金山日落區23街那間百年咖啡老店見面了。

一見面，鍾麗莎便開門見山，把"撮合"的意圖向易平攤明。當易平耐心地聽完鍾麗莎反反復復、不厭其煩的勸說後，並沒有像鍾麗莎原先擔心的那樣勃然大怒，暴跳如雷，大聲咆哮，也沒有嗤之以鼻，拂袖而去，他只是平靜地拒絕了鍾麗莎的好意。

"什麼'破鏡重圓'，這是不可能的事！我平生最恨的，就是背叛，就是背信棄義！"易平堅定地說。

"易平哥，你是男子漢，難道就不能大度一點，原諒白薇姐一念之差，一時之錯嗎？你就不能寬恕她，重新開始嗎？"鍾麗莎誠懇地説。

"不！麗莎，你要知道，人可以犯錯，可以犯傻，可以犯規，可以犯戒，在某種情況下，甚至可以犯法，但人絕不可以犯賤！為了所謂的'理想'，而向自己蔑視過、厭惡過的卑鄙小人俯首屈服、卑躬失節，這'理想'會偉大嗎？這人格能不賤嗎？難道這僅僅是一念之差、一時之錯嗎？麗莎，你一定記得北鳥那著名的詩句吧：'卑鄙是卑鄙者的通行證'，這種人，無論是自覺還是不自覺，無論是沉淪還是一時糊塗，也不管其'通行證'裝飾得如何冠冕堂皇，並在人生的道路上如何暢通無阻，如何飛黃騰達，但卑鄙就是卑鄙！賤就是賤！難道對這樣的人，我可以大度，可以寬恕嗎？再説，你也一定懂得'道不同，不相為謀'的道理吧？所以，無論是從感情上，還是從理念上來説，我和她已絕不可能'破鏡重圓'，重新開始，而只能是分道揚鑣了——就讓她繼續走她的陽關道好了，我只走我的獨木橋！"易平望了望鍾麗莎，語氣溫和地説，"其實，她早就該明白，我和她屬於兩個不同的世界。我衷心感謝你的善良和好意！但是，我希望你這是第一次，也是最後一次做這種事不會有結果的'好事'。"易平望著鍾麗莎，繼續用充滿磁性的男中音，一板一眼地説，"麗莎，希望你明白，'三不'，是我和她最後的結局，也是最好的結局了。"

"當然，你也盡可放心，我永遠不會報復她，傷害她。作為一個真正的男人，這點'大度'，我易平還是有的。因為你也知道，我和她畢竟真心相愛過，刻骨銘心地相愛過……"過了一會兒，易平又補充了一句。

鍾麗莎從易平異乎尋常的平靜中，明顯地感受到了那種男子漢的剛毅、硬朗與決斷。同時，也感受到了白薇給易平造成的那種深切、難癒的傷痛。

她感到十分難過，她的心在隱隱作痛。

從咖啡店出來，鍾麗莎請易平幫忙截了一輛的士，便獨自回下榻的酒店。

她深知：易平與白薇"破鏡重圓"，已不可能了……

在酒店大堂，等待多時的白薇一見鍾麗莎，便急步迎了上去。但從鍾麗莎黯然失色的臉上，白薇就已讀到了她最不想讀到的內容……

"對不起，我讓你失望了！"鍾麗莎難過地説。

"不，麗莎，你不必自責，這是預料中的事。"白薇含著淚説，"我不怪他，是我對不起他。"

白薇看已很晚了，就沒有接受鍾麗莎的建議，到樓上的住房繼續交談。她們坐在大堂的沙發上，一邊漫不經心地聽大堂上一位學生模樣的男孩彈奏貝多芬的《月光奏鳴曲》，一邊低聲地交談。但優美的鋼琴曲没能讓白薇和鍾麗莎沉重的心情變得輕鬆一點。

"其實，我和他屬於兩個不同的世界……"白薇苦笑道。

"又是'屬於兩個不同的世界'！我的天，這也太'默契'了！簡直不可思議！"鍾麗莎不由心中一憬，"怎麼都是這句話？這到底是怎麼了！？"

看著一臉驚愕的鍾麗莎，白薇又嘆一口氣，"唉！你知道，我們大家——包括易平，包括你、我，包括我們陽平的那些知青好友，甚至也包括王思哲那種離經叛道的政治家、理論家，有誰不熱愛我們的祖國，有誰不願意為我們中華民族的復興與發展貢獻自己的力量？是理念的差異令我們各奔東西；是性格的執著令我們難以改變，難以回頭，難以相融啊！這些年，特別是'六四'後，我冷靜地審視了我的'世界'，我看到了厚重、堅實的大墙後面你死我活的較量與傾軋……麗莎，不是身歷其境，局外人是無法體會，無法感受的。那種陷進了深不見底的黑洞，又無法擺脫的感覺，我想，你也許永遠都沒有機會體驗。麗莎，説心裡話，我還挺羨慕你的。我常常捫心自問：我當初的選擇，選對了嗎？我上對‘船’了嗎？我最近常常思考易平關於警惕產生‘新生資產階級’的問題，如何監督執政黨的問題，也許……”

白薇半躺在寬大的沙發上，仰望著大堂中央懸掛的吊燈繼續説：

“也許，也許易平是對的。”

“我看你呀，是後悔了吧？既然這樣，你完全可以重新選擇，你們也完全可以重新開始呀！”鍾麗莎説。

“唉！回不去了……”白薇長嘆了一口氣。

鍾麗莎望著白薇，不知道説些什麼才好。

兩人一時無語。

夜深了，彈鋼琴的男孩也走了，空蕩蕩的大堂是那樣的寧靜。

又默默地坐了一會兒後，白薇就走了。

送走白薇後，鍾麗莎心情沉重地回到房間。

這次“撮合”的失敗，令鍾麗莎感到沮喪。雖然這在客觀上，這也為自己與易平的親近和進一步發展關係，創造了機會，但她並沒有為此感到欣喜。反而，一種沉重的挫折感，伴隨著説不出的悲哀和傷感，令鍾麗莎難以入睡。

這一夜，易平也難以入睡。

鍾麗莎讓他想得很多，很多……

鍾麗莎的大度和好意，令易平很感動。易平每次想起時，心裡都暖暖的。只是，鍾麗莎怎能知道自己這些年的苦楚呢……

當年，一來由於易平無法拂逆年老多病的父母急切抱孫的願望，二來，連他自己也説不清楚的是，在得悉白薇與陳榮輝結婚後，他莫名其妙地突然萌發出結婚的衝動。没多久，他就匆匆與一位移民到舊金山的華南大學的學妹——一位年齡比自己小很多的、漂亮的"七七級崇拜者"結了婚。

不久，兒子易寧出生了。

由於易平有一份中文記者的穩定工作，又住上了知青好友、著名大琴行老闆林間只是"象徵性"地收一點點租金的房屋，兒子跟林野學小提琴，也是只"象徵性"地交一點點學費，所以，雖然妻子沒有打工，只在家"相夫教子"，日子雖說不上寬裕，但還不至於感到生活有太大的壓力。

為了多掙點錢，易平有時晚上下班後，會到律師樓、會計師樓做臨時的清潔工，每晚也有稅後三幾十块錢的可觀收入。可惜，這並未能消減妻子對易平與日俱增的不滿和埋怨。

"真没見過像你這樣没出息的'七七級'！你也不看看你的那些同班同學，從政的，最低的級別都是正處；做學問的、教學的，最低的職稱都是副研究員、副教授！那些經商的，哪個不是千萬富豪、億萬富豪？再看看你：一事無成，兩袖清風！"妻子的話，飽含著鄙夷與輕蔑。

話很刺耳，但易平聽了，既不反駁，也没有生氣。過後，他只是默默地用毛筆在宣紙上，工工整整地抄錄了法國科學家居里夫人的名言："我們要吐絲織自己的繭，不必問原因，不必問結果……"

他把字幅壓在自己寫字桌的玻璃板下。

妻子到底還是耐不住捉襟見肘的清貧，她無法忍受易平寧願一次又一次放棄在薪酬和福利都很優渥的大學研究所任職的機會，也堅持在薪酬不高的中文報社打工的愚蠢的做法；更不能忍受的是，易平每週只有一天的休假，居然不是花在毫無薪酬的社會活動上，就是没完没了在圖書館查閱資料，寫他的《中國向何處去》。

在兒子還不到六歲時，妻子終於提出結束婚姻，隻身離去了。聽説，她很快就嫁給了一位富豪，定居在加拿大的温哥華。

離婚是靜悄悄的，正如結婚是靜悄悄的那樣。

分別時，她扔給易平的最後"贈言"是：

"你要永遠記住：身為男人，没有本事就不要娶老婆；没有本事就不要生養小孩！"

這段"經典"的"分手贈言"，後來居然還成了在美國的華南大學校友圈裡，女校友用來調侃男校友的"至理名言"。

而每當想到前妻的"名言"，易平便不禁啞然失笑。

……

本來，易平很想趁這次和鍾麗莎見面的機會，把這幾年對"文化大革命"，對中國前途的思考與麗莎深入地交流，無奈麗莎始終心不在焉，她滿腦子想的是如何更好地完成"撮合"的"使命"……

鍾麗莎的熱心，深深地感動了易平。鍾麗莎一直愛著自己，易平是知道的；鍾麗莎因為自己，二十多年來一直不談戀愛，不結婚，易平也是知道的。但是，像鍾麗莎這樣，愛一個人可以愛到這樣深沉，這樣徹底，這樣"忘我"，著實少見，著實難能可貴！易平感到，自己這顆冷凝多年的心，開始慢慢地柔軟了，暖融了……

易平走進兒子的房間，為踢掉被子的兒子蓋好羽絨被。然後，他坐在牀前的椅子，默默地看著熟睡中的兒子。

兒子很聰明，也很懂事。媽媽離開後，他讀書學習和練琴，都非常自覺、非常勤奮。

易平感到十分欣慰。

他想，兒子一定會喜歡這個善良、温柔、端莊美麗的麗莎阿姨……

此刻，易平毫無睡意。他煮了一壺鍾麗莎帶來的法國咖啡，邊喝邊繼續寫《中國向何處去》……

這一夜，難以入睡的當然還有白薇。易平的固執與決絕，並沒有令白薇感到意外。她知道，"破鏡"已難"重圓"，"復合"已無希望了。

而一個多年來一直縈繞心頭的老問題，此時又冒了出來：盈盈已慢慢長大了，她的身世要不要告訴易平，要不要告訴女兒呢？不告訴吧，對易平、對女兒都很不公平；告訴吧，誰能估計到由此將會產什麼樣的"多米諾骨牌效應"？也許，那年的喜臨門的宴會是一個父女相認的好機會，只可惜錯過了……

舊金山灣區最著名的中餐館喜臨門大酒樓。

專程從佛羅里達州飛來的潘緯達、何淑娟夫婦，在這裡包了整整一層樓補辦結婚喜宴。

潘緯達、何淑娟夫婦選擇喜臨門大酒樓，不僅是因為其老闆蔡敬斌是他倆在美國佛羅里達州立大學企業管理專業的同學，而且他還是東昌縣的知青，也是當年在珠江邊的小梅沙跟潘緯達學過游泳，一起"督卒"的"卒友"。而這次宴請的賓客，有當年下鄉到陽平縣和東昌縣插隊的知青朋友，也有同生死、共患難的"卒友"，還有在十年"文化大革命"中肩并肩的戰友。說來也巧，蔡敬斌酒樓的大廚和另兩名酒樓的職員，還是當年《紅衛兵戰歌》合唱隊的同聲部的演員呢！

其實大家都心照不宣：以易平為首的老友們鼓噪、推動潘緯達夫婦"補辦婚宴"，只是一個藉口，目的就是要製造一個在美國的摯友們歡聚的機會。面對大家的摯愛與信任，潘緯達夫婦非常感動。而事業成功、腰纏萬貫的潘緯達夫婦，也是助人為樂，從不吝嗇，出手大方之人。對來自大陸的生活有困難的新移民，尤其是知青出身的新移民，無論是認識的，還是不認識的，無論是生活艱辛或工作没有著落，還是創業遇到財務困難的，潘緯達夫婦都是二話不説，慷慨相助。所以，他們夫婦也非常樂於落入大家的"圈套"。不過，"補辦婚宴"已不是第一次了，不久前，他們就已在江州市的白天鵝賓館辦了一次。那一次的人數比這一次還要多好幾倍！當然，今天的"補辦婚宴"也不是最後一次——美東的親朋好友早已放了"狠話"：必須在紐約華埠最高級的大酒樓熱熱鬧鬧地"補辦婚宴"，否則決不輕饒！

今晚在舊金山灣區舉辦的，是一場中西合璧的盛宴。宴會採用方便來賓交流、互動的歐美常見的自助餐形式：食物擺放在整層樓的四周圍，中間寬闊的大廳是人們互動的區域；而食物呢，則是以粤菜為主的清一色的中式美食：紅炆鮑魚、燴海蔘、魚翅燉盅、清遠白切雞、碳燒乳豬、清蒸鱸魚、清蒸波士頓小龍蝦、清蒸大閘蟹、紅燒果子狸、順德脆肉鯇魚生、潮州蠔仔煎、客家梅菜扣肉……還有用"三蛇"(飯鏟頭即眼鏡蛇，和金環蛇、"過樹龍"蛇)、"三雞"(山鷄、烏鷄、黃毛雞)以及名貴中藥材足足煲了有十二個小時的"龍鳳大補湯"。美酒則是除世界聞名的加州那帕陳年紅葡萄酒外，還有年初潘緯達回大陸探親時順帶想辦法弄到的貨真價實的貴州茅台、五糧液、瀘州老窖……主食則是碳爐烤的小燒餅和泰國綠米飯。

當初為了辦好這場宴會，潘緯達夫婦提前幾天就從佛羅里達飛到舊金山。一見前來接機的易平、林間、林野和蔡敬斌，潘緯達連寒暄也省了，對著蔡敬斌開口就是一句：

"斌仔，你千萬不要給我省錢！"

"有達哥你這句話，我就知道該如何做了！達哥，你就一百個放心吧！"蔡敬斌大聲回答。

幾天過後，宴會終於如期舉行。

易平看到，很多住得較遠的人，都提早到場了。看著這些攜家帶眷、接踵而來的老友們，易平知道，大家的興奮點顯然主要不在這些來美多年也難得一見的美酒和佳餚。這些經歷了"文化大革命"和"上山下鄉"的"過來人"，能在異國他鄉歡聚一堂，這機會實在是太難得了！人們閃著激動的淚花，急切地訴說著各自在這些年來種種精彩、神奇、巧妙的際遇，以及對人生的感悟；交流著來美國討生活的深刻而又寶貴的經驗與教訓；還有互相提供、補充那些未能出席宴會的、令人牽腸掛肚的摯友的信息。

是的，這是一個深情懷舊的聚會，這是一個衷情互訴的聚會，這是一個真情袒露的聚會……

這時，王思哲和妻子殷梅，每人都扛著一個大紙箱氣喘喘來到喜臨門大酒樓，雖沒遲到，但大廳裡已是人聲鼎沸了。他們把紙箱放在大門口，殷梅打開紙箱——原來是印製精美的雜誌《華夏之春》。她站在門口派發，而王思哲則拿著一本《華夏之春》，在人群中轉來轉去，好不容易才找到易平。

"這是'六四'後由我們中國共和黨籌委會醞釀多時要創辦的刊物，我們希望辦成各抒己見、自由討論的園地，把它辦成海外有分量、有影響的政論刊物。這是試刊。大家託小弟請我們的大理論家易平兄不吝賜教。"王思哲恭恭敬敬地遞上一本《華夏之春》試刊。

"太客氣了吧！老友記。"易平接過雜誌，隨便翻了翻，"哇！太漂亮了！起碼80克的雙面銅版紙，真捨得花錢！噢！你老弟還是總編輯哩！這樣吧，什麼時候有空了，叫上你們的主編和頭頭，我有誠意也很樂意跟你們打打'口水仗'。馬克思說過，真理是在各種不同觀點的陳述中發展起來的！"易平笑了笑說。

"好的，馬克思主義理論家，一言為定！"王思哲也笑了一笑。他話鋒一轉，悄悄地問易平：

"嫂子呢？"他早就想讓自己的妻子和易平的妻子認識，並多多來往，今晚當然是個難得的好機會。

“她……”易平正要說她有事不能來，不料身旁的易寧卻搶先說了：

“她走了……”

“她走了？什麼？走了？什麼‘走了’？”王思哲驚愕不已，他瞪大眼睛望著易平，詫異地問道。

“什麼‘走了’？嘿嘿！是離了。”易平苦笑了笑，平靜地說。

他没責怪兒子，只是輕輕地拍了拍兒子的肩膀。

“什麼時候的事？怎没聽你說？”王思哲又問。

“很久以前的事了。有什麼好說的。”易平答道。

两人没再說什麼。但两人誰也没有注意到，他們的每一句話都被在不遠處的白薇聽得一清二楚……

看賓客來得差不多了，潘緯達吩咐主持人林間宣佈宴會開始。

按照早就策劃好的安排，早已放在牆角落的史坦威三角鋼琴這時被輕輕地推到宴會大廳的中央。

“首先請两屆全美蕭邦鋼琴大賽的大獎獲獎者陳盈盈小姐表演鋼琴獨奏。”林間來到鋼琴旁大聲說。

笑語雜沓的大廳馬上安靜下來並響起了熱烈的掌聲。人們紛紛翹首以望，只見一位身穿淡黃色連衣裙的少女，不慌不忙地走到鋼琴旁，亭亭玉立的少女清純、漂亮，她落落大方地向大家鞠躬還禮。就像一道亮麗的風景線，她一下子就吸引了大家的目光。

她首先演奏的是《婚禮進行曲》。莊嚴肅穆的旋律在大廳迴旋，熱烈磅礴的氣勢震盪了整個大廳。一曲彈完，人們還未來得及鼓掌，陳盈盈又彈奏起了《獻給愛麗絲》。

優雅、抒情的樂曲令人們陶醉了，雖然意猶未盡，興致尚濃，但鋼琴已在熱烈的掌聲中，被幾名壯漢迅速地推回牆角。

接著，五位穿黑皮鞋、藍長褲、白袖衫，打紅領結的男孩子，以及四位穿藍短裙、白袖衫的女孩子，表演了小提琴齊奏《愛的致敬》和《歡樂的太陽》。而領奏的，是其中一位特別英俊的男孩子。

細心的白薇，第一眼看領奏的男孩子，便知道他是易平的兒子。

“真像！”白薇在心裡暗暗説。她悄悄地環視周圍的人群，可惜無論怎麼樣費勁尋找，她都没有看到易平。

原來，易平與潘緯達、王思哲、林間、林野一起，擠在厨房的儲物間一邊喝酒，一邊談論籌建海外中國知青基金會的事。

“小潘，不是我非要潑你冷水不可，你太心急了！兄弟。”林間直言道。“易平哥，你說說，我是不是太心急了？”潘緯達有點懊惱道，“易平哥，我都過了‘知天命’之年了，你們卻還‘小潘’‘小潘’地叫！”

易平笑了笑説：“好，好！以後叫你‘潘老闆’，行了吧。”“易平哥，還是叫我的名字吧，叫名字親切。”潘緯達說。

“那好吧。緯達老弟，我問你，中國知青在海外各國的情況，你了解多少？國內知青的現狀，你了解多少？我們中國知青目前最需要的是什麼，這，你又了解多少？”

易平見大家不哼聲，便繼續説：“據我所知，目前國內數以千萬計的中國知青，雖然其中不乏佼佼者和幸運者，不乏成功人士，但從整體而言，中國知青也絕對是一個弱勢群體。當然，旅居海外的中國知青又另當別論了，靠自身能力出國打拼的，少有孬種！像你緯達老弟這樣大亨，一定還有不少。所以我考慮，這幾年可以先進行一些簡單、隨機的聯誼、聯絡活動，敲敲邊鼓，造造輿論，做些準備工作，待條件成熟了，再搞大動作。”易平見大家在思考，便笑了笑説：“如果大家認為可行的話，我有一個好建議：讓我們的潘大老闆多搞幾次‘補辦婚宴’，創造聯誼、聯絡的機會。大家認為怎樣？”

儲物間馬上響起了開心的笑聲。“易平哥的建議好極了，我同意！”林野率先表態。

“哈哈哈！易平哥，看你說的！婚宴哪能多搞？易平哥，還有你們幾位，何不就擁戴我當籌備工作的總幹事？別懷疑，我是認真的！我有時間，有資源，而且最重要的是，我有心呀！哈哈哈！”潘緯達說完，也放聲大笑。

“哼哼！你有‘野心’是真！好哇，就需要像你這樣既有‘野心’又有實力，而且還捨得燒錢的人！”王思哲笑道，“全美美達抽油煙機連鎖店的大老闆，這勞心、費力、燒錢的差事，也還真是非你莫屬了！”。

就這樣，在笑聲中，大家一致贊成由潘緯達擔任負責建立海外中國知青基金會籌備工作的總幹事。

“很感謝大家的信任，我一定鞠躬盡瘁，不負眾望！嘿嘿，也一定多找機會請大家吃飯！不過，易平哥，我只做基金會的具體工作，可‘總舵主’還是大哥你呀！什麼時候需要開展工作，如何開展工作，還是要由‘總舵主’指示安排。”潘緯達一本正經地說。

大家連聲贊同。其實大家早就知道，易平做事，一向都是運籌帷幄、深謀遠慮而又周到慎密的。所以，一致同意他的規劃。接著，潘緯達催促林間：“還不趕快安排易公子的壓軸表演！”說完，瞄了易平一眼。

林間邊走邊用手機安排。當他擠進大廳中央時，史坦威鋼琴已經又擺好了。他還看見，陳盈盈和易寧也已準備好了。於是林間大聲宣布：

“現在，我們請陳盈盈小姐和易寧小朋友，為大家演奏貝多芬的小提琴與鋼琴二重奏《春天奏鳴曲》！”

陳盈盈和易寧在熱烈的掌聲和歡呼聲出場了。

林間觀察到賓客還在陸陸續續進場，大廳的人比原來預料的要多得多，便啟動了早就準備好的高級專業音響。他還特意安排易平為陳盈盈翻樂譜。而易平也很樂意幫助這位人見人愛的姑娘。

雖然陳盈盈和易寧已分別把樂曲練熟，易寧甚至已把小提琴譜背了下來，但他們畢竟僅在今天下午合奏過一次。這令林野、易平、林間和白薇幾個知道情況的"局內人"，都替他們捏一把汗。

但演奏非常成功！合奏的準確、合拍、和諧不說，對樂曲理解的一致，以及配合的默契，還有恰到好處的表情互動，都吸引了人們。誠然，並不是大廳裡的每一個人都懂音樂，都能感受到音樂演奏迸發出來的美的力量，但人們還是不知不覺地被《春天奏鳴曲》優美悦耳的旋律迷住，一時忘記了手中的美酒和美食。其中有不少人還不約而同地生出了好奇心：這對"金童玉女"，長得太相似了，難道是同爹同媽生的？

在合奏結束後，林間多了一個心眼：為他們三人在鋼琴旁拍了一張合照。

白薇也有自己的心事。她比誰都更注意觀察盈盈和易寧這兩個孩子。

"易平的基因太強大了！"白薇心裡暗暗慨嘆，"要不要把這層紙捅破呢？"白薇猶豫起來。

本來，宴會前她就考慮：是不是想辦法讓他們父女相認呢？她還為此設計了好幾個自以為巧妙的方案。但宴會進行到現在了，按理，易平肯定知道自己也在場。但他好像有意無意地避開自己，根本就無意與自己接觸。想到這裡，她的心凉了。

考慮再三，她還是放棄了原先的打算。她默默地看著他們父女、姐弟在老天爺如此特別的安排下，意外相聚，共融。她感到了一種有點苦澀的欣慰……

而在一眾知青好友、"文革"老友和熟人圈中，尤其是對陳榮輝和白薇夫婦非常了解的極少數至愛親朋，如林家兄弟、潘緯達等，他們都知道白薇的丈夫陳榮輝根本就沒有生育能力，所以心裡都清楚：盈盈的生父，一定另有其人……至於誰是"播種人"呢，眾人各有各的疑惑與揣測；而林間心中卻早有定見：看盈盈這丫頭的形神舉止，還有那眉宇間透露的勃勃英氣，非"他"莫屬！

讓易寧與盈盈合奏，又讓易平為盈盈翻譜，正是林間早就設定好的"別有用心"的安排。

其實易平也在納悶：為什麼自己對盈盈這丫頭有一種說不清的親切感？是因為她聰明伶俐、純真、善良？因為她長得漂亮？還是因為她與兒子配合默契、融洽？……

當時，他一邊為盈盈翻譜，一邊在想，還差點兒翻錯了譜。

宴會繼續在歡樂的氣氛中進行。

身穿雪白製服的工作人員不停地為大廳的食盤添加各種熱氣騰騰的佳餚。

宴會一直到午夜時分才結束。

多年後，每當有老朋友談起潘緯達夫婦這場在舊金山舉辦的"補辦婚宴"的時候，酒樓老闆蔡敬斌就非常感慨：這哪裡是喝美酒，吃美食？這分明是在"吃記憶"、"喝記憶"啊！歲月是消逝了，但當年生活留給人的烙印太深了！大家的心還在，情尚濃啊……

"是的，是錯過了……"如今想起那年的喜臨門宴會，白薇真的很後悔：雖然易平對自己冷若冰霜，形同陌人，但那絕對是一個他們父女相認的好機會呀，可惜錯過了！當時麗莎在場就好了，如果她知道了盈盈的秘密，一定會盡心盡力幫忙，竭誠促成；而易平也許會聽她的，因為白薇相信，易平也肯定知道，麗莎一直在愛著他；所以，他也一定信任麗莎。

想著，想著，突然，她眼前一亮：麗莎和易平，是多好的一對！

她一下子就想起了那個北風凜冽的深夜，想起了易平把鍾麗莎送到自己和秀珍的"知青屋"的情景，想起了鍾麗莎當夜在煤油燈下述說惡棍的卑鄙、下流與淫威；易平的正義坦蕩、純潔無瑕……

既然自己與易平已"破鏡難圓"，何不就促成他們締結姻緣，為"有情人終成眷屬"做點貢獻呢！

白薇為自己的"靈感"興奮起來！

想到這裡，她馬上撥通了鍾麗莎的電話。

已入睡多時的鍾麗莎還是被白薇頑固、執著的電話鈴聲吵醒了。剛開始，鍾麗莎著實被白薇的好意嚇了一跳。但很快，鍾麗莎就感到白薇的誠摯。同時，也敏感地捕捉到白薇好意背後那種沉重的自卑、自責，以及對易平深深的愧疚與不捨。

鍾麗莎當然感謝白薇的好意。

談了一會兒，鍾麗莎對白薇說："易平哥是一個有情義，有擔當的男人，傷得越深，說明愛得越切。都說時間是治癒心靈創傷的良藥。再給他一些時間吧，也許，時間能改變一切，"鍾麗莎打了一個呵欠。"睡覺吧，薇姐，快天亮了。"

"謝謝你，麗莎。但這已經不可能了，我剛才已講得很清楚了。正如你說的，易平哥是個有情義，有擔當的男人，他值得你愛。你好好考慮一下吧，嗯？"最後，白薇再次誠懇地說，"千萬別錯過了，否則你會後悔一輩子的！"

白薇說完，便放下了電話。但卻再也無法入睡。

她淚水盈眶，用易平的琴，拉起了《隨風而逝》……

隨風而逝

是的，美好的東西一旦被錯過了，便隨風而逝……

第十一章

　　林野好不容易才推掉潘緯達布置的有關籌備基金會成立大會的任務，因為他實在太忙了。

　　除了到音樂學院給本科生講課，復琴，每天從早上八時，一直到晚上十時，都在家中教琴。對於林野來説，教琴是一種樂趣，因為教琴的收入，早已不是養家活口、供屋、供車的主要經濟來源了——僅憑林野在音樂學院當教授的薪金，對付這些開支就已綽綽有餘。何況妻子的工作也有穩定、可觀的收入呢！當自己辛勞工作最重要的意義已經不是為了衣、食、住、行的時候，工作給林野帶來更多的，是快樂，是享受。林野也越來越認識到：小提琴演奏事業，不僅僅屬於演奏家，它還屬於培養演奏家的專業教育工作者。當看到自己門下一個個學生走上國際小提琴大賽的領獎台，手捧獎杯，或走進國內外著名的樂團，或登上舉世矚目的演奏舞台時，那種滿足感和自豪感，只有親身經歷過的人，才能有深切的體會。

　　教琴，已成為林野人生不可或缺的重要部分。这些年來，林野幾乎把全部的心思都放在教琴上。

　　多年來，林野一絲不苟的敬業精神，和善於因人施教，善於讓學生的才能充分綻放的教學效果，使他在舊金山灣區的小提琴演奏界和教育界，以及學琴的學生和家長的圈子裡，一直享有很好的口碑。而且，林野還對家境拮据的學生，只收一半的學費；

對那些為修琴、調琴的不菲費用而犯難的學生，林野的做法是強迫大哥"做慈善"，當"義工"。而每當有重要的國內或國際的小提琴演奏賽事，林野一定鼓勵自己的學生積極參賽，不要錯過學習、鍛煉的好機會，不要錯過考驗自己，挑戰自己的好機會。而每一次參賽的學生，也幾乎沒有不給他長臉的。只是，往往學生參賽，都會無一例外，不僅讓林野費時費力，嘔心瀝血，而且還陡增無形的壓力。

這不，五年才舉辦一屆的世界維尼奧夫斯基小提琴大賽，是世界著名的大賽，也是音樂界的盛事。還在年初，奧迪雷老師一不小心過早透露了今年夏季要舉辦世界維尼奧夫斯基小提琴大賽的信息，敏捷過人的米高積遜馬上告知老同學林野。林野很重視這場賽事，他未雨綢繆，提早為參賽的學生專門制定好一個以觀摩會形式進行的學習交流計劃。

首先，林野通過一段時間的細心觀察和反復比較，從所有報名參賽的學生中挑選出最具實力的六位。

其次，林野這幾個月在大哥林間的幫助下，已經為除了易寧之外的另五位學生，找到了適合自己的比賽用的琴。而且，林野已為每一位參賽學生選定了自選曲目，並且還分別為每一位參賽者進行了"對症下藥"的個別輔導。

最後，林野終於順利地實施了這個讓參賽者既能幫助同學，又能更好認清自己，提高自己的計劃。

現在，只剩下繼續為易寧找琴這件事了。

林野知道，最近白薇從射擊俱樂部老闆那裡找到一把歐洲老琴。經大哥和專家的鑑定，這是一把斯特拉迪瓦里後人做的琴，而且是一把好琴，目前正在大哥的琴行裡維修。所以隔三差五，他便打電話追問維修進展情況。甚至還忙裡偷閒，到大哥的琴行去看過已經"開膛破肚"，正在爭分奪秒搶修的老琴。看來，這把琴選料上乘，製作精良，品相亦好，估計音色也絕不尋常，甚至有可能比自己借給易寧用的那把法國琴更好，更適合。但賽期已近，要趕在易寧參賽前完成維修，恐怕難度很大。但無論如何，哪怕趕不上大賽，如果將來易寧能擁有這把琴，也很好呀！只是，恐怕大哥也對這把琴早有"圖謀"……於是，林野決定探探大哥的口風。

在大哥的琴行，林野指著工作台上的琴說：

"大哥，你看這背板，多漂亮！恐怕你也很少見。真是把好琴！不過你也知道，易平哥收入有限，儲錢買一把好琴，我看要等到猴年馬月。所以我想，趕得上這次大賽自不必說，但即使趕不上了，這琴也留給易寧用吧。再說，這琴本來就是薇姐為易寧找的，薇姐應沒問題吧？"林野目不轉睛地看著琴板，頭也不回地說。

的確，林間本來是考慮，將來琴修理好，調好了，就說服白薇把琴讓給蘇玲的"表外甥"——這可是一個討好蘇玲的絕好機會呀。現在聽林野這樣一說，覺得也在理。加上他也知道，蘇玲的這個"表外甥"，嬌生慣養，又笨又懶，是扶不上牆的爛泥巴，琴給他用，絕對是浪費。而這把琴給易寧的話，則是物盡其用了。至於蘇玲的"表外甥"的琴，他再繼續找就是了，反正蘇玲有的是錢。

"你不是又要我當說客吧？"林間想好了，便對林野說。

林野一聽，心中暗喜：他唯一的顧慮消除了。

"這次就不必勞大哥親自出馬了。我自己去吧。你先打個電話給薇姐，好嗎？"林野說。

林間爽快地答應了。但剛說完，腦海便閃過一絲疑惑：既然趕不上參賽了，又何須急於找白薇呢？

其實，林野找白薇還真的是"別有用心"……

這晚，林野給最後一個學生復完琴後，已經十點鐘了。當林野驅車來到"白盧"時，只見白薇已在門口等候。

　　"恭迎我們的林大教授！令兄下午已打過電話給我，說你今晚給學生上完課後要來寒舍，所以我已算準你在這個時間到。"白薇邊走下台階，邊笑著說。

　　一進屋，白薇就把林野帶到大客廳旁的小咖啡室。"司令，很晚了，咖啡、茶、酒就免了吧。"林野坐下就說。

　　"好的，今晚咖啡、茶、酒就免了，我已叫英姐燉了蓮子百合雪耳羹，大教授都講一天課了，這羹湯潤肺又潤喉。"

　　兩人邊喝邊談。

　　"司令，今晚我是有要事才登你的'三寶殿'，"林野鄭重其事地說，"首先是琴的事。你託我大哥維修的琴，我已看過了，我和大哥一致看好這把老琴。不管趕得上還是趕不上本屆大賽，我都希望這把琴今後能給易寧這孩子用。錢應該不是問題吧。"

　　"林大教授，不瞞你說，這琴本來就是我悄悄地為寧兒這孩子找的。你大哥也已在電話裡替你說情了。但願這把琴適合這孩子吧。錢嘛，就不必提了，什麼錢不錢的！只是，"白薇想了想，又說，"如果這把琴還是趕不上參賽，怎麼辦？"

　　"還能怎麼辦？現在還有大約兩個月的時間，再維修一個月，不知道行不行。適應、熟悉一把陌生的琴，按我的經驗，起碼也要有一個月的時間吧？只有——"林野憂慮地說。

　　"——繼續找！"兩人異口同聲地說。說完，相視而笑。

　　"好了，好了！我提醒你：你今晚不是還有'其次'嗎？說吧，看樣子，你的'其次'一定還蠻'嚴重'的。"白薇笑著說。

　　"還真被你說對了，司令。當然很'嚴重'，"林野心情沉重地說，"我沒有開玩笑，我大哥被一個'狐狸精'迷住，已掉進致命的'溫柔陷阱'了。司令，我們不能見死不救呀！"

　　於是，林野把從家長圈聽到的、有關蘇玲的傳聞一五一十地告訴白薇。

　　"我的大教授，這些小道消息、'八卦'新聞，你也信？"白薇有點不以為然，"你別忘了，這是美國！這是民主、自由的世界！再說，男未婚女未嫁，風流、浪漫，也無可厚非呀。我看林大老闆也是逢場作戲罷了，你做弟弟的，又何必這麼緊張，何必'越俎代庖'，多管閒事，真是'杞人憂天'！"

　　"都浪漫到巴黎、倫敦、柏林、悉尼、東京了，都同居了，都快談婚論嫁了，還說'何必緊張'？司令，你這是……"林野還想説下去，但被白薇打斷了——

　　"就算你説的這些都是……"但白薇正要説下去，也同樣被林野打斷了——

　　"就算我説的這些都未能證實，但不勞而逸，住豪宅，開名車，揮金如土，這是事實吧？司令，有錢不是問題，風流浪漫也不值得大驚小怪，可是，這個女人的來歷、背景，才是問題呀！假如——我是説假如，假如這個女人是某權貴，或某黑幫大佬的妻子，或情人、'二奶'什麼的；更可怕的，假如這是一齣'仙人跳'，大哥可就麻煩惹身了，輕則身敗名裂、人財兩空，重則性命不保呀！司令，我這不算是'杞人憂天'吧？"

　　"哦，聽你這麼一説，倒也是個問題。那你找我説這些，是什麼意思呢？"白薇也認真起來了。

　　"司令，我也就不拐彎抹角了。我是想請你想辦法把那個'狐狸精'的背景摸一摸，為她的'道行'搞點真憑實據，幫助我大哥清醒清醒，懸崖勒馬！"林野坦誠地説。

　　"哈哈哈！林大教授，你以為我是'克格勃'嗎？"白薇忍不住大笑起來，"你找錯對象了，我只是一個'唯利是圖'的商人。"

　　"我看你比'克格勃'更有能耐，更厲害！説心裡話，我向來欽佩司令你的能力。"林野望著白薇，又重複説，"司令，你不要見死不救呀！"目光充滿了期盼。

“你說的‘狐狸精’，是不是在上次中國知青聯誼活動時，與林間一起演奏巴赫雙小提琴協奏曲的那個女人？”白薇略為想了想，問道。

“正是她！”林野答道。

“原來果真是她！難怪我們林大老闆也‘中蠱’、‘被套’了。不錯，這妖精身上是有股‘騷味’！林大教授，我敢肯定，這絕對是一條‘美女蛇’！既然如此，我就勉為其難，找朋友試試，看能不能幫上忙吧！”白薇一改冷漠，爽快地説。

林野看白薇總算是應允了，滿心歡喜。臨走，他又對白薇說：

“琴的事就謝謝你了！不瞞你説，我起初還真擔心大哥會把琴給了那‘狐狸精’呢！”

“猪腦！低端思維！没我同意，你大哥敢？”白薇把林野送出大門，笑著説。

林野剛走，白薇就馬上打了兩個電話：一個電話是找人查“狐狸精”的底細；另一個電話是催促約翰抓緊時間，繼續追蹤那把拍賣琴的去向；當然，也少不了今後做事，“要小心謹慎”之類的叮囑。

“早起的鳥兒有蟲吃”，經過不懈的努力，約翰終於打探清楚：在拍賣會上競拍小提琴成功的，是一位酷愛音樂的灣區有名的金融家佩斯金。

真巧，佩斯金也是波蘭猶太人！當約翰從“業務”入手，通過與這位波蘭猶太同胞洽談用大面額定期存單CD抵押貸款，購買一個高科技大公司的項目後，便很自然地建立了一種互相信任的關係。接下來，約翰找了個機會，有意無意地提到拍賣會上競拍的那把小提琴。

“噢，那把琴，我已轉讓給維斯洛夫先生了。他是我三十多年的老朋友了，也是一位‘琴癡’。他一看這到把琴，便愛不釋手，像患了相思病，天天來糾纏，非要我把琴轉讓他不可。他是美國西海岸著名的軟體開發大公司的老闆，一個有名的大富翁，"佩斯金說，"嘿嘿，所以，你説，我怎好意思不大賺他一筆？"

然而，當約翰費了九牛二虎的氣力找到維斯洛夫時，卻被告知：

琴被偷了！

但約翰没有把時間定格在沮喪上，他馬不停蹄地繼續向前。他堅信：上帝為你關上了一扇門，一定會為你打開另一扇窗。

果然，儘管未能逮住小提琴這只"獵物"，但由這只小提琴結下的緣份，卻促成了約翰跟佩斯金和維斯洛夫的情誼。不久，在白薇的授意下，約翰以投資公司代理人的身份，分別與兩位新朋友簽了數額巨大的投資合約。

約翰與佩斯金的合約，是在舊金山市中心金融區的"楓葉"律師事務所簽署的。這是美國西海岸著名的律師事務所，近年來白薇讓約翰經手的不少數額較大、業務較為複雜的合同，都是委托這家律師事務所辦理的。

這次簽完合約後，約翰到停車場取車時，無意中看見一輛半新不舊的、左邊車頭燈被撞凹的銀灰色凌志面包車。他一看這車，就有一種"似曾相識"的感覺，但一下子又想不起在哪裡見過。

無獨有偶，兩天後，當約翰與維斯洛夫草簽完投資意向書，在舊金山市中心旋轉餐廳出來，分頭到停車場取車時，又看見了這輛銀灰色的凌志面包車。

幾天後。

一個舊金山陰天常見的濃霧茫茫的早晨。

約翰今天在聖荷西有個十分重要的工作約會。他知道濃霧有99%的機會造成塞車，所以他提前一個小時就出門了。

但人算不如天算，在距離聖荷西還有十五分鐘車程的地方，前面發生了兩輛"奔馳"四驅車因搶道而相撞的交通事故，約半英

哩長的"車龍"馬上就癱在路上。看來，"車龍"一時半刻是動彈不了
的。車上的人都紛紛走下車來，呼吸新鮮空氣。

約翰也走下車，他伸伸懶腰，深深地吸了一大口清爽的空
氣，然後百無聊賴地時而往前，時而往後地踱方步。

突然，約翰發現，跟在自己車子的兩部車子後面，竟然又是
那輛凌志面包車！這時，一個年輕人正從車上走下來。約翰一
看，不由怔住了：這不就是白薇女士寶貝女兒的男朋友嗎？

不錯，就是他！

約翰記得，在一次白薇舉辦的慈善音樂晚會上，白薇指著台
上獨奏的大提琴手徐滔，不無驕傲地向約翰介紹，這是她女兒的
男朋友，而大提琴手的鋼琴伴奏，正是她的女兒。

約翰在匯報工作的時候，沒有忘記把自己與這輛面包車的幾
次偶然的"巧遇"特意告訴白薇。

説者有心，聽者更有意。白薇像一只敏感的獵犬，馬上嗅到
了一絲令她不安的氣息。她故作輕鬆地詢問了約翰的這幾次"巧
遇"的細節後，不由大吃一驚：對手很可能已抓住了自己"海外業
務"的"要害"，掌握了跟自己的工作有關的重大"秘密"。她感到
了一種從未有過的恐懼。而現在，這看似無足輕重的"偶然性"背
後，一定有它"善者不來，來者不善"的"必然性"！

她明白："對弈者"出手了！

是的，這場關乎共和國命運的較量正向縱深發展，如今已到
了重大的關頭！看來，各路神仙的"攤牌"已不可避免，該來的，
還是來了……

而偏偏在這個關鍵的時刻，徐滔卻被卷了進來——而且，看
來徐滔這孩子居然還是對手一枚得力的"卒子"！

要不要大義滅親，把一切報告上頭？

如實報告吧，很難保證頭兒們不會為了變被動為主動而"先下

手為強”，以鐵腕手段挫敗對手。而這樣一來，首當其衝的“祭刀者”必定就是徐滔這孩子！——這個善良、正直、聰明能幹、勤奮上進的陽光男孩，這個與女兒相親相愛、很快就成為自己女婿的的男孩，也許便成為這場較量的犧牲品——這可不是白薇願意看到的。

不報告吧，裝作什麼都不知道，聽其自然，走一步，算一步，以不變應萬變，也許最後什麼事情都沒有發生，只是自己神經過敏，想多了。但是，誰又知道對手會不會在什麼時候發起突襲，屆時自己所屬的陣營，猝不及防，只有慘遭潰敗，坐以待斃——這“成王敗寇”的鐵律，歷來如此。如果因為自己一時之仁、一念之差，延誤或錯失應對良機而招致全盤皆輸，甚至葬送了多年來高層領導苦心經營的重大“棋局”，讓“帝國主義代理人”的陰謀得逞，篡黨篡權，給無產階級專政條件下繼續革命的壯麗事業帶來無可挽回的損失，那麼，她負得起這個天大的責任嗎？

白薇感到左右為難。

老天爺呀，你為什麼總是把最艱難的抉擇交給我！

她苦苦掙扎……

沒多久，徐滔又知道約翰出面簽署了兩份合同。時至今日，他對這些“業務”已經沒有什麼新鮮感了，只是數額之大，還是令他很吃驚。看來，自己此前的估計是對的：這絕不僅僅是“貪污”那麼簡單！……

為了黨與共和國免受危害，自己要不要繼續“越界”工作，深入偵查這“貪污”背後厚重的黑幕，要不要“越級”報告，大義滅親呢？……

同時，他也已清醒地意識到，自己面對的，將不僅僅是盈盈的母親——自己未來的丈母娘，而且很可能是可以把自己如螞蟻般揑死的"巨手"、可以把自己輾得粉身碎骨的強大的"機器"。如果自己再向前多走半步，也許就會掉進萬劫不復的深淵……

他深知：這將是自己為無產階級專政條件下繼續革命的壯麗事業貢獻力量的難得的機會，同時，也將是一場對自己的嚴峻考驗。

他也苦苦掙扎……

夜。

林野下課後如約來到"白廬"。

一見面，白薇就把一個牛皮紙信封交給林野。

"裡面是有關'狐狸精'資料的DVD。真沒想到，"白薇說，"性，對於這種現代女人來說，竟然是如此隨便，如此輕賤的東西！這'狐狸精'玩弄男人，不過就像我們江州人所說的——當是'食生菜'。而能迷倒那麼多達官貴人，說老實話，這'狐狸精'也實在不簡單！看來，你的擔憂，真的是一點都不多餘！"

"謝謝司令！謝謝！但願大哥能迷途知返，逃過這一劫吧！"林野連聲道謝。

"唉，我們的林大老闆，如若他再不醒悟，就悔之晚矣！這'狐狸精'呀，簡直就是不折不扣的'糖衣毒藥'！就是《畫皮》裡那個專吃男人的惡鬼！"白薇恨恨地說。

"司令，我在想，這'狐狸精'是不是有精神病？比如什麼'精神分裂症'、'妄想症'……"林野又問。

"精神病倒未必，但我記得曾接觸過一些專家，講到現代人中有一種'症候群'：他們沒有信仰，沒有原則性，沒有是非觀念，做人無擔當，無底線，無羞恥心；他們生活毫無目標，只奉行享樂主義，他們尋求刺激，縱欲無度，性向易變，主張'快樂人生'、'快意江湖'。他們最大限度地追求物質享受，滿足自己的感官需要。這種人往往以極端的'自我'為中心和出發點，去對每一個人，去做每一件事。他們對任何人，都從不付出真心與愛。表面上熱情如火，實質上卻冷酷無情。你還別說，這種人絕大多數都是女性，而且幾乎都是出類拔萃，要才有才，要貌有貌的天生尤物！哈哈哈！我們林大老闆的'艷福'不淺呀，真是中了'六合彩'了！"白薇心情平復下來，笑了笑說，"林大教授呀，這忙我是幫了。你能否也幫我一個忙呢？"

"請司令儘管吩咐，一定幫！"林野誠懇地說。

白薇想了想，欲言又止。過了一會兒，她故作輕鬆地說：

"罷了，讓本司令考慮考慮再說吧。"

林野見狀，也不好再問下去。他用疑惑的目光看了看白薇，便告辭走了。

第二天晚上，林野下課後又被白薇約來"白廬"。

白薇要林野幫忙的是：拆散盈盈和徐滔這對"鴛鴦"。當然，理由既充分又簡單：徐滔的工作性質決定了他一年到頭大部分的時間，都奔波在全美各地，甚至經常出國，很難照顧家庭。這種人是不適合結婚的，哪怕他很優秀——除非他改行。

林野很理解白薇作為一個母親的苦心，他答應幫這個忙。

林野與約徐滔見過幾次，他想著法子委婉地勸說，但收效甚微。

白薇也沒有責怪他。

但林野後來突然來了"靈感"：何不找易平想辦法？　但還沒等到林野找易平商談此事，白薇沒多久就被秘密告知：徐滔已決定直飛北京……

"唉！看來這孩子已下定決心了。"白薇當然知道徐滔此行的目的。她長嘆了一口氣，然後慢慢地喝完一杯法國咖啡，走進臥室，準備用另一部平時難得一用的手機與頭兒的專線電話接上。

但剛摁了一個數字，無意中看見寫字櫃上的照片，便沒有繼續摁下去。

那是在一次聯歡晚會上白薇跟盈盈和徐滔的合照，也是唯一的一張三人合照……

白薇決定趕在徐滔登機前跟他"攤牌"，對他曉之以理，動之以情，在最後一刻阻止他，挽救他。

午夜前。

舊金山國際機場。

白薇一直坐在候機大廳的咖啡店，優雅地喝著咖啡。她透過淡淡的紫色遮陽鏡，靜靜地望著遠處依偎在一起說悄悄話的盈盈和徐滔。

她好幾次想走過去，但每次剛站起來，又猶豫了。

時間一分鐘、一分鐘地流逝，兩個小時過去了，白薇心很累，她感到有點暈眩，有點耳鳴……

聖桑的《天鵝》，大提琴獨奏……

一只在廣闊的藍天展翅暢飛的天鵝，

勇敢、自信……

啊，風來了，

急驟，淒厲，

天鵝墜落了，重重地墜落了。

低音，濃重、深沉的低音，有力而又寬闊的揉弦，

漸慢、漸弱的旋律，

欲言又止的傾訴，

哀傷、哀怨、哀慟，

揪心，震撼，催人淚下……

這時，精神恍惚的白薇遠遠望見，遠處的徐滔在與女兒擁抱、吻別後，已大步走向驗票口。

她突然"忽"地一下子站起來，急忙向前走去……

"小徐！小徐！徐滔！"白薇大聲喊叫。但喊叫聲霎時便被淹沒在大廳喧鬧、嘈雜的聲浪中了。

她又感到新一輪的耳鳴。

徐滔通過安檢了……

她沒有停住腳步，繼續匆匆向前。

但徐滔漸去漸遠了……

盈盈還在向徐滔揮手……

望著徐滔的背影，白薇心裡生出說不出的惆帳。

最後，她終於放緩了步子，慢慢地、慢慢地離開機場。

"對不起了……"白薇望著深邃的夜空，自言自語地說。她的心情變得沉重起來。

白薇百感交集。

她的耳鳴越來越重了。

回到家裡，白薇終於打通了頭兒的專線電話……

第十二章

拉斯維加斯。

蘇玲這次和她精心挑選的兩位對自己崇拜到五體投地的"琴媽"——韓莉莉與姚惠玉一起來賭城，當然不單純是為了吃頂級美食，看國際水準的藝術表演，和拉拉"老虎機"、玩玩"牌九"、"十三點"而已。作為賭城的"老熟客"，蘇玲每一次到此，都能通過豪賭來抒緩壓力，消除煩惱，振奮自己，來滿足那種被捧為至高至尊的虛榮心，來證明自己與眾不同的"貴族範"以及不同凡響的女性魅力。

當然，蘇玲也知道，這個世界聞名的賭城，其中專門為女性服務的行業，其服務的優質、高檔，以及從業者的專業素質與敬業精神，也是早就有口皆碑的。所以，這裡成為女賭客流連忘返的樂園，也就不奇怪了。尤其是對於那些被國內的"大人"玩膩，被"閒置"，被"放逐"的"二奶"、"三奶"、"情人"；那些被深鎖冷宮、難耐寂寞的"閨中怨婦"；那些曾被男性深深傷害過，所以對男性恨之入骨的"復仇女郎"……這裡不啻是一個可以令她們瘋狂渲洩，忘乎所以，"實現自我"的理想的地方。

"駕臨"此地，尋求一種叫人難以忘懷的、超刺激的"瘋狂"的體驗，正是蘇玲帶著兩個也是正值"狼虎之年"的慾火女郎到此的目的。

一切的安排都很順利。

那次與"二狼"在賭城"艷遇"的意外收獲之一，是老賭鬼兼老色鬼"二狼"幫助蘇玲加深了對這個聞名全球賭城的了解與認識：豪賭的套路、訣竅與黑幕，特色美食的分佈，娛樂節目的安排，五花八門的性服務，各種各樣的女性專題諮詢，等等。在那之後，蘇玲又來這裡尋歡作樂過好幾次了。所以，這次在網上預訂"適用"的民居別墅，對於"識途老馬"蘇玲來說，不過是"小菜一碟"而已！

這棟五星級的豪華別墅，有三個大套房和一個温泉浴室。傍晚，按蘇玲的安排，三人痛痛快快地吃了一頓肥美的生蠔，又泡了一個愜意的温泉浴後，就迫不及待地回到各自的套房，乖乖地靜候"處置"……

還在舊金山機場的候機廳，蘇玲就已再次向兩位"琴媽"摯友交過底。她苦口婆心地叮囑："從賭場回來還有'補課'"，"小不忍則亂大謀……"所以，蘇玲並不擔心兩位"琴媽"，她不大放心的是為她們服務的"資深專業人士"是否能達到她的"打破常規"的別出心裁設計和"特別"的要求……

……

還好，一切都很順利。

三只有備而來的"黑豹"——壯碩而又不失文雅，熱情如火，勇猛威武而又成熟、老練，駕馭自如的俊男，都出色地完成了蘇玲交給他們的"上半場"的"使命"；而三位戛然而止、欲罷不能的美女，則艱難地壓抑著體內剛剛躥起的慾火，依依不捨地拋下各自房間的漆黑得發亮的裸男，懷著對賭場搏殺之後回別墅"補課"的無限遐想與憧憬，走上了賭場專為尊貴客人接送的勞斯萊斯轎車，奔赴預定的另一個"戰場"……

當三位穿著拖鞋和清涼衣衫，昂奮、狂躁的美女，趾高氣揚，旁若無人地經過同樣漾溢昂奮、狂躁氣氛的賭場大廳，走向拉斯維加斯整個賭城最輝煌的貴賓室時，所有的賭客宛如被閃電擊中般怔住了，他們驚訝、震撼，甚至不由自主地同時中斷了賭桌上弩張劍拔的"搏殺"，目不轉睛地望著這三位彷彿從天而降的"仙女"走進貴賓室。

無論是貴賓室裡視金錢如糞土的的豪賭客，還是擠在貴賓室門口看熱鬧的男男女女，他們的目光，始終都聚焦在這三位散發著餓狼般氣息的女人身上，聚焦在她們沒了矜持，也毫不淡定，只有狂熱、衝動與豪氣十足的動作上。人們看到：能噴出火的漂亮的眼睛，使她們另有一番魅力；微泛紅光的雙頰，更令她們平添了性感的美。不難看出，一種無法抑制的慾望，不斷在這三位女人的血管裡竄動。而無論這三位女人是輸，還是贏，都會引發出圍觀者跟她們同樣昂奮、狂躁的熱浪。

然而，除了貴賓室的豪賭客，大多數的圍觀者都不曉得，就在剛才，就在三位"仙女""下凡"到此的前一刻，這裡的主角是一位輸了整整八十萬美元還依然談笑風生的賭場常客，一位風度翩翩的老男人。如今，當他一眼看見突然出現在自己眼前的蘇玲時，這位老男人馬上沒了風度。他，不淡定了。不久前在此與這位"仙女"發生的不堪回首的一幕，又在眼前浮現……

幸好，他發覺蘇玲並沒有看見自己。於是，他戴上遮陽眼鏡，悄悄地從人群中擠出貴賓室，靜靜地消失了……

差不多凌晨的時候，除韓莉莉贏了高位的"五位數"，蘇玲和姚惠玉都輸了低位的"六位數"。但恣意的笑聲一直陪伴著這三位以豪賭來填充精神世界的快樂的女人。盡管輸贏的數額令她們不屑一顧，而且她們鬥志尚旺，但她們都沒忘記，在別墅，等待她們的，還有那只要一想起就叫人怦然心動的"下半場"……所以，當蘇玲有意打了一個呵欠時，她們便心領神會，在同一時間宣佈離場。

在送她們回民居別墅的勞斯萊斯轎車裡，三位毫無倦意的女人無視西裝筆挺的黑人司機，她們肆無忌憚地互相交流"上半場"

那種從未體驗，甚至聞所未聞的"感受"。

"這真是一種絕妙的狀態，一種強烈冀盼，慾罷不能卻又持續快樂的飄飄欲仙的'半醉'狀態。在這種狀態中賭牌，不管輸贏，都有源源不絕的正向能量支撐和推動！簡直不可思議，不可思議！你太偉大了，團長大人！你比弗洛伊德還要偉大！"姚惠玉難掩興奮地説。

有著宗教比較學博士光環的姚惠玉，由衷地佩服這位比自己還小兩歲的妹子。自從證實在大陸任中將副軍長的丈夫已有兩位數的年輕貌美的"情人"和數目不清的"愛情結晶"後，這位曾經被無數精英男士狂追的名牌大學的校花，這位被安排到美國"陪太子讀書"，習慣了養尊處優的"將軍夫人"，一下子跌到了人生的最低谷。在最黑暗的那段日子裡，她甚至連攜幼小的兒子跳海自殺的念頭都有過。幸好，在"琴媽團"這個特殊的"女人世界"裡，有的是同"病"相憐的姐妹。於是，先後進入到"琴媽團"，同為"琴媽日"的積極參與者，而且同樣是以"陪太子讀書"的名義被打發到美國，同樣有高學歷，也同樣有揮金如土、一擲萬金實力的某省外經貿委主任夫人韓莉莉，自然便成為姚惠玉的"閨蜜"了。對於蘇玲，兩人開始都很難接受她那毫無女性矜持、露骨、出格的狂放和浪蕩。但慢慢地，她們還是被蘇玲遊戲人生、快意江湖的那份飄逸瀟灑、那份超凡脫俗所折服了。特別是蘇玲從骨子裡透出來的那份對男人的極度的鄙夷和怨恨，深深地感染和打動了她們。所以沒多久，姚惠玉和韓莉莉自然就成了蘇玲的情投意合的"鐵粉"、知己和"閨蜜"了。

這時，快到別墅了，韓莉莉笑著問：

"請問團長大人，你這是從哪裡學的？"

"不說！"蘇玲知道她問的是什麼，便笑著答。

"難道是你自己發明創造的？"姚惠玉插口笑著問。

“不說！”蘇玲又笑著答。

“你這是第一次還是第幾次了？”姚惠玉再問，笑得也更歡了。

“不說！”蘇玲再答，然後也開心地大笑起來。

下車時，蘇玲給了司機一百美元的小費。然後，三人抱頭攬頸，走進了別墅。

毫無懸念，在五星級豪華民居別墅進行的這“下半場”，果然非同凡響。三個讓慾望浸淫的精靈，都被從來沒有體驗過的快樂推上了雲端……

這裡的“應召牛郎”，雖文化素養比不上舊金山的“同行”，但很聽話，也很“專業”，而且特別敬畏美元。

第二天接近正午時分，三位幸福的女人才從酣睡中醒來。遲遲才走出臥室的是蘇玲——姚惠玉和韓莉莉哪裡想得到，精力旺盛的蘇玲，已不失時機地讓那位與自己一樣意猶未盡的“黑豹”，為自己增添了一個“附加項目”……

在商量要不要多給些“服務費”的時候，很不耐煩的蘇玲不由分說，就一把搶過韓莉莉手中的LV包，從韓莉莉昨夜賭贏的幾紮捆綁好的百元新鈔中抽出一紮，扔在三位眼睛放亮，興奮、激動得兩手微顫的俊男的腳下。然後，她把LV包扔還給韓莉莉，大氣地說：

“算我的，回去還你！”

林野終於“捕捉”到了在琴行上班的大哥。其實，撥通大哥的手機，可以不費吹灰之力，但因為耽心電話內容有可能會被“身邊人”聽見，所以才把電話打到琴行。

這幾天林間由於熱心為蘇玲的“表外甥”志偉找琴，看琴，奔波勞碌，所以極少在琴行。

林野來電，說是有東西要親手交給他。兄弟倆還確定了具體的見面時間。

見面那天，林野把一只DVD碟交給林間，並再三叮囑，只能是他一個人看；而且，不要在家裡看。

林間拿了DVD碟，口頭上雖答應了，但卻不以為然。他心裡在嘀咕：“故作神秘！”

可是，當林間在琴行的修理室漫不經心地打開DVD碟觀後，一張又一張的照片，一個又一個的鏡頭，猶如一發又一發的炮彈，把他炸得全身燙熱，忽又手腳冰凉。

他憤恨難遏，隨手把桌面上白薇託來維修的意大利老琴，用手使勁一掃：已拆開並上了夾、正在修理的小提琴背板，“啪”的一聲跌落在地毯上……

幾位正在修琴、調琴的老師傅被突如其來的這一幕驚呆了。最先清醒過來的一位老師傅連忙走過去，憂心忡忡地撿起琴板，放在工作枱上用放大鏡反復細看後，緊皺的眉頭才慢慢舒展開來。

“幸運呀，只是脱開了一處膠！”這位師傅自言自語説。

怒火中燒的林間什麼也没聽見，他一言不發，便走出琴行，在師傅們驚愕的目光中開車走了。而被他打開的電腦，還在播放著用高科技手段偷拍的、以蘇玲為“主角”的不堪入目的照片和視頻……

林間一回到家裡，便立刻把與蘇玲有關的所有信函、照片、CD、DVD，甚至連一張小紙片，統統丟進了碎紙機。

在碎紙機超負荷的轟鳴中，發瘋似的林間把蘇玲的衣物、用品一古腦兒扔到了別墅的大鐵門外。

折騰了半天後，精疲力竭的林間，從冰箱拿了一罐大號啤酒，回到書房，在單人大沙發上重重地坐下。他仰著頭，一口氣把整罐啤酒喝完。

過了很久，他才慢慢平靜下來。

　　接著，林間從書櫥上拿了一個有亡妻照片的相框，用手擦拭了一遍又一遍，然後把它放在書桌上。

　　望著亡妻的照片，林間不禁流下了兩行熱淚，也不知道是因為愧恨，自疚，還是悲傷……

　　第二天天還未亮，一夜無眠的林間便驅車回到琴行。

　　在修理室，林間首先從電腦中退出那天觀看的DVD碟，並把它放好，然後拿出白薇託修的意大利老琴……

　　很快，林野就從大哥琴行幾位多年老搭檔有意透露的"情報"中獲悉：在看了一張DVD碟之後，大哥突然變了！變得前後判若二人，變得不可思議：雖然沉默寡言，但卻又比過去更勤勞了。現在，大哥正馬不停蹄地日夜兼程，很投入地搶修白薇的那把意大利老琴。而師傅們也一致認為，琴，有望提前修好。

　　林野喜不自勝：大哥迷途知返了！"但願這把琴趕得上易寧參賽！"林野誠心祈盼。

　　這天，是蘇玲的"東方女性養生中心"新的一期"貴婦班"開課的頭一天。這種專門為"二奶別墅區"宅主們"量體訂造"的養生修練項目，一開始就受到意想不到的熱烈歡迎。尤其是"補陰大法"課程，旁聽者甚眾，幾乎人滿為患。蘇玲也心無旁騖地旁聽了整整一個上午。午餐時她突然想起了前幾天在一間中國名酒專業店買酒時，新認識的拉丁舞教練劉定宇。

　　當時蘇玲發現，一個男人正賊眼灼灼地死盯著自己，不由啞然失笑。後來，也不知道怎麼開始的，兩人竟然交談起來，到最後，兩人居然還交換了名片。

　　這個教練身材碩長而又肌肉結實的中年男人叫劉定宇，是灣區著名的拉丁舞教練。

　　那天握手道別時，劉定宇表示：像蘇玲這樣的好身材，如果不跳拉丁舞，簡直是暴殄天物！熱情的教練還表示：願意随時免費教授蘇玲跳舞。

下午，蘇玲專程到那間中國名酒專業店，買了兩瓶酒，一瓶"五糧液"，一瓶"二鍋頭"。然後打了一個電話給劉定宇——巧得很，教練今天下午沒有課程，他誠心誠意地邀請蘇玲到家裡學拉丁舞。

蘇玲心中竊喜。

單身教練寬大的寓所一半的面積裝修成一個標準的排練場。一切都按兩人各自的願景，自然而然地發展：他們心有靈犀一點通，越跳越放鬆，越跳越默契；而汗水，也越流越多，衣服，則越脫越少……

傍晚，心情格外舒暢的蘇玲，開著剛換了不到一個星期的豪華型"凌志"新轎車，來到林間別墅的大鐵門前。她剛想拿鑰匙開門，突然發現，腳下全是被大風吹得七零八落，隨風亂飄的自己的衣物和用品、用具……她先是愕然，接著是醒悟，然後是懊喪，最後是憤怒。

她還發覺，門鎖也已換過了……

兩天後，蘇玲收到了一個快遞：裡面是一張DVD碟。

她迫不及待地在電腦打開一看，不禁驚呆了！

在家裡歇斯底里地咆哮了整整一天後，仍心有不甘的蘇玲發誓不惜花費多大的金錢，也一定要把DVD碟的來龍去脈弄清，把DVD碟的"始作俑者"徹查清楚並實施報復！

又過了一天，依然恨得咬牙切齒的蘇玲指令表姐讓"表外甥"即刻退出林野的班，并親自出馬，幫"表外甥"順利地轉到了舊金山音樂學院一個學生較少的日裔小提琴教授門下。

果然是"有錢能使鬼推磨"，蘇玲想不到，這在舊金山也是一條真理！她花了一筆錢，過不了多久，她就知道了她想知道的一切。

　　她又把自己關在家裡，並艱難地強迫自己冷靜下來，考慮要不要進行報復？如何進行報復？……

　　林野在第一時間就把有關DVD碟的事情打電話告訴了易平。

　　正要打開電腦寫作的易平，被林野在電話裡敘述的內容震撼了！他無論如何也想不到蘇玲和這群貪官的女人在海外的生活竟然可以窮奢極侈、荒淫靡爛到如此地步！這不就是"裸官"、"貪官"現象背後不可或缺的重要組成部分嗎？這絕不是偶然的"個案"，它分明透露出一種無法忽視的強大信息：隨著開放改革的深入發展，"讓一部分人先富起來"的"先富論"也已越來越深入人心；而隨著"讓一部分人先富起來"政策的持續實施，中國已平地滋生出"先富起來"的"一部分人"，而這"一部分人"，自然而然地已成為一個新生的"特殊階層"，而這個新生的"特殊階層"，奉行著"只此一家，別無分店"的"霸道哲學"，他們利用掌握在自己手中無可匹敵的強大權勢，壟斷資源，壟斷經營，牟取暴利，中飽私囊……越演越烈的官場貪腐之風，不正是源發於此嗎？這與社會主義逐步消除資產階級法權殘餘的原旨，相去何乃太遠！難道這是從計劃經濟到市場經濟轉變的必由之路和必然結果嗎？難道這是中國走向世界，投入全球化洪流不可避免的代價嗎？……

　　他又想起了"八九"民運，想起了"六四"的口號與標語……

　　正在易平苦苦思索的時候，鍾麗莎的電話來了。

　　鍾麗莎不明白：為什麼自己會越來喜歡易平改編的小提琴曲《隨風而逝》？

　　開始，她喜歡拉這首樂曲，是以為易平逝世了，自己可以以此寄托對逝者的哀傷和思念，以及對那個年代，以及對那個年代的人和事的緬懷；後來，她喜歡拉這首樂曲，是因為灌注了自己對易平和白薇兩人愛情悲劇的同情，以及對他們這段逝去的愛情的惋惜；如今，她喜歡拉這首樂曲，卻是由於在樂曲中感受到了與淡淡的卻又無窮無盡的哀傷截然不同的，並沒有"隨風而逝"的那種不捨、不棄，綿綿不斷的眷戀與癡情……

隨著通過越洋電話越來越頻繁的交流，鍾麗莎對易平，以及對易平的寫作也有了更多的理解。她想：自己完全可以幫助易平多做一些事，讓他有更多的時間集中精力，為我們民族的未來進行艱難的、但意義巨大的思考與探索。

現在，工作量大，又特別花時間的，就是創辦海外中國知青基金會的籌備工作。鍾麗莎決定從這裡入手幫助易平。於是，在繁忙的工作之餘，她積極聯繫歐洲一些國家的中國知青和他們的組織，把旅歐中國知青的基本情況，進行了認真、深入的了解。

當工作有了一點眉目的時候，鍾麗莎便打電話給易平。

鍾麗莎在電話裡並沒有急於談工作。她一開口，便先問易寧參賽用的琴有沒有著落，然後她告訴易平，近年來，法國當代製琴師製作的小提琴，已經越來越受到世界各國小提琴演奏家的青睞。她特意接觸了這類琴，也覺得音色很不錯，再說，其價錢也比檔次差不多的意大利老琴要便宜得多。如果易寧還沒有找到適用的琴，她可以在法國為他物色一把。

易平便把林野已經為易寧找到一把意大利老琴，目前已由林間親自出馬操刀，正在爭分奪秒修理、調試的事告訴鍾麗莎，叫她不必在法國找琴了。

接著鍾麗莎很興奮地向易平報告了近日在巴黎舉行的歐洲中國知青座談會的情況。

凡是有中國知青的歐洲國家，都推出代表參加了這次座談會。與會者對當年的"上山下鄉"運動進行了激烈的，甚至是針鋒相對的爭論。好在爭論歸爭論，觀點的不一致非但沒有傷了大家的和氣，還一致贊成，盡快在美國舊金山創辦海外中國知青基金會。

其間，説來也巧，一位來自法國里昂的與會者沈健，當年他也在陽平縣插隊當知青。有一次，他在全縣紀念毛主席的《在延安文藝座談會上的講話》的文藝匯演大會上，看過小提琴齊奏《紅太陽照亮了爐台》的節目，內中兩位漂亮的女生給他留下了深刻的印象。在這次座談會上，他一眼便認出鍾麗莎就是當年拉小提琴的女生。"他鄉遇故友"，沈健與鍾麗莎都非常高興。

在沈健的"揭發"下，大家知道這一活動的策劃者和主持者鍾麗莎會拉小提琴，於是一致請她表演。鍾麗莎也不推辭，很樂意地應大家的要求，大方地作了小提琴獨奏表演。

她拉了《隨風而逝》。

演奏完了，鍾麗莎還順帶簡單地介紹了這首曲子的來歷。

沈健抓住座談會的空隙，向鍾麗莎進一步打聽他當年的偶像——知青頭兒易平。鍾麗莎便向他講述了易平的不尋常的經歷與來美國後的情況。當沈健知道創辦海外中國知青基金會的發起人是易平時，他興奮地表示，一定大力支持並發動更多的知青，積極投入這項有意義的活動，"他是我們這一代人的傑出代表，我很想念他。我一定出席舊金山的活動，和他把酒言歡，共商大計！"沈健高興地説。

易平對鍾麗莎能在舊金山海外中國知青基金會成立活動之前，就先在巴黎成功地搞了這次交流活動表示贊賞。他還從鍾麗莎的電話中知道，沈健是以"文化大革命"前"老初一"的資歷，發奮圖強，考進法國一流大學的；並且知道，沈健在畢業後，繼續拼搏，在歐洲發展，還娶了一位漂亮的法裔妻子。如今，他已是電子行業一家跨國大公司的老闆；而且還知道，像沈健這樣的知青成功人士，在歐洲也有不少時，易平握著手機，不禁熱淚盈眶，心潮起伏。

　　鍾麗莎談完工作後，很自然就問起林家兄弟的情況。易平猶豫了一下，終於還是跟她説了林間和蘇玲的事。鍾麗莎聽了，也很感慨。

　　"在巴黎市郊近年新建的豪華住宅區，也住著越來越多大陸高官年輕漂亮的太太或情婦。她們經常開著名車，出現在巴黎的高級商業區。她們不可一世，趾高氣揚，招搖過市，一擲千金，揮霍無度，影響很壞。唉，易平哥，難道你不覺得大陸的貪腐之風令人擔憂嗎？"鍾麗莎嘆了一口氣，"我真想給這些'貴婦'拍一部紀錄影片，為她們好好'宣傳'、'宣傳'。"

　　"在美國，這也是華人圈裡茶餘飯後談得最多的話題之一，"易平笑了笑，"不過，我不主張你為這些'貴婦''宣傳'，起碼現在不主張。"

　　"為什麼？易平哥，你是怕我被'滅口'嗎？"鍾麗莎笑道。

　　"你知道的，我也一直在關注和研究大陸的貪腐問題。我是想，在對有關情況有更深入、更廣泛的了解，對這個問題有了更深刻、更本質的認識之後，你的影片會更成功。但這需要時間，需要再做些功課。你説是嗎，麗莎？"易平説，"好啦，這個問題以後再談吧，現在，我想讓你盡快到江州市與知青樂團聯繫……"

　　"易平哥，你趕快説，詳細説説。"鍾麗莎迫不及待地打斷了易平的話，她好奇起來。

　　原來，陳恒和宋秉衡、唐曉韻夫婦，還有"戰歌"聯絡人Oboe崔耀庭，聯合當年《紅衛兵戰歌》的參與者，幾年前在江州市組建了有四、五十人之眾的非商業性的樂團。因為當年"戰歌"百分之九十九的成員，都是在學的中學生，理所當然也是"上山下鄉"，插隊務農的知青了，因而就起名為"知青樂團"。

　　知青樂團雖不是專業團體，但無論是弦樂隊，管樂隊，還是民樂隊，其成員無一例外，都是超級的"發燒友"。他們在市交響樂團專業演奏家的對口指導下，加上自覺苦練，專業水平都有了長足的進步，整體水平也令人刮目相看。樂團成立後，先後到過不少地方演出，都好評如潮，深受歡迎。聽説當年"戰歌"的老總易平他們要在美國創辦海外中國知青基金會，興奮、激動的"戰歌人"和"老知青"們馬上奔走相告。而且很快，這個重大的信息就在大陸各地的知青中廣為流傳。

於是，各地的老知青不約而同地提議，在海外中國知青基金會成立時，由知青樂團代表大家赴美祝賀。

知青樂團的名譽團長與顧問李非，也聽到這個重大消息。老詩人非常激動，表示大力支持。他高興地承諾，屆時一定叫他那個正在日本讀電影導演博士的小兒子紅纓，無論多忙也要抽時間到美國，代表他祝賀海外中國知青基金會成立，並要紅纓做全程的攝影與錄像。

而易平的計劃，是想讓鍾麗莎成為海外中國知青與大陸知青交流、交往的橋樑，成為舊金山創辦海外中國知青基金會籌備工作與大陸知青樂團赴美祝賀活動的協調人。

易平剛把意圖説清楚，鍾麗莎想也不想就爽快地答應了。

利用積攢起的休假，鍾麗莎回到江州市。她首先看望了父母，然後和弟弟穎峰詳細落實了已在電話裡反復商談過的、巴黎郊外新城區投資移民計劃的種種繁複細節。而後，她没忘記到一個街道服務站辦的小工廠探望知青老朋友楊秀珍，給了她一筆錢，幫助她度過難關。辦好這些事後，便來到知青樂團的團址——"雲苑"住宅區裡一幢獨立的兩層大別墅。

著名的"雲苑"高級住宅區坐落在被譽為江州市"市肺"的白雲山山腰。這裡山林茂密，空氣清新。每天清晨，除了鳥兒清亮甜脆的歡唱不絕於耳，不時還可以聽到歌唱家和戲曲家晨練的美聲。

知青樂團的團長陳恒，親自駕車並搭上別墅的主人——樂團總監宋秉衡、唐曉韻夫婦一起到山下接鍾麗莎。

大家雖素未謀面，但卻一見如故。到了別墅，宋秉衡、唐曉韻夫婦特意在花園一角的小涼亭接待來客。大家一邊喝著江州人最鍾意的"菊(花)普(洱)"茶，一邊開懷暢談。

鍾麗莎剛喝了一杯茶，樂團的總管Oboe崔耀庭也到了。

陳恒首先向鍾麗莎表示遺憾：樂團的名譽團長和顧問李老師不在江州，他剛好去了外地主持一個"筆會"，所以這次就沒有機會見到他了。

"不知道你説的是哪位李老師？"鍾麗莎問，她感到好奇。

"你當然不知道了。他原是省出版總社的總編輯，已退休了，目前只在省文聯掛個副主席的閑職。現在他是我們知青樂團的名譽團長和顧問……"Oboe得意揚揚地介紹，他還想説下去，就被鍾麗莎笑著打斷了：

"哈哈哈！我還以為你説的是誰呢，原來是李非前輩！你們可能不會想到，他還寫過我呢，當年同時發表在全國遐邇聞名的大型文藝期刊《花城》，還有'洛陽紙貴'的、當時全國唯一的週報——《現代人報》上的報告文學《奇女子鍾麗莎》，就是他寫我的！我和他也算是老朋友了。不過我到法國後就和他失去了聯繫。"

鍾麗莎接著説：

"也許你們不知道，李老師不僅僅是當年'戰歌'的發起人之一，是《紅衛兵戰歌》主題曲歌詞和全部朗誦詞的作者，而且他還是易平哥的'鐵哥們'和恩師呢。那年，正值'文化大革命'後的新一輪政治運動，就是他冒著巨大的風險，幫助易平哥脱險，後來又幫助他到美國自費留學，逃過一劫的。是的，李老師很欣賞易平哥的才能，他説過，在'戰歌'當文學編輯時，易平哥是他心悦誠服的'領導'和'頂頭上司'。他還説，易平哥是我們知青中的精英，我們這一代的佼佼者和傑出的代表！可惜這次沒機會向李非老師請教。"

“難怪，原來李老師和我們知青有那麼深厚的淵源！”陳恒説。

接下來，鍾麗莎講述了大家最惦念、也最想知道的昔日知青“頭兒”、“戰歌”“頭兒”易平大哥的情況：從在陽平縣被污衊陷害，被“運動”，被“逝世”，到被李非老師請“貴人”搶救，改名換姓進入省出版總社工作，到考進華南大學，到再逃一劫，僥倖赴美留學……

“是啊，易平大哥的路子也太坎坷了！當年，見我們急於要找易平哥‘出山’，李老師就跟我們交底了。”Oboe也感慨萬分地説。

接著，鍾麗莎也介紹了自己赴法國留學和留在法國拼搏的生活。

宋秉衡夫婦和陳恒也講述了他們各自的經歷。

偷渡到香港“上岸”時便已登記為合法夫妻的宋秉衡和唐曉韻，在人生地不熟的香港地，面臨著人生道路上新的考驗。

雖然他們都幸運地找到工作：做丈夫的在香港交響樂團當了一名薪金微薄的樂器室保管員，做妻子的則被香港樂團弦樂隊聘為替補缺席者的“候補樂手”，但兩人每月加起來的收入，在交完屋租後，便已捉襟見肘了。還好，他們在香港地也能“重操舊業”——到街頭演奏小提琴，賺點小錢。所有的收入，雖只够勉強度日，但苦中也有甜，生活雖然清貧卻也和美、甘甜、快樂。

這天，宋秉衡下班後，和唐曉韻一起在街頭演奏小提琴。一位牧師模樣的路人，在聽了兩人的演奏後，很客氣地問他們，是否願意到一所教會小學教小學生學習小提琴？報酬按人頭和小時算，每個學生每上一小時課交兩块港元學費，由學生家長支付；家境有困難的，則由學校支付。

在大陸國營單位普通職工月薪只有三十六元人民幣的年代，宋秉衡和唐曉韻夫婦一個月竟然可以有二千多港元的收入！

稍作商量後，他們便愉快地答應了。

從此，他們"轉運"了。

這所全香港最著名的教會小學——聖約翰小學，是一所有六個年級，每個年級有六個班，每個班有個五十名學生的標準的教會小學。

他們先從一年級六個班教起，每週教六天，每天教一個班共五十個學生，上兩個小時課。

最初的幾堂課，夫妻倆按照歐洲傳統的經典教材《霍曼小提琴教程》，按部就班地教學生們拉琴的姿勢、動作，然後教他們拉空弦。結果事與願違，不僅學生沒耐性拉空弦，連家長也不滿意。

夫妻倆絞盡腦汁，改變思路：從第二週起，一邊堅持嚴格要求，把好姿勢、動作關和音準關，一邊教些悦耳好聽，又簡單易學的"歌仔"：《小星星》、《聖母頌》、《歡樂的小天使》，也不多，就這三首。

兩個月後，在學期結業典禮上，當這所教會小學一年級三百個學生動作整齊劃一地用小提琴拉奏《聖母頌》，悠揚宏亮的琴聲在圓頂教堂迴響時，教師們沸騰了，家長們沸騰了。激動的意大利裔校長多戈緊緊地握著宋秉衡夫婦的手，一叠聲地感謝他們。

好運繼續眷顧宋秉衡夫婦。

在多戈校長的推薦下，他們又與另三所教會小學簽署了教習小提琴的合約。

於是，宋秉衡夫婦，每週六天，天天早出晚歸，而星期天和公眾假期，更是加班加點，輔導後進學生。就這樣，勤奮耐勞的宋秉衡夫婦，在兩年不到時間，便積累了六位數港元的財富。這在"萬元户"還是"稀罕物"的八十年代初期的中國大陸，這絕對是一個白手起家的傳奇！這對勤奮拼搏、事業成功的夫婦，連年被選為香港"傑出青年"，成為當時香港年輕人奮發上進，實現自我的楷模。

好運還在繼續。

對著銀行存折上每月不斷增值的數額，很想拓展事業，但既不懂財務，又沒有從商資歷的宋秉衡夫婦，除了發呆，還是發呆。好在他們命運中的又一個"貴人"出現了：潘緯達與何淑娟的商業眼光犀利的大姨丈金爺，從外甥口中得知，與他們一起"督卒"來港的知青好友、患難與共的"老朋兼死黨"宋秉衡夫婦，正為事業的進一步發展而犯愁時，便建議宋秉衡夫婦把賺來的"第一桶金"，投資到香港的高檔老人公寓及其"一條龍"服務的時新項目上。

當時正值"亞洲四小龍"之一的香港，百業興旺，經濟騰飛。從朝到晚忙忙碌碌為事業打拼的"奮鬥一族"，無暇對已上了年紀的父母盡孝道。於是，為長者提供高檔"衣、食、住、行、醫""一條龍"服務的老人公寓，便應運而生，大受歡迎了。

宋秉衡夫婦毫不猶豫地聽從了金爺的建議，並在金爺的悉心指導和熱情幫助下，生意越做越好，越做越大。最後，他們的事業拓展到了深圳、佛山、汕頭和江州。

……

很多年過去了，宋秉衡夫婦雖然靠著勤奮，靠著運氣，靠著金爺和朋友的關照，錢是賺了不少，但步入商界後，卻始終難以"進入角色"，更不要說在商界繼續發展下去了。加上為了更好照看剛剛雙雙考進省音樂學院附中的雙胞胎兒女和雙方年邁的父母，於是，夫婦倆做了一個改變生活"軌道"的重大決定：離開搏殺不休的商場，回到出生和成長的江州市，優哉游哉地安享天倫之樂。

於是，他們遂把部分股份送給唐曉韻的一位親戚，委托他為代理人，由他全權打理生意，而他們自已呢，則在江州市當時炙手可熱、位於白雲山山腰的"雲苑"高級住宅區買了一块很大的地皮，夫婦倆親自參與設計，建造了一幢有一大片花園的兩層大別墅，並給它起了一個名字："樂廬"。之後，他們把各自的父母接來，祖孫"三代同堂"，樂融融地一起生活。

回江州定居不久後，每逢星期天下午，唐曉韻都會到江州市著名的高級烹調班學厨藝。平日裡，夫妻倆除了與老人們一起欣賞歐洲古典音樂，或與"寶刀未老"的老人們一起合奏取樂之外，還經常約昔日的知青好友、"卒友"飲早茶；時不時也請"戰歌人"中的樂手到自己別墅寬敞的客廳，一個設置了當時世界級水平的全套"馬蘭氏"音響系統的客廳，演練歐洲古典音樂作曲家的室內樂作品，湊湊弦樂四重奏、弦樂合奏；而分貝特高的管弦樂合奏或全樂團合奏的演練，則安排在別墅大門前寬闊的半圓形有機玻璃陽篷下……

憑著有超一流音響效果、不亞於專業排演場地的大廳，又有遠離大都市塵囂的舒適優美的環境，加上畢業於江州市著名高級烹調班的唐曉韻親自掌勺的美味佳餚，還有唐曉韻的父母——兩位中央音樂學院退休教授的專業指導，都使"樂廬"有一種強大的親和力。

"樂廬"，自然也就成了知青樂團專門的排練場地和温暖的"家"。

隨後，"樂廬"又自然而然地取代了 Oboe 的知青聯絡站，成為南來北往的知青新的聚合點。於是，大家慢慢地，就把"樂廬"稱為"知青巢"，並把宋秉衡夫婦親切地稱為"巢主"了。

陳恒成為大陸器樂行著名的"新韻"樂器連鎖店的老闆，還是在宋秉衡夫婦回江州定居之前的事。

原先在香港開樂器店的台灣大老闆，看準了大陸的商機，也看中了在其香港樂器店打工的陳恒：他的敬業精神、他的不尋常的能力與他"江州地頭蛇"的背景，就力邀陳恒做了合伙人，一起開拓大陸的市場。

由於總店設在江州市，擔任"新韻"樂器連鎖店副董事長兼總經理的陳恒，自然大部分的時間都在江州市坐鎮。

一次飲早茶，宋秉衡夫婦、陳恒與 Oboe 在著名的泮溪茶樓不期而遇。而建立知青樂團居然成為當時他們四人"英雄所見略同"的話題。

他們一拍即合，並且毫不遲疑，直奔主題。早茶之後，他們意猶未盡，於是趁熱打鐵，乾脆又提前包了一個準備共進午餐的單間，即時移到單間繼續深入討論建立知青樂團的大計。

他們點了"食在江州"傳統名菜譜上"特別介紹"的白切"路邊鷄"、清蒸鱸魚和燉水魚。陳恒還打電話叫手下專程驅車送來一瓶已收藏多年的"茅台"和一瓶三十年的法國紅葡萄酒。

大家都沒想到這"茅台"的"威力"。

在談到籌集早期經費問題的時候，借著酒意，陳恒和宋秉衡臉紅脖子粗地爭執起來，都搶著要"獨家"無條件提供贊助。最後，在Oboe 公平的仲裁下，由陳恒和宋秉衡夫婦各出一半經費，問題才算解決。

傍晚前，一直處於昂奮狀態的四個人，終於達成共識，並制訂了籌建工作細則《備忘錄》。大家一致推舉那時候還在省出版總社當領導的、當年"戰歌"領導之一的李非老師擔任知青樂團的名譽團長與顧問；同時，發動圈內外的人努力尋找易平，希望這位知青的領袖出頭"主持大局"。

此後，一切都按原訂計劃有條不紊地進行……

十一月十一日——當年江州市全市知青"上山下鄉"出發紀念日那天，知青樂團如期成立了。

共同的經歷、共同的愛好、共同的願景、共同的信念，成為強有力的紐帶，把全體參與者緊緊地維繫在一起。

開始，陳恒他們幾人也曾千方百計找易平，但始終沒有找到。直到李非把易平的特殊情況跟大家說了之後，大家才作罷。當時，大學畢業後的易平，聽從李非和嚴頌明盡可能少參加社會活動的意見，所以極少露面。無論上班，還是下班在家，都一心撲在"文化大革命"後亟待發展的出版事業上。後來，又出國了……就這樣，知青樂團從籌備到成立，到發展，易平都"置身事外"，錯過了。

彈指一揮間，幾年過去了。

知青樂團成了江州市頗有名望的業餘樂團，同時，也成了全國知青的念想：無論知青樂團到什麼地方，每一次的蒞臨演出，都無一例外地成了當地"曾經"的知青的盛大節日。

而令知青樂團在大陸聞名遐邇的，是那個中國歷史上不平凡的夏天……

火紅的五月。江州市的夜晚。

被白天的太陽烤得熱烘烘的空氣，終於降溫了，偶爾吹起一股涼風，直沁人心脾。省出版總社宿舍大樓二樓的一個單元，主人李非正在寬大的半圓形陽台，接待風塵僕僕、剛帶知青樂團從外地演出歸來的宋秉衡夫婦、陳恒和Oboe。

這幾個李非家的常客，一邊不客氣地各自從冰箱拿出"青島"啤酒，打開就喝，一邊七嘴八舌地搶著訴說這次出外遇上的激動人心的大"見聞"———一場正在席卷華夏大地的風潮，一場以悼念胡耀邦為緣起，反貪污、要民主，要求政治改革的風潮。

很久沒有這樣昂奮、這樣激越了。

看著這些已不年輕的昔日的紅衛兵和知青，李非的心情也很不平靜。他也說了江州市連日來的情況：政府機關、學校、工廠都停頓了，關閉了，人們紛紛舉行集會、上街遊行。李非和出版總社的大部分領導和業務人員，也去遊行了⋯⋯

午夜，大家一致決定：知青樂團全員參加即將在市裡最大的群眾娛樂場——江州市文化公園舉行的，全省各界聲援北京學運的"萬人集會"，並在集會上演奏《國際歌》。

⋯⋯

那次的大型集会盛況空前。公園的每一個角落都擠滿了人。到處都是書有"沉痛悼念耀邦同志！"、"反貪污，反腐敗！"、"堅持改革，反對倒退！"大字的大幅橫額和標語牌⋯⋯

而早就獲悉知青樂團要在集會上演奏《國際歌》消息的市交響樂團和省、市歌舞團等專業團體的不少樂手，也不約而同地加盟到知青樂團的陣營。

當知青樂團管弦樂隊奏響《國際歌》雄渾、悲壯的旋律時，整個廣場的人群都被震撼，被激奮了。人們伴和著樂隊的演奏，高唱：

"⋯⋯英特納雄那爾，就一定要實現！"雄壯的聲浪震盪，迴響，直衝雲天⋯⋯

集會後，知青樂團不僅給這個南中國大城市的民眾留下了深刻、良好的印象，而且由於當時各大媒體的報導，一下子就在全國紅火起來了！

在那些日子，陳恒、Oboe和宋秉衡，每天都在"樂廬"，輪番接受本地和外地記者的採訪。

可是，過了沒多久，蕭瑟的秋天就提前到了⋯⋯

陳恒、宋秉衡夫婦和Oboe等人，都先後被省、市公安部門"請喝咖啡"了。

李非則連被請"喝咖啡"的待遇都沒有，就提前從省出版總社總編輯的任上"被退休"，到省文聯當一個"閒職"副主席了。李非知道，這已是不幸中之大幸了，因為包括他在內的，為數不少的省、市機關和部門"涉案"、"涉嫌"的幹部，都由於"上頭"有"貴人"暗中關照，因而從輕發落，才有如此的"好下場"，否則，就後果堪虞哩！當然，李非也樂得清閑，除了可以有大把時間寫他的詩，還可以經常到"樂廬"去"顧問"、"顧問"：為知青樂團的工作提出意見與建議；並有機會在現場"親口"指導唐曉韻提高烹飪水平……

知青樂團的人和事，令鍾麗莎無限感慨。

在品嘗了一杯"菊普"茶後，鍾麗莎正要開口請Oboe談談他自己，Oboe便自覺搶先說了：

"靚女大姐，我的經歷，就兩個字：簡單。"他指了指宋秉衡夫婦和陳恒，笑了笑，"他們知道的，這些年來，我的生活，就像白開水一般，最普通、最平凡不過了，沒什麼好談的呀。哪像他們！"

"還是讓我來為我們親愛的Oboe同志'歌功頌德'吧！"陳恒笑著對鍾麗莎說。

在與宋秉衡夫婦和陳恒一起歷盡艱難，成立知青樂團後，Oboe擔任了樂團的總管。他在下班後，除了照顧"三代同堂"的五口之家，大部分的時間都一心撲在與知青樂團有關的大大小小的事情上，成為大家交口稱讚的、名符其實的樂團"大管家"與"首席義工"。

當然，這個天生的"熱心腸"，自然不會忘記自己的聯絡各地知青的"名亡實存"的"知青聯絡站站長"的職責。而多年來，凡是被接待過、幫助過的南來北往的老知青，自然也不會忘記這位古道熱腸的老朋友，一見面，都親切地叫他"老站長"。

"佩服，佩服！真是勞苦功高！"鍾麗莎聽了陳恒的介紹後，由衷地稱讚，"有了這些厚實的鋪墊，將來在大陸成立全國性、全球性的知青團體，就有基礎了！看來，易平哥'出口轉內銷'的想法，完全有可能實現！"

接著，鍾麗莎就把易平先成立海外的中國知青基金會，待積蓄實力，然後一個"回馬槍"再"殺"回大陸，建立全國性、全球性團體的設想及其"系統工程"做了詳細的介紹。

"絕了！太絕了！李老師也正是這樣考慮的！難怪知青圈內早就有傳聞，說易平有眼光，有頭腦，有魄力！他真不愧是我們知青的大哥，我們知青的領袖！"陳恒高興地說。

"那麼我們就具體聊聊海外基金會成立活動的工作吧。"鍾麗莎說，"工作談完了，如大家有興趣的話，我們再交流交流我們海內外知青的'風花雪月'和小道趣聞，好嗎？"

由於此前大家已在電話中多次交流過，所以這次會面很融洽，意見也很一致，而且很快就商定了一個操作方案。

接著，宋秉衡夫婦邀請客人從花園步入別墅的大廳。

唐曉韻與鍾麗莎並肩而行。她問鍾麗莎：

"聽說易平大哥創作了一首令人感動的小提琴獨奏曲，是嗎？你聽過嗎？"

"我也不知道算不算是創作。據我所知，易平哥當年在陽平縣做知青時，把馬扎斯《特殊練習曲》中的一課，改編成一首樂曲。他還為曲子起了一個很有意思的名字，叫《隨風而逝》，我常常拉呢！"鍾麗莎解釋道，並笑著說：

"哈哈！難道你們就不想給我一個'班門弄斧'的機會，不想聽一聽嗎？"

"快！快！"眾人異口同聲地說。

於是，唐曉韻把她爸爸的"寶貝"——一把用了半個多世紀的德國小提琴拿出來，交給鍾麗莎。

四位老人也饒有興趣地走過來聽鍾麗莎演奏。

深沉、厚重、濃烈的琴聲，含蘊著淡淡的憂傷、依戀與無奈，在大廳久久迴蕩……

隨風而逝

鍾麗莎在宋秉衡夫婦的別墅住了一個晚上。

第二天一早，陳恒和Oboe就先後到了。大家又繼續聊，直到午前，才由陳恒駕駛"奔馳200"，和宋秉衡夫婦與Oboe一起送鍾麗莎到白雲國際機場。

鍾麗莎坐的是直飛舊金山的航班。

在飛機上，鍾麗莎在想：除了向易平報告江州市之行的收獲，一定要借這個難得的機會，向易平請教如何分析當代中國和當代世界的重大問題——尤其是那些錯綜複雜、詭秘異常的政治問題。此外，她的潛意識裡，那積蓄已久的冀望、那伴隨著越來越熾烈的愛而萌生的憧憬，在甦醒，在躁動，在不知不覺中一步一步地推動她走向易平，親近易平⋯⋯

第十三章

都說舊金山灣區是全美國氣候最好的地方：長年不斷的太平洋濕潤的海風，驅走了寒冬的乾冷與盛夏的炎熱，使這裡成為四季如秋，人人喜愛的地方。

今天是星期天。

一大早，鍾麗莎就來到易平家報告她的江州之行和商談下一步的海外中國知青基金會籌建工作。

易平很重視這次會面。為了有充裕的時間商量工作，他與報社的一位副總編輯對調了休息日，所以今天不用上班。本來易平想約鍾麗莎到附近一家法國人開的百年咖啡老店會面，聽鍾麗莎報告她的江州之行的收獲。但鍾麗莎以不習慣在人聲雜沓的公眾場合談工作為由，堅持要到易平家，還要易平親自下廚，請她吃一頓家常便飯。易平沒理由拒絕，就答應了。

鍾麗莎這是第一次到易平家。

剛到易平家的樓下，鍾麗莎就聽到悅耳的小提琴聲。

"噢！是維尼奧夫斯基的《d小調小提琴協奏曲》！"鍾麗莎失聲輕輕地叫了一聲。

是易寧在練琴。

鍾麗莎進了門，沒有客套，沒有寒暄，連看也沒看易平一眼，就躡手躡腳地走到正在客廳鋼琴旁練琴的易寧身後，靜靜地聽了好一會兒，才隨易平來到書房。

“拉得真好！除了這孩子本身的優秀，看來，林野這位做老師的和你這位做父親的也沒少花心血！”鍾麗莎對易平説。

易平也不答話，只是微微一笑。

易寧拉完一個樂章，來到書房，與客人打招呼。

“易寧小朋友，你拉得真好！初次見面，送你一張CD，”鍾麗莎一邊稱讚，一邊拿出一盒CD，“喜歡嗎？”

“喜歡！”易寧高興地説，“在演奏維尼奧夫斯基《d小調小提琴協奏曲》的CD和DVD幾個版本中，這是最好的！海菲茲拉的！我最喜歡了！謝謝阿姨！”

“不必謝，喜歡就好！”鍾麗莎深情地看著易寧説，“等一會你練完琴了，阿姨還要向你請教哩！”

“原來阿姨也拉小提琴，怪不得那麼懂選CD了。”易寧説。

“阿姨拉得比爸爸好多了。”易平笑了笑説。

“別聽他的！你爸爸是假謙虛！”鍾麗莎也笑了。

談完工作後，易平就到厨房忙活去了。鍾麗莎則向易寧請教如何拉好“人工泛音”。

午餐“大菜”是牛肉炒苹果和用猪肉、蝦仁、冬菇做的藕餅；再配一道被易平戲稱為“蘇修湯”的雜菜湯：昨晚預先用猪脊骨熬好的湯底，今天再加進紅蘿蔔、大白菜、馬鈴薯、番茄、西芹、草菇一起煲。其實，這是一道典型的俄羅斯湯，是易平讀大學時，跟同宿舍的一位來自哈爾濱、有四分之一俄羅斯血統的同學學的。在中國大陸，自從“珍寶島事件”，中蘇發生衝突以後一段不短的歲月，凡是蘇聯和俄羅斯的東西，人們都以“蘇修”之名冠之，以示“反修”、“愛國”。

鍾麗莎吃得很開心。這“易記”的飯菜很對她的胃口。這頓飯，她居然喝下了三大碗“蘇修湯”。她發現，自己第一次在別人家裡吃飯吃得這麼開懷、這麼暢意、這麼不“矜持”——這種情況，甚至在舅舅家，也從來没有過。

望著純潔，懂事，但還一臉稚氣的易寧，望著雖已皺紋漸多，但仍不失陽剛之氣、活力勃發的，比親大哥更親的易平，一種親切、温馨的感覺，一種暖融融、甜蜜蜜的感覺，又悄悄地襲上心頭。

啊，家！是的，這是家的感覺，這是潛意識裡，她一直在默默向往，默默尋覓的感覺……她耳邊突然響起了白薇在越洋電話裡真摯、坦誠的建議，心頭不由一陣發熱……

漆黑的夜，

没有月亮，没有星星……

北風凜冽，呼嘯而過。

温暖的石屋，

鎮定地燃燒的煤油燈，

把我從無底的冰窟拉上來的男人的大手，

那雙男人的大手，

粗壯、有力、温暖……

飯後，鍾麗莎不由分說，就動手收拾餐桌，洗刷碗碟。手足無措的易平插手也不是，不插手也不是，只好乖乖地跟隨鍾麗莎進厨房，當她的"助手"。

下午，易寧出門到市青少年交響樂團排練，晚餐由樂團安排，晚上還要排練兩個小時後才回家。

易平煮了一壺鍾麗莎從法國帶來的咖啡。兩人喝著香濃的咖啡，自然就談起了在電話裡没談完的大陸的貪腐問題。

"易平哥，這也是法國人關注的問題。前不久我在巴黎參加了法中友好協會主辦的一個兩岸專題論壇。不少中國問題的專家、學者，包括一些這方面的名教授、名作家，都不約而同地提出：隨著以'反貪'為旗幟的'六四'運動的失敗，中國大陸的貪腐現象越來越嚴重了，是不是已可以說明，這是中國改革開放的必然結果？是不是也可以說，改革開放，'讓一部分人先富起來'的'先富論'，在實際上無疑是催生了一個新生的剝削階級，正是這些佔全國不到1%的人，卻掌控了國家99%的財富！難道這就是'中國特色'的'社會主義'嗎？……易平哥，說實話，我真不知道如何回答這類問題。"鍾麗莎一口氣把話說完，然後靜靜地望著易平。

易平正要開口，鍾麗莎又說道：

"易平哥，與會者可都是清一色的'親中'人士呀，而且，這當中還有我舅舅的學生呢。我可以保證，他們絕不是什麼被'亡我之心不死'的'國際反華勢力''洗腦'或'顧佣'的人。依我看，有些人還是像你一樣的虔誠的'馬克思主義者'呢！易平哥，我有說錯嗎？"

"麗莎，這我相信。"易平笑了笑道，"你沒有說錯，他們提出的問題，是全世界不同立場、不同理念的政治家和理論家都普遍關注的問題，也是擺在當代所有馬克思主義者面前的新課題……"

這時門鈴響了。

"這也正如要給'六四'運動'正名'這個問題一樣，同樣也是無法繞過，避無可避，遲早都要面對，要解決的。"易平邊開門邊繼續說道，"……這也是我一直在思考的問題。"

"你一直在思考什麼重大問題呀，我們的易老總？"進來的是陳意揚，他一只腳剛踏進門便接著易平的話大聲說。

同來的還有王思哲。

"噢，原來是兩位大俠！未見其人，先聞其聲。社長大人，你真是'先聲奪人'呀！"易平很高興，他朝鍾麗莎大聲說：

"麗莎，你看誰來了？"

"噢！陳大俠，王大俠，久違了！"鍾麗莎也很高興，馬上張羅煮她這次帶來的法國咖啡。

"哇，好一副賢惠大娘子的作派呀！"陳意揚望著鍾麗莎笑道。

"'文革'當年威震南中國的'三劍客'中的兩位大俠，同時蒞臨寒舍，真是蓬蓽生輝了！今天是什麼風把你們吹來了？"易平見鍾麗莎兩頰飛紅，趕快岔開話題。

"實不相瞞，我們從環球情報中心的可靠来源獲悉，舊金山今天會在此熱情款待一位國際知名的美女藝術家，我們不想錯過，於是就冒死衝撞，做一回不識趣的'不速之客'了。"王思哲嬉皮笑臉地説。

"我也是剛到……"鍾麗莎有點不好意思。

"我看不是吧？就這鐘點，你肯定已經狠狠地吃了我們易老總一頓了！"陳意揚不依不饒，一語雙關道。

鍾麗莎臉更紅了。

"社長大人別胡説八道，麗莎剛從大陸到這裡，是報告江州之行的收獲和商量有關海外中國知青基金會成立的籌備工作。你們來得正好，一块談談吧！"易平見狀，連忙説。

剛好，咖啡也煮好了。

"啊，好香的咖啡！"王思哲也覺得陳意揚的玩笑開得有點過分了，於是説：

"社長同志，大家多年不見了，他們也不知曉今時今日的你是何方神聖，你就不能先把你那些輝煌業績，悉數在老朋友面前顯擺顯擺嗎？易老總，麗莎，你們説是不是？"

"是呀，是呀！"易平和鍾麗莎異口同聲地説。

"易老總的情況，我剛才已在路上聽思哲老弟介紹了。想不到，我們還成了華南大學的校友了！而且，你還是一名偉大的'七七級'呢！"陳意揚很高興地説，"至於我，哪裡有顯擺的本錢？你們別聽他扯蛋！我，一介書生，一個名符其實的落魄文人，浪跡天涯，快意江湖而已！"

於是，陳意揚也把自己這些年的情況約略地説了。

原來，陳意揚從接受"勞動改造"的陽平山區，"落實政策"回江州後，被分配到一所中專擔任教師。由於難改高談闊論，口無遮攔的臭毛病，在"六四"期間慷慨激昂地評論時事，很快就被學校領導扣上"不思悔改"、"妄議中央"的帽子，調離教職，安排他在學校圖書館當一名打雜的管理員。委屈、憋氣的陳意揚很不甘心，硬是不顧已三十出頭的"高齡"，自費留學到新西蘭讀了一個國際政治經濟碩士。畢業後被新加坡國家戰略研究所聘為研究人員。

多年來，陳意揚雖在國外，但仍不忘初心，情繫母國。他利用工作的方便，潛心研究當代中國問題。前不久，他被王思哲説服，辭掉新加坡的工作，來舊金山的柏克萊州立大學亞太研究所任中國問題研究學者——也就是當初曾為易平安排的工作。這些年，亞太研究所已成為中國大陸"八九民運"外逃人士，以及各種政治異見人士接踵而至的"落腳點"了。

剛到舊金山，還沒報到，陳意揚就迫不及待地要王思哲幫他找易平。

"易老總，剛才我們在門外就聽到你説，你也一直在思考什麼問題。是嗎？一定是新課題、重大的課題吧？"陳意揚認真地問。

"哪有什麼'新課題'？'老生常談'罷了。"易平笑著答道，"還不是在陽平時大家爭論不休的老問題？還是先談談你的高見吧。'士別三日，當刮目相看'，如今的社長大人，肯定是見多識廣，今非昔比了！易某洗耳恭聽大人高論。"

"社長同志，就把你的'第三條道路'跟他們説説吧。"王思哲提議。

"美女還未表态呢，也不知道人家有沒有興趣聽！"陳意揚故意對著鍾麗莎説。

“我有那麼重要嗎？説不説你看著辦，我無所謂！”鍾麗莎雙手抱在胸前説，一副滿不在乎的樣子。

“好了，美女發話了，那就‘恭敬不如從命’吧。”陳意揚笑著説，“其實，我的想法並不複雜。你們也許還記得，當年在陽平的讀書會上，思哲老弟的‘三民主義救中國’論和易老總的‘馬克思主義救中國’論、‘社會主義救中國’論，旗鼓相當。那時，我的思想是明顯傾向易老總的。

“而經過這些年的遊學、讀書和思考，雖然我至今依然認為，純粹的西方民主制度，並不適合我們中國的歷史傳統和中國的國情，但是我們大家都看到了，今天，民主已成為不可抗拒的歷史洪流，專制制度終究要被無情摧毀——無論你是封建帝王專政、軍閥專政、資產階級專政，還是無產階級專政。而今天，無產階級專政的‘社會主義中國’，及其震驚全球的貪腐現象，令人們對馬克思主義，以及對中國的執政黨已徹底失望了。試問：當一個政府已自上而下，自下而上地形成了一個‘無官不貪，無貪不官’的‘政治生態環境’時；當軍銜也成為有價的‘商品’時；當以‘創收’的多少作為考核、評估一所大學、一個科研機構，一間醫院工作成績的主要指標時，你能够説，你敢説，這不是體制，不是制度的弊端嗎？更準確地説，這不是一黨專政的弊端嗎？所以我想，是否可以在我們中華大地上嘗試一種折中的方式，一種融東、西方於一體的、又適合‘中國國情’的方式，來取代現有的社會主義，取代共產黨的無產階級專政呢？”

“社長大人，我不知道你是否聽説過‘超人’李嘉誠關於中國共產黨的一段話？李先生不是‘反共人士’，但更不是‘親共人士’，他只是一個最典型不過的商人，一個在商言商、最大限度地追逐商業利益的商人。難得的是，以他‘國際商人’的思想和立場，也為中國共產黨說過一些大實話、公道話。他說，'在中國當代由共產黨執政是歷史的選擇'；'無論是威望和執政能力，我國還没有任何黨派和力量能够取代共產黨'；'離開了共產黨，中國必亂，中國一亂，遭殃的是我們老百姓。'我十分贊成他的這一觀點。所以，社長大人，我認為任何取代中國共產黨的方式、方法、方案，都是不適合中國國情，不可能成功的。"

"我贊同易老總的看法。是的，中國目前的貪腐現象，確實是很嚴重。但全世界不是已看到，也正是執政黨自己已在毫不留情地反貪肅貪，並以此顯示，它正在進行自我完善嗎？社長，你說的'第三條道路'，就是'多黨制'和'聯邦制'或'邦聯制'吧？你真的認為這適合中國國情嗎？"鍾麗莎插口問。

陳意揚看了看鍾麗莎，微微一笑，没有馬上作答。

"是呀，社長大人，能不能、如何才能有效地監督執政黨，防止執政黨的中央產生'中國式的赫魯曉夫'，產生'竊國大盜'，產生新生的剝削階級，這是中國從計劃經濟到市場經濟，到全球化的過程中必然要面對的問題。不過，執政黨不是已經在努力改進和強化黨内的監察機構，而且正在尋找切實有效的、有全民參與的監督機制、方式與途徑了嗎？"易平說。

"那麽，找到了嗎？實施了嗎？易老總，試問，一個連文藝創作自由、出版自由、信訪自由都没有，連新聞監督都没有的政府，一個連政府官員的私有財產都不敢公開的政府，一個連以反貪污為訴求的學生運動都不能容忍，連像你和社長這樣的'壯志堅信馬列'，胸懷大眾，心繫黨國的虔誠人士，僅僅是因為有獨立的見解便被迫亡命天涯的政府，還談他媽的什麽'全民參與的監督'？簡直荒唐！荒謬！荒誕！"王思哲衝動起來，他提高嗓門說。

易平對老朋友的衝動没有反感。他理解王思哲。因為王思哲提出的問題，其實也正是自己一直在苦思索的問題。是的，易平在自己正在寫作的《中國向何處去》中，也引用了著名的無產階級革命家、傑出的馬克思主義理論家盧森堡在《論俄國革命》中的有關論述："當失去絕對公開的群眾監督，那麼腐敗則不可避免……"當年遍及蘇聯的腐敗現象，都是由於缺乏群眾監督所造成的。

易平正在考慮如何應對王思哲的話題時，鍾麗莎這時認真地對陳意揚問道：

"那麼，能說說你的高見嗎，社長？該不是你的'第三條道路'是救國救民的'良方'吧？"

"好了，社長大人，該'圖窮見匕首'了吧？"易平笑了笑說。

"也罷。不過，這些枯燥乏味的話題，也該歇歇了。再說，本人慘遭你倆'雙劍合璧'圍攻，也須苟延殘喘，歇口氣了。我看思哲兄也有點口乾舌燥了，易老總，能否請你身邊這位賢慧的美女，再煮一壺情意濃濃的法國咖啡？"陳意揚衝著鍾麗莎說。

鍾麗莎紅著臉，又去煮了一壺咖啡。

喝著香濃的法國咖啡，大家又談了些輕鬆的話題後，陳意揚說：

"說實話，我這'第三條道路'也算不上什麼'新貨色'。我只是認為，一方面，對大陸的執政黨是否願意'潔身自好'，努力做到廉潔可風，我表示懷疑。也許，執政黨這種'自我完善'的努力，如魯迅先生說的，只是'拔著自己的頭髮離開地球'罷了；而另一方面，三民主義和西方的'三權分立'又不適合國情。那麼，思路是否可以變一變呢？

"先從黑格爾那個著名的命題說起吧。

"黑格爾說過：'凡是存在的，都是合理的。任何存在的事物，都有其存在的理由。'無論是什麼人，也不能否認這樣的'存在'——也即事實：中國的大陸，是一個叫作'中華人民共和國'的政府在執政；中國的台灣，是一個叫作'中華民國'的政府在執政。這也就是說，今天的中國存在著兩個政府，即'一國兩府'。當然，前一個政府，是唯一可以代表'中國'出席聯合國的'合法'的政府。
但無論是什麼人，也不能否認，雖然不能代表'中國'出席聯合國，
但全球有一百五十多個主權國允許持其護照入境可免簽或'落地簽'
的'中華民國政府'，也是一個'存在'，一個'有其存在的理由'的'存
在'，一個有歷史沿革，歷史傳承，有自己的憲法、自己的軍隊、
自己的國民經濟與財政的、實實在在的'存在'，不應被忽視，更不
能被無視的'存在'吧？不錯，它不能代表'中國'，準確地説，它不
能'合法'地代表'中國'。但是，它絕對是'中國'不可或缺的部分！

　　"好了，易老總，現在我該'圖窮見匕首'了：我不主張搞'聯
邦制'，也不不主張搞'邦聯制'，我主張共產黨和國民黨這對'歡喜
冤家'，進行第三次'國共合作'：或聯合執政，或輪流上台，或公
平競選，這樣，不就可以互相監督，互相促進了嗎？不就有利國
家，惠及黎民，不就可以推動中華民族的偉大復興嗎？說實話，
易老總，我有時想，我們這些窮酸的'職業革命家'、'職業理論家'
都是多餘的。從'文化大革命'開始——也許更早就開始的'中國向
何處去'這個問題，完全可以放心——放心讓十幾億睿智、聰明的
'龍的傳人'去考慮；中國的前途，由他們自己去選擇。易老總，我
想，共產黨、國民黨都應該有這個胸懷吧！"

　　"好一個'第三條道路'！噢！你這不是'第三勢力'嗎？"鍾麗莎
挪揄道，"恭賀'第三勢力'隆重登場！"

　　"易老總，還有鍾大妹子，你們可否捫心自問：今天的執政
黨，還是當年那個朝氣蓬勃的中國共產黨嗎？還是當年那個'小
米加步槍'，和國民黨攜手建立抗日統一戰線、與廣大人民同仇
敵愾，最終戰勝日本侵略者的中國共產黨嗎？還是當年那個領導
廣大人民反饑餓，反獨裁，反內戰，建立人民自己當家做主的民
主、自由政權的中國共產黨嗎？還是當年那個高舉'反修'大旗，痛
斥赫魯曉夫'三和'、'兩全'的中國共產黨嗎？"陳意揚越説越激動。

他喝了一大口咖啡，接著說：

"易老總，我向來敬佩你，我也不是一個頑固不化的人，但你要說服我，說服那些觀點和我一樣的人，更別提要說服思哲兄那樣的民主人士、'民運'人士或其他異見人士了，就憑李嘉誠、'黃嘉誠'、'張嘉誠'這樣的人，也幫不了你呀，我的易老總！你難呀！當然，我和思哲兄也知道，你是一個思辨能力極強、專業素養極好的馬克思主義理論家，是一個一直沒有放棄艱難的、獨立的思考，正直、勇敢而又出類拔萃的探索者。無論我們的理念是否相同，但大家都十分期待你的《中國向何處去》早日問世！"

"社長大人，我可不是什麼'馬克思主義理論家'。我只是愛自己民族，愛自己祖國的'滄海一粟'。不過有一點，你老哥倒是說對了，我確實是一個探索者，準確地說，僅僅是一個純理論的探索者，充其量也僅僅是一介書生而已。哈哈！'探索者'這頂帽子，我不怕戴！謝謝你了！我會繼續努力的——起碼不要辜負了這頂帽——子！"易平笑道。

第二壺咖啡也喝完了，又談了一會兒，王思哲說道："好了，時間也不早了。我看，既然大家都已'亮相'了，來日方長嘛，下次'華山論劍'時，再好好探討吧，我們有的是機會，有的是時間。今天，就暫且打住吧。再說，我和社長也不能一再不識趣呀，'不速之客'也該告辭啦。"

"思哲兄，你不留下來商量一下基金會成立的事嗎？"易平問。

"我還有事，另找時間吧，反正我們約見也挺方便的，不比尊貴的法國'外賓'，來一次不容易。"王思哲朝鍾麗莎笑道。

鍾麗莎巴不得他們快點離開。

臨別，陳意揚趁眾人沒注意，悄悄地把一封信塞進了鍾麗莎淡黃色的羊皮手提包中。

兩人走後，易平用電子瓦罉做了一煲臘味咸魚飯，加上中午剩下的"蘇修湯"，鍾麗莎又心滿意足地吃了一頓。

鍾麗莎回巴黎乘的是午夜的航班。晚上還有些時間，兩人又再談起剛才的話題。

"麗莎，雖然我的思想和社長的想法不一致，但他的一些觀點也不是完全沒有道理，對我也有所啟發。其實，我最近也在想，透過日益嚴重的官場貪腐現象，是否已經可以看出，我們中國，一個新生的金融壟斷資產階級已經形成，而各級政府，各級黨的貪腐分子，正是這個新階級的代表或代理人物？如果是的話，那麼中國共產黨的性質，是否也已經有了重大的，或本質的變化呢？……"

"哎呀！易平哥，你這新觀點可是有點'大逆不道'哇，你千萬別在外面……"

鍾麗莎還未說完，易寧回來了，身後還跟著盈盈。

"麗莎阿姨，這是我爸爸的知青老朋友陳榮輝叔叔和白薇阿姨的女兒陳盈盈，"易寧介紹道，"盈盈姐，這是我爸爸的、也是你爸爸和媽媽的知青老朋友，鍾麗莎阿姨。"

"噢！您就是那位榮膺法國'羅曼·羅蘭'藝術大獎的鍾麗莎阿姨？"盈盈驚喜地問，"我早就聽說了！"。

"啊，原來你就是連續兩年的全美蕭邦鋼琴大賽金獎得主，白薇的千金小姐！"

鍾麗莎高興得把盈盈緊緊地抱住，然後又說，"你不說，我還以為你是易寧的什麼堂姐、表姐一類的親戚呢，你們長得太像了！"鍾麗莎左看看易寧，右看看盈盈，有點驚訝地說。

"是啊，我也覺得有點像！"易平也笑了笑說，接著問："你們吃晚飯了嗎？"

"我在樂團吃過了。盈盈姐也在飛機上吃過了，她有重要的事，想跟爸爸您說。"易寧說。

　　"我要迴避嗎？"鍾麗莎問。

　　"……不必了。"盈盈稍為猶豫了一下，難過地説，"小徐……他得重病了！"説著説著，就落下兩串淚珠子。

　　"小徐是盈盈姐的男朋友。"易寧貼近麗莎阿姨的耳邊，悄悄地説。易寧很懂事，説完，便把自己關在房間裡練琴。

　　盈盈流著淚把徐滔的事一五一十地説了：

　　自從成為情侶，徐滔每次出差都是盈盈送行；而徐滔一到目的地，便馬上向盈盈報平安。這次徐滔回北京匯報工作，順帶看望年邁的父母，自然也不例外：由盈盈送行。

　　但幾天過去，仍未見徐滔報平安。正在盈盈焦急的當兒，她接到徐滔父母從北京的家裡打來的緊急電話，説徐滔突然得了急病，而且病得很嚴重。

　　盈盈火急火燎地請了假，乘最快的航班直飛北京。一下機，盈盈拿了行李就直奔徐滔入住的部隊醫院。

　　進了病房，映入盈盈眼簾的，是靠著牀頭而半坐半躺的徐滔，和徐滔那臘黃的、頰骨突出的瘦臉，以及瘦臉上兩只黯然無神的眼睛。徐滔看了看盈盈，也沒有打招呼，只是帶著莫名其妙的笑，又傻傻地望向窗口。

　　"他沒認出你，也沒認出我們。他不會大吵大鬧，只是偶爾又哭又笑，但大部分的時間都是這樣。"徐滔的爸爸説。話是説給盈盈聽的，但老人憂鬱的眼睛一直望著徐滔。

　　"徐伯伯，他是如何住進醫院的？醫生説他患的是什麼病？"驚愕的盈盈急切地問道。

　　"一個自稱是徐滔的好友打電話通知我們，説滔兒患了急病，已住進了醫院。我們急急忙忙趕來，醫院方面，也只知道滔兒是被他的朋友送進來的，其他無論什麼事，都一問三不知。我馬上聯繫我的弟弟——他是市裡一所大醫院眼科的主任醫生，已通過他找了北京最權威的腦科專家會診過了，但都沒有一個明確的結論。有位專家說，有可能是什麼'線粒體腦肌病'，但院方至今還未作最終確診。有位參加專家會診的柯姓醫生是我弟弟讀醫學院時的同班同學，他悄悄地單獨對我弟弟說，不排除是一種人為的'藥物所致'，他曾在外國專業雜誌上看過類似的個案……"徐滔的爸爸憂心忡忡地說，"我特意叫弟弟到圖書館借了幾本有關'線粒體腦肌病'的醫學書。但對照了一下，卻又不太像。我弟弟那位同學說不排除是'人為的'？這到底是什麼意思呢？……"

"……'人為的'……'人為的'……"盈盈機械地重複。

徐滔的媽媽始終沒有開口，只是坐在盈盈的身邊，用冰凉的雙手摟著盈盈，默默地流淚。

冷靜下來的盈盈，心裡自然而然地產生了一個又一個的疑團。她不厭其煩地向兩位老人，和值班的醫生、護士進行了深入、詳盡的了解。

但結果令盈盈十分失望。

最後，還是讓她找到了姓柯的醫生。但一提到徐滔，柯醫生便一臉驚恐。他没有直接回答盈盈提出的一連串疑問，只是毫無邏輯地重複徐滔的病況：

"……很像是腦壞死，腦血管好像已有'硬化'的跡象，即使目前還未到腦壞死的程度，但恐怕也是遲早的事了……也有可能永遠不會有意識了……"

雖然盈盈耐著性子，不厭其煩地反復詢問，但柯醫生的嘴裡始終没吐出更多的內容。

當晚，盈盈跟隨徐滔的媽媽回到老人的家。

極度悲傷的盈盈雖疲憊不堪，但仍難以入睡。她耳邊反復響著白天在醫院聽到的每一句話；眼前總是那望著窗口傻笑的徐滔……

她思緒萬千。

"人為的"……

難道這跟徐滔偵查貪官的工作有關？難道徐滔已經掌握了危害國家利益的犯罪線索，因而觸怒了某些利益集團，以至慘遭迫害？

難道……

……突然，一種不祥的預感涌上盈盈心頭——她想起了曾在大陸風靡一時的日本電影《追捕》，想起了電影中被黑暗的政治勢力陷害而變成癡呆"病人"的橫路敬二，又聯想起白天在醫院聽到的柯醫生的話，以及他提到的外國專業雜誌上的個案……

想到這裡，不寒而慄的盈盈，倒吸了一口冷氣。但同時，一種不氣餒、不甘心、不罷休的意念，也油然而生……

第二天清晨，醫院的大門剛打開，盈盈就進去了。

盈盈為徐滔洗了臉；而徐滔臉上，依然是那令人心酸的傻笑……

下午，徐滔被轉到另一幢大樓的單獨病房。

盈盈在轉房途中找了個空隙，與二老推心置腹地交換了意見。

盈盈把自己的思考、推測和盤托出。

"……孩子，也許你的推測是對的……如果真是那樣的話，我們也會為兒子感到驕傲的！……但是，這已是巨大的代價了，不能再把你也賠進去了！孩子……"聽完盈盈的推測，徐滔的爸爸懇切地說。

"好孩子，聽阿姨的勸，別插手這事了，求你了！你一定要好好的，否則，我們會在不安、內疚中度過餘生的，滔兒將來在另一世界也會不安的……"徐滔的媽媽流著淚說。

在二老的苦苦哀求下，盈盈答應就此停手，不再追究下去。兩天後，盈盈飛回美國。

回到舊金山整整一個星期，巨大的痛苦、極度的焦慮、無窮的牽掛，還有莫名其妙的恐慌，像巨大的波浪，一次又一次把她淹没。她茶飯不思，難以入眠。她艱難地度過每一天……

更令她不安的是，回美國後她就再也無法聯繫上徐滔的父母了。

於是，她再次請假，又一次飛到北京。而令盈盈再度感到意外的是，徐滔就醫的部隊醫院没有徐滔入院的任何資料；曾接觸過徐滔的醫生、護士也不見踪影；打聽柯醫生的去向，也是"一問三不知"，或乾脆説"没有此人"；而徐滔父母，亦已搬離原先的住宅，鄰居也不知道他們的去向……

盈盈懵了。

她束手無策，又舉目無親，只好帶著焦慮，帶著憂傷，帶著不安，登上北京直飛舊金山的飛機。

在747大型客機靠窗的位子上，望著無邊無際的雲海，盈盈決定先找易平叔叔——連盈盈自己也覺得奇怪：回到舊金山後，她在第一時間要見的人，竟然不是自己的媽媽，而是易平叔叔。

回住處放下行李，盈盈就打的去易平叔叔家。

下了車，在住宅區的小徑上，盈盈剛好遇上了從青少年樂團排練歸來的易寧。

聽完盈盈的敘述，易平和鍾麗莎都感到事態的嚴重。

"小徐有没有説到北京辦什麼事？"易平想了想，問道。

"有。説是要到北京找中央有關部門領導，報告重大情況。"盈盈説。

"這就對了！從小徐偵查海外貪官的工作性質來看，顯然是他已經掌握了某貪官或某利益集團的重大案情或不可告人的秘密，為了避開某些固有的人事關係，便越級到中央報告。但是，小徐的意圖肯定還是被對方覺察了，於是被'封口'甚至'滅口'，也就完全有可能，一點都不奇怪了。”易平分析道。

“易叔叔，您的分析很有道理！我記得小徐還説過，不僅僅是貪腐這麼簡單，而且涉案者，也絕對是他和我都意想不到的。但涉案者是何方神聖，他可能由於紀律的緣故而没有告訴我，或没來得及告訴我吧。”盈盈説，“易平叔叔、麗莎阿姨，你們説，接下來還會發生什麼事；我該如何應對？”

“是的，這才是眼下最重要的事！我想，首先必須馬上處理好小徐手中掌握的東西！盈盈，小徐這次到北京出差前，有什麼東西交給你嗎？你有小徐住處和辦公室的鑰匙嗎？”鍾麗莎問道。

“有呀。到北京出差前，小徐在候機廳給了我一個裝有一只USB的信封交給我，説USB裡面是極真重要的資料，信封已寫好他在北京的一位‘老鐵’的地址。至於要不要寄出，什麼時候寄出，他會打電話吩咐我的。小徐曾經告訴過我，他上班的地方人很雜，而且‘高手如雲’，他從不把重要的東西留在那裡。不過每次出差前，他都會把辦公室以及抽櫃、保險櫃的鑰匙交給我。”盈盈答道。

“説實話，我很擔心盈盈會受到牽連⋯⋯”鍾麗莎望著易平説。

“盈盈，你也不必過份擔憂，事情發生已好多天了，該來的，早來了。照這樣子看，你暫時還没有受到牽連的跡象。”易平安慰盈盈道，“何況，關心你的叔叔、阿姨可多了。別擔心，現在最要緊的，是從現在起，在這件事上，你就不要再有任何動作了。這段日子，就靜觀其變吧！如有問題，要在第一時間聯繫我和麗莎阿姨。”

“易叔叔説得對！再説，你不是還有一個神通廣大、直達‘天庭’的母親大人嗎？”鍾麗莎笑道。

但盈盈表示，她完全没有向這位自以為是的“馬列主義老太太”討教或求助的願望。

“雖然我們相信，‘道高一尺，魔高一丈’，相信從來都是邪不勝正，但還是要有兩手準備。既然這個USB又這麼重要，"易平想了想，然後小聲地說，"這樣吧……"

盈盈和鍾麗莎不約而同地，連連點頭。剛剛還縈繞在她倆心頭的憂慮，已一掃而光。盈盈臉上，也終於露出了多日來難得一見的一絲笑容。

"這主意太好了，即使萬一麻煩真的找上門了，主動權嘛，還掌握在自己手中！易平哥，還是你行！"鍾麗莎興奮地說。

"那你也不能掉以輕心呀！一到巴黎，你就要在機場郵局把這封信寄出。"易平特意叮囑鍾麗莎，"還有，千萬別忘記處理好你的指紋，副本也一定要按我說的處置好。"。

又談了一會兒，時間差不多了，要到機場了。盈盈今天沒開車來，易平決定先單獨送鍾麗莎到機場，然後再回家送盈盈回住所。

在送盈盈回住所這段路，易平雖然想著法子安慰盈盈，但他自己心裡卻也是很不踏實……

回到家裡，已是午夜。易寧已經睡著了。易平把沒喝完的咖啡加熱，在書房一邊喝著咖啡，一邊陷入了沉思……

年輕人的不幸讓易平感到痛心，感到惋惜；而施行者的卑鄙、罪惡，讓易平感到震撼，感到憤怒。

徐滔的遭遇已清清楚楚地表明：他不知不覺"撞"上的，是一張無時不在、無處不在的"網"，是一部強大無比的"機器"！任何有意、無意的"誤撞者"或"挑戰者"，都會被死死地網住，都會被無情地碾碎。看來，在華夏大地，一個新生的"龐然大物"，已日臻成熟。但是，究竟這個"龐然大物"，是執政的無產階級政黨身上的、必須割去而且可以割去的"毒瘤"呢，還是整個執政黨，已經蛻變，已經墮落……

易平繼續陷入沉思。

香港九龍。

黃埔花園別墅區。

這是一個春光明媚的早晨。

一輛豪華型的"凌志"四驅車把白薇從元朗的光華酒店，接到了這棟她感到既熟悉又陌生的法式別墅。

這是香港回歸前白薇與周元會面的地點。香港回歸後不久，周元升職了，白薇便很少見到他。這些年來，到香港與新的領導會面的地點幾乎每次都不相同。而這次會面的地點，想不到是已久違多年的老地方，這令白薇感到意外；令白薇感到更意外的是，開門的竟然是周元！

"周伯伯……"白薇失聲叫道，"怎麼是您……"

"周老現在是我們的高級顧問。"站在周元旁邊的領導向白薇解釋道，"有關的情況，周老都知道了。今天，由周老代表組織跟你談話。讓周老親自跟你談，這是上級對你的重視和關愛。"說完，便離開了。

辦公室只有周元和白薇。他們隔著一張寬大的橢圓形茶几，相對而坐，幾扇防彈、隔音的玻璃窗，無一例外都緊緊地關閉著。透過窗戶向外望去，可以看到沐浴在早春溫暖陽光裡的一群鳥兒，正在別墅旁的法國梧桐上歡蹦亂跳。

"我已半退休了。"周元說。

多年沒見，如今的周元雖已頭髮斑白、滿臉皺紋，但依然目光炯炯，聲如洪鐘。

白薇首先開口問道：

"雖然徐滔是我女兒的男朋友，但你們知道的，在大是大非的問題上，我絕不含糊！不過說實話，他追踪我，偵查我，絕對是出於公心，出於對黨、對共和國的忠誠。而且，據我多年考察，我認為他相信黨，熱愛黨，是一個出類拔萃的年輕人。為什麼就不可以引導他，改變他，挽救他，給他一次機會？為什麼要對他如此殘忍？”

“白薇同志！難道你不知道，他不同於僅僅是政治思想反叛的易平嗎？難道你不知道，他已成為直接威脅、危害到我們計劃的因素嗎？在如此激烈、如此殘酷的階級鬥爭、路線鬥爭中，只要一步錯，便步步錯；一著不慎，便全盤皆輸啊！我們冒得起這個險嗎？我們能因小失大嗎？眼下決戰在即，我們需要的是果斷，是決絕，而不是心慈手軟、婆婆媽媽！怪就怪他運氣不好，站錯了山頭！”周元左眼眉頭上的黑痣跳動了一下，繼續嚴肅地說，“我們也曾給過他機會，只要他按我們的想法‘退出遊戲’，我們可以看在你的份上，既往不究；可是很遺憾，事情並未能按我們的良好的意願發展……算了，既然已過去了，就不要回頭了，還是向前看吧！組織上高度評價你能大義滅親，及時報告這一重大情報，獎勵和記功是少不了的！你是一名識大體，顧大局的‘老兵’了，我相信，你一定能充分理解組織的意圖，也完全諒解組織的處理，並很快就能走出陰影，繼續堅定地為黨，為共和國戰鬥與奉獻！”

周元的話並沒有讓白薇感到意外，自從她走出“大義滅親”這一步，徐滔的結果她就已心中有數。

是的，徐滔的“得病”，以及盈盈的兩次赴京，白薇當然在第一時間便被告知。她為此感到深深的不安——不僅僅是由於組織的冷酷無情，也不完全是縈繞心間的負罪感；令白薇感到痛心的，是盈盈居然沒有把有關徐滔的事告訴她，跟她商量，向她求助——對於女兒來說，自己只是一個“外人”，一個不值得信任的“外人”！

周元見白薇沉默無言，便降低聲調說：“好了，言歸正傳吧。這麼緊急地安排會面，不說，你也明白事情的重要了。你知道，隨著我國改革開放的深入發展，一些自稱'主流派'、'正統派'的人，打著'馬克思主義'的大旗，高喊'防修'、'反修'的口號，以'反貪腐'為手段，排斥異己，他們企圖全盤否定中央對'六四'的結論，全盤否定'中國特色的社會主義'，全盤否定改革開放的偉大成果。更令人憂慮的是，居然有不少老同志也支持他們。而徐滔的行動顯然是一個重大的信號，它表明：人家已經'磨刀霍霍了……'"

說到這裡，周元有點激動。他站起來，慢慢地走到窗前，望著窗外高大的法國梧桐，深深地吸了一口氣，然後頭也沒回厲聲地說：

"現在，決戰的時刻已經越來越逼近了，所以，很多計劃，看來要提前實施了。當然，我們更要謹小慎微，因為任何細小的疏忽或過失，都有可能造成滅頂之災，都有可能葬送我們的父兄用鮮血和生命打下的江山！白薇同志，希望你明白自己肩上的歷史使命和重大責任！希望你對即到來的搏鬥有充分的思想準備！"

周元的嗓音越來越大，宏亮的話音在寬敞的辦公室裡迴響。

過了一會兒，周元回過頭來，故作輕鬆地說：

"順帶告訴你，你的前夫榮輝同志已因病逝世了。他……也算是為黨的事業做出了貢獻吧，你明白的……"

周元說完話後，左眼眉頭上的黑痣輕輕地跳動了一下。他默默地望著白薇，深邃的目光飽含著冷峻與決絕。

白薇對這個消息，並沒有感到悲痛，也沒有感到太大的意外。她心裡非常清楚，口無遮攔，成事不足，敗事有餘的陳榮輝被"因病逝世"是什麼一回事。這更說明，決定最後勝負的較量，確實已迫在眉睫了！……

白薇避開周元的目光，平靜地站起來，走近窗戶，走近周元，望著窗外高大的法國梧桐，和樹上的鳥兒。

是的，決戰在即了……

　　她深知，這是一場任何一方都輸不起的搏殺。多年來，這種各自都以"政治正確"的代表自居，各行其道，各自為政，各不相讓，彼此為了權益，而越演越烈的明爭暗鬥和沒完沒了的冷酷無情的較量，是時候有個了斷了……

　　過了一會兒，白薇稍微轉過身，對周元說：

　　"周顧問，請指示吧！"

　　周元的雙眼，閃過一絲不易覺察的寬慰……

　　雖然寬敞的辦公室裡只有兩個人，但他們還是壓低聲音，神情嚴肅地在交談……

　　差不多兩個小時後，談話結束了。但不僅周元，就連白薇自己也感到奇怪：為什麼這一次接受如此重大的任務，她竟然沒有了過去的那種激動和昂奮？

　　"周顧問，我走了。"白薇望了周元一眼，平靜地說。然後，她慢慢地走了；到了門口，她回過頭，冷冷地問道："我的女兒不會有麻煩吧？"

　　也不等周元回答，便掉頭向前大步走了。

　　"當然……當然……"周元低聲道，也不管白薇聽不聽得見。他有點愕然。望著白薇離去的背影，他左眼眉頭上的黑痣，又輕輕地跳動了一下……

　　白薇回到住處，在房間裡呆了足足大半天，也想了足足大半天。

　　但只要一閉上眼，就浮現充滿陽光之氣，一臉笑容的徐滔，心口就隱隱作痛……

　　又是大義滅親！

　　大義？

　　白薇苦笑了……

　　傍晚，白薇乾脆放下工作規劃的思考，啥也不想，便來到燈火燦爛的港島中環這個世界聞名的購物天堂，把自己淹沒在熙熙攘攘的人海中……

星期天。

易平父子一早就來到林間的琴行。而林野來得更早。他已等候多時了。

寧靜的音樂廳裡，演奏台擺放著一部史坦威大三角鋼琴；鋼琴上鋪著棗紅色的天鵝絨；一只琥珀色的小提琴在射燈溫暖的光柱裡，閃耀著醉人的色澤……

"琴是修好了，但不知是否合意，是否適用。先喝咖啡吧。"林間把盛著四杯咖啡的托盤，放到演奏台前特意準備的圓形茶幾上。四人圍著茶幾團團而坐。

"為了不影響試琴，我還是先'世俗'、'世俗'吧，以免等會囉囉唆唆，既浪費時間，又影響情緒。"林間坦率直言，"我已說過，這把琴是一位朋友送的，我不用付錢，所以也就不能收錢；琴是我修的，但大家知道，我為林野的學生做義工，免費修修補補，也不是第一次了；所以，也不在乎多做這一次義工吧。再說，都是多年的老朋友了，客氣、客套，所有見外的言行，就一概免了！如果這把琴有助於易寧這次參賽，並有助於他將來在藝術的舞台大展身手的話，就是物盡其用了，我的朋友和我的付出，也就值了！好啦，閒話休提，試琴吧！"

"易寧，從定音開始吧。"林野吩咐道。

當小提琴的A弦與D弦的純五度和弦在音樂廳轟鳴時，林野和易平的眼睛，幾乎同時放射出驚喜的亮光。

接著，易寧又繼續分別用純五度和弦調定了G弦與E弦……

"就是它了！"四根弦剛調定，林野就高興得大聲叫道。

按林野要求，易寧接著又拉奏了維尼奧夫斯基的《d小調小提琴協奏曲》。

心花怒放的易寧，閉上眼睛，過了好一會才讓自己平靜下來，然後才開始他的演奏。第一樂章的熱烈、歡快、充滿活力，第二樂章的優雅、婉約、柔情似水，第三樂章的雄渾、濃重、燦爛輝煌，都被表現得淋漓盡致。

包括試琴的易寧，大家都很贊賞這把歐洲老琴。

"少有的穿透力！絕對不比名琴差！"林野贊嘆道，"比我那把琴好多了！"

"音色實在太美了，簡直像陳年老酒那般厚重、濃烈！"林間也贊道，"易寧呀，我已經看到你手裡的大賽獎杯了！"林間對易寧笑道。

"謝謝林叔叔！我一定加油！"易寧堅毅的眼睛望著林間，興奮地說。

與易平、麗莎阿姨見面的第二天，盈盈就按易平叔叔的提議，一早就來到徐滔辦公兼居住的大樓，打算清理一下徐滔的私人物品。

接待盈盈的，是一位眉目慈善的長者。知道盈盈是徐滔的女朋友後，他告訴盈盈，自己是越峰科技咨詢服務有限公司的總經理。他關切地詢問了徐滔的病況，並說，徐滔到北京出差的第二天，他的家人就已來過了，說徐滔得重病，並把徐滔所有的私人物品都拿走了。不巧的是，他們剛走不久，公司就收到一封給徐滔的信，可惜沒來得及交給他們。說著，把一個綠色的信封交給盈盈。

盈盈接過信，不由暗暗慶幸。

"家人已拿走了徐滔的私人物品"是什麼一回事，盈盈當然心知肚明。她努力壓抑住悲痛，接過信，沒再多說什麼就走了。

盈盈拿著"綠色信件"，隨即到《美西日報》找易平。

正在辦公室審稿的易平，在聽完盈盈的敘述後，馬上打開"綠色來信"。只見信封裡只有一張小小的白紙，紙上打印了六個一公分見方的楷體小字和一個特大的"感嘆號"：

"立即中止上報！"

易平和盈盈面面相覷。他們把字條傳過來又傳過去，看了幾遍，也看不出個所以然來。

易平沉思了一會，對盈盈說：

"雖然我們現在還無法明白這封信的內涵，但由此看來，我和麗莎阿姨的分析是對的。所以，我們可以判斷；發信者的用意，是阻止小徐的行動，只可惜小徐没能看到這封信就出發，遭到暗算，也就不奇怪了！今天要看的稿子比較多，我現在得趕時間處理好。今晚，你到我家，我們繼續再聊。來吃晚飯吧。剛好寧兒換了琴，你們還可以試試合奏，看看效果呀！"

盈盈想也不想，便答應了。

晚上，當盈盈開車來到易平家時，易平已把晚飯做好了，菜饌都是盈盈愛吃的。三人趁著飯熱菜香，先吃晚飯。

飯後，易寧和盈盈合奏了貝多芬《春天奏鳴曲》的第一樂章。

"這琴太'霸氣'了！它那特別的音色明顯地從鋼琴的聲浪中傲然而出！"合奏剛完，盈盈就說，"易叔叔，你說是不是？你是旁聽者，感覺會更客觀，更準確。我敢肯定，即使是樂團協奏，也壓不住它。當然了，這琴聲不僅宏亮，而且音色又有一種獨特的美。聽這琴聲，真是一種享受！"

"那你有空的話就多來享受享受吧！"易平道，"你的分析很有水平！這把琴的聲音也實確很出彩，很有個性，算寧兒有福氣了。盈盈，你為無數的小提琴高手伴奏過，見識過不少好琴。所以你的評價很具權威性呀！"

隨後，易寧繼續在客廳練他的琴。

易平和盈盈來到書房，又談了一會。

易平要上夜班了。盈盈也就告辭了。兩人一起出門，易平邊走邊説：

"你也不要太悲傷了，你看，這些天來，你疲憊不堪，都瘦了整整一圈了，太叫人心疼了！大家都很擔心，再這樣下去，會影響健康的。這不是我們大家，包括小徐所願意見到的。所以，有朋友提議，這段時間，你每天都來我家吃晚飯，多喝一些滋補的'老火湯'。這樣，身體容易恢復。而且，有什麼情況，也可以及時商量。加上大賽的時間快到了，寧兒也正需要你伴奏陪練呢！怎麼樣？"

盈盈停下腳步，正打算答應下來，只聽易平又説道：

"你知道這是誰的提議嗎？"

"不管是誰提議的，我都雙手贊成！易叔叔，你快説，到底是誰提議的呀？"盈盈也有點好奇。"是林間叔叔。想不到吧？"易平笑了笑説。

"噢，真想不到是他！"盈盈説。看到自己被這麼多人牽掛、關心、愛護，盈盈心裡暖暖的……

當晚上林間接到易平的電話，知道自己的提議被接納時，不禁有點沾沾自喜。因為這可是他"一箭三鵰"的"傑作"呀：

一是他很想就此解決了他多年來的"心結"—— 幫助易平和盈盈父女相認。因為他絕對相信，易平就是盈盈的生父；他要千方百計創造機會，讓他們多接觸，多溝通，以促進機緣成熟，屆時他就當機立斷，把這層紙捅破，於是水到渠成，自是大功一件。

二是徐滔回大陸匯報工作，突患發重病的消息，林間馬上就從好友圈裡聽説了。這無疑是對盈盈巨大的打擊，此時此刻，她亟需親朋摯友的撫慰，才能渡過難關；但林間早就知道，長期以來，白薇與盈盈母女二人思想隔閡，很難溝通，關係一直也不熱乎，估計盈盈也不會去找白薇傾訴，而易平則是盈盈最理想的傾訴對象和撫慰者。

三是對於易寧這個參加國際大賽的小提琴手來說，能有一個專業過硬、配合默契的鋼琴手，每天都為自己伴奏陪練，這無疑是天大的好事。

林間得意揚揚地把自己的提議被接納的事告訴了林野。林野聽了，也十分贊賞大哥的提議。兄弟倆不約而同地認為，應該把小徐的消息告訴白薇，讓她啟動北京的關係網，幫幫未來的女婿。

於是，這天夜晚，林家兄弟倆來到"白廬"。

寒暄兩句，林間就把白薇託他維修小提琴的事作了詳盡的報告。

知道射擊俱樂部老闆贈送的歐洲老琴是一把難得的好琴，維修的結果也十分理想，而且琴也很適合易寧，白薇感到十分高興。

"朋友歸朋友，生意歸生意，說吧，修理費多少？按大師級收費標準，不必客氣，更無須'優惠'。"白薇認真地說，"你知道的，我付得起。"

"司令，你也未免太自私了吧？"林間笑了笑說，"難道就只許你為未來的小提琴演奏家作出貢獻，其他人就只能靠邊站，只能望洋興嘆嗎？真是蠻橫、霸道、不可理喻！我也想為未來的小提琴演奏家作出貢獻呀！還有，我們江州人那句：'講錢傷感情'，你從今往後再也休提'費用'二字！否則，錢！錢！錢！什麼事都講錢，今後就連朋友都沒得做！"

"哇！這'罪名'也太大了，簡直壓得死人！好了，好了。不提也罷。"白薇見林間急了，趕快說道。接著，又小心翼翼地問："那麼，你們沒有暴露琴是我的吧？你們知道的，那頭蠻牛……"

"知道，知道！哈哈哈，貢獻，你是做出了，但功勞，可全歸我啦！"林間大笑道。

“那又如何！我也想過一把做‘活雷鋒’的癮哩，哈哈哈！”白薇也笑道。

“對了，最近盈盈的男朋友出差到大陸得了重病，你知道吧？”林間話鋒一轉，向白薇問道。

“是嗎？我不曉得呀，我很久沒見盈盈這丫頭了。”白薇故作驚訝道。

於是，林間把徐滔的怪病以及盈盈的情況，一五一十向白薇述說了。

“小徐的事，現在才知道，可能晚了一點。但找個把‘克格勃’出頭幫忙，還不是十拿九穩的事？在京師找關係，對於司令大人你來說，也不過是小菜一碟吧！”林野插口道。上次高速、高效、高質量摸清‘狐狸精’蘇玲的底細，已令林野對白薇欽佩有加。

“林大教授呀，這你就不懂了。首先，北京不是我的‘地頭’，而且俗話也說，‘隔行如隔山’。我是屬於外經貿這個攤子的，跟‘公、檢、法’怎麼可能沾親帶故？除非我貪污舞弊，作奸犯科了……”白薇輕鬆地笑道，“不過，女兒雖然長大了，獨立了，不要娘了，但作為母親，我能不費心？相信我。”

其實，白薇心裡明白，無論怎麼說，自己的女兒，是絕對沒有問題，也無須擔心的。遺憾的是，作為殘酷的政治鬥爭的犧牲品，徐滔的悲劇結果，已無法逆轉了……

“謝謝你們兄弟倆跟我說了這些。”白薇誠懇地說。

林間和林野覺得無須再說什麼，也就告辭了。

林家兄弟走後，白薇仍毫無睡意。

英姐早已睡了。

白薇拿了易平的小提琴，來到有鋼化玻璃籠罩的寬闊的陽台。

雖已夜深人靜，但遠處高速公路上車子飛馳的聲音，依然接連不斷，隱約可聞。

白薇抱著琴，放眼漆黑的夜空。

往時常見的流星，今夜卻久久未見出現……

一陣悵然若失感覺，慢慢襲上白薇心頭。她煩躁、焦慮、不安，卻又腦子空虛，無意思想。幾次挾好琴想拉奏，但始終没有落弓。她抱著琴，呆呆地坐了很久，才回臥室就寢。

第十四章

　　鍾麗莎從美國回巴黎後，便忙得一塌糊塗：在全球"名氣"僅次於美國舊金山和洛杉磯的、法國大巴黎市郊新建的華人豪華住宅區裡的"二奶村"進行視頻採訪的計劃，已被列為電視台的重點項目，一些必備的"功課"需要花很多精力去完成；而弟弟穎峰的投資移民申請雖已獲批準，但瑣碎、複雜的繁文縟節，還是要在規定的時間內按程序一一"走過場"的。而這些，都不可避免地要花費鍾麗莎大量的時間。

　　這天傍晚，忙了一天的鍾麗莎拖著疲憊的步子回家。當她打開淡黃色的羊皮手提包要拿鑰匙時，赫然看到有一個信封。鍾麗莎感到很奇怪，於是門也未打開，便站在門口迫不及待地看信—— 信是陳意揚寫給她的。

　　鍾麗莎想不到陳意揚還有一枝生花妙筆：不僅辭藻綺麗，而且情真意切。他坦誠地表達了對自己的愛慕，但浪漫而不出格，熱烈而有節制……看到這裡，鍾麗莎不由好笑：陳意揚簡直就像一個任性的大男孩，明明知道我愛的是易平哥，卻還如此努力"浪費感情"！但再看下去，她笑不出來了……

　　她急忙開門進屋，匆忙喝了半杯凉開水，跟舅母交代了幾句，就心急如焚，駕車向著艾菲爾鐵塔飛馳而去……

　　原來，上次在舊金山易平家聚會，被陳意揚塞進這封信的淡黃色羊皮手提包，在鍾麗莎回巴黎後就一直被打入"冷宮"。今天到市郊的"二奶村"拍外景，為了搭配身上淡黃色的連衣裙，才把這個手提包從"冷宮"解放出來，也才有機會看到陳意揚的信。

陳意揚的示愛不是問題，問題在於：如果在限定的時間內沒有收到鍾麗莎任何方式的表示拒絕的信息，那麼，他就會到埃菲爾鐵塔等候鍾麗莎，向鍾麗莎求婚——他會一直在那裡，無論白天、黑夜，無論狂風、暴雨，直到穿著紅裙子的鍾麗莎出現。而今天，剛好是過了限定時間的第一天。她估計，陳意揚現在已經到埃菲爾鐵塔了。

果不其然！

當鍾麗莎趕到埃菲爾鐵塔時，只見在夕陽下，西裝筆挺的陳意揚手捧一大束鑽石玫瑰，正在百無聊賴地觀看一對對的男女，在拍求婚照、結婚照。

鍾麗莎望著手捧鮮花的陳意揚，慢慢地朝他走去。

當身穿淡黃色連衣裙的鍾麗莎突然出現在自己的視野時，陳意揚就像看見從天而降的仙女，他莫名其妙地慌亂起來，手足無措，只是不斷地說：

"你……你……來了……你……你來了……"

突如其來的幸福感像一波熱浪一下子把陳意揚淹沒了。

他連忙急步向鍾麗莎走去。

當陳意揚差不多走近鍾麗莎的時候，突然，像一只洩了氣的氣球，他停了下來，手中的鮮花散落在地上……

他望著一襲淡黃色連衣裙的鍾麗莎，心中的波瀾逐漸低落、緩和了……他仰天望了望天邊橙色的晚霞，然後平靜地微笑道："鍾麗莎，你真像仙女下凡！可惜，你沒有穿紅色……"

"謝謝社長同志的贊美！你應該知道吧，紅色是年輕人的顏色，怎適合我這樣的老太婆？"鍾麗莎落落大方，她笑道，"好啦，今天讓我請客，以盡地主之誼吧！我們上鐵塔，吃地地道道的法國餐！”

於是，兩人在長長的“人龍”後面，一邊排隊，一邊漫無邊際、海闊天空地閒聊起來。

在埃菲爾鐵塔亮燈的時候，他們終於輪到位子了。

在鐵塔二層的餐廳，他們點了一瓶法國紅酒，還有鵝肝、烤小羊肉。在兩人喝了大半瓶酒後，陳意揚有點感慨地説：

“謝謝你，鍾麗莎。這也許是我今生最難忘的晚餐……”

“是法國餐的地道的風味？”鍾麗莎故意説。

“哈哈，當然不是。這與美食無關，”陳意揚笑道，“聰明的美女，你為什麼要明知故問呢？這層薄紙，還是讓我自己來戳破吧。”

於是，陳意揚借著有點酒意，敞開了自己的心扉……

“在王思哲的‘知青屋’商討除奸計劃的那天，我第一次見到你便產生了愛慕之意。當然了，我同時也見到你額頭上分明刻著‘我愛易平’這幾個字。但我毫不理會，更不猶豫。幾次約會你，可惜，每一次都遭你斷然拒絕，你還記得吧？但我一直没有氣餒。後來，你到法國留學、工作，我也去了歐洲遊學。那些年，我有過幾段戀情，還有過一次不到兩週壽命的‘閃婚’經歷。但我最後發現，在我內心深處，一直有一個女人佔據著重要的位置。她，就是你！……哈哈，我現在説這些，絕無為自己‘評功擺好’，挽回‘敗局’之意。我想説的是，當我從思哲兄那裡獲悉，易平與白薇至今仍為對方堅守，而包括你在內的至愛親朋都在努力撮合這對有情人，誠心幫助他們‘終成眷屬’時；當我知道，你至今依然單身時，我才重拾信心，再燃希望——但很遺憾，我的希望最終還是破滅了。没能在巴黎鐵塔迎到‘紅衣仙女’，將讓我在失落、惆悵中度過餘生。當然，這失落、惆悵，盡管苦澀，但我也會嚼出甘甜……”

“是的，我能理解。其實，惆悵，也並非只是消極的東西。記得康德説過，'惆悵是文學的最高境界'。惆悵，在某種情況下，也具有美學上的積極意義，也能轉化成一種力量，一種能令人奮發，令人對真、善、美有更執著追求的動力。再説，'天涯何處無芳草'？我相信，你一定能嚼到沒有苦澀的那種甘甜——既是精神性的，也是物質性的。"鍾麗莎想了想，然後笑道。

趁著用餐的機會，鍾麗莎簡略地講了易平和白薇的故事；還談到了保羅對自己的摯愛；當然，也沒有忘記講述陽平山區那個寒風凌冽的夜晚；以及自己為易平和白薇"撮合"的失敗……

"愛，也可以只——是——付——出。而在我看來，無論自己的付出是否被接受，只要這付出是真誠專一的、無怨無悔的，就是有價值、有意義的。"鍾麗莎説，"而我做到了。這二十多年，我對易平哥的愛，從萌生的那一刻開始，便一直伴隨著我全部的生活，充實著我整個的生命——並伴隨著我，直到永遠！"

"我明白了！你對愛情的執著和堅守，真令人敬佩！謝謝你，美麗的仙女！謝謝你的真誠和信任！謝謝你的理解和鼓勵！"陳意揚被鍾麗莎的表白深深地感動了，"我衷心祝願你的愛，早日有美好的歸宿——借用你剛剛説過的話：這歸宿，'既是精神性的，也是物質性的'。"

餐後，兩人坐電梯上到頂層，邊聊天邊俯瞰沐浴在越來越柔和，越來越淡化的夕陽裡的大巴黎。

夜色漸漸濃了……

但凱旋門、羅浮宮、巴黎聖母院、巴黎歌劇院、凡爾賽宮……卻依然清晰可辨——尤其是那全球聞名遐邇的購物天堂香榭麗舍大道，尤如璀璨的鏈條，閃耀著令人神往的銀光……

隨著五彩繽紛的燈光在一望無際的市區接連不斷地亮起，傍晚的巴黎，向人們展現了這個國際大都市的另一面：雖然沒有了白天激情迸發、熱力四射的浪漫，但卻平添了夜晚風情萬種的雅致與嫵媚。

鐵塔的頂層是密密麻麻的成雙作對的男女，人們含情脈脈，柔聲細語，使這裡流淌著滿滿的愛，漾溢著暖暖的温馨……

"麗莎！真的是你嗎？"突然，鍾麗莎背後傳來悦耳的男人的嗓音，一手温暖的大手也同時按在她的肩膀上，"你還是那麼迷人！"

"噢！是您！保羅老師，您好！"鍾麗莎側身一看，也驚奇地叫了一聲。

"求婚？訂婚？結婚？慶婚？"保羅微笑著看了鍾麗莎身旁的陳意揚一眼，問鍾麗莎，"這就是那位令我們的女神朝思暮想，堅守至今的偉大的知青英雄易平嗎？"保羅緊接著問。鍾麗莎笑了笑，正要回答，只見陳意揚站起來笑道：

"我不是那位英雄，我不是易平，我叫陳意揚。是的，今天是我求婚，但沒有被接受。"陳意揚坦率地説。

他和保羅握了握手，贊道："您的漢語講得實在是太棒了！"

"他是我在巴黎藝術學院讀書時的老師保羅。他何止是漢語講得棒，他還是學院的中國文化史的教授呢！"鍾麗莎向陳意揚介紹道。

接著，鍾麗莎又對保羅説："陳意揚是我和易平認識多年的老朋友，他與您都是教授級的學者、專家，只不過您研究的是中國文化，他研究的，則是中國政治。現在，他是美國舊金山柏克萊大學亞太研究所的特約研究員。"鍾麗莎又説。

"不過，我今天可是一個浪漫的失敗者呀，哈哈哈！"陳意揚大笑道。

"我們彼此彼此！"保羅拍了拍陳意揚的肩膀，也輕聲地笑了起來，"跟您一樣，我也有過此'殊榮'哩！哈哈哈哈！"

"這是我的名副其实、如假包換的'中國知青'妻子姚蘭。與麗莎一樣，也曾選修過我的課，所以，也是我的學生。不過她的主科是聲樂指揮。現在，她是巴黎歌劇院的助理指揮。今天，是我們結婚週年紀念日。每年的這一天，我們都會來這裡慶祝。"保羅終於有機會把一直倚著自己的漂亮女人，介紹給鍾麗莎和陳意揚。

"我是杭州知青，當年上山下鄉到了雲貴高原，在烏蒙山下的苗寨插隊務農。'四人幫'垮台後，我來法國自費留學。保羅跟我講過你們的故事。我們是師姐妹哩！"姚蘭高興對鍾麗莎說。

"曾經是吧。不過，你'升格'了，你如今是我的師母了！"鍾麗莎笑了笑，又說，"師母好！"說完，便向這位比自己大不了多少的女人恭恭敬敬鞠了一躬。

談話自然就轉到"中國知青"這個話題上來。

"自從通過麗莎認知了'中國知青'，保羅便深深地種下了'中國知青情結'的種子，並發誓非中國知青不娶！"姚蘭笑道。

又是一陣輕鬆的笑聲。

"當年，我不是'知青'，我只是一個大學生，一個到農村接受 '勞動改造'的'臭老九'。但我和包括易平和麗莎在內的一批中國知青，在中國貧窮落後的山區一起戰天鬥地，'指點江山，激揚文字'，度過了整整八年難忘的歲月。所以，我對中國知青是有認識，有發言權的。"

陳意揚越說越激動。

"中國知青這個群體，為了我們祖國的繁榮發展，為了中華民族的進步與發展，做出了貢獻，做出了犧牲！他們是很值得肯定的！"

"我完全同意您的看法！中國知青當然值得肯定，值得歷史的肯定！他們的青春，他們一生中最美好的時光，甚至生命，都已獻給了自己的國家和人民，就如麗莎拉的那首小提琴曲《隨風而逝》所表達的，美好的東西，已隨風而逝了……"保羅動情地說， "但是，也恰如麗莎當年獲大獎的電影作品《並未隨風而逝……》所表達的，代表了中國整整一代的中國知青精英們那種心繫祖國、心懷天下的胸襟與情操，那種孜孜不倦地追求真理的精神，那種堅韌堅不拔、永往直前的意志與毅力，並未隨風而逝，至今仍在發光，發熱——還在很多年前，麗莎已讓我深切地認識到這些了。不瞞您說，麗莎的《並未隨風而逝……》這部電影，我當年就足足看了十遍！更何況，我有一個陪伴了我十多年的中國知青妻子呢！而且，也正是麗莎對易平堅貞不二、令人感動的愛，使我進一步認識到蘊含在中國知青精英身上的精神和人格的力量。所以，我對中國知青也是很有認識，很有發言權的呀。您說是嗎，教授先生？"說完，他把姚蘭拉到身旁，緊緊擁抱，但雙眼依然笑對陳意揚。

陳意揚只是回報一笑，沒再說什麼。

這時，保羅好像突然想起了什麼。他說：

"請大家稍等。我馬上就回來……"

沒多久，保羅回來了——一手拿著小提琴，一手拿著琴弓。

原來，細心的保羅早些年來艾菲爾鐵塔時就已發現，頂層酒吧永遠放有一把小提琴。保羅還偶爾聽過酒吧老店主用這把琴為遊客演奏呢。現在，當保羅向老店主說明緣由，要借琴一用時，老店主二話不說，就把琴借給保羅了。

"麗莎，請你為我們演奏《隨風而逝》，好嗎？"保羅懇切地對鍾麗莎說。

在陳意揚和姚蘭詫異的目光中，鍾麗莎接過小提琴和琴弓，她輕輕地閉上淚光閃爍的雙眼，在慢慢地攏成的人圈中，忘情地拉奏……

隨風而逝

　　悠揚的琴聲在艾菲爾鐵塔頂層響起，它穿越了人群，彌散在大巴黎深邃的夜空……

　　第二天，鍾麗莎一大早就開車陪陳意揚參觀了凱旋門、羅浮宮、巴黎聖母院、凡爾賽宮。

　　午夜前，鍾麗莎把陳意揚送到巴黎國際機場。登機前，陳意揚問鍾麗莎：

　　“你和易平什麼時候才修成正果呀？”

　　“順其自然，水到渠成吧！”鍾麗莎笑答，“你呢？在個人問題上，你今後有什麼打算？難不成你真的會在享受康德說的‘惆悵美’中度過今後的人生吧？就算是肩負偉大使命的革命家、理論家，也不能偏頗、偏激、偏廢的呀！”

　　“再說吧，眼下就先享受享受‘惆悵美’了。這次，你給我上了活生生的一課，我是衷心感謝你的。雖然我和你走不到一塊了，雖然我跟你，跟易平'道不同，不相為謀'，但我佩服你們！祝福你們！真希望今後能有機會為你和易平的'大完滿'做點貢獻。"陳意揚意味深長道。

送走陳意揚後，鍾麗莎和白薇通了一次電話。她談到了陳意揚的鐵塔求婚，談到了保羅與姚蘭。最後，鍾麗莎輕描淡寫地說：相對於舊金山來說，法國的生活，越來越讓她感到孤單了……不知道是不是由於自己年紀越來越大了，常常懷念遠在舊金山的老熟人、老朋友……

白薇接到麗莎的電話，既感到意外，又感到高興：意外的是陳意揚對鍾麗莎的窮追不捨；高興的是鍾麗莎分明是向自己釋放了一種明確的信息……

易平，
我是你傷與痛的源泉，
我是你不幸與厄運的根子，
詛咒我吧，
我不怨，不恨，不悔，
我只想
讓那越來越臨近你的純潔的甘霖，
滋潤你那顆因我的卑鄙、拙劣與短視
而幾乎萎縮、乾枯的心……

白薇一下子沉浸在一種久違、陌生、說不清的興奮的感覺中。連日來，為了能幫助麗莎在舊金山灣區尋找一份適合她專業的工作，白薇廢寢忘餐，樂此不疲，她雖然很辛苦，但心裡卻是甜甜的。

　　正在此事密鑼緊鼓進行當兒，白薇接到了林間約她到"藍屋"飲咖啡的電話。林間還神秘兮兮地説，一起見面的，還有一位"故人"云云……

　　剛好，易平的那把舊琴最近脫膠了，白薇正想抽空拿去給林間修補，這次正好是機會。於是，她隨手把琴帶上了。

　　當白薇進入咖啡廳，在藍幽幽的燈光中，走到向她招手的林間前面時，伴隨著舒柏特的《小夜曲》小提琴獨奏旋律響起的，還有陳意揚的問候聲：

　　"司令別來無恙？"

　　"噢！我道是誰？原來是社長大人。很久沒見了，你好！你是來舊金山旅遊，還是訪友敘舊，抑或是與新友、'舊敵'繼續爭論那個'中國向何處去'的偉大論題？"白薇與陳意揚一邊握手，一邊調侃道。

　　"司令，你都猜錯了！"林間道，"人家搖身一變，如今已成了柏克萊加州大學亞太研究所的高級研究員了！"

　　"我是'拜碼頭'來了，初來乍到，請司令多多關照！"陳意揚站起來，向白薇作揖道。

　　"失敬！失敬！什麼'拜碼頭'？　社長大人言重了！林大老闆才是'大碼頭'呀！你拜錯碼頭了！説吧，啥事相求？老朋友了，就不必拐彎抹角了。"白薇笑了笑，直截了當地説。

　　"司令果然厲害！"林間道。

　　"爽快！司令氣度宏大，不減當年！"陳意揚贊道。

　　於是，林間按預先與陳意揚約定的默契，對白薇説：

　　"是這樣的：我們有位從事影視專業工作的女性好友，想從歐洲來美國發展，看能否請司令幫忙在舊金山灣區找一份適合的工作？"

　　白薇聽了，先是微微一笑，繼而朗声笑道："哈哈哈！'我們'？

到底是誰的‘好友’？是你們當中某一位的情人或未婚妻吧？從實招來，否則沒商量！”

林間與陳意揚慌忙又是擺手，又是搖頭，一疊連聲地否認。

“冤枉！實在是冤枉！我不過是做義工，做活‘雷鋒’！”陳意揚急道。

“我對天發誓，我們真的是幫朋友。再說了，人家已有對象，而且是‘非君不嫁’了，就算我們原來真有‘賊心’，現在也徹底死心了！”林間也極力辯解，“我們只是想做個實實在在的‘媒人公’而已。是吧，社長？”

其實，從一開始，白薇就已完全明白了。知道這些老朋友和自己的用心不謀而合，她感到由衷的高興。

“對！對！林間說得對！”陳意揚趕緊附和道，“況且，這位好友你也認識，她就是——”陳意揚正要說下去，卻被白薇不客氣地打斷了：

“打住！我可沒有興趣知道兩位大英雄幫的是哪位美女，”白薇假意道，“不過，我會盡力而為。希望能成人之美吧！等到事情有點眉目了，我會把關係交給你們，由你們自己直接運作好了。至於功勞嘛，我就不領了。”

然後，白薇又笑了笑說：

“相信我，好嗎？”

“相信！相信！”林間與陳意揚不約而同連聲道。

“唔⋯⋯那⋯⋯那司令怎麼就沒有興趣知道我們的這位好友是誰呢？”陳意揚還是有點心虛，用疑惑的眼神瞟了瞟白薇，又說道。

為了免生枝節，兩人約定，暫時不告訴白薇，他們幫的好友就是鍾麗莎。

“放心好了，你們知道的，我從來不‘八卦’。我只須知道，能令兩位大英雄折腰的人和事，當然是正大光明、彪炳千秋的大事，這就足夠了。而本人是斷不敢輕視、怠慢，敷衍了事的！"白薇又半開玩笑、半認真道。

林間和陳意揚相視而笑，兩人都看出白薇的誠意。他們終於如釋重負，舒了一口氣。

"對了，差點兒忘了，這琴脫膠了，勞煩大師傅費心補補，順帶調調音，好嗎？"白薇説完，便把琴交給林間。

林間打開琴盒，拿起琴看了看又看。

"噢，這不就是易平當年帶去陽平的那把琴嗎！"林間望了白薇一眼，附在白薇耳邊悄悄説道。

見白薇不答話，林間就繼續説：

"這是把意大利舊琴，雖説不上是上乘佳品，但也有兩百多年琴齡了，而且保養得尚好，没有什麼損傷，也算是把不錯的琴。只是時年久了，脱膠而已。我會一併把音柱、琴碼換了，換我珍藏的最好的'私貨'，保證音色比原來更靚！司令就放心好了。"

接著，三人在幽藍的燈光中，剛要追憶當年在陽平的人和事，白薇就接到電話，有事先走了。陳意揚欲言又止，若有所思地看著白薇離去。

這時，霍夫曼才氣喘喘地趕來，呆呆地望著遠處已走近停車場的白薇的背影。

咖啡廳依然還在播放帕爾曼演奏的舒柏特的《小夜曲》……

天高氣爽，陽光燦爛，晴空萬里無雲。

舊金山漁人碼頭。人山人海。

無論是餐廳、街頭，還是沙灘、草地，到處是人頭湧湧。

一年一度的舊金山"艦隊週"飛行表演今天就要揭開帷幕了。這項已有超過半個世紀歷史的活動，每年都吸引了來自世界各地的百萬遊客。與往年一樣，今年"艦隊週"的"重頭戲"——海軍"藍天使"特技飛行表演也在午前進行。現在，從漁人碼頭到金門大橋的長長的海岸邊上，沐浴在秋日溫暖陽光中成千上萬的觀眾，正翹首以望，等待姍姍來遲的軍艦。

終於，由兩艘艾賽克斯號兩棲突擊艦開道，跟在其後的冠軍號掃雷艇、溫尼伯號導彈驅逐艦、斯特拉頓號巡洋艦，首尾相隨，緩緩地經過金門大橋，在震耳欲聾的銅管樂和歡呼聲中駛進了灣區。

還在幾天前，林間就和陳意揚約好了到漁人碼頭看軍艦，看"藍天使"飛行表演。

這天一早，兩人就守候在金門橋下。看完軍艦後，離飛行表演還有很多時間。於是林間請陳意揚來到漁人碼頭，在全美著名的"奧斯塔"餐廳，吃肥肥的大蟹，喝濃濃的蟹湯。幾乎爆滿的餐廳熱氣騰騰，人聲鼎沸。

在歐洲吃的蟹，個子小不說，而且除了海腥味之外，根本就毫無鮮味，也難得看到一块像樣點的蟹肉。如今看到如此肥碩的螃蟹，哪能错过！陳意揚一手拿著一只大蟹，一手拿著湯碗大口大口地喝那鮮美的熱湯，滿頭大汗也顧不上擦。

林間則一勺一勺地品嘗那鮮美的蟹湯。看著陳意揚狼狽的吃相，林間不由暗暗好笑。突然，他雙眼發亮，死死地盯著在門口結帳而去的一對男女。

"社長，我去會會老熟人，很快就回來，你慢慢吃。大蟹要預先訂，我已訂了三只了，蟹湯不必預訂，隨時可加。嘿嘿，你呀，又乾又瘦，不必減肥，只管放開肚皮大吃！也不必給我留螃蟹了，我常吃的。"林間説，"我去去就回。"説完，林間便匆匆走出餐廳。

"想不到這對狗男女勾搭上了！"林間心裡恨恨地説。

他認得臭名昭著的"二狼"。在當年東湖公社的知青大會上，他見過如"過街老鼠"般被知青们鄙夷的"東湖三狼"，至今對他們仍有記憶。

"一定有鬼！"林間心有疑惑。他戴上了大墨鏡，緊緊地跟在這兩人的後面。

蘇玲自從被林間甩掉後，運氣就一直很差：先是炒股慘敗，蒸發了一筆七位數的錢財；接著，由於上門提供"一條龍全套服務"的"按摩好手"太心急了點，一時按錯了頸部的穴位，害得她整整兩個星期都歪著脖子出門，遭人嗤笑；她出資主辦的東方養生中心還未撈回成本，便被勒令關閉 —— 原因是其業務內容超出了政府規定的"經營範圍"，而且有"毒品交易"和"非法賣淫"的嫌疑，雖然由於高價聘請的律師非常給力，官司最後以"證據不足"僅被罰了一筆款了事，但營業執照被注銷了，養生中心也就倒閉了。

而令蘇玲萬萬想不到的是："危機就是轉機"。

在東方養生中心被突擊查抄的關頭，被蘇玲特別"關照"，逃過一劫，因而對蘇玲感恩不盡的人中，居然有"二狼"在內！也許是孽緣未盡，也許是"知己知彼"、臭味相投、共同需要吧，這對曾經的冤家，鬼使神差，如今竟成了做壞事"天造地設"的"最佳搭檔"：

由蘇玲提供某"琴媽"的準確"情報"，供"二狼"這位"奉命到海外調查官員違法亂紀，貪污外逃情況"的"大陸中央特派員"對選定的"菜鳥"目標實施"財色雙劫"；然後"偶然"被"琴媽團"團長蘇玲知悉，路見不平，拔刀相助，幫助這位可憐巴巴的"琴媽"維護"權益"，討價還價，用"最少"的損失，"花錢消災"，使這位"琴媽"從此一勞永逸地從惡夢中解脫，並對"見義勇為"的團長感激涕零。

而鑒於在"演雙簧"的過程中，"二狼"已先享"艷福"，故蘇玲提出"財政收入"須六四分成，她要大份。"二狼"想也不想便爽快地答應了，於是，交易成功，皆大歡喜。但"團長"大人還多了一個意外的“收獲”：從此有了“二狼”這個俯首帖耳、自甘為奴的“勤雜”供她使喚。再說，只要什麼時候她有“需要”了，這廝還不是“召之即來”，交足“功課”？而“二狼”遞交的第一份“投名狀”，也確實令蘇玲對他刮目相看。事情是這樣的：

蘇玲還在大陸的時候，就越來越深刻地意識到，隨著人們爭先恐後要當“先富起來”的“一部分人”，對“財神爺”頂禮膜拜已在社會蔚然成風；而貪腐，也早就像呼吸道傳染病的病菌，從上而下、從下而上地滋生、彌散，並已慢慢地、不知不覺地被人們“適應”、“接受”和“習慣”了。當年那個毀掉自己美好人生的“衙內”，那個人渣，他的父母如若在這樣的“大環境”中泡浸多年的話，難保能獨善其身，置之度外，放棄“先富起來”的大好機會……

基於這樣的考慮，蘇玲要“二狼”幫忙打聽她的一個“仇家”的情況。

受寵若驚的“二狼”連吃奶的勁都用上了，終於不辱使命，利用回大陸匯報工作的機會，很快就完成任務。他報告：蘇玲的這個“仇家”在賺得“盆滿鉢滿”後，早已提前退休，現全家都移民到美國享福了。

接著，蘇玲要“二狼”繼續打聽這個“仇家”在美國的情況。

對於“二狼”來說，這也不過是“小菜一碟”。

果然不出蘇玲所料：“仇家”正是一名名副其實的、捲款外逃的貪官！而且巧得很，貪官的落腳地，就在舊金山灣區一個小城市！

接下來毫無懸念的是：“二狼”在“行內”鐵哥們的協助下，只用了極短的時間，便通過威迫利誘、軟硬兼施的種種手段，先是狠狠地敲詐了貪官一大筆錢，然後讓貪官乖乖地上繳所有銀行存款以及豪宅、名車，限期滾出美國。其失去靠山、一貧如洗，又好吃懶做、不學無術，甚至連英語既不懂也不願學的獨生子，這位從小就被寵壞的“衙內”，也瞬眼間從雲端跌下塵埃：他的妻子閨風而動，在第一時間就卷走錢財，攜女兒出走，不知所終；而他自己則身無分文，只好輾轉街頭，靠拉一把從舊貨攤買的破舊大提琴賣藝為生。

蘇玲自始至終注視著"二狼"和他的弟兄們所做的這一切。

看到這個當年把自己害慘的"衙內"落得如此下場，蘇玲有一種說不出的快感。而"二狼"能在極短的時間內環環相扣，接二連三地出手，乾淨俐落地完成計劃，也不由令蘇玲想：自己過去還真是小覷這廝了！

昨晚，蘇玲接到"二狼"的電話，說"衙內"這兩天在漁人碼頭賣藝，今天也很有可能會再來。她心裡馬上涌現一個念頭……

林間尾隨這對男女，穿過熙熙攘攘的人群，走過一個接一個的街頭表演檔攤，終於來到漁人碼頭舊倉庫附近。

這裡雖然已不是漁人碼頭的"黃金地段"，平時也鮮有遊客到此光顧，但一年一度的 "艦隊週"就另當別論了。太陽還未升起，十多二十輛食品"大篷車"就到此搶佔有利"地盤"。當林間來到這裡時，往日此時的清新濕潤、沁人心脾的空氣，已被濃重的油煙和烤肉的香氣取代。到處是一手拿烤肉或粗大的香腸、披薩、漢堡包，另一手拿易拉罐啤酒或果汁、礦泉水的興奮的遊客。

林間一直目不斜視，緊盯這對男女。

只見這對男女慢慢地向一個緊靠大倉庫廁所的空地走去——在那裡，一個衣著又破又髒的男子，正在生硬、笨拙地拉奏一把破舊劣等的大提琴。在他面前，已打開的破舊的琴盒裡，是一些疏疏落落的硬幣。

刺耳的琴聲對周圍的遊客毫無吸引力。倒是那對男女似乎頗有興趣地在觀賞，成為僅有的觀眾。

站在不遠處的林間正在納悶，突然，他聽見那女人朝演奏者厲聲喝道：

"就這'三腳猫'的功夫，你也想混飯吃！"

猶如聽到一聲響雷，演奏者被驚得連琴弓也拿不穩——掉落地上的琴弓在弓尖處斷開了……

演奏者抬起雙眼，驚愕地望著正慢慢摘下墨鏡的發話的女人。看著，看著，只見他臉色慘白，呼吸也急促起來。還没容他喘過氣來，只聽女人又發話了：

"你不用驚奇，老娘我就是當年幾乎被你這個人渣害死的蘇——玲！"

聲音雖然没有剛才的凌厲，但隨聲而至的蘊含著仇恨的目光，像兩把利劍刺向演奏者。

"你這個人渣聴好了，把你那禍國殃民的貪官父母送進監獄，讓他們在大牢了卻殘生，就是老娘我幹的！而且，你這個人渣今後'生不如死'的人生，老娘我就全'包'了！哈哈哈哈！"蘇玲肆無忌憚，連聲狂笑，並仰天大叫："誰説蒼天無眼！誰説没有報應！"然後揚長而去，留下越來越越多的圍觀的遊客，留下驚惶、恐懼，手拿摔壞的琴弓，癱軟在地的演奏者……

作為一名全過程的忠實"觀眾"，林間被眼前這活生生的場景震驚了。不用説，這肯定是"秦香蓮"報復"陳世美"的現代版。

真是狠如豺狼、毒如蛇蝎的女人！

林間自然想起不久前的一幕幕，不由暗暗慶幸，還有點後怕。

望著一身名牌、飛揚跋扈、不可一世的蘇玲，以及戴著橙色遮陽帽，一直跟在她身後亦步亦趨的"二狼"，林間感到難耐的噁心。

他突然想起了陳意揚，連忙趕回"奧斯塔"餐廳。

陳意揚剛剛吃完第三只大肥蟹，正在用一張接一張的紙巾擦手。看林間回來了，便笑道：

"多謝老哥了，你的三只大肥蟹，幫我報了多年的'血海深仇'了！鮮美的蟹湯，也實在誘人，堪比中華美食呀！可惜我肚量有限，只喝了兩盅……"

"乖乖！你還'肚量有限'，還只喝了兩盅！"林間看著陳意揚心滿意足的樣子，覺得好笑，"既然三只螃蟹就能讓你數典忘祖，好呀，下次再來漁人碼頭，我帶你去一間百年小店，請社長大人吃五分熟的、鮮嫩無比的現烤小羊肉！嘿嘿，屆時，你何止數典忘祖？我看你連姓什麼都會忘掉了！好了，'藍天使'特技飛行表演快開始了，我們趕快去找一個好位置吧！"

一陣飛機的轟鳴聲劃破萬里睛空。兩架矯健的F-35戰機在蔚藍的空中翱翔，機尾噴出的白色的帶子，慢慢地組成一個大大的"心"形——按照慣例，它等於宣佈：舊金山海軍'藍天使'特技飛行表演正式開始了！

海面上一望無際的白色的帆船、遊艇，海灘、草地、寬闊的岸邊大道，瞬時歡聲雷動。興高彩烈的遊客，向著藍天揮舞小國旗、小彩旗、帽子、衣衫。

像往年一樣，首演是令人觸目驚心的單飛特技飛行表演：一架超音速的F-18"大黃蜂"戰鬥機，幾乎貼著海面馳飛；它時而向前，時而向後，時而向左，時而向右的連續翻滾……尤其是在高高的雲端上疾飛的"大黃蜂"，突然一個俯衝，直向大海插去，在快到海面時，人們還沒來人得及發出驚叫，飛機就已昂首直衝雲霄……飛機的轟鳴聲、人們的尖叫聲、贊嘆聲、歡呼聲馬上混成一片，經久不息。

接下來，分別是兩架、三架、四架、六架、九架F-18"大黃蜂"戰鬥機的編隊飛行。變幻莫測的隊型組合、整齊劃一的高難動作，兩架飛機機翼之間不到十英呎的超"親密"距離，還有每架飛機機尾噴出的彩色的尾氣，猶如在藍天畫下了一道道五彩繽紛的美麗彩虹……

　　人們屏氣凝神觀賞著空中精彩絕倫、驚險刺激的表演。不少早有準備的遊客用各種"長短炮"拍下了一個個有炫耀價值的鏡頭。

　　有備而來的陳意揚，也不失時機地用他的LEICA相機認真地捕捉鏡頭；而林間則拿著一個高級的軍用望遠鏡，興致勃勃地觀望空中的飛行表演。两人雖然各看各的，但嘴巴並没閑著。

　　"喂，你不是在倫敦看過英國的'紅劍'特技飛行表演嗎？英國佬和美國佬相比，哪個更厲害？"林間問。

　　"當然是美國佬厲害了！英國佬的'紅劍'，比起美國佬的這個'藍天使'，足足差了一個檔次！懶散成性的歐洲佬，除了對足球情有獨鍾，超級發燒外，對其他的东西都缺乏足夠的熱情。看飛行表演的觀眾，充其量也只是舊金山觀眾人數的零頭！"陳意揚一邊調節鏡頭一邊説。

　　林間這時向海面望去，但見都是白色的帆船和遊艇。只有一艘淺藍色的遊艇，顯得特別引人注目。

　　林間還想再多看看，不料這時一個戴橙色遮陽帽的遊客，正拿著Nikon"長炮"，很没禮貌地站在他的前面調焦距，完全擋住了他的視線。他挪了挪位置，不經意間發覺：這個擋在自己面前的討厭的遊客，竟然就是"二狼"！

　　林間悄悄地站到"二狼"身後不遠的地方，順著"二狼"手中的"長炮"的方向拿望遠鏡一望，只見那獨一無二的淺藍色的遊艇上，蘇玲正朝"二狼"這個方向揮舞一块耀眼的紅綢巾。蘇玲身旁，則是一群正在打打鬧鬧的漂亮的女人——不用説，這些女人不是"琴媽團"的"嫡系"，就是"二奶村"的"鄰里"密友了……

　　林間把正在專心致志拍攝飛行表演的陳意揚拉走，然後在一個遊客較少的角落坐下來。林間在陳意揚耳邊嘀咕了一番。

“果真？！”陳意揚驚愕地問。

於是，林間就把自己知道的，包括從蘇玲過去曾不經意說漏嘴的有關“二奶村”和“琴媽”的傳聞，繪聲繪色地說了個痛快。

林間眉飛色舞地在講，陳意揚一臉嚴肅地在聽。聽到後來，陳意揚沉默了，他顧不上身旁的林間，凝望著天空的“藍天使”，沉思起來……

過了好一會，陳意揚回過神來，憂鬱地說：“現在，竟然連海外都有‘二奶村’了，足見大陸貪官的無恥、囂張與肆無忌憚！足見他們的本事、能耐，還有那息息相關、環環相扣、官官相護的關係網，是何等的厲害！同時，也足見大陸防腐、反貪體制、機制面對貪腐的無能、無效與無奈！執政黨缺乏行之有效的監察、監督、監管啊！我真為我們的社會、我們的民族、我們的老百姓擔憂！”

“我就搞不懂了，像易平、思哲和你這樣的才子、精英，為什麼都義無反顧地沉溺於這詭譎的政治中。這簡直是極大的浪費！‘中國向何處去’，自有定數，不是你們這些‘先天下之憂而憂’的書生、秀才所能左右的。”林間不以為然地說，“社長，你們呀，就別在美國搞‘中國政治’了。”

陳意揚看了看林間，知道多說無用，也就一笑了之。他繼續抬眼向藍天望去。這時，‘藍天使’特技飛行新一輪的表演還未開始，蔚藍的天空中不時有覓侶的海鷗在悲鳴……

突然，陳意揚容光煥發。他對林間說：

“林間兄，我想跟你探討一個‘純學術’的問題。”還沒容林間開口，陳意揚又說，“探討前，請先說說，你認為愛情、婚姻可以脫離政治，超越政治嗎？易老總和美女司令最終分道揚鑣，不能‘修成正果’，是因為政見不合、理念不同嗎？”

“這還真不好說。你應該記得，還在陽平的時候，大家就認為易平和白薇是天造地設的一對，是‘神仙配’。直到如今，我也還在納悶：就凭白薇對易平那深沉、真摯、始終如一的愛，還有什麼過不去的坎？理念不同，政見相異，固然是重要的因素，但對於白薇和易平那感天地、泣鬼神的愛情，也應該不是什麼大不了的問題吧？況且，你也知道，易平是一個內心強大的人，他絕對有信心、有能力在政治理念上戰勝白薇，俘虜白薇，融掉白薇，同化白薇！他應該不會擔心白薇的政見和理念吧。所以我想，這內中是不是還有其不為人知的特別的緣故呢？"林間想了想，又看了看陳意揚，繼續說道，"我想，在一定的前提下，愛情、婚姻也是可以壓倒政治，超越政治的。什麼'生命誠可貴，愛情價更高。若為自由故，兩者皆可拋'，狗屁！"

"依老兄高見，既然愛情、婚姻有可能壓倒政治，超越政治，那他們最終走不到一起，就不一定是政治因素囉。至於是什麼因素，我沒有興趣，這不是我要探討的，"陳意揚神色凝重地說，"林間兄，我想跟你探討的'學術'問題是：在易平和白薇兩人分手已成定局的前提下，我——陳意揚，你——林間，其中的一人，有沒有可能獲得'美女司令'的愛情，並攜手走進婚姻的殿堂？"

"哈哈哈！我親愛的社長大人，你這個'純學術'問題，真有點意思！"林間笑道，"但我可以明確地告訴你：這不可能！絕對不可能。我已說這麼多了，看來，你還是沒開竅。除了易平，這世界沒有任何男人，包括你老兄在內，能入這位'美女司令'的法眼。也就只有這個易平，才能令我們這位盛氣凌人、不可一世的'美女司令'，如同飛蛾撲火般奮不顧身地去愛！淪陷在愛情旋渦的女人呀，無一例外都是瞎子、聾子，傻子、瘋子，懂嗎？社長大人，我看你就死了這條心吧。至於我這個早已'看破紅塵'、又胸無大志，還有情史'污點'，只不過有幾個臭錢的平庸之輩，很有自知之明，對這位居高臨下，降臨人間的'仙女'，從來就未有過非分之想。哈哈哈哈！社長大人，你這個'純學術'問題，還要繼續探討下去嗎？"

“唉，不用了。懂了。其實，愛是無條件的，無理由的，説不清也道不明的……”陳意揚遙望風平浪靜的太平洋，頗為感慨地説。

這時，一陣飛機的轟鳴聲震耳欲聾，他們抬頭一看，只見編成三個小品字形的九架“大黃蜂”已呼嘯而去，當飛機飛越沙灘上空時，只見强大的氣流如狂風般掀翻了無數五顏六色的帳篷，有的還被吹上半空……隨之而來的，是遊客彼起此落的狂野的呐喊聲、歡呼聲。

談興正濃的林間和陳意揚，沒有注意到，當九架“大黃蜂”在布滿了帆船、遊艇的海面上凌空而過的時候，蘇玲她們那艘淺藍色的遊艇，也劇烈地晃動起來。

蘇玲在晃動的艇上，緊緊地抓住扶把，讓自己站穩了。她推算時間，知道“二狼”肯定已偷拍得手，便乘機招呼“琴媽”們進入遊艇艙內。

艙內，“艇主”韓莉莉正在忙前忙後，安排餐具。蘇玲進艙後，便指揮“琴媽”們團團圍住一張橢圓形的餐桌坐好，等待著正在加熱的靚湯“陳皮冬瓜煲野鴨”和瑤柱鮮蝦餃——這是馮太在頭天晚上就準備好的。大家一邊等待，一邊七嘴八舌地交換近來各種各樣的“情報”。

“團長，聽說你們住宅區又有新人入住了？”一位“琴媽”問。

“是呀，你消息還蠻靈通的。我們那裡最近是來了兩位佳麗：一位據説是某級別很高的大官的‘寵妃’，攜正在讀小學的獨生女兒移民到這裡。人未到，就已有人幫手買了那幢這幾年一直未能出手的貴宅子了。哈哈，我打聽清楚了，這位佳麗也是一名‘琴媽’，她的靚女，還是大陸某省會市小提琴大賽少兒組的冠軍呢……”蘇玲還未説完，又有一位“琴媽”搶著問道：

“團長，另一位呢？”

“看你急的！想找‘同志’呀，也不必這麼猴急吧？”蘇玲瞪了那“琴媽”一眼。

艙內轟然爆發一陣歡快的笑聲。

蘇玲繼續說：

“另一位嘛，背景隱秘，暫時未能打聽到底細。只見過其人——人嘛，嫩得很哩，像個純純的學生妹！我估計是不可能‘冊封’的那種——只是‘地下黨’一名！但看得出，這妹子已經有‘喜’了。”蘇玲説完，又再補充道：“下次‘麻將日’，大家就可以見到這兩位新鮮‘琴媽’了！”

艙內又響起一片掌聲和歡呼聲。

還未容“琴媽”們高興完，只聽一位“琴媽”憂心忡忡地説：

“據可靠消息，東灣都柏林市郊區一個小鎮，又有一個華裔中年男人被‘塞口’掉了，聽説這還是多年來一直成功地避過官方追捕的能人呢……”

“今天難得姐妹們這麼開心，本來我也不想掃大家的興，況且，我們團長也已吩咐過了，叫我在下個月初的‘麻將日’，到我家歡聚時再説的。但還是讓我現在就説了吧！”馮太邊脱圍裙邊説，“是這樣的：我老公倒霉了……”她對著一張張驚愕不已的臉繼續説，“我和兒子很快就要離開舊金山，到外州投靠我娘家的一個親戚。宅子已賣掉了，下個月的中旬交手。好在它還值幾個錢……下月初的‘麻將日’，就是我最後一次為大家煲湯做菜了……姐妹們，一定要來呀！以後，就很難有見面的機會了……”馮太越説越難過，説著説著，眼淚就流出來了。

剛才還興高采烈、歡樂熱烈的氣氛和大家的好心情，瞬時間都跌到了“冰點”。

艙內頓時一片寂靜。

大家不再説話，只是悶悶不樂地喝湯，吃餃子。蘇玲一點胃口也沒有，她只喝了一兩口湯，便默默地走出艙外。韓莉莉緊跟在她後面，一起走上甲板。

兩人抬眼一望，但見這時海面上、沙灘上、草地上，成千上萬的熱情的觀眾，正在為幾架在藍天上連續翻跟斗的"大黃蜂"喝彩，雀躍，歡呼⋯⋯

幾天後，一個不常露面、年紀較大的"琴媽"驚慌失措地告訴蘇玲：最近有不止一位"琴媽"，被一名自稱"大陸反貪偵緝工作人員"的惡棍光顧了，被敲詐勒索，財色雙劫。

這位"琴媽"還十分緊張地告訴蘇玲：有跡象表明，咱們"琴媽團"裡可能出"內鬼"了！要不，惡棍如何能對"苦主"的情況瞭如指掌？姐妹們現在人心惶惶，有的已急告大陸親人，有的正在想辦法調動在美國的"有用關係"，提供"緊急護衛"，有的已決心"花錢消災"，來"硬"的。同時，大家都想請足智多謀、能力超強的團長謀劃，謀劃，應對危難⋯⋯

蘇玲聽了，不由暗暗吃驚。當晚，她就急約"二狼"見面，在嚴厲斥責"二狼"一番後，商量"善後"之策。

飛行表演的第二天，林間就接到了白薇的電話。她告訴林間，已為鍾麗莎聯繫了兩個用人單位：一個是舊金山市立藝術大學新成立的傳播媒體學院，需要一名有傳媒經驗的講師；另一個是舊金山的亞洲之星電視台，需要一名有資歷的新聞記者。白薇還把兩個單位聯絡人的電話告訴了林間，白薇本人近期有重要的事要出國辦理，無暇關注此事，所以讓他和陳意揚跟進下一步的運作。白薇還鄭重其事地吩咐林間，不要讓易平知道這是她白薇幫的忙，就如租房子給易平的事一樣。否則，多好的事也難保不"泡湯"——林間當然明白。

鍾麗莎也接到白薇的電話。白薇建議她，多聽聽易平的意見後，再作決定；同時，也没忘記再三提醒鍾麗莎，千萬別暴露這是她白薇幫的忙——原因，鍾麗莎也當然知道。

很快，舊金山市立藝術大學傳播媒體學院和亞洲之星電視台幾乎同時向鍾麗莎發出錄用通知。

鍾麗莎在第一時間打電話告訴易平，自己已決定來美國工作，並在朋友的幫助下找到了兩份工作：一份是舊金山市立藝術大學傳播媒體學院的講師，另一份是亞洲之星電視台的新聞記者。至於到學校教書，還是到電視台當記者，她拿不定主意，很想聽聽易平的意見。

易平接到鍾麗莎的電話，既感到意外，又感到高興。他馬上通過有關朋友進行了深入的了解。經過反復考慮，易平向鍾麗莎建議：到舊金山市立藝術大學當教師。理由很簡單：都一把年紀了，就没必要再當記者，像年輕人那樣衝鋒陷陣了。

鍾麗莎本來傾向於當記者，像易平當年那樣，利用採訪工作得天獨厚的條件，深入民眾，了解社會，以便更快融入新的環境。但易平卻説：你不是還有我，還有林家兄弟、王思哲、陳意揚等一大批老朋友嗎？我們就是你的"拐杖"和"盲公竹"呀！再説了，當教師，尤其是大學教師，工作穩定、收入固定、生活安定，而且，美國教師的業餘時間和假期又多。所以，易平竭力建議鍾麗莎到學校教書。

看來，易平的意見很有道理，鍾麗莎愉快地接受了易平的建議。

吃晚飯的時候，易平把麗莎阿姨要來舊金山工作和生活的消息一宣布，易寧和盈盈馬上齊聲叫好。

"爸爸，麗莎阿姨初來乍到，在這裡又没有親戚，她會來我們家住嗎？"易寧問，"我們家剛好有一間空房呀。"

"也不曉得人家麗莎阿姨如何考慮。到時候再説吧！"易平含糊其詞地回答。

盈盈雖没有説什麼，但心裡卻在想：如果麗莎阿姨成為這裡的女主人，該多好啊……

鍾麗莎以令舅舅和舅母驚訝的高效率，安置好了弟弟一家。繁瑣雜事，事無巨細，全都辦理、安排得妥妥帖帖的。就連弟弟兩個兒女的插班入學手續也辦好了。鍾麗莎相信，弟弟那年幼、可愛的雙胞胎兒女，一定可以給兩位孤獨的老人帶來慰藉與歡樂。

看著外甥女那輕快的步子，以及臉上毫不掩飾的燦爛的笑容，兩位老人都感到十分欣慰，十分開心。他們知道，外甥女終於"守得雲開見月明"了。

到了飛赴舊金山那天，由於鍾麗莎不想張揚，所以除了舅舅、舅母和弟弟一家四口，只有保羅、姚蘭夫婦以及沈健和他的法裔妻子來送行。

鍾麗莎是在心裡唱著歡樂的歌從巴黎來到舊金山的。在前往舊金山的飛機上，心情愉快的鍾麗莎，還主動為乘客演奏了好幾首小提琴獨奏曲。

到舊金山國際機場接機的，除了易平、林家兩兄弟、王思哲夫婦和陳意揚外，還有"主力"盈盈——盈盈今晚有"光榮任務"：開車把麗莎阿姨接到她自己的居所，暫時安頓下來。

"麗莎，先到機場咖啡廳喝一杯，提提神，如何？"陳意揚問。

王思哲説："還提提神？你算了吧，都午夜了。社長大人，老友們都説你不通人情世故，看來一點不假！你就没看人家麗莎姐容光焕發，比你更精神嗎！還何須提神？大家還是早點兒回家休息吧。剩下鞍前馬後，扛呀搬呀的苦力活，就非咱們易老總這位'特別義工'莫屬了。"説完，没忘記向大家扮了個鬼臉。

“説得是！思哲兄高見！這樣吧，選個‘黄道吉日’，我做東，和大家在‘香滿樓’酒家為麗莎洗塵。怎麼樣？”林間提議。

眾人一致叫好。

在大家的目送下，盈盈載著麗莎阿姨開車在前，易平載著行李開車在後，向盈盈的住處疾馳而去。

鍾麗莎到舊金山的那天，白薇還在布魯塞爾附近的小城市根特，焦灼地等待向自己面對面發重要指示的領導。

按照預先設定好的計劃，白薇從香港轉到新加坡，又從新加坡轉到倫敦，再轉到布魯塞爾，最後才到了根特。

在這幾天“被旅遊”的過程中，白薇對任何景點、美食都没有一點兒興趣，而只是在一種從未經歷過的緊張、恐惧、焦慮、惶惶不可終日的狀態中，在一種完全没有安全感的感覺中，艱難地度過每一天，每一小時，甚至每一分鐘……

白薇不知道未來等待自己的，會是什麼。但從徐滔的“得病”、陳榮輝的“因病逝世”，以及從這次“緊急工作會面”行程安排的不尋常，加上從正規和非正規渠道獲悉的、種種令人無法樂觀，無法坦然的信息，還有剛剛由徐滔引爆的“蘑菇雲”所逐漸擴散的“衝擊波”，都加强了白薇本來就已有的不祥預感。

終於，在根特這個小城市一間不起眼的普通旅館，焦急萬分的白薇，等了整整兩天後，等到了姍姍來遲的一位並不陌生的高層領導。

他們住的是一間簡樸、潔净、温暖的兩臥室套房。

兩人在客廳坐下。

一臉蕭穆的領導一直緘口不言，他從行李箱拿出一瓶貴州茅台，和兩只晶瑩、雅緻的薄胎彩瓷小酒杯。他給自己的杯子斟得滿滿的，頭一昂，“咕嚕”一聲大口喝了下去。

白薇也給自己斟了一杯。

兩人在客廳的兩張寬大的沙發上，隔著寬大的茶几默默地相對而坐，默默地喝茅台，一杯接一杯……

沒多久，這位軍人出身的年富力強的領導，他那黝黑的臉頰，已然脹紅。他走到窗前，猛然推開窗户，向著窗外望去……

窗外，灰蒙蒙的天空正下著霏霏細雨。雨聲很輕，就像一個閨中怨婦沒完沒了的哀訴……絲絲涼意，從窗外飄然而至……

他失神地望著灰蒙蒙的天空。過了一會，那男性特有的厚重、蒼涼的嗓音，帶著微微的顫抖，從他的牙縫擠出：

"我們失敗了！"每一個話音都飽含悲憤、痛苦與失落……

這是入住旅館後白薇聽到的第一句話。

"窩囊！草包！廢物！不是説，我們已成竹在胸嗎？不是説，我們手中已掌握了多少多少軍隊嗎？不是説，我們由外國專家專門訓練的死士有多能耐嗎？怎麼就如此不堪一擊！？ 這些大佬，也太自負，太自信，太自以為是，太忘乎所以了！唉——"領導長長地嘆了一口氣。

白薇放下杯子，默默地望著領導，望著呆呆地站在窗前，任由涼風吹拂的領導，不禁悲從中來……

"乾杯！為我們悲壯的失敗……"領導又為自己斟了一杯酒，平靜地朝白薇舉起了酒杯，沉重地説。

白薇也為自己斟滿一杯酒。

兩人舉著酒杯，互相凝望，默默地交換著彼此的絕望與悲涼，然後一飲而盡。

一陣沉寂，彌漫著悲愴的沉寂……

突然，淚流滿面的領導，使勁把手中的空酒杯捏碎。鮮血，從那大手的指縫，一滴，一滴地滲流出來……接著，他把手中帶血的酒杯的碎片，使勁摔到地上，然後，他慢慢地，用尚在滴血的手，從容不迫地，一點一點地脫掉自己的衣服；從容不迫地，一步一步走向坐在沙發上驚愕不已的白薇。這位皮膚黝黑，渾身肌肉的壯碩的漢子，圓睜著他那雙完全絕望的眼睛，那雙仿佛在燃燒的血紅的眼睛，不斷地喘著大氣。他粗魯、野蠻而又冷靜、鎮定地扯掉白薇的衣服，然後重重地壓在這個毫無抗拒、麻木僵硬的雪白的胴體上，一次、一次地，　生硬、強悍地進入那並不溫暖，並不柔潤的世界……

白薇一動也沒動。她的腦子一片空白。大滴大滴的淚水，從緊閉的眼角流淌出來……

窗外，陰沉沉的天空還在下著連綿不斷的細雨……

啊，雨，

涼透心肺的雨，

你驅散了我僅存的溫暖，

你熄滅了我最後的希望……

啊，真想念那暖人的陽光，

那永遠離去，

再不復返的陽光……

白薇度過了一個漫漫的長夜。

第二天一早起來，白薇一眼就看見牀頭櫃上，工工整整地放著一張紙片，上面寫有三個字："永別了"。

她走進領導的臥房一望，不知什麼時候，已人去房空……

白薇愴然淚下。

對這場關係到共和國命運的較量及其可能出現的種種不同結局，白薇是早有心理準備的；為無產階級的壯麗事業不惜犧牲自己的一切——包括愛情，包括生命，白薇也是早有認識的。而且，她也知道，這場由徐滔引發的"多米諾骨牌效應"，必然已在一步一步地行進；她更清楚地知道：較量，將是一場有我沒你的殊死搏殺；而自古"成王、敗寇"，已成鐵律，等待失敗者的，也必將是滅頂之災！但白薇想不到的是，結局會來得這樣快！可以預料，勝利者的大規模的"收網"行動，可能已經開始；大清洗，也可能已經鋪開，推進，擴展……她彷彿已看到自己背後一個個的"大佬"、"頭兒"，被"雙規"的被"雙規"，被拘捕的被拘捕，進監獄的進監獄，被"病死"的被"病死"；她彷彿已看到扣在自己腕上鋥亮的手銬……

她想起了昨夜領導用沙啞的嗓音向自己透露的，包括周元顧問已"被自殺"的重大消息，以及傳達的"上頭"的"最後指令"，和領導交代的種種"善後措施"：轉移財務，銷毀證據，"凍結"關係，整容，逃逸，蟄伏，等待時機"東山再起"……

"等待時機？'東山再起'？哈哈哈！"她仰天苦笑——聲音是那麼悲慼、哀傷、凄厲……

不！不！！不！！！結束了，都結束了！回不去，回不去了！

白薇坐不住了。

她先是打電話給英姐，但很不尋常的是，接連打了很多次都沒人接。然後她又給約翰打了一個電話。電話雖一撥就通，但奇怪的是，接電話的不是約翰，而是約翰的老姐姐艾瑪！艾瑪悲痛地告訴白薇：就在昨晚，約翰出車禍了，因傷重搶救無效，去世了……

白薇當下驚愕得久久說不出話來——她當然清楚"車禍"是什麼一回事。對於約翰來說，"車禍"與"飛來橫禍"、"無妄之災"、"殉葬"，不過是"同義詞"而已……

"聽約翰說，您託他打聽的拍賣會的那把小提琴，已查清楚下落了，他是打算在您出國回來再把這個好消息告訴您的，但可惜，約翰沒來得及告訴我更多的情況，就……"艾瑪聲音哽咽，越說越傷心。

　　白薇哪還有心思去想琴的事？她機械地拿著手機，過了好一會兒，才想起說幾句安慰艾瑪的話。

　　那英姐呢……

　　她突然好像明白了什麼。

　　她想起了盈盈……

　　她急忙撥通了林間的電話。

　　“三更半夜，司令有何吩咐？”林間在沉睡中被驚醒，他緊張地問。

　　“哎呀，真對不起！我現在正在歐洲，我忘記考慮時差了！……其實，其實也沒什麼，不過是一時心血來潮，想問問大師傅，那把小提琴修好了嗎？順帶問問盈盈那丫頭的情況。”白薇確是沒考慮到時差，她感到過意不去。

　　“司令吩咐的事，在下哪敢怠慢？琴差不多修好了，這是一把很好的琴，預料也很適合易寧。由於我用的是當今世界提琴製造業都推崇的的德國快乾膠，所以工期大大提前，趕得上易寧參賽並有足夠的時間適應與熟悉新琴。還有，易平的琴也已粘好了。至於司令的千金嘛，聽易平兄說，近來盈盈每天都到他家吃晚飯，飯後為易寧伴奏。伴奏完了，由易平兄送她回住處——各自開自己的車。今天下午，易平兄和我，還有麗莎、思哲和小潘等人，開了個海外知青基金會成立活動安排具體事宜的碰頭會。令千金的這些情況，我當時是親耳聽易平兄對小潘說的。你可能不知道吧，大賽已到最後　‘衝刺’的重要關頭了！易寧這孩子真的很需要鋼琴伴奏。”林間打了個呵欠，“還有，因為已過了不止三天了，今天開會前，我已把你託付的東西，親手分別交給麗莎和易平了。”

　　白薇連聲道謝。

　　是的，白薇最近一段時間以來，在心裡不止一次地對自己説：

"該來的，就讓它來吧……"

雖然她不知道，這是一種對"最後攤牌"的"過敏"反應呢，還是一種無可奈何的自我安慰，抑或是一種義無反顧的灑脱與超然。反正，她知道，要做好最壞的打算了……

於是，白薇利用這次工作會面之前短短的時間，快刀斬亂麻地辦好了幾件"後事"……

臨出發前，她交給林間一個漂亮、時髦的女式皮掛包，並囑咐林間：如過了三天還没有收到她白薇的信息，才可以親手把它交給鍾麗莎；而易平的琴粘好後，就直接交給易平，"物歸原主"好了。

如今，知道林間已按自己的吩咐把事做好後，她放心了。

白薇感到一陣久違的輕鬆，一種只有"放下"、"解脱"才能有的輕鬆……

她拉開窗簾，只見雨雖停了，但天空灰蒙蒙的，依然還是那麽陰沉、蕭瑟與凝滯。冷風過處，卷起了無數紙屑、落葉……

第十五章

“藍屋”咖啡廳。

今晚的客人不多。燈光暗淡的咖啡廳，在輕輕地播放著霍夫曼先生點的曲目：由當代著名小提琴演奏家帕爾曼演奏的舒柏特的《小夜曲》。霍夫曼先生記得，這是白薔薇小姐每次光臨“藍屋”時必點的曲目。

霍夫曼先生平常總會坐在咖啡廳一個角落的固定的位子，今晚也不例外——除非是見到白薔薇小姐來了。

霍夫曼先生懷著一種淡淡的惆悵，一種莫名其妙的惆悵，一邊喝著濃濃的、苦苦的咖啡，一邊著聽著癡情、纏綿的小提琴曲……

很久沒有接到“藍屋”那個叫拜特的領班提供有關“女神光臨”的“線報”，也很久沒有聽說白薔薇小姐舉辦什麼慈善活動了。但不知道是什麼原因，霍夫曼先生還是不時到這裡來喝咖啡——一到，便點帕爾曼演奏的舒柏特的《小夜曲》；而且一坐，就是小半天。

霍夫曼先生捫心自問，自己絕不是一個“好色之徒”。但無論在什麼場合，只要見到白薔薇小姐，他起碼好幾天都會有愉悅舒暢的好心情。

啊，這個美得讓任何男人只要看一眼就能怦然心動，卻又不會心生邪念的女神，這個高貴、典雅的東方“維納斯”！

　　但是，自從霍夫曼先生偶然得悉"女神"正在千方百計打聽一把拍賣會競拍的古舊意大利小提琴的下落之後，這位從未接觸過樂器的金融家，這位在美國德裔移民中德高望重的富豪，馬上精神煥發，親自出馬，調動他的人脈關係，開啟"尋琴"計劃。

　　遺憾的是，"尋琴"計劃一直毫無進展；"女神"也一直未見蹤影……

　　而今天，從傍晚到現在，已坐了两個多小時的霍夫曼先生依然在從容不迫、慢條斯理地喝咖啡，聽音樂。

　　他是在等待，充滿信心地等待他期盼的消息……

　　終於，三位像霍夫曼先生那樣有著深栗色頭髮的身材魁偉的中年男子來到他面前，必恭必敬地用純正的德語送上問候與祝福。然後分別從鄰近的桌位搬了幾把椅子過來，團團圍著霍夫曼先生坐下。

　　而機敏的拜特則適時送來熱氣騰騰的咖啡。

　　從這幾張神情平靜、鎮定的臉上，霍夫曼先生沒有讀到他想讀到的東西。

　　果然，霍夫曼先生聽到的第一個消息是：那把在拍賣會競拍的古舊意大利小提琴，幾經轉手，最後到了美國西海岸著名的大富豪、聖荷西軟體開發大公司總裁維斯洛夫手裡没多久，琴就被偷走了！雖已及時報了警，還聘請了私人偵探，但至今仍未有著落。

　　霍夫曼先生聽到的第二個消息是：最近有人親耳聽到常為白薔薇小姐辦事的猶太人"萬能約翰"酒後狂言，吹噓自己如何了得，已追查到"偷琴賊"，那把琴可以説已是他的囊中之物云云。但令人遺憾的是，"萬能約翰"不久前已遭車禍身亡，有關那把小提琴的重要信息，也隨之而逝……

　　霍夫曼先生聽到的第三個消息是：最近，與白薔薇小姐有關的金融項目已經易主……

霍夫曼先生感到十分沮喪。他正想説話，突然又來了一位同樣有著深栗色頭髮的年輕人。他與眾人打過招呼以後，便在靠近霍夫曼先生的一張似乎是專門為他準備的坐椅上坐下來。

機靈的拜特馬上送來咖啡。

年輕人接過咖啡，不慌不忙呷了一小口，然後報告了令霍夫曼先生深感意外的爆炸性新聞：

在最近的一個漆黑的夜晚，一個車隊從白薔薇小姐的私人住宅搬走了裝滿很多輛大貨車的東西；而大門的大理石牌匾，原來刻有的兩個大大的中國字，不知道在什麼時候已被鑿得乾乾淨淨，蕩然無存；唯一的女傭人在連續三個晚上一邊流淚，一邊沒完沒了地在住宅的大門口焚燒中國人叫做"紙錢"的東西——那是為逝者而燒的。而現在，連這個女佣也已沒了蹤影……

霍夫曼先生和圍著他團團而坐的人，在靜心地聽完年輕人的敍述後，依然沉默無言。

霍夫曼先生神情木然地望著杯中的咖啡，心裡感嘆萬分：中國人太複雜，太難理解，太不可思議了……

對中國人同樣的感嘆，不久前也曾在歐文先生的心間發出過。

不過，與霍夫曼先生不同的是，歐文先生對中國人的看法很快就改觀了，那是在跟白薔薇小姐——這位具有中國大陸特別背景的神秘美女"合作"之後……

此刻，歐文先生正在射擊場的休息室熟練地泡了一壺"大紅袍"——這是白薔薇小姐送給他的中國極品紅茶。他一邊品茶，一邊想起了與白薔薇小姐的"合作"。

"二戰"時曾在部隊當過偵察兵，後來又當了西點步兵軍校教官的歐文先生，提前退休後辦了一所私人的軍事培訓學校。在一些"不尋常"的朋友幫助下，多年以來，學校已為亞洲、中東等不少國家、地區的私人機構和神秘的僱主，培養了無數超一流的優秀人才和職業高手。學校有一條不成文的 "潛規則"：不問政治只認錢。所以，從不跟任何國家、任何政府打交道——他只跟"私人"打交道……

學校此前從未培訓過中國人。而與白薔薇小姐的"合作"，則令歐文先生對中國人刮目相看：從未見過如此財大氣粗、出手大方的顧主；也從未見過身體素質、心理素質和思想素質如此優秀的學員！而白薔薇小姐要求的"代培項目"，更是令歐文先生暗暗吃驚……

歐文先生知道，十年"文化大革命"之後的中國，整個"上層建築"必然會重新進行"排列與組合"，各種新的和舊的力量，也必然會進行你死我活的搏鬥。而集"天使"與"魔鬼"於一身的美若仙女的白薔薇小姐，顯然是在這場搏鬥中某種力量的一枚很重要的"棋子"……

如今，這場關係到中國未來走向的重大"棋局"，看來已經開啟了，甚至已經有"結局"了……

無可否認，歐文先生和他那些"不尋常"的朋友，一直都很關注這盤"中國棋局"，關注"棋局"的最終結果，關注如同蘇聯、東歐的"歷史性巨變"，會不會在中國重演。當然，歐文先生本人也同時關注這盤中國大"棋局"中的白薔薇小姐這枚"棋子"的命運，也是順理成章的事了：畢竟，他們的合作前景長遠…… 如今，這枚特殊的"棋子"，這位跟自己正在愉快合作的"顧主"，有些日子沒有見面了，是被"棋局"中的對手"吃"掉了，還是繼續在"棋盘"上忙於縱橫馳騁呢，抑或……

歐文先生一無所知。

幾天前，歐文先生正要打電向有關人士打聽白薔薇小姐的情況，突然，培訓學校的辦公室主任納爾德匆匆忙忙前來報告：正在參加培訓的中國學員一夜之間全部消失，不知去向。

幾天後，又有朋友告訴歐文先生：

白薔薇小姐的私人住宅已換了主人；新主人也是一位華裔。聽説，這是一名移民來美國"享福"的退休官員……

聽到這些消息，歐文先生並沒有感到吃驚。只是望著窗外長嘆了一口氣……

第十六章

　　與易平、林間、潘緯達和王思哲開完會後，鍾麗莎便急忙回到盈盈住處，馬上打開了白薇託林間轉交給她的皮掛包。

　　只見皮掛包裡，裝有分別寫著"麗莎親啟"和"盈盈親啟"的信封，還有一包文件。

　　鍾麗莎迫不及待地看白薇寫給自己的信。

　　她含著淚看完這封沉重的信。

　　多年來一直縈繞心間一些迷團，現在終於有答案了：

　　白薇告訴麗莎，她和陳榮輝的"婚姻"，純粹是"上頭"為了"革命工作需要"而一手操作的"政治聯姻"；她和陳榮輝的"夫妻關係"，也一直只是有名無實。而盈盈則是她和易平純潔愛情的結晶，是當年"逸廬"浪漫之夜的"碩果"——不過，與其說盈盈是老天爺對她和易平的"眷顧"與"饋贈"，還不如說是她獨自精心策劃的"陽謀"：從向婦產專家諮詢、請教，到排卵藥物服用的細節，到"關鍵時機"的精準把握……她可以驕傲地說：盈盈，是她白薇出色創造的"造人工程"的一個完美的愛的"傑作"！如今，看到盈盈已茁壯成長為一個聰明漂亮，有膽識，有見地，人見人愛的姑娘——這令白薇感到由衷的喜悅與欣慰。

　　白薇告訴麗莎，自己是一個現在已被逼到死角，面臨行將覆滅命運的政治集團的重要幹將。她雖然也懷疑過自己所追隨、所獻身的事業的"政治正確"，並且知道自己與易平在政治上是南轅北轍，但她至今沒有後悔，自己曾深愛過這個男人，而且只愛過這個男人。而後來為了老一輩打下的紅色江山，為了無產階級的壯麗事業，為了黨和共和國的命運與前途，她被迫離開了易平，傷害了易平，並無法得到易平的原諒，終於永遠地失去了自己唯一的摯愛。這令她痛苦不堪，難以自拔，遺憾終生。但是，正如匈牙利詩人裴多裴的詩句："生命誠可貴，愛情價更高。若為自由故，兩者皆可拋。"為了革命的"大我"而犧牲"小我"是值得的。只是，她即將帶著此生此世無法忘卻，無法磨滅，無法消除的痛，遺憾地離開這個世界。而她，已沒有資格跟易平對話，跟易平有任何交集了。唯一的，也是最後的"奢望"，就是在當年她為易平設置的"衣冠塚"邊，也為她設置一個"衣冠塚"……

白薇告訴麗莎，徐滔的個人悲劇，是她一手造成的。雖然她給自己的女兒帶來永遠的痛苦，但她問心無愧，因為這是無產階級革命事業的需要，黨和國家的需要，她責無旁貸。

白薇誠懇地請求麗莎，把盈盈視同親生骨肉，關懷她，照顧她，愛她……

白薇還告訴麗莎，易平是一個頂天立地的男子漢，值得麗莎託付終身，值得她用一生去愛，去珍重，去堅守，千萬別錯過了。

最後，白薇衷心祝願麗莎和易平早結良緣，早日有一個溫馨、快樂、幸福、美滿的家。

信末還附有一段說明：自從在林家兄弟口中得知易平在策劃建立海外中國知青基金會，她就決定用實際行動支持易平。提包裡的十二萬美元現金，是她早前準備好捐給海外中國知青基金會的。這些錢，以及留給盈盈的一切財產，都是她早年做生意賺的，和後來為國家打工的工薪積蓄，純粹是"私人"的、是絕對"乾淨"的。

鍾麗莎看完信，心情久久能以平靜。

　　經過反復考慮，她決定在知青基金會成立活動結束前，不洩露所有與白薇有關的信息。

　　這天一大早，潘緯達就神采奕奕地登上了佛羅里達直飛舊金山的航班。

　　他這次到舊金山是為兩件事：

　　一是作為海外中國知青基金會籌備組的總幹事，他要與全體籌備組成員商量落實基金會成立活動的一些重要安排。

　　二是藉此機會把兒子曉毅帶到舊金山，再一次讓他在林野家小住幾天，希望得到林野更多的指導；同時，也請林間將兒子那把意大利小提琴調一調，把琴的音色、音量，等等，調到最佳狀況，以便有利於在大賽中有最好的發揮。

　　而連潘緯達自己也意想不到的是，這次舊金山之行，竟然還促成他們夫婦做出了一項有關自己事業和全家今後生活的重大決定。

　　事情是這樣的：

　　在考慮基金會成立活動場地的時候，大家經過反復比較，權衡利弊，最終淘汰了在旅遊聖地優山美地和國家公園紅木林舉行的方案，而決定採納林間的提議：在世界著名的葡萄酒聖地——舊金山北灣那帕山谷，選一個可安排食宿的酒莊。

　　這天，易平陪同潘緯達和林間到那帕山谷考察。

　　有大大小小數百家酒莊的那帕山谷，不僅是世界著名的葡萄酒聖地，而且還是遠離都市塵囂的風景勝地和度假勝地。這裡氣候溫暖，陽光柔和，空氣濕潤，美景怡人。尤其是哥德式、維多利亞式的歐洲古風建筑，令遊客留連忘返。

　　這天接近傍晚時分，三人帶著一身的疲憊，來到了那帕山谷邊上一家名叫"懷念"的城堡式酒莊，打算歇歇腳，喝喝酒才繼續前行。走到門口，他們被一塊寫著"平價出讓"的告示板吸引住了。

看完告示，潘緯達酒也不喝了，丟下易平和林間，便去找酒莊老闆……

沒多久，紅光滿面的潘緯達回來了，他高興地對易平和林間說：

"我看中了這個酒莊！我要買下它！"

這是一個城堡式的酒莊。

年邁的老闆夫婦，決定聽從獨生女的建議，不再操勞，把酒莊出讓，與在耶魯大學教書的女兒一家，共同生活，安享晚年。

說來也是緣分，這出讓告示板頭一天剛擺放出來，就被潘緯達他們遇上了。

潘緯達決定買下"懷念"酒莊，並同時建議把這個酒莊用作這次海外中國知青基金會成立活動的場所。

潘緯達的想法，當然得到易平和林間的支持了。兩人都認為：這裡不僅環境幽靜，風景秀麗，更難得的是，酒莊生產規模雖然較小，但整座圓形的五層城堡，原來同時也是一間旅館。它有超過五十個整潔、溫馨的房間；而且首層還是一個可以開舞會、酒會，可以舉辦婚禮，舉辦宴會，開派對的寬敞的大廳。所以三人一致認為，"懷念"酒莊是這次活動的理想場所。

潘緯達連夜打電話與妻子淑娟商量。

第二天下午，何淑娟帶著公司的法律顧問和財務顧問，從佛羅里達飛來舊金山。一下飛機，他們就被潘緯達開車接到"懷念"酒莊。

當晚，潘緯達夫婦和兩位顧問住下了，並就收購酒莊的事一直談到深夜。

幾天後，潘緯達與意大利裔的老闆簽署了"懷念"酒莊的《轉讓意向書》；簽約的同一天，潘緯達和何淑娟就帶著公司的兩位顧問馬不停蹄地到那帕鎮和州府沙加緬度辦理相關手續。

　　而林間則自覺為潘緯達夫婦做"義工"，發動人脈關係，為他們的置業出謀劃策，並物色未來的經營者和常年法律顧問。

　　活動場所既定，布置工作也就馬上密鑼緊鼓地展開了。

　　雖然轉讓、移交手續還遠沒完全辦妥，但年邁的酒莊老闆夫婦善解人意，豁達開通，他同意潘緯達夫婦提前使用酒莊，包括入住客房以及在圓形大廳舉辦基金會成立活動的所有安排。

　　當天，鍾麗莎打電話跟易平、潘緯達和林間商量後，就發出了近五十封通知開會的電子郵件。而令他們想不到的是，居然很快就收到了來自世界各地的三十多位知青"一定與會"的明確答覆。但遺憾的是，大陸知青樂團近二十人的樂手，居然無一例外在辦理出國手續時莫名其妙地被一再拖延，根本不可能按時赴美與會，因而只好放棄；更遺憾的是，知青的師長輩老朋友、著名老詩人李非由於最近血壓較高，不宜坐飛機，所以也不能與會。但他的在日本留學讀導演博士的小兒子李紅纓將代表他全程參加這次活動並負責錄像、拍照的工作。

　　好在陳恒和宋秉衡、唐曉韻夫婦跟林家兄弟和潘緯達夫婦常有聯絡，因而有"先見之明"，早就辦好了到美國的旅遊簽證，所以能如期赴會。

　　還未到正式報到的日子，與會者就陸陸續續地到了。

　　潘緯達慌了，急忙打電話催易平、鍾麗莎、林間與王思哲趕快到"懷念"酒莊"進入陣地"。

　　易平跟報社早就請好假了，但要到活動正式開始才能來。

　　鍾麗莎、林間與王思哲夫婦，則一接到潘緯達的電話，就在幾個小時後，幾乎同時到達酒莊。

　　鍾麗莎與何淑娟，以及王思哲的妻子殷梅，這三個能幹的女人，馬上進入角色，自告奮勇地承擔了布置會場和接待客人的任務。鍾麗莎還"別有用心"地請盈盈來"打雜"，當義工，包括彈鋼琴以及為與會的叔叔、阿姨開車遊覽那帕山谷的風景、名勝。

頭一天剛好是週末。盈盈跟三位阿姨一起，一趟接一趟地載著先後來到這裡的與會者，到處參觀、流覽，暢意品酒。

而剛下飛機的李紅纓，連行李也來不及放到下榻的房間，便被接機的盈盈"抓差"，即時執行他的錄像和拍照的任務了。

作為這次活動的總幹事潘緯達和主持人鍾麗莎兩人，為了工作能更主動一些，於是見縫插針，抓緊頭兩天白天參觀、流覽的時機，跟不那麼熟絡的與會者主動交流，進行"摸底"，並把情況及時打電話告訴易平。

林間也沒閒著，他請搬運公司把自己琴行的"史坦威"三角大鋼琴和那套高級音響系統也搬來了。同時搬來的，還有好幾個大紙箱。

出發時，林間沒忘記把自己的寶貝琴，和白薇送修、又剛剛修繕好的易平的那把小提琴也帶上了。

與會者也到得差不多了。

第二天傍晚是酒會。

太陽才剛剛下山，很多人就迫不及待地迎著太平洋吹來的濕潤的涼風，從那帕山谷各個景點陸陸續續回到"懷念"酒莊。

可容納百人開舞會的圓形大廳，六盞古老的水晶吊燈閃耀著燦爛的光芒；半月形的寬闊的主席台上，擺放著"史坦威"三角大鋼琴；圓形大廳的"圓心"，是一張擺滿了不同年份、不同風味的那帕"赤霞珠"葡萄酒的大圓桌；圓形大廳幾乎一半的"圓周"，開始有條不紊地擺放由"喜臨門"酒家老闆兼大厨蔡敬斌，帶著幾個自己酒樓的中餐烹飪高手精心準備了兩天的"戰果"——華夏"八大菜系"的極具代表性的美味佳饌。

不知從什麼時候開始，大廳便響起了輕輕的鋼琴聲——是盈盈在彈奏蕭邦的《夜曲》。

　　鍾麗莎換了一條白色的連衣裙，從三樓的房間走下一樓大廳。只見余冰、曾琤、唐曉韻和沈健等幾個早到的與會者，已經在鋼琴前邊品酒，邊聆聽盈盈彈奏的蕭邦鋼琴曲了。

　　人們陸陸續續地來到大廳。場內的氣氛也慢慢地升溫了。

　　彈了幾首蕭邦的《夜曲》後，盈盈注意到，大廳已開始不安靜了。於是，她彈奏起較為宏亮的蕭邦的《升f小調波蘭舞曲》。這是一首熱情、自信，充滿活力的樂曲，唐曉韻、余冰、曾琤和沈健，以及越來越多向鋼琴靠攏的人，都聽得入迷了。

　　這時，在大廳中心的大圓桌旁，"候任老闆"潘緯達正拿著一瓶酒，給團團圍住自己的一圈人，得意地"兜售"他凌晨才爬起來，上網緊急搜索到的有關那帕葡萄酒的資料。又是"波尔多"，又是"單寧"，又是風味，又是酒色什麼的，口沫橫飛，滔滔不絕，越說越興奮。

　　大圓桌周圍，三五成群的與會者在親切地交談。他們雖然幾乎都是第一次見面，但卻像是久別重逢的親人和老朋友。沒有客套，沒有拘束，沒有顧忌；有的只是坦誠、真摯，以及對那個並不遙遠的年代共同的追遡與回顧⋯⋯

　　在遠離主席台的地方，楊力行和徐夏儀跟來自法國的廣東知青沈健和來自新西蘭的北京知青張力、歐陽浩，正在勢均力敵地爭論如何評價上山下鄉運動，如何評價知青的歷史作用；爭論要不要建立全球性的知青組織。

　　林間和陳恒與來自德國的安徽知青陸劍鋒在心平氣和地交談知青"有悔"與"無悔"這個在廣大知青心底糾結多年的老問題。

　　王思哲和陳意揚跟來自英國的重慶知青顧建國和來自日本的上海知青臉紅耳熱地爭論大陸的改革開放；爭論執政黨的合法性。

　　⋯⋯

　　盈盈剛彈完蕭邦的《升f小調波蘭舞曲》，鍾麗莎就走過來道：

“盈盈，人多聲雜，停一停吧，你也該休息休息了。”

“這是你的女兒嗎？”一直站在鋼琴旁聽盈盈彈琴的余冰和唐曉韻異口同聲地問。

“不，這是我的知青好友白薇的女兒，我們知青的傑出後代！全美蕭邦鋼琴比賽的大獎獲得者！如果她是我的女兒，可就美死了！”鍾麗莎連忙解釋。

“如果她是我的媽媽，我也美死了！”盈盈也笑道。

鍾麗莎聽了，不由心頭一熱，滿臉通紅⋯⋯

那邊廂，易平不慌不忙，獨自在人群中穿插。他一聲不響，只是靜靜地聽人們的談話⋯⋯

鍾麗莎看時間差不多了，便跟易平、潘緯達和林間商量了一會，然後宣佈酒會開始。

“首先，請讓我和易平大哥一起演奏《隨風而逝》這首曲子，來悼念已逝去的知青兄弟姐妹！”鍾麗莎用沉重、蕭穆的聲音説。

大廳的六盞吊燈，這時也全部應聲關滅。只有大廳中心的圓桌中間，一枝已點燃的粗大的白蠟燭，發出微微搖曳的、柔弱的燭光，照在一張張或悲戚、或哀傷、或沉思的臉上。

靜靜的大廳，響起了由盈盈鋼琴伴奏的小提琴曲《隨風而逝》那沉重、悲愴的旋律⋯⋯

隨風而逝

　　讓鍾麗莎和易平一起演奏《隨風而逝》這首小提琴曲，來悼念已逝去的知青兄弟姐妹，是林間接受陳意揚別出心裁建議的有"預謀"的安排。他給易平用的是已修繕好的白薇送修的易平自己的琴；給鍾麗莎用的，則是林間自己的寶貝琴——一把斯特拉迪瓦里後人製作的好琴。

　　飽含深情的小提琴琴聲，在鋼琴伴奏那深沉、濃重的低音和弦的襯托下，顯得更為淒惋。琴聲，縈迴在大廳，縈迴在人們的心田……

　　樂曲結束後，大廳的六盞吊燈也同時亮了。

　　"現在，讓我代表海外中國知青基金會籌建組，歡迎來自世界各國的知青朋友！衷心感謝大家在百忙中抽出寶貴的時間，到舊金山共襄盛舉！"鍾麗莎把琴交給還坐在鋼琴旁的盈盈，環視大廳，然後面帶微笑地大聲説。

　　大廳響起一陣熱烈的掌聲。掌聲未停，鍾麗莎就繼續説：

"在介紹籌建組成員和來賓之前，請讓我們大家用熱烈的掌聲，衷心感謝我們的知青兄弟——為大家慷慨提供這次活動的食、宿、會場與交通等所有費用的'懷念'酒莊候任老闆潘緯達夫婦，以及為了辦好我們這次活動，把酒家關門歇業三天的'喜臨門'大酒家老闆蔡敬斌兄弟，感謝他率領麾下的烹調高手前來幫忙，讓我們在異國他鄉也能嘗到正宗的中華美食！"

掌聲過後，鍾麗莎接著說：

"下面，請讓我介紹出席這次活動的六位特邀嘉賓。他們是：代表因血壓高不能坐飛機前來赴會的我們知青敬重的師長輩朋友、大陸的知青樂團顧問、我國知名詩人李非老師的公子、專程從日本前來捧場的日本東京藝術大學電影導演博士研究生——李紅纓；還有當年戴著'造反派壞頭頭'大帽在陽平山區落難，接受'勞改'時曾與我們知青戰天鬥地，同甘共苦的戰友，現任職美國柏克萊州立大學亞太研究所的研究員——陳意揚教授；還有中國知青樂團總監、香港企業界的精英、在廣大知青中聞名遐邇的'知青巢'、'巢主'宋秉衡、唐曉韻夫婦；還有中國知青樂團團長、我們知青的成功企業家陳恒；以及專門為我們彈琴，做義工，為我們知青爭氣、長臉的知青第二代，全美蕭邦鋼琴比賽大獎兩屆得主、舊金山音樂學院鋼琴系在學學生——陳盈盈。請大家用熱烈的掌聲歡迎他們，感謝他們！"又是一陣經久不息的掌聲。

"現在，請全體與會者作自我介紹——每人最多不超過兩分鐘。因為大家都知道，我們'人多勢眾'呀！"鍾麗莎笑道，"雖然我相信，虛偽、虛假，以及過度謙虛，都絕對不是在座諸位的風格，但籌備組還是擔心有人難免不好意思，或出於謙虛而'避重就輕'，省略了'輝煌'。所以，我會根據我們了解的情況，作適當的補充。好了，大家可以邊吃邊喝了，可別辜負了這美酒佳餚呀！請以大廳中心的圓桌為界線，自我介紹完了，請退到圓桌後面。

現在，就從我開始吧：我是插隊到陽平山區的江州市知青，後來到法國巴黎自費留學，畢業後留在巴黎從事影視新聞採訪的記者工作。是舊金山的好山好水一直吸引著我。不久前，終於天遂人願，讓我有機會來到舊金山藝術大學傳播媒體學院任教，因而很榮幸成為舊金山的市民，成為本次活動的地主之一。下面請——”

鍾麗莎還未說完，林間便插話：

“我有補充：鍾麗莎是以追憶六、七十年代中國知青運動，以及報導知青精英們奮鬥足跡為題材的寫實電影《並未隨風而逝……》，而成為法國有史以來第一位榮獲‘羅曼·羅蘭’藝術大獎的華裔藝術家；我還要補充的是，不僅僅是舊金山的好山好水吸引了她，更更重要的是，我們舊金山的人更好，是舊金山的好——人——吸引了我們這位才貌出眾的知青精英！當然，這‘好人’中，首先就包括我們都認識的那位大哥……”

林間的插話引起了大家會心的笑聲和掌聲。

鍾麗莎紅著臉，繼續她的主持工作。

與會者一個接著一個走到主席台作自我介紹。而鍾麗莎的“適當的補充”，則往往“一針見血”地突出了不少“自我介紹”者由於謙虛而有意省略的重要方面，成為與會者互相深入了解和認識的重要內容，也自然成為第二天基金會董事會選舉的重要依據了。

到後來，鍾麗莎的“適當的補充”反倒成了大家最感興趣、最期待的內容了。

鍾麗莎給易平的“適當的補充”是：

“易平是當年我們陽平縣和整個佛山地區十三個縣、市知青的模範和‘頭兒’，是全省的知青標兵，也是‘四人幫’垮台後第一屆全國高等院校公開招考的幸運者，就是人們常說的‘偉大的七七級’中的一員。後來，為了逃避直逼而來的政治迫害，在李非老師和一些朋友的幫助下，他通過自費留學的辦法來到了美國。易平到美國後，他没有到柏克萊加州大學亞太研究所當一名高薪、高福利的中國問題研究學者，而到舊金山的中文報紙《美西時報》當一名低薪的、自食其力的記者。這些年來，他以自己的勤奮與才智，獲得過全美中文傳媒大獎、美國喬治·波爾卡新聞獎、美國普立茲新聞獎。如今，他已是這一美西最有影響的中文報社的副總編輯。此外，他還組建了全美華裔法律同盟，並參與了策劃、組織聲援華裔警官彼得梁全國大遊行的活動。易平還是美國粵港澳聯誼總會創辦人之一；我們的海外中國知青基金會，易平也是主要的發起人和策劃者。”

鍾麗莎給林間的“適當的補充”是：

“他是一位以自己超乎尋常的天資與悟性，通過刻苦鑽研、勤奮努力，在提琴製造業闖出一番天地的成功人士，他不僅多次獲得全美的小提琴製作比賽的大獎，而且還獲得過世界級比賽的大獎。他的琴行目前生意興隆，在整個美西聞名遐邇。他不僅為我們知青，而且更為全體美國華裔爭了一口氣。林大哥目前是旅美粵港澳聯誼會的會長。”

鍾麗莎當然没忘記再補充一句：

“林大哥至今還是‘單身貴族’，‘貨真價實’的‘鑽石王老五’呢。”

鍾麗莎給楊力行的“適當的補充”是：

“杨力行是祖籍山東的西雙版納知青，他繼承了梁山好漢‘路見不平，拔刀相助’的‘行俠仗義’的秉性，在國內大學畢業後成為一名律師，為維護一名同是雲南知青的‘小小老百姓’的正當權益，得罪了山東當地的權貴，橫遭迫害，不得已來到美國自費留學。經過艱辛的努力，他取得了哈佛大學法學博士學位，並在紐約建立了自己的律師事務所。如今，他的律師事務所聞名遐邇，業務蒸蒸日上。他也是美國華裔法律大同盟創辦人之一、全美聲援彼得梁警官共同發起人之一、著名的美國華人精英組織‘百人會’的共同主席之一。"

鍾麗莎給王思哲的"適當的補充"是：

"美國華裔共和黨促進會主席、中國共和黨籌備委員會主席、著名的《華夏之春》雜誌主編、美國柏克萊加州大學亞太研究所中國問題研究專家、學者。這是我們知青中的職業政治家——也許今天的與會者中有人會記得'文化大革命'時在南中國響噹噹的'三劍客'——'李意哲'吧，他就是與我們的特邀嘉賓陳意揚同是'三劍客'之一的'王大俠'。"

鍾麗莎給沈健的"適當的補充"是：

"他也是'四人幫'垮台後全國高等院校公開招考的幸運者，他以老初一的'爛底'，硬是考上國內重點大學！他是第二屆，亦即著名的'七八級'。剛畢業，他又考進法國的名牌大學自費留學，七年如一日刻苦攻讀，取得博士學位。然後又在商界拼搏多年，如今，他的公司已是歐洲電子行業的翹楚。這是又一位奮鬥成功、創造輝煌的強者，我們知青的傑出代表！"

沈健一聽完鍾麗莎的"適當的補充"，就連忙走到主席台說：

"我也要作'適當的補充'：我哪算什麼輝煌！我只不過是一只先飛的'笨鳥'，只不過是易平大哥的崇拜者，過去是，現在是，將來也是！"

大廳響起一陣笑聲。

鍾麗莎給潘緯達的"適當的補充"是：

"他不僅僅只是一名商業奇才，賺錢高手，而且還是佛羅里達州知青們的'靠山'：無數知青移民來美的經濟擔保，都是他們夫婦倆提供的。而且，為救助、扶持生活或創業有困難的知青移民，他從來都是毫不猶豫，慷慨解囊。還有，我們的潘老闆還為知青樂團準備了一份厚禮——但我只能'點到即止'，否則就超越'適當的補充'了。"

　　鍾麗莎給余冰的"適當的補充"是：

　　"她是一名整整八年，從未吃過一餐飽飯的插隊知青；一個回城後從未捨得進餐廳吃過一頓快餐的'返城知青'；一個無文化，無技術，無體力，不敢談戀愛，不敢結婚的'工廠知青妹'，一個在'下崗'大潮裡不幸'中標'，被兩千一百三十七元人民幣買斷工齡，無錢為有病的父母看醫生的'待業中年'；一個不向命運低頭，利用旅遊機會，在'貴人'的幫助下偷渡到了英國，從一個冒著紛飛雨雪在學區賣'中國三明治'——'肉夾饃'起步的'非法移民'，到如今在全英國擁有一百多間中式快餐連鎖店的大老闆，並因為幫助過無數來自中國大陸的新移民，成為在英國華裔中備受讚譽的'知青大姐'。"

　　鍾麗莎給徐夏儀的"適當的補充"是：

　　"徐夏儀大姐是在美國主流社會影響越來越大的美華協會的副會長、美國王煜青年領袖基金會的創辦人。多年來，為培養美國華裔青少年的領袖眼光、胸懷與才能，鼓勵他們從小就關心社會，融入主流，成為社會的棟梁之材，立下了不可磨滅的功勛！"

　　鍾麗莎給劉海音的"適當的補充"是：

　　"劉海音從一名到窮鄉僻壤的農村插隊務農當知青的生產隊兼職會計，到知青返城後街道小工廠的小會計，到國內知名大學的會計專業學士，到日本東京大學的財經博士，再到東京證券交易所的高管，他絕對是一個名副其實的理財高手，我們知青中發憤圖強、拼搏成功的又一個頂呱呱人物！"

　　"好了，我的'適當的補充'就到此為止吧，不然的話，就不那麼'適當'了。"鍾麗莎又環視大廳，笑了笑說，"現在請我們海外中國知青基金會籌建組最大的'官'——總幹事潘緯達講話。"

　　全體與會者都笑著鼓起了掌。

潘緯達也笑了，他一接過鍾麗莎的無線麥克風，就說："什麼大'官'！哈哈哈，看來，我也得先來個'適當的補充'了。我要告訴大家的是：基金會籌建工作實際上的'總舵主'，是我們的易平大哥。本人充其量，也不過是在易平大哥的指導下做了一些'功課'，是他的馬前卒，'小官'一個罷了！

"經過這兩三年的籌備，我們終於等到了這一天，大家終於走到一起，共襄盛舉了！

"根據這兩天的接觸，籌建組接納大家的意見，為了讓全體與會者進一步明確基金會的宗旨、定位、組織架構、人事設置，以及營運、操作細則等等，也為了我們相互之間有機會進行更深入的了解，決定先通過坦誠的交流、討論之後，明天才進行選舉。我還要高興地告訴大家：到目前為止，我們已收到的捐款額已遠遠超過籌建組原先的估計。籌建組同時也接納了我們一位'大款'的提議，在選舉之後才公佈捐款名單，以免讓捐款的數字無意中成為選舉的'參數'。

"現在，請大家暢所欲言，充分發表意見。也請今天與會的幾位特邀嘉賓向我們獻謀獻策，多提寶貴意見。

"下面，請鍾麗莎大姐繼續主持。"

鍾麗莎剛接過潘緯達的麥克風，來自新加坡的東方文化學院院長曾琤就走近主席台，也不用麥克風就問：

"請問：為什麼基金會不在大陸成立？為什麼不成立全球性，包括大陸在內的基金會？"

"這個問題提得很好！請讓我來回答。"王思哲走到主席台，鍾麗莎把麥克風交給他，"這也是我們籌建工作首先考慮的問題。其實這個問題一點兒也不複雜。在座不少人都知道的：在與憲政風馬牛不相及的大陸成立獨立自主的基金會，實際上是不可能的——除非把它納入當地政府的民政部門，受其領導與監督。但近年來，僅僅是官方已公開的基金會貪污案，甚至是紅十字會救濟款和'希望工程'捐助款的貪污案，已經讓世人觸目驚心了，還有那些未公開與不能公開的呢！因此，即使基金會在大陸得以'合法'成立，也無疑是'羊入虎口'！誰還敢在遠離憲政，貪贓枉法成'常態'的大陸成立基金會？既然如此，在目前情況下，缺少了大陸這一塊，'全球性'還有意義嗎？"

"思哲兄說得對極了！所以，我十分贊成易平大哥早就提出的：先成立海外的中國知青基金會，積蓄實力，等時機成熟了，然後再一個'回馬槍'、'殺'回大陸，建立全國性、全球性團體——這真是一個高瞻遠矚的'系統工程'啊！"沈健走近主席台說。

陳恒走到主席台，推掉了鍾麗莎遞給他的麥克風，笑著說：

"嘿嘿，我這個'大聲公'從來不用麥克風，一用，反而就不會說話了。首先，讓我在此跟大家報告一下我所知道的國內知青的情況吧。

"作為知青樂團的一員，這些年來，我隨團到全國各地義演，接觸了不少知青兄弟姐妹，跟他們有了較為深入的交流。他們的生活狀況，令我至今歷歷在目，無法忘卻……

"是的，知青返城後，一部分人是有了工作，雖然很多人當的還都只是工薪與待遇都低人一等的'臨時工'，但每個月都能領到工資就感恩不盡、要'劏雞拜神'了——因為更多的知青，只能成為'待業青年'！後來，隨著全國開放改革的深入發展，不僅部分知青已從'待業青年'、'升格'為'待業中年'，而且原來已有工作的知青，也因為是無文凭，無技術，無文化的'三無''臨時工'，自然而然地就成了六千萬下崗對象裡的'首選'了。這些上有老、下有小的家庭支柱，這些重擔在肩，又走投無路的知青兄弟姐妹，真的無法想象他們是如何過日子的。

"一次，我們知青樂團在北方的一個大城市演出。演出結束後，我們親眼看見幾個如狼似虎的城管人員，正在追打一個賣烤紅薯的漢子。這漢子的攤檔被砸得稀巴爛不說，人也被拳打腳踢，倒地不起。我們氣憤不過，一邊跟城管人員論理，一邊扶起鮮血直流的漢子，把他送到附近的醫院。經確診，斷了兩根肋骨！再一問，傷者竟是一個在家待業已整整十年的返城知青！一個靠他支撐的、負債累累的六口之家的頂樑柱！

"看著眼前這個滿臉皺紋、頭髮花白，未老先衰的知青兄弟，我們樂團的人沒有一個不流淚的。

"我們臨時決定改變原訂的行程，除了飛江州市的返程費用，樂團每一個人都為這個知青兄弟不留分文，傾囊相助。

"各位知青兄弟姐妹，說句心裡話，說句實話，說句實實在在的大實話：我們知青當中的絕大多數，並沒有享受到改革開放的紅利！雖然在理論上是屬於'後富起來的'那部分人，而實際上卻是'從未富起來，也再都沒有機會富起來的'那部分人！

"是的，與退伍軍人、退休幹部、退休職工、退休工人、退休教師一樣，上山下鄉知識青年也是一個社會群體。而與他們不一樣的，是我們知青，是一個'前無古人，後無來者'的社會群體，是一個為社會，為國家奉獻了整個一生中最寶貴年華，卻連最基本的生活保障和固定的社會福利保障都沒有的群體！一句話：知青，是一個處於社會下層的'弱勢群體'、'低端群體'，是一個亟待援助的群體！

"本人不懂什麼理論，在此，也不想奢談什麼'理想'、什麼'信仰'、什麼'主義'。我只是基於粗淺、世俗的認識，來支持建立我們的以援助知青兄弟姐妹為宗旨的基金會！"

劉海音接著走到主席台，他有點兒激動，拿著麥克風，過了好一會才平靜下來。他說：

"聽了陳恒兄弟的發言，我頗有同感。雖然我在八十年代初就離開中國大陸了，但我一直關注著我們知青的情況。我也認為，大部分的知青都是'弱勢群體'中的一員，或者説，大部分的知青確實已成為社會的'低端人口'了。

"我不是很贊成上海一位知名教授的某些觀點。比如他説，知青是'中華五千年歷史上最偉大的民族精英'之一，是'中國建設的脊樑'之一；'他們推動了時代的劇變'；'他們集體將生命最黃金的幾十年，化成了國家及兒女發展所需要的土地'……其實，這些觀點的基礎，都是建立在知青是時代的'弄潮兒'，是時代的'先知先覺者'，是時代的'主導者'這一認知之上的。而我卻認為，知青這個群體，與退伍軍人、退休幹部、退休職工、退休工人、退休教師沒有什麼不一樣。這位名教授所列出的'光環'，同樣也可以放在其他群體頭上。我十分感謝這位名教授對我們知青這個群體發自肺腑的同情、理解和贊賞。只是，對於大多數的知青兄弟姐妹來説，當年下鄉務農當知青，並不是什麼偉大的'壯舉'，而只是他們心中永遠的痛！是這個時代虧欠了他們，是這個國家虧欠了他們！而在座各位，包括我在內，只不過是其中極少數的時代的'幸運兒'而已。當然，幸運者對不幸者進行扶持、幫助，是天公地道、義不容辭的，所以，我支持成立我們的知青基金會！"

接下來講話的是陳意揚：

"我想，知青與'老三屆'，由我這個'外人'來評價，不必忌諱，也更客觀，所以最適合不過了。

"我認為，任何群體都有上、中、下的不同層次，都有渾渾噩噩的芸芸眾生和叱咤風雲的精英。

"人們也許只看見逆來順受，麻木不仁的、作為'低端'體力勞動者的知青，就像只看見打、砸、搶，狂熱、盲從的紅衛兵一樣，但人們有沒有看到他們當中那些為了民族的未來、祖國的未來，而堅韌不拔、努力不懈的勇者與戰士，那些出類拔萃的精英呢？

"跟知青中的老高三比，我也就年長一、兩歲。所以，我不覺得與你們知青有年齡差距。我當年到農村接受'勞改'時，結識了不少像易平、王思哲、余幼軍、鍾麗莎、白薇那樣的知青朋友。我了解他們，理解他們，更佩服他們。如果說，'文化大革命'和'上山下鄉'運動都是時代的浪潮，那麼，他們，還有從陽平的山屹嶗走出去的、省級地方大員余幼軍，以及同樣也是知青出身、現在已成為執政黨和國家最高領導層、決策層成員的，就是'大浪淘沙'後留下的閃閃發光的金子！所以，我們完全有理由期盼，也堅定地相信，像他們一樣的出類拔萃的知青精英，一定能够為建設一個沒有'低端'和'高端'之分的，平等、民主、自由均富的社會，作出新的、重大的貢獻！"

話音剛完，大廳就響起了一陣熱烈的掌聲。

來自新西蘭的張力在掌聲中走到主席台發言：

"我是最早那批出國自費留學的知青。

"正式開會前，我聽到幾位與會者在談論'知青有悔'和'知青無悔'的話題。我認為，當年的知識青年上山下鄉運動，比'接受貧下中農再教育'更重要的，是解決社會就業的壓力和維護政治穩定。毋庸置疑，這是一種國家行為。知識青年自始至終處於被動的地位，因而絕大部分是'隨大流'的，是一時衝動的，或是麻木、盲從的和無力抗爭的。對於他們來說，既是無奈的，又是無辜的，因而也可以說是'知青有悔'、'青春有愧'了。但對於那些有信仰、有理想、有抱負的人來說，到中國社會的最深層，讓自己真正了解到中國最底層的勞動大眾的生活現狀與願望，因此而認識了社會，認識了人民，認識了真理，也認識了社會改革、社會革命的方向。同時，通過艱苦的體力勞動，鍛煉了身體，磨鍊了意志。他們是我們知青中傑出代表和精英！對他們來說，上山下鄉，當然是'知青無悔'、'青春無愧'了！難道這還需要討論，甚至爭論嗎？”

張力的發言得到與會者的贊同，也引發了一陣熱烈的掌聲。

接著發言的是陸劍鋒：

“本人非常感謝陳意揚教授，感謝他對我們知青的理解和恰如其分的評價，十分贊成他對中國大陸社會狀況的基本評估；也很認同張力大姐的觀點。所以，我也就越發理解易平大哥他們把基金會先辦成海外機構的苦心了。

“是的，‘改革開放’確實是使我國經濟騰飛。但是，它同時也製造了巨大的‘經濟泡沫’：超過一萬元人民幣一平方米的房價，已打破了歷史紀錄，而且這個紀錄還在不斷被打破，‘經濟泡沫’越來越多，越來越大。而更令人擔心的是，隨著我國‘經濟指標’的節節上升，人們的‘品質指標’、‘道德指標’卻在節節下降：交警希望你違章被罰款，好有‘留成’發獎金；法院希望你違紀犯法，好收‘打點費’分紅；醫院希望你生病，好完成上面壓下來的醫藥費‘創收指標’；大學盲目擴招，以能為國家創收多少個‘億’而自豪；中、小學教師希望你在堂上聽不到、聽不懂，好收‘課後補習費’……整個社會都是金錢至上！人們奮不顧身、爭先恐後地要當‘先富起來的一部分人’！什麼同情心，什麼見義勇為，什麼‘活雷鋒’，什麼‘大愛’精神，如果有，也成了社會奇葩！這是道德的淪喪！人性的墮落！這都成什麼世道了？！在這個世風日下的社會討生活，我們的知青兄弟姐妹，難啊！所以，我舉雙手支持成立我們的知青基金會！更感謝基金會的發起人！請讓我們為知青基金會的發起人，以及為建立知青基金會付出心血與辛勞的義工們致敬！”

大廳又響起了一陣熱烈的掌聲。

這時，徐夏儀慢慢走到主席台，不慌不忙地從鍾麗莎的手中拿了麥克風，然後神情凝重地說：

“我無意在此抹黑‘改革開放’，更不敢斗膽攻擊黨國領導。但縱

觀這二三十年的開放改革史，不就是一部‘市場化’的歷史、一部社
會主義公有制，變成不知什麼‘主義’的私有制的歷史嗎？事實上，
‘開放改革’後，六千萬的工人階級‘下崗’了，一下子從‘領導階級’變
成了‘被剝削階級’——低工資、低福利的‘臨時工’；‘開放改革’後，
教育、醫療‘產業化’了 ；‘開放改革’後，軍銜成為有價商品了；‘開
放改革’後，北京市區內兩三千元人民幣一平方米成本的房價像吹
泡泡般漲到超過一萬元一平方米的天價了！‘開放改革’後，打工一
族已成了完全喪失創造欲望、創造熱情，只知道準時還‘房貸’、戰
戰兢兢過日子的‘房奴’了；‘開放改革’後，廣大本已就經濟拮据、
錢包羞澀的老百姓，每天還要為‘基因改造食物’、‘地溝油’、飲用
水、食鹽，為孩子的‘毒奶粉’而提心吊膽……我就百思不解了：
‘開放改革’都二、三十年了！怎麼還是這樣？

　　“我認為，無論是什麼政黨，什麼當權者，什麼政府，也無
論是什麼‘主義’，什麼‘思想’，只要能讓老百姓安居樂業，感到有
奔頭了，有希望了，那麼這個執政黨，這個政府，這個‘主義’，
這個‘思想’，就是好的，這個‘改革’，就是成功的，否則就是不成
功的，就不會受到擁護。我不知道大家有沒有聽到近年在大陸廣
泛流傳的一則俄羅斯總統普京講過的名言？他說，如果不能解決
老百姓醫療、教育、養老的福利，執政黨就應下台。其實，這傳
言無論是真是假，都不是主要的，重要的是，它真實地反映了廣
大人民對執政黨的既不滿意又期待的心態。我願意相信，執政者
是聽得到廣大老百姓的心聲的，也是可以做得到的。但是，如果
連區區一千幾百萬的知青也得不到應有的補償和公平的對待，這
說得過去嗎？而且，從‘一部分人先富起來’到‘另一部分人也富起
來’，三年五年不行，十年八年不行，但改革開放至今已二十多年
了，為什麼還不行？為什麼在縮小貧富差別、‘共同致富’這一點上
至今還毫無改觀？非但毫無改觀，而且還富的越來越富了，窮的

越來越窮了？為什麼？現在，全社會兩極分化已嚴重到不能再嚴重的地步了！這個'改革'，能說是成功的嗎？

"說心裡話，我也熱愛這個生我育我的祖國。但我真的為祖國的前途擔憂，看來，我們的祖國是病了，真的是病了……"

徐夏儀還沒講完，王思哲再次走到主席台，也不用麥克風，就大聲說：

"是的，現在整個中國都病了！而且病得不輕！難道執政者不應反省，不應捫心自問嗎？難道這不就是廣大人民對憲政的渴望和呼喚嗎？……"

人們開始時還在小聲議論，但議論聲慢慢地就越來越大了。

鍾麗莎眼看著這個場面，不知如何應對。正在她一邊考慮要不要打斷王思哲的發言，一邊用目光四處尋覓易平時，只見一個戴著近視眼鏡的英俊瀟灑的男子，已從大廳的門口大步走到主席台，也是沒用麥克風，就平靜地說：

"對不起！首先，請原諒我這個'不速之客'的無禮與唐突。

"我也是一名中國知青。但我是不邀自來的。我一直在門口聆聽每一個知青兄弟姐妹的發言。我想向大家講講自己。我相信，我的經歷將有助於大家對中國社會現實有更深刻的了解——因為我本人就是一個病態社會的產物，一個在逃的貪官，一個十惡不赦的罪人，一個中國知青中的敗類！請問，可以給我機會嗎？"說完，靜靜地看著鍾麗莎。

整個大廳馬上炸鍋了。

思維敏捷的李紅纓迅速在大廳裡找到盈盈，交給她一個Nikon長鏡頭大相機，簡單囑咐了幾句，自己便扛著錄像機，走近主席台。

這時，易平、潘緯達、林間和王思哲都已先後走到主席台的鍾麗莎身旁，經過商量，一致決定給這位不速之客發言的機會。

鍾麗莎把麥克風交到不速之客手裡。

此刻，整個大廳突然彷彿靜止了，而且靜得幾乎令人喘不過氣來。大廳裡所有的人，都忘記了喝酒，忘記了吃東西，忘記了交談——包括正在忙於添加菜饌的蔡敬斌和他帶來的幾名烹調高手，人們全都驚愕地望向主席台。

所有人的目光都聚焦在主席台的這位不速之客身上，等待著他的講話……

不速之客笑了笑，然後坦然道：

"不過，我已決定結束逃亡命天涯的生活，回國投案自首，脫胎換骨，重新做人了！我首先要告訴大家，站在你們面前的，是一個徹頭徹尾的'假貨'：我的名字、身份、證件，以及所有的個人資料，都是假的；就連我的容貌，也是假的——我曾花大錢請一位韓裔的整容大師成功地整過容。不過，大家可以叫我'余武樑'，這是我在美國使用的名字。'余'者，我之謂也；'武樑'者，即無良也。我，就是一個不折不扣的無良心的衣冠禽獸！"

中國西南邊陲一個偏僻的小山村。

村民們扶老攜幼，依依不捨地歡送一名來這裡插隊務農、跟他們朝夕相處了整整八年的"知青哥"——這個從"讀壞書，穿壞鞋"、"四體不勤，五谷不分"的"城裡人"，鍛煉成能吃大苦、耐大勞的"鄉下佬"的"知青哥"，這個與廣大村民挑燈夜戰，開荒造田，不甘人後的"知青哥"，這個頂著狂風暴雨，翻山越嶺，把公社衛生所婦產科醫生背回村裡，及時救回難產產婦和嬰兒的"知青哥"，這位免費為附近幾個山村二十多個失學的小孩，完成了從小學到初中學業的"知青哥"……

如今，這位名叫盧勇的"知青哥"要上大學了……

而"知青哥"也同樣捨不得離開這些樸實的村民，和這裡的山山水水、一草一木……

　　説不完、道不盡的惜別話。

　　熱淚盈眶的盧勇，最後艱難地登上了生產隊的手扶拖拉機，離開了這個雖然貧窮落後，但民風淳樸的山村，奔赴他人生的新路程……

　　一眨眼，四年的大學説畢業就畢業了。

　　作為四人幫垮台的後首屆全國公開招考的大學畢業生，在百廢待舉而又人才匱竭的年代，不啻是“天之驕子”。往往是數十個用人單位去“搶”一個大學畢業生。

　　盧勇以優秀的成績從全國著名的財經大學畢業後，放棄了同學們羨慕的省財政廳的工作崗位，毛遂自薦到了一個貧困縣報到。本著發展貧窮落後地區經濟，改善貧苦農民生活水平，造福一方的初心，盧勇以自已的聰明才智與勤奮努力，以及出色的工作業績，不到一年，便從縣政府辦公室一個普通的工作人員，被提拔為副科長，並順理成章地入了黨；不出兩年，再擢升為正科長。

　　幾年過去了，盧勇已被提拔為縣政府辦公室副主任。

　　這時，“改革開放”的大潮剛剛湧起，便以迅雷不及掩耳之勢衝向華夏大地的每一個角落。像全國其他任何地方一樣，“讓一部分人先富起來”的政策，也在這個貧窮的小縣深入人心，成為人們追求美好生活的強大動力。與全國各地一樣，“發財致富”已成為當地大多數人的口號與旗幟。

　　“改革開放”的大潮繼續滾滾向前……

　　沒多久，縣裡組織部門落實中央有關“專業對口”的政策，把盧勇調到縣財政局當副局長。

　　由於財政局近年來一直沒有正局長，只有兩名副局長，其中一名長期患肝硬化。他這兩年，每個星期病休的時間，比上班的時間還要多，是個既不管事又無實權的“掛名領導”；大權落在另一名與"上頭"關係密切、工作經驗豐富的"老行專"副局長身上。據說，此前曾有過一位從部隊轉業、非常能幹的正局長，但後來又不知為何被調走了。現在，局裡的業務擔子就落到這位"老行專"副局長和新來的盧勇副局長的肩上了。

好在年輕人精力旺盛，繁重的業務並沒有難倒盧勇這個"初生之犢"。雖然這裡是全省出了名的貧困縣，是省裡"扶貧"的重點對象，但工作條件還是蠻好的，別的不說，僅僅就正局級幹部，一律都單獨配一輛中、法合資生產的"標致"牌轎車(還配置專職司機)，就讓很多鄰近縣的幹部羨慕死了！但盧勇最開心的，還是自己開著局裡那輛閑置多年的老舊摩托車，到縣裡的山區，到全縣最貧困的大隊，訪貧問苦，落實工作。局裡的"標致"牌轎車，自然也就成了"老行專"副局長的"專用品"了。

駕著"老爺摩托車"行駛在山間小路的盧勇，常常想起自己那段插隊務農的知青歲月，想起那貧困落後的山區，想起那一雙雙焦灼、不安，飽含期盼的眼睛……那時候，盧勇的心總是酸酸的。現在，他為自己終於有能力、有條件為窮苦的農民脫貧致富出力、做事而感到由衷的高興。

當他看到由於自己的努力，一個又一個的扶貧項目終於得以落實並取得成效時，盧勇的心，暖暖的、甜甜的。

盧勇感到自己身上總有使不完的勁。幾乎每一天，他都是踏著歡快的步子上班的。

當然，年輕人也有年輕人的煩惱。

與所有"幾代單傳"的獨生子一樣，已近"而立之年"的盧勇也被已退休在家、抱孫心切的父母的"催婚令"逼苦了：三頭兩日一個電話，主題無一例外，都是"不孝有三，無後為大"；住在省城的父母還時不時遠程操作，安排他與女生"雙睬"(即相親)；下死命令要他盡快在省城或縣城供一套商品房，以證明他有"成家"的"誠意"

與“實力”——因為有房子，是這個年代娶媳婦的先決條件，哪怕房子老舊窄小，否則免談。

盧勇拗不過父母，便從“房”事入手，啟動人生大事的“系統工程”。

説來也蹊蹺：盧勇“房”事的想法不小心説漏嘴不久，很快就收到一些向他提供購買商品房“内部”信息的匿名信；繼而又陸續收到一些尤如白菜價的商品房“購房合同”……

就在他詫異、困惑而又猶豫不決的時候，局裡的科長們在上班時來他辦公室“請示工作”，下班後到他簡陋的單身宿舍探訪的次數，以及請他吃飯的機會也多了，他的“人氣”也似乎一下子就“旺”了起來。

一個晚上，一位科長來探望，漫無邊際地扯談到很晚才走。班時來他辦公室“請示工作”，下班後到他簡陋的單身宿舍探訪的次數，以及請他吃飯的機會也多了，他的“人氣”也似乎一下子就“旺”了起來。

一個晚上，一位科長來探望，漫無邊際地扯談到很晚才走。客人走後，他疲勞得一碰枕頭便酣然入睡。第二天起牀後才發現，昨晚客人遺下了一個黑色的手提包。打開一看，裡面裝滿一沓沓整整齊齊的十元大鈔，不多不少，足足一萬元！在那個大學本科畢剛參加工作只有五、六十塊錢月薪的年代，在“萬元户”還是稀罕物的年代，這可以算是“巨款”了。

上班後，盧勇第一時間把那位科長約到自己的辦公室，請他拿回昨晚遺留的手提包。不料那位科長矢口否認，還一本正經地説，他昨晚並沒有帶手提包出門，這個黑色的手提包不是他的。盧勇很無奈，考慮再三後，只好把手提包交給縣紀委書記兼副縣長。而令他感到困惑的是，縣領導竟然忘記對他説半句表揚、勉勵的話，只是臉色陰沉地在發呆……

　　類似這樣的"遺留"事件，後來還有過不止一次。不過，無一例外的是，盧勇根本就沒看到來客是什麼時候、是如何把東西"遺留"的；同時，無一例外的是，盧勇也把"遺留"物都交給了縣領導；還有，無一例外的是，縣領導也忘記對他說半句表揚、勉勵的話，也是一臉陰沉……

　　這樣折騰了幾次後，無論是上班時還是下班後，就再也沒有"訪客""造訪"他的"寒舍"，也沒有人請他吃飯了。

　　不久，局裡那位患"肝硬化"的副局長提前辦了"病退"，而"資深"副局長馬上接替了他的工作，還榮升為"代局長"。

　　與此同時，盧勇被"平調"到縣裡的商業局工作，也還是任副局長的職務。

　　令盧勇啼笑皆非的是，在財政局工作的那段至今仍令他百思不解的"經歷"，又一次"複製"到他如今商業局副局長的現實生活中了。

　　於是，經過類似的"經歷"後，盧勇又被"平調"到縣裡的民政局工作，仍然是任副局長的職務。

　　到縣民政局報到的那天晚上，剛吃過晚飯，盧勇的單身宿舍就來了一位"稀客"——早已提前辦了"病退"的財政局副局長。

　　老局長精神抖擻，完全看不出有什麼"病氣"。他笑呵呵地看著一臉驚愕的盧勇說道：

　　"見我沒病垮，沒病死，你感到很意外是嗎？嘿嘿！其實我一直沒病！我健康得很哩！"說完，他又壓低聲音，笑了笑，"其實，我是'被肝硬化'，'被病退'的。"

　　盧勇更驚奇了。

　　"不過對於我來說，這已經是很好的'待遇'和'結局'了。因為我不願意與某些以權謀私的人'合群'，所以早已成了他們的眼中釘和'絆腳石'。對於他們來說，這樣'處理'我，已經是'大發慈悲'了。很多年前，有位復員軍人到我們局當局長。他原則性強，做事雷厲風行，工作成績顯著。但由於對幾筆大數額的貸款有疑問，向縣有關領導反映，但又總得不到明確的答覆。於是他打算到地區一級的政府找老戰友、老上級幫忙，非要查個‘水落石出’不可。這念頭不知啥時候不慎說漏了嘴，被屬下一位科長向上‘告發’了。結果不出一個月，便莫名其妙地被調走了。後來，還聽說他因犯強奸罪，被判了刑，並在不服上訴期間，令人意外地‘畏罪自殺’了……比起這位局長，我算很幸運了。也許，我有個親戚在省政府機關工作這個子虛烏有的‘小道消息’幫了我吧！我上有兩家的父母，下有兒女，我的妻子又因嚴重的風濕性心臟病，長期不能上班，我的擔子很重，所以，我的腰桿硬不起來，無法與他們抗衡。那時我當副局長，在那位局長離開之後，也曾傻傻地向縣領導報告局裡的問題，但縣領導卻要我和同事‘搞好團結’，要我‘相信組織，相信群眾’。後來，我做了一些‘功課’後才明白，在他們背後，有一張‘共同進退’的‘關係網’，一條‘上下連接’、‘相互關照’的‘利益鏈’。所以，我妥協了，被迫與他們‘搞好團結’，‘和平共處’。雖然我潔身自好，沒有侵吞過一分錢的不義之財，但我為了個人和小家庭的利益，長期與魔鬼為伍，不敢鬥爭，苟且偷安，我還是問心有愧的。我對不起黨，對不起老百姓啊！……

“我今晚之所以跟你講這麼多，是因為我看你是一個有理想、有抱負的青年，一個正直、善良的青年。不過你難呀！要麼，你就進入他們的‘俱樂部’，與那些人同流合污、沆瀣一氣，‘共享富貴’；要麼，你就潔身自好，最後落得被孤立、被歧視、被排斥，甚至被迫害的下場！事實證明，我雖然一再隱忍、退避，但由於‘不入群’，最終還是‘敬酒不吃吃罰酒’，‘被病退’了。而你卻不同，你還年輕，又沒有家庭負擔，你可以有很多選擇。”

老局長見盧勇低頭沉思，便站起來，稍為猶豫了一下，又說：

“如今，‘文化大革命’雖已結束了，但它帶來的‘亂象’、‘亂局’

卻並未結束，階級鬥爭和路線鬥爭還在激烈地進行。無產階級專政條件下的繼續革命，任重道遠啊！我們還將有機會在未來的大風大浪中游泳，每一個人都不能置之度外。我知道你很聰明。但人只聰明還遠遠不夠。重要的是，你要對得起自己的良心，而且還要清醒地知道自己在做什麼，並找到自己在生活中應有的位置……"

不知不覺，夜色漸漸濃了。老局長告辭了。

盧勇送老局長出門，兩人一起走到宿舍樓的大門，老局長又說了一句：

"要學會'游泳'……"

夜空正飄著細細的雨，宛如粉塵般細細的雨。

盧勇一直看著離去的老局長，看著老局長在暗淡的路燈光中和灰蒙蒙的細雨裡漸行漸遠，直到完全消失。

老局長語重心長的話，久久地在他耳邊轟鳴……

此後足足有一個星期的時間，盧勇都是在艱難的思索中度過的。

不知不覺就到週末了，這是盧勇來新單位後的第一個週末。

晚飯後，盧勇給父母寫了一封信，報告了自己最近被"平調"到縣裡民政局的事。

剛寫完信，有人敲門了。

來客竟是局裡又矮又胖的科長。只見他提著一個擺滿了各式水果的籃子，一進門便畢恭畢敬地說：

"盧副局長，您好！我受黃局長委託，來探望我們局裡新來的年輕領導！"胖科長放下水果籃，滿面堆笑，"盧副局長，這是我們黃局長的夫人親手為您準備的。黃局長因為臨時有事未能來，深感抱歉。"

盧勇受寵若驚，他手忙腳亂地找電水壺煲開水。笑容可掬的胖科長按住他，笑呵呵地説：

"不渴，不渴，免了罷！我和黃局長都是你們‘七七級’的崇拜者呀！說來慚愧，我們還在讀‘電大’(電視大學)大專班，尚未畢業呢！今晚没别的，純粹是探望。今後在工作上、生活上有什麼問題，只管説，千萬别見外！"

盧勇感到心裡熱乎乎的。

胖科長笑的比説的多。坐了一會，便告辭了。

客人走後，盧勇把水果放進冰箱。當他把水果全放進冰箱後，赫然看見籃子還有五個厚厚的信封，打開一看，全是嶄新的人民幣！一共十萬元！

盧勇一驚，手一鬆，水果籃一下子便掉在地上。

他不由想起了那個黑色手提包，那個多次詭異地出現在他夢中的黑色手提包，想起了財政局"被病退"的老領導，以及他對自己説的語重心長的話……

從這天晚上開始，一連好幾個晚上，盧勇都會做同一個夢：幾個肥胖的高大漢子，手裡分別拿著一只裝滿人民幣的黑色手提包和一只裝滿人民幣和水果的籃子，不緊不慢地跟在他的身後，輪番追著他，砸他的腦袋……雖談不上是噩梦，但一覺醒來，睡衣還是被汗水弄濕了。

而白天呢，無論在辦公室，在家裡，還是在路上，盧勇心裡老是惶恐不安地想著放在宿舍冰箱裡那五個厚厚的"信封"——彷彿那是五顆隨時都可能引炸的定時炸彈！

要不要重複上交黑色手提包的做法呢？

上交吧，經驗告訴自己，這對很多人來説，無疑是一種特立獨行的"害群之馬"的行為，是一種"犯眾憎"的做法，並且未必就能讓自己超然解脱，甚至極有可能再被"平調"或"享受"自己意想不到的特別的"待遇"……不上交吧，這意味著自己將接受命運的安排，從此進入一條自己很不情願，而且無法預料歸宿的人生軌道……

盧勇苦苦掙扎……

不知不覺，兩個星期過去了。

十幾天下來，盧勇竟然瘦了整整七斤！

但令他感到意外而又困惑的是，正在他猶豫不決、舉棋未定的時候，他的"人緣"卻似乎一下子就又"旺"了起來：且不說上班時來"請示工作"的人次和下班後"造訪"他"寒舍"的"訪客"多了，僅僅是那些無法推卻的熱情的飯局，就讓盧勇感到那種"自家人"才有的既親切又信任的氛圍。

這天，縣裡召開"縣人大"大會，副局長以上的幹部都參加。在會場，盧勇偶然與縣紀委書記打了個照面。他竟發現，一直對自己冷若冰霜，一臉險沉的書記，居然帶著微笑望了他一眼——雖然盧勇覺得，那笑，有點狡點，也頗有"深意"……

盧勇心知肚明：人們已默認他願意"合群"了，自己的人生，已不由自主地被翻開新的一頁了。"開弓沒有回頭箭"，自己只能被命運推著繼續前行了。

他，認命了……

但盧勇沒有想到，正是在這次會議上，一個知青出身的女代表的發言，極大地震撼了他，最終促使他改變了人生的軌道……

這個被安排在大會發言的湖北"辣妹子"，沒有照讀大會預先已為她印好的發言稿，她大義凜然地揭露、痛斥了縣裡的種種貪污腐敗現象。她最後憤怒地說：

"如果剛才我提到的，有哪一位敢站上台來大聲說他沒有貪污，我願意在縣城中心的大馬路上給他操！"說完，她以輕蔑的眼神一掃主席臺上一眾耷拉著腦袋的官員，從容不迫地大步走出會議大堂……

女代表的話，極大地震撼了盧勇！更深深地刺痛了他！從此，那擲地有聲的話，那蔑視官員的鋒利如劍的眼神，令他在很多很多年後，也無法忘卻。

也記不清在度日如年的煎熬中過了多久，盧勇終於從艱難的"漩渦"中掙脫出來。

經過深謀遠慮，他制訂了一個周密的計劃……

首先，他費煞心機，堅持不懈地追求一位當年在省知青學習毛主席著作標兵大會上認識的、目前在地區醫院當兒科醫生的老姑娘。

功夫不負有心人。盧勇終於得嘗所願，與兒科醫生結婚了。

緊接著，盧勇以結束兩地分居，而女方要照顧年邁有病的父母，不能來男方工作的地方生活的正當理由，連續打了七次請調報告，要求安排到地區的單位工作。

他以早就耳濡目染、爛熟在心的通關節、拉關係的手段，成功地平調到地區教育局當一名副處長。

站穩腳跟後，夫妻倆辦妥了出國自費留學的手續，雙雙到了美國。

"……到美國後，我在第一時間就找當時價碼最高的韓裔整容大師做了整容手術。"

"余武樑"面對幾乎沸騰的場面，繼續不慌不忙地說，"誰說'有錢能使鬼推磨'是中國的'專利'？'天下烏鴉一般黑'，美國也不例外！我花了一筆大錢，成功地把我們夫妻的姓名及個人資料，來了一個'脫胎換骨'的徹底改變。接下來，我們夫妻二人以優異的成績考進這裡的大學，並分別取得了醫學和財經的博士學位。接著，我那能幹的妻子開了一間兒科診所，每天都很快樂地做她的老闆兼兒科專家。而我呢，因為'心中有鬼'，婉拒了導師、學友的好意推薦，沒有到待遇優渥的大公司工作，而選擇炒股作為職業——因為我知道，自己對財務與經濟數據有著不一般的敏感與直覺；而且，這種純'個體'的營生，可以低調、安全，可以最大限度地避開人群，避免社交。

"許多年過去了。

"通過艱辛的勞動，我們的財富呈幾何級數上升。與當年攜帶來美的那筆數額也不小的'不義之財'相比，我們的財富已足足增加了十多倍！

"現在，我們有了一對聰可愛的兒女，我們的生活富足、平安、快樂，但我的內心一直都沒有平靜。

"多年來，我曾無數次對自己說：當年我'與狼共舞'，是環境所迫，我沒有選擇；我和貪官不同，我是可以被原諒，被寬恕的，就像曾傳遍大陸的一首詩中的句子：'卑鄙是卑鄙者的通行證……'但當我想起插隊務農當知青的歲月，想起山村那些臉色蠟黃的村民，想起我發誓要幫助他們脫貧致富的初心，想起同是知青的縣人大女代表那振聾發聵的發言，我還是會感到強烈的愧疚。尤其是當我想起貧窮、落後的山區那些盼星星、望月亮般盼望扶貧救助的幹部和農民，想起他們絕望的眼光，想起自己從明哲保身到屈服於邪惡，為虎作倀，到最後與邪惡同流合污，我就痛恨自己，鄙夷自己。有時，我甚至覺得，自己已經成為一具行屍走肉了。這些年來，我是在痛苦的煎熬中度過的，那與日俱增的負罪感，一直像可怕的夢魘重重地壓迫著我。

"我不想再這樣生活下去了！

"值得慶幸的是，我娶了一位正直、善良，又能理解我、諒解我、信任我、支持我的好妻子。

"在知道我的罪過和我的痛苦後，我的妻子菲但沒有鄙視我、嫌棄我，反而還開導我，啟發我，鼓勵我回國自首，同時退回全額的貪污贓款，接受法律制裁，接受懲罰、處置，重新開始。她表示：不管情況如何，她和孩子會一直等我，直到全家團聚的那一天。

「此外，我會把我合法收入的大部分，捐獻給我當年插隊務農的山區，以及我工作過的貧窮落後的扶貧地區。

「還有，我已簽了一張捐給海外中國知青基金會的支票，錢是炒股賺的，這是我們作為知青夫妻的一點心意。但願我今後還有機會，為我們大陸的知青兄弟姐妹再多做一些……謝謝大家！」

說完，他把裡面放了支票的信封，鄭重地交到鍾麗莎手裡，便在人們驚奇、驚愕的目光中和議論聲中，快步向大門走去……

在熱烈的氣氛中，王思哲又一次搶先走到主席台。他有點激動地說：

「非常感謝余武樑兄弟，感謝他以自己富有傳奇色彩的經歷為我們提供了中國社會丑惡現狀的活生生的寫照，為中國的貪腐作了一個頗有價值的'註腳'；同時，這也深刻地說明在中國建立一個憲政社會的迫切性。可以說，十年動亂後，我們的國家和民族的發展正處在一個重大的歷史關頭。但是，我們同時也極不情願地看到：

「人民群眾在'八九民運'中鮮明提出的反腐敗的正義訴求，被曲解，被強奸，被污蔑；那些代表民意的滿腔熱血的青年學生被鎮壓，被追捕，被迫害，'天安門母親'的正當要求被漠視，被壓制，被扼殺，而腐敗之風，非但沒有被遏製，反而愈演愈烈。」王思哲說著，說著，就又衝動起來，

「現在，反腐敗的社會變革已到了刻不容緩的地步了！在我們具有五千年文明史的中國，一個憲政社會已呼之欲出了……我相信，一場偉大的革命風暴，必將席卷華夏大地！在座的都是中國知青中的精英，我認為，我們的目光不應局限於知青問題這個小天地，而應放眼國家大局、民族大局，並積極投入即將來臨的中

國變革大潮，為建立一個自由、民主、公平、均富的社會而重新出發！"

楊力行走到主席臺前，對王思哲道：

"思哲兄，請讓我插幾句。雖然我向來佩服你的愛國愛民的拳拳之心，但我並不完全認同你的看法。"

楊力行接著走到主席臺上，接過鍾麗莎遞來的麥克風，站到王思哲身旁，側身對著他，微笑著問道："我想向你請教：對於我們這些所謂的'知青精英'，在未來的中國變革的大潮中可以做些什麼呢？像你那樣建立反對黨？還是組織在野的'影子政府'、'影子內閣'？還是……"

王思哲正想回答，陳意揚已走到主席台。他一下子拿走楊力行手中的麥克風說：

"我非常欣賞，並且十分贊同思哲兄認為應該拓展政治視野，為建立一個自由、民主、公平、均富的社會而重新出發的看法。我想，不僅僅是知青，不僅僅是我們在座的每一位，只要是熱愛我們這個民族、這個祖國的每一位炎黃子孫，都不應在中國即將來臨的這場重大變革中缺席！而且我還認為，消滅貪腐的最好的辦法，就是對執政黨進行有效的監督；而對執政黨進行有效監督最好的辦法則是由兩岸的政黨，共同建立一個互相監督的聯合政府……"

楊力行輕輕地從陳意揚的手奪回麥克風，插話道：

"我認為'兩黨制'、'邦聯制'、'聯邦制'、'一國兩府'或'聯合政府'都不是中國政治改革的路子。不瞞大家，我讀研究生時，研究的是經濟，當年也寫論文毛遂自薦參加了被稱為'吹響了中國改革集合號'的'莫干山會議'。最近，我和已成了國內著名學者的幾位一同參加過當年會議的同學，回顧了會議以來的這二十多年的改革之路，我們一致認為，中國改革的目標非但未能實現，反而經過二十多年，已滋生出一個掌握國家大部分財富的金融壟斷資產階級。現在，中國的情況已和解體前的蘇聯幾乎一模一樣，中國的改革已經到了一個生死存亡的十字路口了…"

突然有人大聲說：

"楊大哥，給機會我說兩句好嗎？"

大家一看，是曾錚。

曾錚一路小跑，從大廳最遠的角落來到主席台，不由分說，一把就奪過楊力行手中的麥克風，笑著說：

"說真的，我對中國政治早已沒什麼熱情了，但憑著我在新加坡多年的生活體驗，和我對新加坡整個國家、整個社會的觀察與思考，我認為這是一個成功的國家，中國完全可以借鑒新加坡的經驗——以對老百姓，對政府大大小小的官員都一視同仁的、受全社會監督的嚴屬法治制度為基石的一黨執政，也許才是符合中國國情的不錯的選擇——請大家注意，我說的是'一黨執政'，而不是'一黨專政'……"

這時，林間在大廳當中的圓桌旁大聲說：

"思哲兄、力行兄，曾琤姐妹，陳教授和其他發言者，恕我要掃你們的興了！我想，我們今晚還是就海外中國知青基金會這個主題，繼續深八進行討論吧！至於'中國向何處去'這個巨大、沉重而又艱深的問題，還是留待你們這些職業革命家和理論家，以及在座對此有興趣的人士，另找機會再作專門的探討吧！思哲兄，你們中國共和黨不是定期在舊金山舉辦'展望中國論壇'嗎？陳意揚教授的柏克萊州立大學亞太研究所，不是一直在舉辦關於'一國兩府'的研討會嗎？……"

鍾麗莎笑著一下子奪過楊力行手中的麥克風，然後向會場鞠了一躬說：

　　"很對不起，是我這個主持人失職了！感謝林間大哥的提醒！現在，就請大家繼續對基金會的宗旨、定位、組織架構、人事設置，和營運、操作細則，以及對基金會的章程，等等，各抒己見，暢所欲言吧。"

　　張力馬上接過話題，在大廳當中大聲説：

　　"林大哥，鍾大姐，英明呀！我支持！首先，我相信大家對基金會的宗旨、目的、定位、取向，應該是大致清楚的、明確的，想法也是大致認同的，不然就不會走到今天，走到一起了。但是，我們是否可以考慮考慮，在目前條件下，基金會應該做些什麽？又可以做些什麽呢？我先提一點建議吧：我们基金會的章程一定要有如何關心、幫助當年插隊務農時已在當地與農民結了婚，生了孩子，至今還没有返城的男女知青的内容——無論這些知青兄弟姐妹目前生活得幸福，還是不幸福。"

　　已走到主席台的陳恒，待張力一講完，不用麥克風就説了："我也有兩項提議：一是基金會一定要建立自己的知青出版社，免費為我們的知青兄弟姐妹編輯、出版自己的著作，以及以知青為題材的文藝作品、學術論著和其他著作，並重獎其中的優秀作者和優秀著作；二是基金會一定要建立我們自己的中國知青紀念館，客觀、真實的中國知青紀念館。因為大陸的中國知青紀念館，雖然有不止一所，然而，令人不滿，甚至令人憤怒的是，由於主辦者都脱離不了莫名其妙的'政治正確'的桎梏，博物館要麽內容貧乏，空洞無物；要麽無視歷史，避重就輕；要麽張冠李戴、錯漏百出！當年在全國風靡一時的《知青之歌》，盡管在個別知青紀念館裡略有記載，但對其作者任毅，卻用'集體創作'來取代；對引起了中央領導重視、對改變中國知青命運起過重大作用的、由丁惠民發起的雲南知青臥軌請願行動，竟然只字不提……"陳恒望了望身旁的鍾麗莎又説，"大家都知道我身旁的這位鍾麗莎大姐吧，她是以追憶六、七十年代中國知青運動和追蹤報導知青精英們奮鬥足跡為題材的寫實電影《並未隨風而逝……》，而成為法國有史以來第一位榮獲法國'羅曼·羅蘭'藝術大獎的華裔藝術家。她的作品真實地寫出了我們知青的艱辛、掙扎、無奈、探索、奮鬥與追求的歷程。我敢説：如果沒有鍾麗莎大姐的這部電影，没有丁惠民發起的雲南知青臥軌請願行動，没有任毅和他的《知青之歌》，任何中國知青紀念館，在内容上都是重大的缺失！總之，一句話：在條件成熟的時候，創辦真實、客觀，具有真正歷史價值的中國知青紀念館，應該是我們這個基金會責無旁貸、義不容辭的使命！"

陳恒的話引起了大家的交口稱讚與掌聲。

剛剛還站在厨房門口悄悄打電話的潘緯達，這時走到主席台興奮地宣佈：

"就在幾分鐘前，我接到我們的知青兄弟林野教授從華沙打來的電話。他要我告訴大家一個特大喜訊：五年一屆的世界維尼奧夫斯基小提琴大賽已降下帷幕，我們三位知青的子弟，在全世界的無數的大賽參賽者中脱穎而出，取得了輝煌的成績！其中，易平大哥的兒子易寧，榮獲大賽的金獎！同時還是歷屆金獎獲得者中年齡最小的一位！犬子潘曉毅和江梓永兄的兒子江豪，也分別取得了進入前八名準決賽和前十六名賽程的好成績！"

"讓我們一起舉杯祝賀吧！"鍾麗莎也難掩興奮之情，她大聲地說。

大廳又一次沸騰起來。

易平被潘緯達、林間推出人群，來到主席台。他接過麥克風，向大家鞠了一躬說：

"首先，讓我代表在座的潘緯達，以及不在座的江梓永兄弟，衷心感謝大家對我們的祝賀！

　　“是的，年輕一代確實為我們知青爭了氣、長了臉。還有，包括曾榮獲全美蕭邦鋼琴大賽的大獎、這次為我們演奏鋼琴的嘉賓陳盈盈姑娘，以及大陸和港澳榮獲世界奧林匹克數學、物理優勝獎的知青第二代，都是我們知青的驕傲！而此刻我想說的是，正如今晚已有人提到的，絕大多數的知青第二代，並沒有這樣的際遇與幸運，因為他們連上‘課後輔導班’的錢，都交不起，就更不要說享有其他資源了。借用大陸時髦的說法：在所謂的‘起跑線’上，他們就已經輸了。他們實在是太需要關注、同情與幫助了。只要想想他們，我們辦好基金會的信念就一定能更堅定！

　　“大家剛才都已經說了很多，說得很好，我沒有什麼要補充了。是的，我們在海外也已經越來越清楚地看到，在大陸，‘開放改革’正處在歷史發展的嚴峻關頭，廣大人民群眾對貪官污吏的深惡痛絕，對越來越嚴重的貧富懸殊現象的與日俱增的不滿與反感，還有對‘十年內亂’心有餘悸的記憶，對‘文革又來了’的驚弓之鳥般的憂慮與恐懼，已慢慢演化為對深入政治改革、經濟改革的強烈願望與呼聲，一場不可抗拒的暴風雨即將降臨神州大地……

　　“讓我們繼續背負‘十字架’，做我們該做的，努力前行吧！最後，我想用偉大的物理學家居里夫人的名言與大家共勉：‘我們要吐絲織自己的繭，不必問原因，不必問結果……’”

　　說完，把麥克風交給鍾麗莎，就走進人叢中。

　　大廳一時間安靜下來。也不知道人們是在回味易平的話，還是在在思索居里夫人的名言……

　　易平找到潘緯達。兩人低聲商量了一陣子後，潘緯達走到主席台的鍾麗莎身旁，宣佈酒會結束。鍾麗莎補充道：

　　“非常感謝蔡敬斌大哥，他為我們準備了馳名世界的石鯛刺身——剛剛從太平洋捕獲的超棒的大魚！不習慣吃‘魚生’的，可以煮粵式‘生滾魚片煲仔粥’，同樣鮮嫩美味！蔡大哥已讓幾位大師準備好粥底和配料，折疊式的枱椅也準備好了。大家可以繼續品酒，喝粥，並欣賞盈盈姑娘為大家彈奏的‘蕭邦’。”

幾個來自歐洲的“高級吃貨”，一聽說有石鯛刺身，馬上歡呼雀躍。要知道，在歐洲吃“魚生”，別說吃上活石鯛了，就是能花大錢吃上用“催眠”法存活的空運海鮮，也就心滿意足了。

大廳很快就響起了蕭邦那像抒情詩一般優美的《夜曲》的旋律——蕭邦那特有的蘊含著淡淡的惆悵與憂傷的旋律。

琴聲在大廳迴響，並隨伴著窗外輕輕吹起的風，從容不迫地向漆黑的夜空飄去。

起風了。

第十七章

午夜。

雷電交加。

沉悶的雷聲震撼了整個城堡；人們被雷聲驚醒，紛紛披衣向窗外望去，只見閃電像一把把銀色的利劍，一次又一次劃破了漆黑的夜空，照亮了那帕山谷蜿蜒連綿的山巒。 狂風夾著暴雨，呼嘯而來，又呼嘯而去……

雷聲、風聲、雨聲，一陣接著一陣。啊，好一曲大自然恣意傾情的交響樂！

鍾麗莎被雷聲驚醒後，便睡意全消。她披著外衣，走到窗前。

這時雷聲漸漸遠了，但雨還是在下個不停……

明天上午是選舉，下午就各奔東西了。不知道易平這時在想什麼呢？她不由又想起了白薇的信……

那帕山谷的清晨。

雷雨後，被洗滌得乾乾淨淨的晴空，萬里無雲。抬眼望去，是無邊無際的湛藍……

而那帕山谷的早晨，則多了一份涼意。但人們的心卻是暖暖的，胸中的那團火，燒得更旺了。

在酒莊旁的休閑園地那密密麻麻地長滿紫荊花的花架下，用過蔡敬斌和手下大廚們精心準備的精美粵式早點後，與會者早早就來到已布置成圓桌會議形式的樓下大廳。大家人手一份地拿著連夜打印好的《海外中國知青基金會章程》(及附件)和《海外中國知青基金會董事會選票》，坐在團團圍起來的席位上認真地閱讀文件和填寫選票。

大廳靜靜的……

過了一會兒，鍾麗莎看了看大廳墙壁上的古老掛鐘，便打破沉靜，宣佈選舉開始。

全體與會者一致推舉陳盈盈和李紅纓為收票人和點票人、陳意揚和宋秉衡、唐曉韻為監票人。

"噢！還要有一位唱票人呢。我看，這非'大聲公'陳恒莫屬了！大家認同嗎？同意的請鼓掌通過。"鍾麗莎補充説。

大廳隨即響起了熱烈的掌聲。

陳盈盈和李紅纓很快便收齊選票並交由陳恒高聲唱票。

在與會者平靜的等候中，陳意揚宣佈選舉結果：

"全部選票均無錯漏、異常，因而投票是合法的和有效的。

"《海外中國知青基金會章程》(及附件)全票通過。

"以下是董事會選舉結果：超過半數當選，並按票數的多少排列，選出由易平(美國)、林間(美國)、余冰(英國)、潘緯達(美國)、楊力行(美國)、徐夏儀(美國)、鍾麗莎(美國)、王思哲(美國)、劉海音(日本)、張力(新西蘭)、沈健(法國)、陸劍鋒(德國)、曾琤(新加坡)等十三名董事組成的董事會，以及由易平、林間、余冰、王思哲、楊力行、劉海音、潘緯達等七人組成的常務董事會；其中易平為董事會法人代表兼董事會主席、林間為董事會副主席、楊力行為基金會法律代表、劉海音為財務長、潘緯達為總幹事。

"現在，大家可以鼓掌祝賀了！"

大廳隨之響起的熱烈掌聲，意味著與會者認同了意料中的選舉結果……

"我有提議！"掌聲未完，王思哲便站起來說，"鑒於大陸的社會現狀，為了避免在政治上給基金會帶來不必要的麻煩，昨夜我和易平老總已達成共識：我們兩人都不適合進入董事會，更不要說擔任領導職務了。所以，我有兩點建議：首先，把我和易平在董事會名單中除名。其次，考慮到基金會將來的發展和工作全面開拓的需要，所以應增補'知青巢巢主'宋秉衡和知青樂團團長陳恆兩位國內人士進入董事會。"

會場先是一陣騷動，然後很快又沉靜下來。過了一會兒，沈健發言道：

"王思哲兄的意見有道理，我同意。建議由第二高票的林間兄擔任董事會法人代表兼董事會主席，由第三高票的余冰擔任董事會副主席。為了能繼續發揮易平大哥'總舵主'的作用，使基金會的工作隨時得到他的指導，我建議基金會設置一名不進入董事會的總顧問，由易平大哥擔任。我也認為有必要增補國內人士擔任董事，而宋秉衡和陳恆兩位是很適合的人選，我贊同他們進入董事會。"

鍾麗莎接著說："如有異議請發言，如同意王思哲與沈健兩位的意見和提議，並在《章程》作相應修改，請大家鼓掌通過。"

會場響起了熱烈的掌聲。

鍾麗莎宣佈："通過！"

接著發言的是徐夏儀："我突然想起，絕大多數的基金會都是要'錢生錢'的，所以，我們也應設置一個專門負責'錢生錢'的'發展部'，而由熟諳賺錢之道的潘緯達兄來掌管，真是再適合不過了。至於他的總幹事一職，改由大家公認的才女鍾麗莎來擔任，不是挺好嗎？——當然了，她也應同時成為常務董事。正好，她可以填補易平老總原來的常務董事的位置……"

看與會者還未來得及鼓掌，林間趕快插口發言：

"這樣說來，不是還有一個思哲兄空出的常務董事的位置嗎？

我提議由徐夏儀董事補上。大家看，這樣行不行？”

林間的提議，獲得一片喝彩聲！提議被一致通過了。

於是鍾麗莎大聲說：

“現在，我鄭重宣佈：海外中國知青基金會選舉完滿結束！海外中國知青基金會正式成立！讓我們舉杯共慶吧！——乾杯！”

人們紛紛舉起酒杯，歡呼聲馬上響徹了整個大廳。

興奮、激動的與會者，互相祝酒，握手，擁抱。

鍾麗莎看到，人叢中的易平，兩眼閃著晶瑩的淚光，她也不由自主地流下了熱淚……

歡騰的大廳好不容易才慢慢平靜下來。

鍾麗莎拿起麥克風，用微微顫抖的聲音說：

“現在，請讓我按照原訂的計劃宣讀捐款名單：

易平捐美元一萬。

王思哲捐美元一萬。

白薇捐美元十二萬。

潘緯達夫婦捐美元二十萬。

林間捐美元十五萬。

林野捐美元三萬。

鍾麗莎捐美元一萬。

徐夏儀捐美元二十萬。

陳恒捐美元二十萬。

宋秉衡夫婦捐美元二十萬。

江梓永捐美元一千。

楊力行捐美元十萬。

沈健捐美元十二萬。

梁堅捐美元二千。

余冰捐美元二十萬。

張力捐美元十萬。

鄧炳昌捐美元二千。

劉海音捐美元十二萬。

陸劍鋒捐美元五萬。

曾琤捐美元三萬。

顧建國捐美元一萬。

余武樑捐美元五十萬。

……

合計二百三十六萬五千美元。其中支票二百二十四萬美元；現金十二萬零五千美元。"

捐款定然會有一個較大的數字，這早在人們的意料之中；但兩百多萬美元的數字，還是給大家帶來意外的驚喜。

人們歡欣鼓舞，群情激奮。

"我提議建立'百一俱樂部'，國內國外、各行各業知青中的商界同仁都可加入——加入者從其每一個財務年度純利潤中抽出1%捐給我們的基金會。當然，非營利的或其財務年度没有營收的除外。有響應的嗎？"潘緯達激動地提議。

會場稍為靜了一會兒，馬上又沸騰起來。

"算我一個！"沈健舉手高呼，第一個響應。

接著，林間、余冰、陳恒、徐夏儀、蔡敬斌、宋秉衡……等十多位與會者紛紛響應。

"感謝我們潘緯達部長的極有創意的建議！這是對我們基金會的一大貢獻！'新官上任三把火'，這第一把火燒得太好了！我們期待全美美達抽油煙機連鎖店潘大老闆、我們的潘部長快快將第二把、第三把大火燒起來！"興奮的林間高聲説。

又是一陣經久不息的掌聲！在掌聲中，鍾麗莎宣佈：

“接下來，是基金會向中國知青樂團贈送小提琴的儀式。這是潘緯達大老闆私人出資而以基金會的名義贈送的，共有八把小提琴，每一把都是過萬美元的非常好的歐洲老琴。”

贈送儀式結束之後，應大家的要求，林間、易平、鍾麗莎、徐夏儀、宋秉衡、唐曉韻這六個人，以及一位會拉琴的與會者，走到主席台，每人都拿起一把琴，準備為大家表演。

所有琴都預先由林間調好音了。

稍作商量後，眾人接受林間的提議：齊奏英國作曲家埃爾加的小提琴曲《愛的致敬》。

可惜，還有一把琴尚未有“主”。林間不死心，朝大廳的與會者大聲再問：

“還有會拉小提琴的嗎？”

“有！我來了！”一位風塵僕僕、剛從大廳外面走進來的男士，一邊闊步走向主席台，一邊大聲說。

有人感到高興，有人感到意外，更多的人是感到詫異。

“林中！”林間、易平、鍾麗莎、王思哲、潘緯達、陳意揚幾乎同聲大呼。

但沒有人注意到，有一個人比任何一位在場者都激動，她在心裡不斷重複：“林中，我終於見到你了！林中，我終於見到你了！”

“閑話休提，先拉琴！埃爾加的《愛的致敬》，你行嗎？這些年你有練琴嗎？”林間問林中。

“哼，《愛的致敬》？小菜一碟！我每天都練《赫里美利音階》和《克勒最爾練習曲》。我最近才剛把布魯赫的《g小調小提琴協奏曲》拿下來，你說我行不行？”林中得意揚揚地笑答。

林間不由向他伸出了大姆指。

在陳盈盈的鋼琴伴奏下，八把小提琴那飽含濃濃情意、而略欠整齊的宏亮的琴聲，在大廳轟鳴、震盪……

琴聲，撥動了人們的心弦，撩起了人們對那段並不遙遠的知青歲月的回顧，憶起了那曾出現在自己艱難生活中的點點滴滴的溫暖與愛……

"林中！"表演剛結束，突然一聲呼叫，喚醒了還沉醉在琴聲中的人們。

只見張力向主席台飛奔而去，並一直走到林中的背後。

正在收拾琴的林中，放下琴回頭一看，他怔住了：出現在自己眼前的，正是自己多年來一直思念的人！

在人們關切、好奇的目光中，兩人默默相對，兩雙蘊含著摯愛、蘊含著深情，也蘊含著驚喜的、閃著淚光的眼睛，貪婪地望著對方，久久地、久久地望著，彼此無言，就像兩块僵硬但滾燙的石頭……

整個大廳的人們也靜靜地看著張力和林中，看著這突如其來的一幕，都深感這裡面肯定有不尋常的"故事"，都帶著心中的疑團，帶著良好的希冀，靜靜地等待著事情的下一步的進展……

這當中，只有一個人知道事情的來龍去脈——他，便是林中的親哥哥林間。

一直靠著大堂門邊而站的林間，眼前這時浮現出一個又一個的場景與畫面……

還是在那如火如荼的歲月……

當時，"革命大串聯"的熊熊大火燃遍了大江南北。五湖四海的"革命小將"紛紛湧向革命的"聖地"首都北京。

以批判譚力夫"唯成份論"在全市裡中學生中出了名的應元中學"老高三"林間，帶著同在一所中學就讀的"老高一"林中，和"老初二"林野兩個弟弟，以及學校樂隊的一些同學，背著樂器，高舉紅旗，進行"革命大串聯"。他們要在八月十八日到達北京，在天安門廣場接受偉大領袖毛主席的接見。

在韶山，他們遇到了也是來自江州市一所女子中學的張力和她帶領的革命串聯小分隊。

張力的隊伍人人擅長跳舞，都是學校舞蹈隊的成員，她們和林間的隊伍成功地排練了一些音樂舞蹈。能為毛主席家鄉的人民表演，真幸福！當時《雪白的哈達獻給毛主席》這個節目舞蹈需要一位男生，張力一下子就選中林中。

表演很成功。漂亮、溫柔、大方的張力，給林中留下了深刻的印象；而率直、豪爽又有著一副熱心腸的林中，也頗得在北京度過童年的北方妹子張力的好感。

此後，在大串聯的路上，張力和林中成了互相關心、無話不談的知心朋友。

到了北京，他們一起參加了毛主席在天安門廣場接見百萬紅衛兵的活動；其間，張力還帶著林中到西單，到北京大學、清華大學，到國家機關等很多地方看大字報。

後來，兩個革命串聯隊伍按各自原訂的計劃分別繼續串連：張力她們去了延安，林中他們去了井崗山。

臨別，張力和林中難捨難分，並當著大哥林間的面，立下了海誓山盟⋯⋯

沙河頂。省舞蹈學校。

一百多名造反派參加的大型音樂舞蹈《紅衛兵戰歌》，正在這裡進行緊張的排練。

舞蹈學校大大小小的排練廳、排練房，都成了他們的宿舍。

從革命串聯歸來回到江州市，張力和林中就肩並肩地經歷了"揪鬥走資本主義道路的當權派"、"封報社"、"衝軍區"、武鬥等一系列重大的"造反歷程"。之後，這對"造反派"戰友兼情侶，雙雙參加了《紅衛兵戰歌》的排練：林中在弦樂隊，張力在舞蹈隊。

那時候，在沙河頂省舞蹈學校附近的樺樹林，晚飯後到此散步的林間和林野，以及易平、陳恒、白薇等，常常會在樺樹林裡的小徑上碰到手牽手、十指相扣的林中和張力……

當又一場如火如荼的運動——"知識青年上山下乡"運動降臨神州大地時，林家兄弟三人被分配到陽平縣當知青；而在部隊機關被批鬥、被審查的父母使張力以"黑七類"子女的"待遇"，被分配到全省最北的山區縣——丹霞縣插隊當知青。

張力多次申請調到陽平縣務農、林中多次申請調到丹霞縣務農的要求均遭拒絕；想趁農閒請假探望對方，在大搞"階級鬥爭"和"路線教育"的"政治季節"，這絕對是一種"不合時宜"的"奢望"。所以，他們只能靠"鴻雁傳書"來訴說對彼此的牽掛與思念。

時間就這樣在思念的煎熬中，一天一天地過去了……

一天，林中突然收到和張力一起插隊的同學打到東安生產大隊部的電話。

張力遭難了！

原來，因為大出血，張力被緊急轉到韶關市的地區醫院做手術。

當林中不顧一切趕到醫院時，張力剛剛做完全子宮切除的大手術，尚未脫離危險期……

隔著玻璃窗看著躺在病牀上插著輸氧管和輸血管，臉色蒼白、連眼睛也無力睜開的張力，"有淚不輕彈"的林中，如今卻淚如泉湧，話也說不出來，只是默默地、默默地望著昏迷的張力……

終於，生命力頑強的張力闖過了"鬼門關"。

林中在病房陪伴張力度過了好幾個日夜……在林中和兩位女同學的悉心照料下，張力恢復得很快。

精神恢復後，張力對林中講的第一句話是：

“我已經沒有愛的條件和能力了，我們分手吧！”

“不！不！我永遠愛你！永遠愛你！我們永不分開！永不！”林中像一頭狂怒的獅子，大聲咆哮，直到被驚動的醫護人員前來干涉，方才罷休。

林中對張力毫不掩飾的真摯而熱烈的愛，深深地感動了陪伴張力的兩位女同學。她們幾次想跟林中說些什麼，但卻欲言又止。滿腦疑惑的林中再三詢問，也毫無收獲。

幾天後，看到張力已無大碍，而且丹霞縣“知青辦”已同意給張力辦“病退”回江州市，林中才帶著萬般的不捨，帶著牽掛，帶著問號，回到陽平。

後來，張力還是與所有親朋好友不辭而別——有人說是跟隨恢復了香港新華社工作的父母到香港定居了，也有人說是到國外留學了⋯⋯

⋯⋯多年後，已在國家特殊單位任職的林中，專程來到當年張力插隊務農的丹霞縣，並順藤摸瓜，到韶關市找到了當年曾陪伴、照顧張力的一位女中的同學。

這位已在市裡一所中學當了校長的張力的同學與摯友，流著淚回顧了當年張力的那次遭遇⋯⋯

原來，幾個專門欺侮女知青的縣領導幹部的子弟，看中了能歌善舞、活潑、漂亮的張力，不顧正在來月經的張力苦苦的哀求，硬是輪番強暴了她，大出血的張力，幾乎命喪黃泉⋯⋯事後，張力的尚在“審查”中的激憤的父母，不顧一切鬧到了縣和地區的革命委員會。然而，幾名歹徒在當地“保護傘”的關照下，僅僅是被“拘留教育”了事；而且沒多久，又繼續在社會上為非作歹，橫行霸道。當地的女知青，人人自危，惶惶不可終日⋯⋯

回江州後，張力就一直沒有與任何同學與親戚朋友聯絡。不知過了多久，才傳說張力去了香港，後來又出國了⋯⋯

本來林中就一直生活在強烈的內疚中，他痛恨自己沒能保護自己心愛的姑娘。這次見了張力的同學後，怒火中燒的林中決心要讓歹徒受到應有的懲罰！

他利用假期，獨自開了一輛軍用吉普到了丹霞縣……

但到了丹霞縣，他卻發現，在對殘害婦女、草菅人命的現象已司空見慣，習以為常的地方，在當官的說了算，老百姓敢怒不敢言的地方，在大多數民眾、甚至幹部都不知"法治"為何物的地方，想要伸張正義，難！

碰得頭破血流的林中並沒有氣餒。

他不由想起了易平大哥，想起了當年在陽平縣插隊務農時懲治那個殘害女知青人渣的"工程"……既然不能把這些"衙內"繩之以法，那就"以牙還牙"、"以暴還暴"，對他們"施之以暴"！

林中決心親手狠狠懲罰那幾名歹徒。

於是，他利用自己特殊的工作職務，還調動了當時很多"有用"的關係，反復地落實了懲治名單，瞅準機會便出手。

首先，他在一位"老朋兼死黨"的仗義相助下，"搞掂"了當地警訓班的頭兒，派出正在受培訓的學員，進行"實戰拉練"：在一個"月黑風高"的夜晚，精心布置了"打群架"的"局"，終於把幾名當年殘害張力的"衙內"，無一漏網，統統打成"高規格"兼"斷子絕孫"的終身殘疾！

伸張正義，也要"走後門"，"走邪門"！解恨之餘，林中為這個社會感到悲哀……

此後，他一直在努力打聽張力的下落。

他一定要再見到張力！

他決意要為這純潔的初戀堅守，直到永遠！

這時候，整個大廳彷彿都凝固了。

幾十雙睜得大大的眼睛，全都注視著奔向林中的張力，靜靜地望 著他們，靜靜地等待著……

終於，林中踏出了緩慢而堅定的步子，走到張力面前，把已哽咽的張力使勁地抱在懷裡。

大廳旋即爆發出熱烈的掌聲。

林間和易平、鍾麗莎、王思哲、潘緯達、陳意揚等人也紛紛從不同的角落走過去，把張力和林中圍起來。在問候聲、祝福聲中，在熱誠、真摯的目光中，林中和張力，一直緊緊地、緊緊地相擁……

午後，董事會召開了首次會議，明確了基金會今後的和近期的工作；明確了董事和常務董事的分工與具體任務。

會後，一些來自外國的與會者要趕回去了，自然是一番依依不捨的惜別。

不用說，送機的任務就落在陳盈盈的身上了。好在李紅纓主動提出要做助手，年輕人身強力壯，搬運行李的力氣活就讓他全包了。兩人配合默契，深得叔叔、阿姨們讚賞。

晚上，送完最後一批從國外來的叔叔阿姨後，李紅纓悄悄來到鍾麗莎阿姨的房間，向她諮詢到舊金山藝術大學求職的成功經驗。

鍾麗莎何等敏感！雖說就這短短的兩三天，但她就已看出這個陽光男孩內心的秘密了。她不由思忖：也許，能治癒盈盈因為失去徐滔而產生傷痛的，就是他了……於是，鍾麗莎故作驚訝道：

"什麼？你不是即將取得東京藝術大學的博士學位，可以留在日本發展嗎？難道舊金山比東京更具吸引力嗎？……嗯，我看你這是'醉翁之意不在酒'吧？"鍾麗莎一針見血道。李紅纓的臉一下子就紅了。

　　“好啦，你也不必解釋了，看在李非老師對易平大哥，對我，對我們知青愛護、關懷的份上，我幫你，”鍾麗莎又心照不宣地笑道，“不過，能否‘得道’，‘修成正果’，就看你的修為與運氣了。你……”

　　剛說到這裡，潘緯達來了，一進門就說：

　　“本人奉‘總舵主’之命，請鍾大妹子到他的房間，有事‘密斟’……嘿嘿！”

　　鍾麗莎正要問個清楚，但潘緯達說完，詭秘地笑了笑，便走了。

　　鍾麗莎趕快把自己的手機號碼和E-Mail地址寫給李紅纓，便急匆匆地向同一樓層的易平的房間走去。才走到門口，就已聽到裡面笑語雜沓，好不熱鬧。但她剛一進門，歡鬧卻戛然而止，鴉雀無聲，隨後卻又突然不約而同地衝鍾麗莎爆發出開懷大笑。而易平則滿臉通紅，尷尬不已。不過很快，他就恢復平靜，對剛到的鍾麗莎，若無其事地說道：

　　“沒別的，大家相聚一次不容易，藉這個機會老朋友好好敘敘舊而已。”

　　鍾麗莎一看，滿屋子坐的坐，站的站，都是熟人。

　　茶几上擺滿了那帕赤霞珠葡萄酒和杯子。

　　而有的人已在悠閒地喝著酒了。

　　“林中，在所有老朋友中，就數你最神秘了！你非但不是‘神龍見尾不見首’，而且還是‘神龍不見尾也不見首’！難不成你是國際刑警或者是什麼‘國安’、‘公安’的海外大員之類，或是錢大氣粗、黑白道上大佬的手足？小弟和社長都是‘異見人士’，倘若不經意觸犯‘天條’了，老哥你可千萬要手下留情啊！”王恩哲借著酒意半開玩笑道。

　　“哈哈哈！此言差矣。小弟只是一名既無權，又無勢，更無錢的'打工仔'而已。思哲兄，我這個'無產階級'，還想向你借錢娶老婆呢！再說，萬一哪天一個不小心，貴黨'政黨輪替'成功，變成執政黨了，可千萬別忘了關照小弟啊！"林中笑著反唇相譏。

話音剛落，便響起一陣快樂的笑聲。

"真是牙尖嘴利的家伙呀，只有易平哥才鎮得住你們！"潘緯達望了易平一眼說，"易平哥，賞他們一頓辣的！"

易平笑了笑，沒有回應，只是對林中說：

"對了，林中，你還未捐款吧？"

"我早就準備好了。瞧！"林中從口袋拿出一個綠色的信封問潘緯達，"交給部長大人你呢，還是交給鍾總幹事？"。

"交給總幹事吧，記得寫上姓名，以免混淆了。"潘緯達説。

"這是我自製的信封，獨一無二的，絕對混淆不了。"林中得意地笑道。

鍾麗莎接過林中遞給她的綠色信封，不禁怦然心動。而易平一看信封，也很愕然。兩人互相打了一個眼色，然後都裝作若無其事，沒有再説什麼……

"為何沒有看見'紅頂商人'白薇大姐呢？"沈健問鍾麗莎。

"白薇大姐出國辦事了，臨走前已把捐款交給我——上午我在大會上宣讀的捐款名單裡，其中的十二萬美元現金就是她捐的。"鍾麗莎回應沈健道，並趕快岔開話題，"還是説説有什麼與大家有關的舊聞、新聞吧，下次相聚，也不知道是什麼年月了。"

"我給大家説一個人吧。還記得'二狼'這個人渣嗎？就是當年被易平大哥狠狠地教訓了一頓的、'沙湖三狼'中最兇悍的那只！"潘緯達説，"我在佛羅里達看到他了！'狗改不了吃屎'，這渾蛋仗著什麼'中央反貪調查員'、'中央特派員'的身份，以'辦案'為名，行敲詐勒索之實。聽説他在你們加州惡名昭彰，混不下去了，在其主子的縱容、包庇下，現在到了我們佛羅里達州。這渾蛋依舊劣性不改，繼續‘正常’‘開展工作’，也依舊逍遙自在，快活得很哩！易平大哥，你當年把他打殘廢就好了！林中，你說說，為什麼FBI對‘二狼’的所作所為，竟然不聞不問，聽之任之？”

“也許人家FBI是在‘放長線’，要釣更多、更大的魚呢！”林中輕描淡寫地說。

“你說的不無道理。不過，這渾蛋也實在太招搖，太囂張，太肆無忌憚了！聽說，他還與你三弟林野大教授一個學生的家長，一個掛著什麼‘琴媽團團長’頭銜的‘狐狸精’勾搭上了，兩人狼狽為奸，幹了不少壞事。”何淑娟插口道，“好在天理難容，有傳言說，最近‘狐狸精’浮尸在金門橋下，而且還是一絲不掛！也不曉得是自殺、是被歹徒劫財劫色，丟了性命，還是遭仇家報復……”

看大家面面相覷，驚愕不已，何淑娟又道：

“我還聽說，這‘狐狸精’呀，長得比大陸當紅的影視名星還要漂亮哩！難道你們都沒聽說？怎麼啦？連我們遠在佛羅里達州都聽說了，反而你們這些舊金山的‘地主’，信息卻如此閉塞，‘情報’如此匱乏！哈哈哈！”

潘緯達夫婦提供的信息，引發了人們的熱議。林間當然知道何淑娟說的“狐狸精”是誰。而大家做夢也不會想到，他這個董事長大人，與這個“狐狸精”還有過一段孽緣呢。他感到很突然，卻也並不意外。但連他自己也說不清，為什麼他既沒有傷心，但也高興不起來……

易平見狀，心如明鏡。他不想人們繼續談論這個話題，於是說：

“嫂子，我們舊金山朋友圈的‘情報網’，怎麼會比你們佛羅里達州的落後？我這裡就有一條精彩的獨家信息，絕對可以挽回我們舊金山‘地主’的顏面！大家想不想聽？”

“想呀！”

“説啦！”

“快説呀！”

“快呀！”

正在興頭上的人們，都焦急地催促易平。

“聽説在我們舊金山灣區，有一位偉大的‘獨行俠’，他神出鬼沒，專殺大陸潛逃到美國的貪官。被殺者無一例外，口中都被塞滿了百元面額的人民幣大鈔。這位大俠殺手的作案手法專業，不留任何蛛絲馬跡，不愧是行家裡手。更為特別的是，此公不愛財，對貪官的財物一律是不屑一顧。不過，偶爾他也會留下‘嚴懲貪官，為民除害’的字條。還有，有一次落款，竟然寫上⋯⋯”易平故作玄虛地停了一下，才繼續説，“落款竟然寫上‘中國知青’！想不到吧？”

其實，大家更想不到的是，易平的這一信息，是前些日子林中從‘狐狸精’蘇玲的口中獲悉，前不久才告訴易平的。

易平話音剛落，陳意揚馬上就故作神秘地説：“難道大家沒發現，這位‘獨行俠’，就在我們當中，就在這個房間裡嗎？”

陳意揚的話激起了大家的好奇心，房間裡很快就響起了議論聲。同時，包括張力在內，每一個人的目光，慢慢地，都投向林中⋯⋯

“哈哈哈哈！林中，你看，革命群眾的眼睛是雪亮的！‘替天行道’、‘獨行’、‘神出鬼沒’、‘中國知青’、‘專業’、‘與錢有仇’⋯⋯你説，這‘大俠’的種種行為特徵，有哪一條跟你對不上號的？”陳意揚得意揚揚地大笑道。

“哈哈！還説這位‘大俠’‘專業’，是‘行家裡手’呢，怎麼會以‘中國知青’的名義落款？我才不信！這樣做，想叫FBI不破案都難！要知道，美國FBI破案率之高，全球著名，他們可不是吃素的！依我看，這絕對是傳言者添油加醋，以訛傳訛的所為！除非是FBI也痛恨大陸貪官，因而樂觀其成，視而不見。在下多謝陳大教授抬舉了！說真的，我還挺想當個為民除害的偉大的'獨行俠'呢！不過很可惜，我思想境界還沒那麼高，也不够道行，難享這等殊榮！再說了，我林中也絕不會犯這麼低級的錯誤！大家說呢？"林中笑著應道，"當然，也不排除是一種'障眼法'，目的是轉移警方視線。"

聽林中這麼一說，大家也就一笑置之。易平接著說道：

"請大家少安勿躁。我非常榮幸有機會為林中老弟'洗白'。陳大教授，你是冤枉我們的林中老弟了。就在半個小時前，我接到我們報社記者從洛杉磯發來的電話，報告一條重大消息並請示是否見報：剛從大陸以投資移民來美國没多少年，就以財大氣粗出名的洛杉磯博愛慈善基金會董事局主席王英傑，今天下午在自家的豪宅裡被殺身亡——死者口中被塞滿了一百元面額的人民幣大鈔，口鼻被膠布封住，窒息而死；同時也留下'嚴懲貪官，為民除害'的字條。碰巧其家人均出門在外，而家中財物，也未曾受損……"易平對陳意揚笑道，"你陳大教授眼中的'大俠'嫌疑人林中老弟，他一直在此呀，到洛杉磯作案，他分身乏術吧？好了，林中老弟'洗白'了，大家都為他乾一杯吧！"

凡是已斟有酒的，都笑著喝了一口那帕"赤霞珠"。

易平繼續說：

"毋庸置疑，我和林中老弟，和在座的每一位老朋友，對大陸貪污腐敗，都深惡痛絕。無論在國內，還是在海外，只要是中國人，都會同仇敵愾，與貪腐勢力勢不兩立——這是正義與邪惡的鬥爭，是廣大人民群眾與新生的金融壟斷資產階級的鬥爭。而海外鬥爭只不過是國內鬥爭的延伸與補充而已。可以說，'獨行俠'在海外的出現，絕不是偶然的，其'替天行道'的義舉，反映了老百姓對貪腐的強烈不滿、痛恨與憤慨，以及對愈演愈烈的貪腐未能得到有效遏制而感到的悲哀、無奈與失望！”

“易平哥説得對極了！”潘緯達和沈健異口同聲地説。

“説得好！説得好！”大家都認同易平的話，連王思哲和陳意揚也連聲叫好。

其實，林中打心眼裡佩服這位“偶爾露崢嶸”的“獨行俠”，雖然不知道他是何方神聖，是“專業”的，還是“業餘”的，但他的氣魄、膽識、能力，都是出色的、超群的。不過他也很難判斷，這是否只是“個體戶”的行為……林中自然想起了國內目前以“反貪”的形式，正在激烈進行的、關係到“中國向何處去”的大搏鬥，想起了已成為這場殘酷搏鬥犧牲品的白薇與徐滔……

他輕聲問一直依偎著自己的張力：“薇姐是不是有個女兒在舊金山上大學？”

“是呀！她在舊金山音樂學院學鋼琴。就是給我們小提琴齊奏彈鋼琴伴奏的那個小姑娘陳盈盈呀。這兩、三天，她在這裡當義工。這會兒，她正開中巴送那些從外國來的與會者回去，往舊金山國際機場趕呢！可能今晚還有最後一趟吧。”

“哦，原來她就是薇姐和陳榮輝的女兒！難怪這丫頭長得那麼像薇姐了！”林中道。

要不要告訴這可憐的小姑娘一點什麼呢？林中猶豫起來……

聚會散後，易平和林間、楊力行、潘緯達、鍾麗莎留下來，談了談基金會的工作，便匆匆趕回舊金山的報社上班了。

晚上，鍾麗莎與陳盈盈一道，送走了最後一批與會者和回大陸看父母的李紅纓之後，也返回舊金山了。

最後離開的是林間和陳意揚——這是酒莊“候任老闆”潘緯達特意安排的。

三個大男人來到三樓的一個小客廳。

“兩位老哥，喝點什麼？酒、咖啡，還是茶？”潘緯達問。

　　“喝‘龍井’吧！今天酒喝得夠多了。”陳意揚説。

　　“我也喝茶。”林間附和道。

　　“我就開門見山，直奔主題了，”潘緯達邊泡茶邊説，“也不知道兩位老哥哪輩子修來的福？有‘優等’女生相中你們啦！”

　　原來，余冰早就欽佩陳意揚，還在紅衛兵時期，她就是“南國三劍客”“李意哲”的“信徒”，“中大紅旗公社”的“紅小兵”。能在異國他鄉見到仰慕已久的當年的“造反派”“領袖”，余冰認定這就是緣份！絕對是“有緣千里來相會”了！加上這次陳意揚又給了她更多的好印象，而且，余冰對他的“一國兩府”、“聯合執政”的觀點也非常認同。當由於全心拼搏而至今單身的她，知道陳意揚現在也是單身漢時，便萌發結束生意，來美國與“社長”共度餘生的念頭。於是大膽地向潘緯達“摸底”和“交底”——摸陳意揚的“底”；也交她自己的“底”。

　　而相中林間的，則是曾琤。這位出身書香世家，當過整整八年黑龍江生產建設兵團的知青，在“四人幫”垮台後考上大學的才女，這位“眼睛長在頭頂上”，從未正眼瞧過任何一位追求者的孤傲的“冷美人”，卻連自己也感到莫名其妙：怎麼會對林間一見鍾情？

　　當曾琤把自己心底的秘密告訴潘緯達夫婦時，何淑娟就笑道：

　　“傻妹子，愛是很奇妙的東西，它是没有理由，也不需要任何理由的——愛，可以是驚天動地、惊驚世駭俗的，可以如同燈蛾撲火般不顧一切的，甚至是荒唐的、不可理喻的。機緣到了，冰與火也可以共融、昇華！可別錯過了！”

　　“好了，兩位老哥，我的‘歷史使命’完成了，此後，就看你們各自的修為了。”潘緯達笑道，“我已提了一個既保守，又現代的提議：如兩位有誠意交往，那麼從今天算起，在一個月內就去找各自的那一位——過期不候。廢話我就不用説了。”

這時，何淑娟拿著一個開水壺走進來往茶壺加水，並說道：

"兩位大哥真有'桃花運'！但機遇難得，稍縱即逝，可不要錯過了，加油呀！"

臨別，潘緯達說：

"我倒是看好兩位大哥，相信你們定能抱得美人歸！說好了，將來婚宴就設在酒莊這裡，讓小弟為你們熱熱鬧鬧地辦一場隆重的婚禮吧！屆時來個雙喜共慶，豈不妙哉！"

"好！一定，一定！潘大老闆這個情，我們就領了罷！"林間朝陳意揚拱手道。

"好的，我領情，領情！那就多謝潘大老闆了！"陳意揚也贊同道，"不過，最好是'四喜臨門'！——你們忘了？不是還有林中、張力和易平哥、麗莎姐這兩對嗎？"

"對！對！對！是'四喜臨門'！"林間和潘緯達夫婦異口同聲道。

"還有，告訴易平哥，你們幾個大男人，最先求婚成功者，可以獲得我獎勵的大禮品！"潘緯達補充道。

"什麼獎品呀？"陳意揚問。

"暫時保密。"潘緯達朝淑娟笑了笑，故作神秘道。

第十八章

陳意揚果然很爭氣，不出一個星期，從舊金山直飛倫敦,率先取得"輝煌戰果"：他在一艘飛馳在泰晤士河上的快艇上向余冰浪漫求婚成功！

當他隨即用手機向潘緯達報喜，並不忘索要"獎品"時，卻慘遭一頓痛罵：

"就知道自己浪漫！你還讓不讓別人浪漫啦？也不看看現在是什麼鐘點！告訴你這個自私自利的渾蛋：現在是神聖不可侵犯的那帕浪漫時刻！"

兩天後，林間也從新加坡打電話向潘緯達報喜。

林中跟隨張力回到新西蘭後，也接受潘緯達的好意，改變了原定到新西蘭舉辦婚禮的計劃，決定與大哥林間、易平和陳意揚在那帕潘緯達的酒莊舉行婚禮。接著，林中和目前還在華沙的林野和在新加坡的林間商量好，在那帕婚禮後，一起帶著家眷和新人，回江州探望父母。

三天後，潘緯達交給林中一個"光榮任務"：說服易平哥讓他盡快把結婚手續辦了，並在他的那帕酒莊辦一場隆重的"四喜臨門"的婚禮！

但潘緯達哪裡知道，就在他交"任務"給林中的同一天，易平和鍾麗莎便已在舊金山市政廳辦好結婚手續，並已在商量舉辦婚禮的事了。

從那帕回到舊金山的當天，鍾麗莎和盈盈一起回到盈盈的住所。

住所靜靜的。

合租這個單元的另一位女同學，最近常常到男朋友處過夜。看來今晚是不會回來了。

為謹慎起見，鍾麗莎和盈盈回到房間，鍾麗莎關好門後，才拿出白薇留給盈盈的文件和物品。

盈盈把一大沓文件和物品推到一邊，迫不及待地看媽媽留給自己的信。

盈盈，我親愛的女兒：

媽媽首先為小徐的遇害感到遺憾，媽媽對不起你。但為了無產階級革命事業，為了黨和國家的利益，媽媽別無選擇，只能大義滅親了。希望你能够理解媽媽，體諒媽媽，而不要怨恨媽媽，不然，媽媽即使到了天國，也是不會安寧的。

雖然媽媽與爸爸政見相異，是分屬兩個世界的人。但爸爸是一個正直、善良，心懷祖國，心懷天下的頂天立地的男子漢。爸爸是媽媽今生今世唯一的愛。沒能和爸爸并肩奮鬥，攜手共進，白頭偕老，是媽媽此生最大的遺憾。

當年，媽媽以為爸爸不幸被害了，便為爸爸在我們曾經常留連忘返的山頭設置了一個"衣冠塚"。如今，你能在緊靠著爸爸"衣冠塚"的旁邊也為媽媽設置了一個"衣冠塚"嗎？

雖然媽媽也許已沒有機會看著你在爸爸的關愛和教導下更幸福地生活，更出色地成長了，但媽媽感到十分欣慰的是：你是媽媽與爸爸刻骨銘心的、純潔愛情的唯一的結晶！在你的身上，有著爸爸太多的遺傳基因，太多的優點了！

媽媽希望你能更多地學習爸爸身上那些閃光發亮的東西，敬爸爸，愛爸爸，關心爸爸，孝順爸爸。

媽媽衷心祝願爸爸和麗莎阿姨幸福快樂、白頭偕老！

媽媽希望你能和麗莎阿姨，和易寧弟弟親密無間、相親相愛。

媽媽現正在義無反顧地投入一場關係共和國命運的搏鬥，一場充滿血與火的搏鬥。但媽媽無法預料前路與結果：是乘風破浪，勝利前進，還是粉身碎骨，隨風而逝……不過媽媽記得，爸爸無論是在文化大革命，還是在上山下鄉務農，在面臨重大抉擇的關頭，他都以拿破崙的那句名言激勵自己勇往直前行："先投入戰鬥，再看分曉！……"

媽媽現在也正是這樣做的，媽媽要投入戰鬥了……盈盈，我親愛的女兒，媽媽愛你！

媽媽泣書

盈盈流著淚看完信。接著，她又默默地看了桌子上的那一大沓文件和物品：一筆以盈盈為受益人的生前信託資金證明；一張擁有者已更名為盈盈的房契；一份已過户給盈盈的"奔馳200"的車照；一個塞滿了貴重首飾的小錦囊；盈盈分別與易平、陳榮輝與白薇的《親子鑑定書》；還有易平把練習曲改編成樂曲《隨風而逝》的舊得發黃的手抄譜……

一切都來得太突然了！

她既感到意外，又感到難過，還感到一種說不清楚的複雜的滋味……

她既感到意外的欣喜，又感到痛心與悲傷。一種說不清楚的複雜的滋味瞬時充滿了她的整個胸間……她沒有說話，只是默默地流淚。

夜已深了，加上這兩天送機繁忙，盈盈感到很累。她泡了個很熱的熱水澡，然後把信交給麗莎阿姨，身心疲憊的盈盈便獨自先睡了。

在睡夢中，盈盈一會兒看見一臉嚴肅的媽媽，一會兒又看見徐滔在對著自己傻笑……

鍾麗莎坐在盈盈的牀沿，心痛地看著已入睡的盈盈。小姑娘雙眼的睫毛，還掛著晶瑩的淚珠……

一股憐愛的暖流，不由自主地涌上鍾麗莎的心頭。

是的，對於一個天真無邪、玉潔冰清的小姑娘，承受這突如其來的一切，真難啊！

鍾麗莎打開白薇給盈盈的信。

看了信，鍾麗莎明白了：雖然已預料到自己很有可能"粉身碎骨"，"隨風而逝"，並已坦然安排好"後事"，但白薇還是帶著深切的留戀與萬般的不捨而去的……

鍾麗莎毫無睡意，她走到客廳，撥通了易平的手機。兩人徹夜長談，直到第二天早晨。

盈盈一覺醒來，天已大亮。她見麗莎阿姨還在打電話，便輕手輕腳地去做早餐了。

看到走進廚房的盈盈，鍾麗莎放心了。

吃早餐時，鍾麗莎說："盈盈，我們什麼時候去見你爸爸呀？"

"麗莎姨，我還沒準備好呢……"盈盈答道。

鍾麗莎微微一笑，"傻丫頭，這還需要什麼準備嗎？"

"麗莎姨，我很想見爸爸，但又不知道該說些什麼才好！"盈盈又道。

"'先投入戰鬥，再看分曉'嘛，去吧，現在就去見爸爸！"鍾麗莎果斷道。

於是，鍾麗莎把盈盈拉上車，兩人一起來到易平的住所。

今天一早，易平剛練完形意八卦掌，就有人敲門了。一開門，淚流滿面的盈盈就撲在易平的身上，顫聲叫道：“爸爸！”

易平把盈盈緊緊抱在懷裡，兩行熱淚潸然而下。

看著這父女倆，鍾麗莎也禁不住流下熱淚。

而易平是有心理準備的——與麗莎通宵達旦的交談，讓他明白了一切。雖說他也感到意外與突然，感到遺憾與悲戚，但更多的，是感到欣慰与喜悦。

現在，正當易平費盡腦筋，苦思苦想如何與這個彷彿是從天而降的女兒相認時，女兒就從天而降了！

三人來到易平的書房。

盈盈不知道從哪裡說起。用盈盈自己“獨創”的説法——如何向“新鮮出爐的爸爸”訴説衷情。

鍾麗莎有心讓父女倆多聊聊。她悄悄地到了厨房，“輕車熟路”地找出自己這次從法國帶來的咖啡。

而令鍾麗莎感到不可思議的是，這對父女沒過多久，就像兩個相識已久、毫無隔閡的老朋友在交談了。

當她把煮了又煮的咖啡拿到書房時，只聽到盈盈正跟“新鮮出爐的爸爸”撒娇：

“爸爸，我今晚就要搬回家住，今晚就要！還有麗莎姨！這裡才是我的家！”

易平聽了，笑了笑，正要説話，鍾麗莎拿著一壺熱氣騰騰、濃香撲鼻的咖啡進來了。

三個人一邊喝著咖啡，一邊商討近日要做的事情。

喝完一大壺咖啡後，盈盈得意揚揚地宣佈幾乎全是她提議的"近期計劃"：今天晚上由盈盈和"準媽媽"到機場接凱旋歸來的易寧；明天上午盈盈和易寧陪同爸爸和"準媽媽"到市政廳，見證他們辦理結婚手續；之後易寧幫盈盈和"新媽媽"一次性搬好家；晚上一起到舊金山著名的百年老店佛蘭克林牛扒屋，慶祝"雙喜臨門"。

盈盈的提議，得到爸爸和"準媽媽"一致的贊同。

午夜前，鍾麗莎和盈盈順利地把易寧接回家。

在路上，當易寧知道"老搭檔"盈盈竟然是自己的親姐姐時，高興得幾乎在座位上彈跳起來；而盈盈也為有一個這麼優秀的親弟弟而歡欣、自豪。

一切都依照盈盈的"近期計劃"按步就班地進行⋯⋯

這天晚上，當林中帶著"任務"來到易平的住宅時，只見開門的是易寧。

"啊？凱旋歸來了，恭喜！恭喜！"林中一把抱住易寧，使勁地拍了他幾掌，連聲大呼，"好小子！真棒！你為你爸爸，也為我們知青爭氣，爭臉，爭光了！來！送你幾套奧地利多米南特公司專門為世界級演奏家新研製的琴弦新產品'RONDO'。我就知道，你一定行的！起碼可以進入前三名，所以早早就準備好禮物了。想不到還是大獎！真棒！"

"謝謝林叔叔！"易寧高興地謝道。

"噢，怎麼你們也在！"林中一看客廳的鍾麗莎和盈盈，感到有點意外。

"寧兒，你就向林叔叔介紹介紹吧！"易平對易寧說。

"唔⋯⋯唔⋯⋯怎麼介紹？"易寧沒反應過來。

"真蠢！林叔叔也不是外人，當然是按'最新版本'介紹啦！"易平微笑著吩咐。

"這是我的'候補媽媽'⋯⋯"易寧還未說完，就被盈盈打斷："什麼‘候補媽媽’？真蠢！”

“這是我和易寧的‘新鮮出爐的媽媽’！今天上午她剛剛和爸爸在市政廳辦了結婚手續，他們是合法夫妻了！”盈盈接著補充。

“我的爸爸也是盈盈姐的親生父親，我和盈盈姐都有份兒的，所以盈盈姐是我同父異母的親姐姐，現在改叫易盈了。……”易寧笨笨拙地説完，膽怯地望了易平一眼，生怕又説錯話。

“什麼？……同父異母？……哦，哦，我明白了！怪不得我大哥和三弟早就説過，盈盈姑娘既像她媽媽，同時又極像易平哥了！”林中瞪大眼睛看著盈盈道。

其實，林家三兄弟早就猜到易平是盈盈的親生父親，只是心照不宣罷了。

“真是天大的喜事！天大的喜事呀！恭喜！恭喜！”林中發自內心地祝福。

接著，林中猶豫片刻，乾脆當著兩個孩子的面，把潘緯達在葡萄酒聖地那帕辦個“四喜臨門”大婚禮的建議説了。

盈盈和易寧同時鼓掌叫好。

鍾麗莎朝易平打了一個眼色，易平心領神會，兩人也就爽快地表示接受潘緯達的建議了。

林中馬上打電話告訴潘緯達，只説了一句話：“不辱使命，大功告成！”

“好了，喝杯我從巴黎帶回來的咖啡吧！剛煮的。”鍾麗莎給林中斟了一杯咖啡。林中坐下來，喝著香濃的法國咖啡，無意中看見玻璃茶几上，正放著兩個自己特製的綠色的信封。

林中意識到：對於他們而言，自己已經沒有太多的秘密了……

看著沙發上緊偎在鍾麗莎左右兩旁的易寧與盈盈，看著一臉幸福的易平，以及一直微笑的鍾麗莎，林中決定把自己反復考慮、認真準備好的話，都説出來。

林中坦誠相告：大陸正在進行一場關係到共和國命運的、決定中國向何處去的激烈的鬥爭……而根據內部可靠的消息，最近有關白薇與徐滔，成為這場鬥爭的犧牲品的傳聞，已經被證實。

"大家不是不知道，我們中國從來就是山頭多，系派多，這已是人盡皆知的事實，雖然我不清楚小徐組織上屬於什麼'條條'、'塊塊'，但對貪污腐化，我與小徐都是同仇敵愾的！不瞞你們説，我一直利用我的特別的資源在暗中幫助小徐偵查貪腐的工作。對了，我就是用這自製的信封給他寄關鍵信息的。"林中指著茶几上的綠色信封説。

"小徐知道是你在幫助他嗎？"盈盈問。

"應該不知道。相信我，你林叔叔科班出身，專業水平嘛，絕不含糊！不會有人知道的——包括FBI。我之所以這樣做，是考慮避免給小徐帶來不必要的麻煩。我知道，聰敏的小徐是一定明白我這個'隱形''貴人'的良苦用心的。"林中對盈盈説，"但遺憾的是，這次我没能及時、有效地提醒和救助他……"林中難過地説。

"林中，你也不必自責。我們知道，中國的政治，錯綜複雜，不同政治勢力的較量，都是在執政黨黨内進行，而且都是打著'政治正確'，打著'維護馬列主義'、'維護黨國利益'、'維護改革開放成果'的旗號進行的——這是我國政治生態的'特色'。至於誰是真正的馬列主義者，誰是修正主義者，誰是新生的金融壟斷資產階級代理人，蛇龍混雜、撲朔迷離，真假難辨呀！別説是你了，就是老一輩的革命家和資深的馬列主義理論家，目前都在不同程度上感到困惑與迷惘。小徐不怕犧牲，與貪腐英勇鬥爭，説明他是代表正義的，他做對了，而且做得好。但是，他的正義之舉，到底觸犯了哪些人的'禁區'與'禁忌'，損害了哪些人的既得利益，這你知道嗎？到底他是被誰'滅口'，這你又知道嗎？説句不好聽的，萬一小徐觸犯的是你們的‘山頭’，你們的‘禁區’呢？這並非不可能呀！……我們還是多學習，多思考吧！”易平也坦誠地說。

“我們的‘禁區’？易平哥，不可能吧？不過也是，也許簡中的‘門道’、內幕與背景也有我不知道的……中國的政治也實在是他媽的太複雜了！這些年，雖說看多了，經歷多了，但我反而更困惑，更迷惘了。到了今時今日，我也越來越不敢說自己‘政治正確’、‘一貫正確’了。但我們老朋友關起門來私下探討探討，交流交流，總可以吧？”

“當然！我們都是知己知彼、互相信任的患難之交了，無須顧慮，什麼都可以探討、交流。”易平坦誠地說

“易平哥，我最近在想：如果說，目前的執政黨不是馬列主義政黨、無產階級政黨吧，但它‘零容忍’的反貪腐，不正是堅持無產階級專政下的繼續革命嗎？不正是代表廣大人民的利益和願望嗎？如果說是吧，那又如何解釋私人企業家、資本家都可以進黨？這和赫魯曉夫的‘全民黨’又有何不同？我記得，那天你在那帕談‘獨行俠’時不是也說，‘獨行俠’‘替天行道’，反映了老百姓對貪污腐敗的不滿、痛恨與憤慨，以及對愈演愈烈的貪腐未能得到有效遏制而感到悲哀、無奈與失望嗎？我還記得，當年在陽平的讀書會上，你還說過，雖然馬克思指出：不能在歷史條件尚未成熟的前提下人為地消滅資產階級法權，但並沒有說不應消滅資產階級法權；而且，毛主席也多次提出要限制資產階級法權。我想，貪腐，不就是資產階級法權的無限膨脹嗎？還有，如何解釋全世界一百三十多個國家都有政府官員私人財產公開制度，而咱們卻始終做不到？不要說共產黨人已蛻變，已改變革命初衷那麼嚴重了，但起碼說明，這已不是與廣大群眾一條心了吧？依我說，根本就不用花大力氣去‘反貪’，只要建立了嚴格的政府官員私人財產公開制度，誰還敢貪？易平哥，你認為我說得對嗎？其實，我的

想法一點兒都不複雜，我只是想弄明白，自己維護和為之奮鬥的政黨，到底是一個什麼樣的黨？”

林中又道，“我曾聽説，江澤民在十五大前，要先到中央黨校為省部級幹部班作十五大主題報告，鄧小平叫女兒追上他，叫他在十五大報告中，凡是提到‘市場經濟’，其前面不要加任何定語，例如‘社會主義特色’之類的定語。這是不是説，我們現在的經濟，是純粹的‘市場經濟’，與‘社會主義’毫無關系？”

“林中，我看你就不要為難易平哥了吧，他也正在研究這些問題呢。大陸現在不是有一位‘權威人士’説，中國共產黨是‘中華文化黨’嗎？國內主流言論，不是一直在強調‘社會主義特色’，強調堅持馬列主義嗎？”鍾麗莎説。

“叫什麼黨，不重要，重要的是這個黨是代表什麼人的利益和願望，是為什麼人説話、做事的；什麼‘特色’也不重要，重要的是它的‘特質’，是否按照馬克思所説的……”易平還想接著説下去，就被林中打斷了：

“還馬克思呢！我告訴你吧，易平哥，你可能不相信，偌大的神州大地，居然買不到‘文化大革命’前由中共中央馬列主義編譯局出版的兩卷本或四卷本的《馬克思恩格斯選集》，以及四卷本的《馬恩列斯選集》！”林中插口道，“就是當年在陽平當知青時，你在讀書會上常給我們讀的那種兩卷本的《馬克思恩格斯選集》，我很想買一套。但不管怎麼找，卻始終都找不到；千方百計打聽，也是無人知曉！你們説，這算啥事兒？”

“什麼？這是真的嗎？”易平認真地問。

“哎呀，別説全國一二線大城市了，就是北京、上海，也買不到！我曾專程去了國家出版總署屬下的門市部，也只見到‘文化大革命’前中共中央馬列主義編譯局出版的，蒙著厚厚灰塵的《馬克思恩格斯全集》和《列寧全集》！寬敞的門市部，門可羅雀！”

林中十分感慨，"我就不明白了，如今經濟發展了，難道就不需要……"林中欲言又止。

他沒有說下去，只是默默地望著易平。

易平也沉默了。

林中的話令他陷入深思……

他記得馬克思說過，無產階級奪取政權，建立社會主義社會目的僅僅是，也只能是解放勞動者，消滅舊式的分工，舊的生產關係，以做到"各盡所能，按勞分配"。

現在的問題是：現今的生產關係，與舊的生產關係有何不同？勞動者在多大程度上得到解放？如何才能真正做到按"勞"分配而不是按"權"分配？現今的生產關係，和馬克思所說，有何不同，有何距離？而且，馬克思的這些理論，還適用不適用從計劃經濟，到市場經濟，到全球化歷史進程中的中國？

他想起了馬克思的一段話："批判的武器當然不能代替武器的批判，物質力量只能用物質力量摧毀。但是理論一經掌握群眾，也會變成物質力量。"

馬克思的這些理論，到底還是不是能掌握群眾，讓群眾爆發強大能量的"理論"？還是不是能把中國帶到繁榮、昌盛、富強彼岸的的"理論"？

……

易平沉吟半晌才說："林中，你知道的，我這個人，執著、頑固、死板……"

"嘿嘿，林中，你不知道吧，還有人說他這個人，不是屬'金牛座'，而是屬'蠻牛座'呢！"鍾麗莎笑著插口道。客廳響起一陣笑聲。

"哈哈！沒這麼嚴重吧！我只是'刀槍不入'、'百毒不侵'而已。說實話，我到了美國後，雖然大開眼界，涉獵了經濟的、政治的各種各樣、五花八門、林林總總的'新思想'、'新理論'、'新體系'，但我一直未見識到比馬克思的理論更吸引我，令我側目的新東西。而且，我的研究興趣，絲毫未減呀！"

"好了，易平哥，我總算明白你的想法了……"林中又朝鍾麗莎笑道，"哈哈哈！看來，我和易平哥是'英雄所見略同'呀！"

"哈哈！林叔叔，您想跟我爸相提並論，想沾我爸的光？您差遠了！"盈盈也笑道。

盈盈的話引起哄堂大笑。

"我哪裡敢？你爸爸是個大大的理論家，我哪裡敢跟他'相提並論'？你這丫頭，為你'新鮮出爐的爸爸'抬轎子吹喇叭，倒是蠻自覺、蠻出力的！"林中有點狼狽，"咱們不談這些乾澀的話題了！維尼奧夫斯基大賽冠軍先生，你能否讓叔叔見識見識那把讓你在大賽中如虎添翼的意大利琴？"林中向易寧問道。

易寧點了點頭，就回房間拿琴。

"易平哥，有《隨風而逝》的小提琴樂譜嗎？"林中問。

易平還未回答，只聽到盈盈説：

"林叔叔，我有。"説完，便回房間拿來樂譜。

林中拿著易寧的琴反復地細看，然後不慌不忙地視奏那頁舊舊的《隨風而逝》手抄譜。

深沉、厚重的琴聲，飽含著濃濃的感傷與不捨，在客廳迴蕩……

隨風而逝

　　"林叔叔，您拉得真好！"易寧讚道。

　　"是你爸爸編得好。能把枯燥無味的練技術的練習曲變成充滿哲理、極富感情的樂曲，我真服了！"林中說，"寧兒，你稱讚林叔叔拉得好，但你知道好在哪裡嗎？哈哈，我不想假謙虛，告訴你吧，林叔叔拉得好，是因為做到'人琴合一'了，人和琴都融成一體了，一起隨風遨翔，一起上天了，入雲了……也許，在不久的將來，你林叔叔就真的'隨風而逝'了……"

　　"林叔叔，您這是演奏的最高境界啊！"盈盈豎起大拇指對林中說。

　　但易平和鍾麗莎則分明從林中最後一句話中，覺察到有一絲苦澀的灑脫……

　　臨走告別時，林中說：

　　"婚禮上見！"

第十九章

聖誕節過後不久，還沉浸在節日歡樂氣氛中的舊金山，迎來了一場已三、四十年未見的降雪。

這天清晨，早起的人們打開窗戶一看，只見自家後花園的花花草草、木欄柵、園中小徑，都鋪上了一層薄薄的晶瑩的白雪。灰蒙蒙的天空，還在紛紛揚揚地飄落著一片片絨毛般的雪花……

但多年未遇的寒冷的天氣並沒有降低人們出門踏雪的熱情。

懶洋洋的太陽出來沒多久，舊金山灣區披著銀妝素裹的大大小小的公園，便被穿著鮮艷冬衣的年輕人點綴得亮麗起來。喧鬧和歡笑不知不覺地驅散了昨夜驟然而至的濕冷的寒氣。

而舊金山市區中心，也一改往年聖誕節過後一片冷清、蕭煞的景象。中午前，但見市區中心的主幹大道瑪結大街上車水馬龍，人流熙攘。人們紛紛擁向Macy's、Ross、Costco等連鎖店，搶在節日大減價活動結束前的這一兩天，搶購御寒衣物和心儀已久的物品。

潘緯達夫婦倒不是搶購"減價貨"的"血拼一族"。潘緯達今天駕駛剛買了不到一個星期的"寶馬"八座四驅車，帶著妻子和兒子，以及鍾麗莎、盈盈、易寧一起到商場購物：兩家人為即將入讀紐約茱麗亞音樂學院的易寧和潘曉毅兩位學生哥，在入學前準備生活用品和學習用品——這是那帕"大婚禮"之後兩家人的首要大事。

世界聞名的茱麗亞音樂學院是在春季開學的。所以必須抓緊入學前有限的時間準備好一切。

一直興奮不已，持續"發燒"的潘緯達，為兒子在這次大賽中出色的表現感到十分驕傲和自豪！——連在睡夢中也笑聲不斷。為了讓寶貝兒子在五年的學習中心無旁騖，专心致志，集中精力學好琴，他和妻子決定，在音樂學院附近買一個套間，給兒子做宿舍；並誠意邀請易寧一起同住，這樣可以互相關照，互相幫助，互相促進，共同進步。

易平和鍾麗莎都覺得這主意不錯，也就贊同了。

找房子的事，很快就有眉目了。

那是由設立在紐約的美達抽油煙機總公司美東辦事處主任——一個跟隨潘緯達夫婦打天下的親信祥叔辦理的。他物色好目標後，潘緯達夫婦就直飛紐約，拍板買下了。

潘緯達夫婦對這處不受都市喧囂煩擾的一千五百英尺的房產，十分滿意。雖然房價不菲，但他們看好大都市房地產行業的發展前景。他們估算，即使過幾年兒子畢業了，不住這裡了，屆時把它脫手，也一定淨賺不賠。

他們請祥叔夫婦爭分奪秒進行室內布置。

好在房子上一任的主人是一對大學教授夫婦，室內狀況完好，井然整潔，無須費太多功夫便可布置妥當。教授夫婦還把買了不到半年的櫃式"史坦威"鋼琴慷慨地贈送給同樣慷慨的新房主。

而照顧兩位學生哥起居飲食的"保姆"，兼接送他們往返校園、住所的"專職司機"，則由祥叔的妻子殷姨全職擔任。自從獨生兒子去年碩士畢業，離開父母去闖天下後，不愁衣食，没有職業，又不喜歡社交活動的殷姨，在家閒得發慌，彈鋼琴便成了她每天打發時光的"主課"。現在居然有這份"美差"，真是喜從天降！

而殷姨會彈鋼琴，而且還彈得不錯，完全可以為兩位學生哥平日的練習伴奏——這令潘緯達夫婦感到意外的驚喜。

潘緯達夫婦心中的大石頭，終於可以妥妥地放下了。

現在，潘緯達正在人氣旺盛的舊金山市中心的大商場，樂悠悠地為給他臉上貼金的兒子"刷卡"。

"寧兒，你今天購買的所有物品，全部由叔叔買單，我剛才跟你爸爸說了，你爸爸反對無效，就這樣定了！千萬別客氣！挑最好、最高檔、最貴的，不必為叔叔省錢！"潘緯達大氣地說。

"寧哥哥，我爸有很多很多錢，真的！你千萬別客氣！"潘曉毅悄悄地對易寧說。

"還有，我們不能偏心眼，盈盈姐姐的待遇跟寧哥哥一樣，今天購買的所有物品，也全部由潘叔叔買單！不然，你們潘叔叔便會被人指責是重男輕女了！"何淑娟笑著補充道。

"還不趕快謝謝叔叔、阿姨？"鍾麗莎對易寧和盈盈道。

姐弟倆連忙同聲致謝。

潘曉毅突然問：

"爸爸，到了紐約，我可不可以跟寧哥哥同睡一張牀？"

"為什麼？"潘緯達問。

"爸爸您不是常說，'近朱者赤，近墨者黑'，跟沉溺於玩電子遊戲的人親近，這輩子便一事無成嗎？那我跟寧哥哥親近一些，不就可以像他那樣棒了嗎？嘿嘿，也許這樣，寧哥哥的'靈氣'都會傳給我呢！"潘曉毅笑著答道。

潘曉毅的話引起大家一陣好笑。

"你聽好了，你和寧哥哥，每人各有一間臥室、一間練琴房，互不干擾！你呀，打遊戲機不是挺有'靈氣'嗎？你還是先把人家寧哥哥的專心鑽研、勤學苦練的精神學到手吧！"潘緯達用手指戳著兒子的額頭說。然後又對易寧說：

"寧哥哥，今後但凡發現這小子玩遊戲，你告訴我，好嗎？潘叔叔有重賞！"

“潘叔叔，您就省省吧，我才不會做‘奸細’呢！”易寧笑著回答。

潘曉毅一聽，馬上把易寧緊緊抱住，高興地説：

“真是我的好哥哥！”

潘緯達深情地望著這兩個孩子，對妻子和鍾麗莎不無感慨地説：

“真希望一起經過大風大浪，一起攜手走過來的我們這一代，在艱難歲月建立起來的深厚情誼，能在他們這一代延續下去！”

“潘叔叔，您不必擔心，我們一定可以成為很好很好的朋友！”盈盈説。

幾個小時後，“購物戰役”終於勝利結束了。四驅車車廂的所有空位，都塞滿了大大小小的包包。

在回家的路上，何淑娟趁三個小孩在打打鬧鬧，悄悄地要鍾麗莎把掛在脖子上的玉鳥摘下來給她看看。

何淑娟把玉鳥放在掌心細心欣賞。

晶瑩剔透的古玉，是那樣圓潤、靈秀；展翅欲飛的玉鳥彷彿在宣示一種頑強的活力⋯⋯

“在婚禮上你和易平哥就是與眾不同！另外三對新人，都是一式的燦爛奪目的鑽戒、一式的九十九朵艷麗的玫瑰，毫無新意，哪裡比得上易平哥從自己的脖子上即時摘下，馬上給你戴上這只玉鳥，這只尚有易平哥體溫的玉鳥來勁！既浪漫，又溫馨；既脫俗高雅，又情殷意切。麗莎姐，你讓人羨慕死了！”何淑娟説，“你和易平哥呀，簡直是創造愛情的新經典了！緯達，我這樣説對不對？”

“説得對，對極了！太座就是有水平！”潘緯達笑著説，並回過頭問鍾麗莎：

“抽油煙機安裝好了嗎？要不要我幫忙？”

　　本來潘緯達為了盡快促成"四喜大婚禮"的舉行，曾應允獎勵首名求婚成功者一台抽油煙機，後來他一改初衷：四對新人均獲贈一台最新款式的"美達"抽油煙機。

　　"不用了。易平在第二天就安裝好了。真好用，不愧是名牌！不僅油煙抽得乾淨，而且靜極了，幾乎聽不到一點兒噪音！多謝大老闆了！"鍾麗莎道。

　　"謝什麼！不成敬意，不值一提！"潘緯達說，"對了，那帕婚禮後，林家三兄弟已經抓緊時間，攜眷回大陸看望父母，兩個新媳婦當然要見公婆了；'社長'和余冰也已決定在舊金山築巢，現正雙雙回英國辦理結業事宜。那你們呢？有什麼'宏圖大略'？"

　　鍾麗莎就把看望易平父母，以及陪同盈盈回陽平，依照白薇生前願望，在當年白薇為易平設置"衣冠塚"，如今已成為當地公墓的地方，也為白薇設置一個"衣冠塚"的事說了。"寧兒要忙入學的事，他就不去了。易平呢，你們知道的，他應該尚在'另冊'的名單上，目前還不是回大陸的時機。不過，李紅纓會從江州陪同我們一起回陽平。他不放心盈盈，說要做盈盈的'護花使者'呢！"

　　"護花使者"李紅纓開著哥哥紅光的"奔馳"四驅車，提前一個小時便到了白雲國際機場。

　　按照原來商量的方案，鍾麗莎和盈盈會在爺爺、嫲嫲住所附近找一個酒店住下。但在登機前，盈盈提出要在爸爸度過童年和少年的地方住兩天，聽爺爺和嫲嫲講爸爸小時候的事。

　　鍾麗莎在電話與易平商量後，兩人覺得，反正鍾麗莎的父母剛剛赴法國探親；盈盈的外公和外婆，兩年前已相繼逝世，這次回大陸的行程也就比較簡單了，所以這樣安排也好。於是，易平隨後就給父母打了電話——這趟電話打了整整一個小時，把該說清楚的都說了。

接機也很順利。

在去爺爺、嫲嫲住所的路上，鍾麗莎和盈盈跟李紅纓敲定了到他家拜訪的計劃。鍾麗莎笑著告訴李紅纓，李非老師當年招待文學青年的招牌美食"海味雜燴飯"——用蝦米、魷魚、瑶柱、臘肉、冬菇煮的飯，再澆點百年老店"致美齋"的"豉油王生抽"，那個美呀，易平叔叔至今依然難以忘懷，而且她和盈盈也十分期待……

天黑前，當李紅纓把鍾麗莎和盈盈送到易平父母居住的省出版系統宿舍大樓時，披著大衣的二老早已從三樓走下來，在寒風中站了半個多小時了。

李紅纓與二老打了個招呼，上上落落把行李搬上三樓後，便回同一小區的另一棟宿舍大樓的家了。

這套三室一廳的標準"處級房"，是省出版總社在易平——當年的"楊凡"被提拔為總編助理時分配給他的。隨後"房改"了，易平成了首批買房的幸運兒。到"楊凡""叛國出逃"時，房主已過戶給易平的母親，意欲"收房"的人士只好徒呼奈何。最後在李非等領導的暗中關照下，此事不了了之，再没人提起。

房子雖然沒有豪華的裝修，家具也不"時髦"，但整潔、簡約、大氣。

鍾麗莎和盈盈見二老身體健康，感到十分欣慰。

盈盈把爸爸準備好的禮物——一大包正宗的花旗蔘、幾瓶深海魚油拿給爺爺和嫲嫲；鍾麗莎也把自己特意為二老準備的見面禮——兩副御寒用的護膝、護踝拿出來。

看著聰明俊俏、婷婷玉立的孫女，和端莊穩重、賢慧能幹的兒媳婦，二老自然也是笑逐顏開，看個不夠。

談到健康，臉色紅潤、聲如洪鐘的爺爺得意揚揚地告訴孫女：他的健康，主要是得益於數十年如一日堅持不懈練陳式太極拳的習慣。他的太極拳，已練到可以隨心所欲"發勁"的境界了。近年來，慕名前來拜師學拳的可多了，其中有盈盈她爸爸大學、中學的同學，有一個徒弟還是現任的副市長哩！

正在忙於準備晚餐的嫲嫲，也忍不住站在厨房門口插話說：

"盈盈，你爺爺還真不是吹牛，他是附近的東湖公園廣場一百多人的太極拳大師傅呢！"

爺爺還告訴孫女：

他也曾是一名"知青"，不過與六十年代"上山下鄉"運動的"知青"不同。在五十年代初期，他還在學校未畢業，就作為香港一名有文化的知識青年，響應周恩來總理"建設新中國"的號召，奔赴祖國，回到江州市，在市政府的文化委員會工作。

不久，他與嫲嫲結婚了。

"你爺爺跟我結婚後，可倒了大霉了。"嫲嫲又走過來插口道，"算了，還是先說說今晚的食譜吧：猪骨、瑤柱、章魚、花生煲蓮藕湯已煲好了；臘味煲仔飯也差不多好了，只須再焗一會；豉汁蒸排骨、黑鰽咸魚蒸五花腩、咸蝦醬蒸鯪魚再有十分鐘就好；梅菜扣肉昨晚就燉好了，現在熱一熱就行了；'白切雞'選的是正宗的清遠雞，下午剛做好；最後，再炒一大碟大豆芽菜炒猪腸——這都是按照你爸爸在電話中指定的菜單做的。他說了，要讓你們吃上'經典'的江州菜……"

"哇哇！太豐盛，太好了！"盈盈高興得直嚷嚷，"只是太辛苦嫲嫲了！這麼豐盛，吃得完嗎？"

"吃不完第二餐接著吃嘛！"嫲嫲笑道，"趁著這短短的空隙，我再說說你爺爺吧。"

"這得先從我說起。在抗日戰爭最艱難的日子，我當時還是女子師範學校的學生。當時，我們絕大部分的同學，都積極響應政府從軍的號召，高呼'一寸山河一寸血，十萬青年十萬軍'的口號，踴躍參軍。那時候，整個班、整個年級、整個學校的同學，都集體加入了國民黨青年救國軍，並順理成章成為一名在冊的國民黨黨員。不過，培訓還未結束，小日本就投降了，同學們就回校繼續讀書了。

「但誰也想不到，我的這段歷史，給爺爺帶來了幾十年的厄運。

「你們不知道，在五十年代、六十年代、七十年代，甚至到了八十年代，'國民黨黨員'依然是一個讓人無法掙脫的'黑標記'、一個無時不在，無處不在'緊箍咒'。

「也不記得什麼時候，我就從一個小學校長，從一個全市的'掃盲標兵'、'勞動模範'，被'清掃'到街道的工廠，當一名'接受改造'的車間工人。而爺爺則因為娶了一個'國民黨黨員老婆'，被打成'另類'，連降帶調共五次，從最早的市政府文化委員會幹部，到最後，成了一名商業系統的'農村業務調研員'，一年有十一個月的時間在省內的鄉村搞'調查研究'。每逢政治運動都挨批挨整，都成'老運動員'了！好在你爺爺是個內心強大的人，換了別人，早患憂鬱症，甚至自殺了……」

「哈哈，那些陳年爛芝麻就不提了吧！好了，那三個菜別蒸過時間了，大豆芽菜炒猪腸也可以開炒了。」爺爺笑道。

「那我爸爸呢？那時候他……」盈盈急著問，她太想知道爸爸的一切了。

「好呀，讓我來說說你爸爸吧！」爺爺瞄了鍾麗莎一眼，對盈盈說。他心裡明白，兒媳又何嘗不想多知道一點兒子小時候的情況？

於是他略為思索，就說道：

「你爸爸呢，未滿五歲就上小學了。他從小就是一個出名的高水平的'壞頭頭'。說他出名，是因為從幼稚園到小學、中學，你爸爸的大名，別説在全校的同學裡了，就是在家長當中，甚至在一些校長當中，都是'如雷貫耳'，而且多年難忘。由於他特別跳皮搗蛋，又特別聰明，還會'打功夫'，所以成了同學們又敬又畏的'頑童團團長'。在那個年代，一般情況，到了小學三年級，全班五十個同學，都會無一例外'入隊'——加入'中國少年先鋒隊'。而你爸爸呢，直到五年級下學期，老師們實在拿他這個'頑童團團長'沒辦法了，最後才使出'招安'之策，不僅讓你爸爸'入隊'，還封他當了班上四個小隊長之一的'官'，想以此拴住這匹'野馬'。殊不知，這下可好了，當了'官'的'頑童團團長'如虎添翼，在班上的凝聚力、影響力大增。有一次，居然在下午自修課時把全班男生悄悄帶到不遠處的觀音山玩'打遊擊'的遊戲，一直玩到天黑，害得家長們以為自家的孩子出了什麼事，全都慌慌張張地趕到學校來……不用説，你爸爸也因此逃脱不了被記'大過'的處分了。"

"不過沒幾天，你爸爸的作文被打了最高分，在全年級的優秀作業欄上'貼堂'了。"嫲嫲一邊把菜端上飯桌，一邊笑道。

"嫲嫲，什麼叫'貼堂'？"盈盈問。

"'貼堂'就是把優秀的作業貼出來，讓大家觀摩、學習，一般都是作文。"嫲嫲解釋道，"你這個爸爸呀，受你爺爺影響，從小就跟爺爺的好友、形意八卦掌的高手傅永輝師傅'食夜粥'——我們江州人稱在晚上學武術為'食夜粥'。雖然你爸爸比一般的同學睡得少，但第二天依然精力旺盛，而且還常常在課堂搞小動作，搞惡作劇。不過，每回測驗、考試，卻又都是一百分，令老師們對他恨也不是，愛也不是……"

鍾麗莎也把易平在陽平縣當知青時用功夫狠狠教訓"東湖三狼"的故事繪聲繪色地説了，聽得盈盈直拍掌叫好。

"哈哈哈，這倒是很符合你爸爸從小就疾惡如仇、行俠仗義的個性！"爺爺笑道。接著又發命令："好了，暫停了，先洗手吃飯！"

　　對於鍾麗莎和盈盈來說，這頓"經典"的晚飯，成了她們飲食記憶中的最高點，直到很多年後，還津津樂道。

　　晚飯後，在鍾麗莎洗澡的時候，盈盈按爸爸的吩咐，把自己的生母和"新媽媽"的事一五一十地告訴了爺爺和嫲嫲。

　　二老聽後，感慨萬分，不勝唏噓。

　　第二天，爺爺和嫲嫲領著鍾麗莎和盈盈，來到市中心的中央公園——當年易平風雨不改，每晚必到的"食夜粥"的地方。

　　太陽沒有出來。

　　天空，灰蒙蒙的；風，涼颼颼的。枯黃的樹葉無聲無息地飄落在公園的草地、大路、小徑，和遍佈公園的大理石雕塑上。偶爾，會看見一兩只不知名的鳥兒在他們面前飛過⋯⋯

　　他們踏著小徑的落葉，一邊輕鬆地散步，一邊由爺爺和嫲嫲繼續交替著講述易平小時候的故事，以滿足孫女和兒媳迫切的願望。

　　"你爸爸與同齡人比較，除了聰明和調皮，突出的地方，在於早熟與好學。也許是自小就看到我的遭遇的緣故，你爸爸調皮的表面其實早就包裹著一顆'多思'、'求索'的心。可能受我的影響吧，他很小就喜愛文學，還在小學三四年級，他就讀我國的四大古典名著《水滸》、《西遊記》、《三國演義》與《紅樓夢》，讀《唐詩》、《宋詩》、《元曲》，讀高爾基的《我的童年》、《在人間》、《我的大學》，讀雨果的《悲慘世界》⋯⋯"爺爺説起小時候的易平，如數家珍，滔滔不斷。

　　"調皮搗蛋和愛讀書，愛思索，湊在一個人的身上！真難想象！"盈盈對爺爺説。

　　"還有更難想象的呢！還在讀小學六年級的時候，你爸爸就翻看我買的《西方哲學簡介》、《世界名人語錄》，也不知道他看不看得懂。我想，你爸爸的抽象思維習慣與思辨能力，也許就是這樣從小就不知不覺地培養起來的。也不知道為什麼，他特別愛讀憂國憂民的杜甫、陸游的詩，陸游、辛棄疾、岳飛，還有蘇東坡、李煜的詞⋯⋯盈盈，你能想象嗎？”爺爺對盈盈笑道，“總之，你爸爸是一個自小就有自己獨立思考、獨立見解的人，一個思想十分活躍的人。雖然我和你爸爸很少有機會交流，對他的政治抱負和所作所為，了解得也很不够，我對社会的重大問題也不是很懂，但爺爺相信你爸爸，你們也要相信他，還要更多地理解他，支持他，鼓勵他呀。”

鍾麗莎和盈盈不約而同地點了點頭。

爺爺繼續説：

“如今，爺爺老了，越來越糊涂了，但我還是感覺得到，我們的國家和民族，現在正處在歷史發展的重大關頭，處在一個非常嚴峻的十字路口。很多思潮在萌發，很多潛流在涌動⋯⋯最近，聽説不少地方有人提出，‘憲政’才是中國的出路。但中國到底要走什麼路子，爺爺不懂；具有‘中國特色’的‘社會主義’與‘放之四海而皆准’的馬克思主義的‘社會主義’，有何不同？我還真不懂！”

見爺爺和嬭嬭雖然年紀很大了，但頭腦還是那麼清晰，思維還是那麼靈活，盈盈感到很欣慰。她想了想，把小徐的遭遇和跟李紅纓認識的事也向兩位老人説了。

“什麼‘大義滅親’！那是什麼‘大義’呀？白薇她糊塗啊！只是可惜了小徐！唉，這年頭，有誰不説自己‘政治正確’？”爺爺説道，“都過去了，我們還是談談當下吧！説到紅纓，我知道這孩子，很不錯的！”

接下來，爺爺和嬭嬭把多年來李非以領導和老朋友的雙重身份對易平個人，對他們全家的關愛和幫助，不厭其煩地説了個够。

第二天下午，鍾麗莎和盈盈拿著易平親手準備好的、跟給爺爺和嬭嬭同樣的禮物，到李非家拜訪。

鍾麗莎和盈盈剛進屋坐下，精靈的李紅纓便把連夜找出來的一份已發黃的《現代人報》拿給鍾麗莎，並指著頭版上《奇女子鍾麗莎》的標題問：

"麗莎阿姨，當年我爸爸寫的這位'奇女子'，就是您嗎？"

"哈哈！當然是啦，如假包換！"鍾麗莎笑道。

"首先祝賀你跟我的'老領導'易平喜結良緣！"從書房走出來的李非，一見鍾麗莎，就大笑道。

看見鍾麗莎、盈盈和紅纓困惑的眼神，李非夫人何芊就笑著把當年創編《紅衛兵戰歌》時，李非作為文字編輯，在總編導易平領導下工作的那段往事約略地說了。

"哈哈！一點兒没錯！易平就是我的'老領導'、'老上級'！"李非又笑道，"易平當時是總編導組裡三位成員之一，這個角色，不是誰都可以當的，它既要有一定的文學、藝術素養，要有創造性的思維，還要有相當好的領導才幹。你能與我的'老領導'結良緣，算你有眼光！紅纓，還有知青樂團的陳垣和宋秉衡、唐曉韻夫婦，這次從美國回來，都跟我說到你啦！好哇！能榮獲法國'羅曼·羅蘭'藝術大獎！真不簡單！也真想不到，當年的'奇女子'，越發神奇了！難怪我的'老領導'看中你了！哈哈哈哈！"

眾人隨著李非爽朗的笑聲，也笑了起來。

"紅纓這次拍的錄像，我看了兩遍，很受感動。你們搞得非常成功，也很有水平呀！姑且勿論你們當中政治觀點的對錯優劣，就你們那股關心人民的疾苦，關心祖國的繁榮發展，關心中華民族復興的滿腔熱情與拳拳之心，就令人敬佩！真不愧是知青精英！"李非贊道，接著又問，"錄像拍得不錯，剪輯也不錯，題目也很好，《遲到的盛會》，意蘊很好。是誰策劃、編導的？"

"是易平叔叔。"李紅纓答道。

"我說呢，易平就是不尋常！"李非道。

不用說，晚飯當然是李非親自做的"招牌美食"———"海味雜燴飯"了。

飯後，李非在聽鍾麗莎講述易平近年的情況，和此行回陽平縣要辦的事後，神情凝重地說：

"易平確實有理想，有追求，又有很好的思辨能力和理論素養，他在八十年代就已寫出令人振聾發聵的《論寫真實》，就是明證！他超人的勇氣與膽識，獨立的思考與探索，跟那些整天就陷在爭論"先富""後富"、"姓資""姓社"的"新八股"學術泥濘中以難以自拔的"政治精英"、"理論精英"相比，簡直不可同日而語！我毫不懷疑，在科學社會主義理論的研究領域，他一定可以有傑出的建樹！但我現在有新的想法了……

"你們也許不知道，現在我們大陸社會上流行著一個非常時髦的名詞：'三觀'。無論是政府大官，還是小小百姓，動輒就說別人'三觀'如何如何。哪'三觀'呢？一曰世界觀，二曰人生觀，三曰價值觀。簡直是邏輯混亂，荒唐透頂！按照馬克思主義理論，世界觀就是人們對物質世界和精神世界的看法，對世界的總的看法。它當然包括對人生，對價值的看法。把人生觀、價值觀與世界觀相提並論，這叫什麼'邏輯'？這可是常識性的謬誤啊！我感到很悲哀！現在你們隨便問一個所謂的中、青年理論家，看他懂不懂馬克思主義辯證法的三個基本規律？我保證你們會大失所望！是啊，國家的繁榮發展和民族的復興，都離不開廣大人民群眾文化素質與思想素質的提高。所以，我不否認理論研究的重大意義。

"但是，正如馬克思所說，社會主義是一個過程，是一個長期的歷史進程。所以，探索'中國向何處去'，也是一個漫長的過程，它需要十年、二十年，甚至幾十年；需要一代人、兩代人，甚至幾代人畢其一生去經歷，去體驗，去思索才會有結果，有答案；需要廣大人民群眾文化素質、政治素質的普遍提高，才能完成這個歷史進程。

「但文學創作就不同了，它既可以'溯往'，可以'瞻前'，也可以記叙'當下'；它既可以'寫實'，也可以'虛構'；它既可以是'現實主義'，也可以是'浪漫主義'、'理想主義'——按照事物發展的規律，去'想象'還未發生的、但有可能發生的……在這方面，易平有他的優勢，有他與眾不同的文學秉賦和深刻的思想。他從事文學創作，一定可以有更多、更好的發揮。所以我想，為什麼他就不可以把自己，以及把和他一樣的同輩人在社會變革中所進行的冷靜、客觀的觀察與思考，把有關'中國向何處去'的思想，用文學創作表現出來？所以，我鄭重建議易平著手進行文學創作，真實地寫出你們這一代人所經歷的苦難與艱辛、掙扎與奮鬥、失敗與成功；真實地寫出你們這一代人對昨天、今天的思考與探索，和對明天的追求與展望；真實地寫出你們這一代人的使命感，背著沉重的十字架，依然義無反顧地堅定前行的使命感！……這樣的文學作品，絕對具有啟迪與提高廣大民眾覺悟的重大社會意義和歷史價值！」

李非語重心長地説：

「我清楚地記得，在《紅衛兵戰歌》成功演出後，易平和我談到未來的打算時，他就說過，將來會以自己這一代人的經歷和思考作為素材寫長篇小説。還有，那年出國前夕，他又一次談到寫小説的事。我還記得，他把題目也想好了——《明天的火焰》。多好的想法，多好的題目！我想：現在，是時候了……麗莎，請你一定要把我的話，原原本本轉告給易平。」李非接著加重語氣道：「我等著，等著他那'明天的火焰'快快燃燒起來！這是我們老一輩文學人對他們這一代文學人的期望啊！……」

「李老師，我一定把您的話當面轉告易平！」鍾麗莎被李非的昂奮之情感染了，她激動地説。

鍾麗莎十分贊同李非對易平的建議。

她相信，李非對易平殷切的期望，一定可以激發與激活易平多年來一直蘊藏在心底的文學創作的熱情與能量；她相信，"明天的火焰"，一定會旺盛地燃燒起來……

一直想找機會說話的何芹這時插話道：

"你們回陽平為白薇設置衣冠塚，我覺得這樣做也未嘗不可。但易平的'衣冠塚'就沒有必要保留了吧？因為這本來就是歷史的誤會；況且，易平現在不是活得好好的嗎？"

還在大家都在思考何芹的這個建議時，李非又發話了：

"我倒覺得，除了設置白薇的衣冠塚，易平的'衣冠塚'還是有必要保留。因為正是這個'歷史的誤會'，真實地記載了'十年動亂'那段荒唐的歷史，它能實實在在地提醒我們：有什麼是我們現在還不可以忘卻，甚至是永遠不可以忘卻的……再說了，在易平的'衣冠塚'旁設置自己的衣冠塚，這是白薇生前的願望呀，畢竟，這是她此生唯一的刻骨銘心的愛呀！'逝者為大'嘛！你們說呢？"

包括何芹在內，大家都不約而同地點頭，表示同意。

客人走後，已看好紅纓與盈盈感情發展的李非夫婦，鄭重其事地吩咐兒子：這次陽平之行，務必要"做足功課"……

林中和張力，也在憋著勁做足他們的"功課"：

對"路線鬥爭"越來越困惑，對山頭紛爭越來越反感，對工作越來越厭倦的林中，在這次三兄弟攜眷探望年邁父母的過程，經過反復考慮，並在張力的理解和支持下，做出了一個重大決定：以本身患病和照顧年邁的父母為由，辭掉公職，提前退休，與張力一起回江州市定居。

由於有"貴人"幫忙，而且又很給力，因病提前退休的事很快就塵埃落定了；張力在新西蘭的醫護中心也很快就順利地易了手。

在哥哥和弟弟返美後，林中和張力再接再厲，在陳恒和宋秉衡夫婦這些"地頭蛇"的熱心幫助下，也在"雲苑"附近買了一幢雙層的別墅，夫妻二人與雙方父母一起生活。他們還把別墅起了一個與"樂廬"相呼應的名字："悦廬"。

接下來，夫妻二人在陳恒和宋秉衡夫婦的誠邀下，欣然答應做"知青巢"和知青樂團的義工。為了多做點工作，林中還直率地伸手要了一個知青樂團副團長的"官銜"。

就在鍾麗莎、盈盈和李紅纓在牛頭山設置好白薇的"衣冠塚"之時，易平正在太平洋彼岸的海灘上。

傍晚時分，他接過兒子和潘緯達從紐約打來的報平安的電話後，就開車來到海邊。

在舊金山生活以來，易平常常獨自一人，來到海灘，面對一望無際，天水一色的太平洋，靜靜地思考……

現在，漆黑的夜晚，已看不清哪是天，哪是海，只是讓人感到天宇的遼闊、廣袤與渺茫。

迎著一陣接一陣撲撲面而來的涼颼颼的海風，易平的心情出奇地平靜。他望著灰暗的海浪，洶湧而來，又緩緩而退的海浪，不禁浮想聯翩……

十年的"文化大革命"不也像這太平洋的海浪嗎？它洶湧而來，又緩緩而退……這場毛主席親自發動和領導，以消除"資產階級法權殘餘"，反修防修，防止出現"中國的赫魯曉夫"，解決"中國向何處去"問題為初衷的史無前例的大革命，這場最終演變成社會動亂的"十年內亂"，這場雷霆萬鈞、洶湧澎湃的群眾運動的暴風雨，如今雖已偃旗息鼓、風平浪靜了，但是，顯然它並沒有解決"中國向何處去"的問題，如何反修、防修的問題……

二十多年過去了，隨著開放改革深入發展，隨著市場化和全球化的不斷向前推進，"讓一部分人先富起來"的"先富論"正在不知不覺地深入人心，不知不覺地改變著神州大地：它擴大了貧富的差距，並製造了官場貪腐的溫牀，催生了一個金融壟斷資產階級……

他不由想起兩天前王思哲的妻子殷梅的話。

殷梅剛從大陸探望病重的老父親回來，她帶回幾則重要的信息：一是頗具"文革遺風"的"唱紅打黑"運動，已在大陸興起與蔓延，人們彷彿看到了"十年內亂"將要重演的前景，彷彿看到："文革"又回來了；二是在大陸相當多的知識分子，對"讓一部分人先富起來"的"先富論"，從不理解到質疑，現在已經發展到反感了。要求深化政治改革，實行憲政的呼聲，此起彼落。殷梅還說，北京、上海、廣州、武漢等大城市，已出現了不同版本的"憲章"，國安、公安部門的工作人員，也已開始紛紛找人"喝咖啡"了；三是大陸黨、政部門目前正在動用一切可以動用的力量，在全國範圍內追查、撲滅一條莫辨真假的、可怕的"謠言"——這"謠言"竟然說，曾經的中國共產黨主席、黨的"接班人"、如今已全身"裸退"、閑賦在家的華國鋒已經退黨——這不啻是一顆轟然爆炸的重磅炸彈！……還有一則重要的信息是：最近中央已成功挫敗了一次"反革命政變"，黨和國家的最高領導層，正在重新"洗牌"……祈盼"十年內亂"永不重演，祈盼能把貪官污吏斬盡殺絕，並能讓全社會共同富裕的"明主"降臨救世，已成為越來越焦燥不安的、越來越渴望"後富起來"的廣大老百姓的強烈的心聲……

是的，"山雨欲來風滿樓"。

風，已"起於青萍之末"了……

太平洋的海浪，洶湧而來，又緩緩而退……

易平想起了高爾基那篇著名的《海燕》，想起了那著名的句子：

"讓暴風雨來得更猛烈些吧！"

但是，今夜他並沒有像年輕時讀《海燕》那樣，熱血沸騰、激情澎湃，也沒有要投入暴風雨，做那"黑色的閃電"的願望。

難道資本主義社會市場化、現代化、全球化過程所不可避免的弊端，"姓社會主義"的中國，"改革開放"的中國，也不可避免嗎？難道"先富論"所造成的嚴重後果，已積重難返了嗎？難道除"憲政"之外，就沒有更好的路子嗎？如果說，"憲政"這個"漢堡包"，不適合中華民族的胃口，那麼"馬列主義"這個"漢堡包"呢？如果說，"馬列主義"這個"漢堡包"適合中華民族的胃口，那麼又如何解釋已明顯變味的"馬列主義漢堡包"正在神州大地流行、肆瘧呢？……

他又想起林中在大陸買不到馬列主義經典著作的話。啊，科學社會主義，你在哪裡？

易平感到新的困惑、新的迷惘、新的空虛……

太平洋的海浪，依然洶湧而來，又緩緩而退……

這時候，風勢開始強勁起來；海浪，也加快了它湧動的節奏。一陣撲面而來的冷冽的水珠，讓易平感到精神一振。他突然想起了麗莎在電話裡轉達的李非的話。

是的，李非殷切的期望，引燃了易平多年來一直壓在心底的"火種"。霎時，讓"明天的火焰"旺盛地燃燒起來的文學創作的激情，在他胸間躁動、擴展、升騰……

第二十章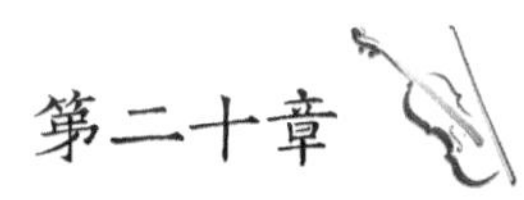

舊金山。

在COSTCO超級商場附近高架橋下著名的"流浪漢家園"。

這裡，破舊、骯髒的帳篷七零八落地遍布在人行道上。這裡，到處是廢棄的易拉罐、礦泉水的空膠瓶、注射針筒、避孕套、破鞋襪、破衣、爛布、發霉的食物、風乾的人、畜糞便，以及肆無忌憚、躥來躥去的肥碩的老鼠。幾個滿臉通紅的醉鬼，有的抱著相依為命的狗在憂傷地自說自話，有的在唱著走了調的不知名的歌謠，還有的帶著滿足的笑容進入夢鄉。一個中門大開的帳篷裡，一名"癮君子"正在熟練地給自己注射……這裡，到處彌漫著混雜了大麻、烈酒、香煙、烤肉焦味、大小便和嘔吐物惡臭的氣息，幾乎令人無法呼吸的氣息。

街角處，是小偷、劫賊的贓物集散地，也是舊金山著名的"淘寶勝地"之一。這裡擺著十多二十個地攤，地攤上擺著五花八門、無奇不有的物品。而醉熏熏的、餓昏的，或睡眼惺忪的攤主們，東歪西倒地靠在人行道的欄柵上"守株待兔"——等待前來這"淘寶勝地"碰運氣的"熟客仔"與"新手仔"。

在遠離街角的一個地攤，一塊破破爛爛的毛毯上只擺放著一個結結實實的鯊魚皮做的老式小提琴匣子，一個空酒瓶支撐著匣蓋。匣子裡，安安靜靜地躺一把琥珀色的老舊小提琴。

臉色蒼白的攤主，瑟縮在一件又舊又破的大衣裡，軟綿綿地靠在人行道的欄柵上。那雙疲憊不堪的眼睛充滿了焦灼與無奈。

幾個小時過去了。

正在攤主饑腸轆轆，實在難熬的當兒，一對衣著整潔、頭髮花白的老年夫婦來到攤前。老頭子很小心地從匣子裡拿出小提琴。他彎下腰，把琴擱在大腿上，像拉二胡那樣試拉了幾下。

"還蠻響的！反正我那把二胡也散了架，不能拉了，如果這琴價錢平宜，買回家當二胡拉倒也不錯。"老頭子對老太婆説。

一問價錢，老頭子和老太婆都吃了一驚：這把老舊的小提琴，居然要價一百大元！

兩人也不還價，扭頭就走。

攤主好不容易才等到有人問津，這下急了，他竭盡全身的氣力，把這對老人叫回頭，有氣無力地伸出五個手指。

老頭子搖了搖頭。

攤主又哇喇哇喇講了一通，然後伸出三個手指。

老頭子又搖了搖頭，他伸出一個手指。

這樣討價還價了幾個來回後，最終以二十美元成交。

老頭嫌琴匣子太重，只拿了琴和琴弓就走了。

攤主蒼白的臉終於有了一點點血色，他艱難地挾著空匣子，用最後的力氣支撐著自己走過馬路對面，進入COSTCO大商場的食品部。

兩個多小時後，林間滿頭大汗地趕到"流浪漢家園"。

幾分鐘後，和林間相約而來，常常在"藍屋"聊"琴經"的老朋友維斯洛夫，也領著幾個年輕力壯的手下，帶著一提包的現金到了。

幾經打聽之後，他們終於在一個又髒又舊的破帳篷，找到了賣琴的攤主。

"没錯！就是它，就是它！"維斯洛夫一眼就看到地上的小提琴空匣子，他激動得忘乎所以，"沙魚皮琴匣！沙魚皮琴匣！没錯！就是它！"老人沙啞的嗓音讓人聽起來也心酸！

接著，林間和維斯洛夫輪番上陣，想著法子向攤主打聽有關這把琴的一切。

可惜，正啃著烤雞，喝著"藍啤"的攤主，除了眉飛色舞地吹噓如何够運氣，在 GlenPark 地鐵站撿到這把"無主之琴"，以及已把琴成功脫手之外，其他一問三不知。

看來，花了大價錢才弄到的"情報"，物非所值呀！

懊惱萬分，又無可奈何的維斯洛夫和林間，相視無語……

最後，心灰意冷的維斯洛夫懶得說話，也沒有精神與林間打招呼，只見他丟下一張百元大鈔，就一手拿起沙魚皮空琴匣，一手捂住口、鼻，在驚喜得兩眼發亮的攤主的道謝聲中，惱怒交加，恨恨離去……

林間望著維斯洛夫的背影，望著他手裡提著的沙魚皮空琴匣，長嘆了一聲。

一陣淒厲的冷風驟然而至，卷起了無數的細碎的垃圾……

看著灰蒙蒙的天空，林間彷彿聽見那把傳奇小提琴蒼勁、沉重、濃厚，如泣如訴的琴聲；彷彿聽見《隨風而逝》的旋律，那悲涼、感傷、不捨，而又無奈的旋律；彷彿聽見，琴聲，已漸去漸遠，隨風而逝……

隨風而逝

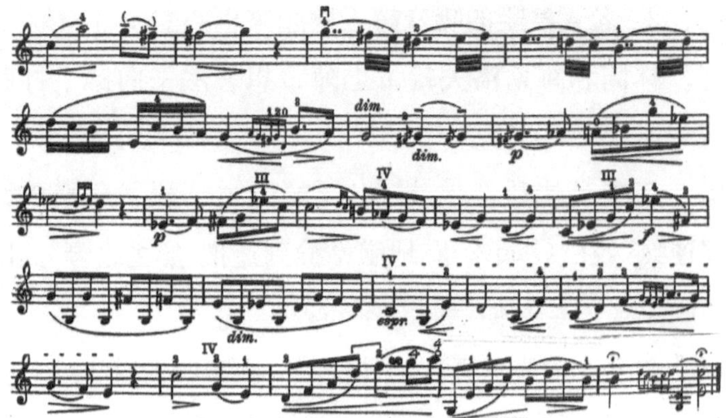